冯至

论歌德

冯至 著 陈巍 编

人民文学出版社

图书在版编目（CIP）数据

论歌德 / 冯至著；陈巍编 .
-- 北京：人民文学出版社，2022
ISBN 978-7-02-017344-0

Ⅰ．①论… Ⅱ．①冯… ②陈… Ⅲ．①歌德
(Goethe, Johann Wolfgang Von 1749-1832)－文学研究 Ⅳ.①I516.064

中国版本图书馆 CIP 数据核字 (2022) 第 134024 号

责任编辑	卜艳冰　何炜宏
封面设计	李苗苗

出版发行	人民文学出版社
社　　址	北京市朝内大街 166 号
邮　　编	100705
印　　刷	凸版艺彩（东莞）印刷有限公司
经　　销	全国新华书店等
字　　数	340 千字
开　　本	889 毫米 ×1194 毫米　1/32
印　　张	18.75　插页 5
版　　次	2022 年 10 月北京第 1 版
印　　次	2022 年 10 月第 1 次印刷
书　　号	978-7-02-017344-0
定　　价	118.00 元

如有印装质量问题，请与本社图书销售中心调换。电话：010-65233595

目 录

冯至的歌德译介与研究　陈巍　　　　　　　　　　　　1

论歌德　　　　　　　　　　　　　　　　　　　　1
《论歌德》的回顾、说明与补充　　　　　　　　　　3

上　卷（1941—1947）　　　　　　　　　　　　31
歌德论述（序）　　　　　　　　　　　　　　　　　33
歌德与人的教育　　　　　　　　　　　　　　　　　34
歌德《维廉·麦斯特的学习时代》(中文译本序言)　　42
《浮士德》里的魔　　　　　　　　　　　　　　　　70
从《浮士德》里的"人造人"略论歌德的自然哲学　　96
歌德的《西东合集》　　　　　　　　　　　　　　114
歌德的晚年——读《爱欲三部曲》后记　　　　　　128
附录　画家都勒　　　　　　　　　　　　　　　　140

下　卷（1978—1984）　　　　　　　　　　　　151
《浮士德》海伦娜悲剧分析　　　　　　　　　　　153
读歌德诗的几点体会　　　　　　　　　　　　　　185

浅释歌德诗十三首 200
一首朴素的诗 227
歌德的格言诗 238
歌德与杜甫 247
更多的光 265
附录 歌德相册里的一个补白 276

歌德年谱
俾德曼编，冯至译注（1749—1808）
熊漪慧、吉志亮译，陈巍译校（1809—1832） 287

歌德
冯至 讲，陈大春 笔记 511

歌德《中国大百科全书》外国文学卷 词条 525

冯至的歌德译介与研究

陈 巍

一、"冯至与歌德的研究"现状

冯至一生对外来养分的吸收与借鉴，对外国文学的翻译与研究主要集中在几位重要的德语作家身上。其中歌德是除里尔克之外对冯至影响最为深远的德语作家之一。冯至与歌德的关系研究和冯至与里尔克的关系研究是冯至外国作家接受与研究的两个同样重要的方面。

严宝瑜在《冯至的歌德研究》指出："冯至的歌德研究扩大了歌德研究的范围，如果说把五四阶段的歌德研究称为'郭沫若'阶段，那么解放后的歌德研究就是'冯至阶段'。"冯至的歌德研究"增进了我国学术界对歌德的全面和深入的认识；交给读者以理解歌德的钥匙，使歌德在中国经历第二次普及。"[1] 虽然严宝瑜这种中国歌德学研究的阶段划分有待商榷，但是他突出与提升"冯至与歌德研究"的重要性还是比较得当的。尤其是他专门强调了冯至有关歌德的研究学术成果——由16篇文章组成的《论歌德》，以及1982年

---

[1] 严宝瑜. 冯至的歌德研究 [J]. 北京大学学报，2003.40 (4)：66.

为《中国大百科全书·外国文学卷》撰写的词条"歌德"的价值。

叶隽对冯至与歌德的关系也给予很高评价,他在《救亡与沉潜:西南联大时代冯至、陈铨对歌德的诠释》一文中运用同类比较的方法,把冯至、陈铨这两位经历相近、专业相同、交游颇多,然而遭遇却迥异的朋友作为研究对象,探讨了西南联大时期这两位留德学人对歌德的诠释。其实冯至的歌德研究不能简单地说成是解放后的"冯至阶段",冯至的歌德研究几乎贯穿他的一生。

抗战时期,冯至在歌德研究上的沉潜与付出,是他在歌德研究上取得重大突破的内在原因。叶隽认为冯至的歌德观的核心内容在1940年代就已形成,其"歌德观之核心为'人中之人'。三个组成部分则为:'蜕变论、反否定精神、向外而又向内的生活'"。"这三点基本可看作冯至对三个基本问题的理解:生命方式,人生立场、基本理论。"[①]

叶隽在其专著《歌德学术史研究》中提出了中国的歌德学研究与中国日耳曼学者的五代学人的学术历程相吻合。他认为第一代为杨丙辰、宗白华等人,冯至则是第二代歌德研究的领军人物,这些学者当中还包括商承祖、陈铨等人,第三代基本上都是冯至的学生,包括叶廷芳、范大灿、杨武

---

① 叶隽.德语文学研究与现代中国[M].北京:北京大学出版社,2008:328,330.

能、余匡复、张玉书、高中甫等人，第四代则为王炳均、卫茂平等人，[①] 笔者认为第五代歌德学者应该包括吴建广、叶隽、吴晓樵、莫光华、谷裕、谭渊等人。

范大灿认为"按照史家的看法，冯至确立下的'伟大——渺小'二元'歌德评价模式'乃是1949年新中国成立以来中国学者对歌德评价的基本模式"。[②]

斯洛伐克汉学家高利克也研究了冯至与歌德的关系问题，他的论文《冯至和他歌德风格的十四行诗》则深入探讨了歌德对冯至创作的影响。

叶隽认为在这些歌德学者中，"虽然第一代学者杨丙辰已开歌德研究之端绪，但真正产生影响者，几乎凤毛麟角；其中以冯至之《歌德论述》意义最为重要。作为中国德语文学学科的实际开山者，冯至歌德研究的范式意义怎么高估都不过分。尤其是1980年代后，他颇费心力，在原书的基础之上又有增订，出版了《论歌德》一书。"[③] 叶隽认为该书增补若干篇文章中，最有学术分量的是《〈浮士德〉海伦娜悲剧的分析》《歌德与杜甫》《谈歌德诗的几点体会》等三篇论文。

冯至本人如何看待他的歌德研究呢？我们从他与上海文

[①] 叶隽. 歌德学术史研究 [M]. 南京：译林出版社，2013：269.
[②] 范大灿. 我们的歌德研究 [N]. 中华读书报. 2009.09.16.
[③] 叶隽. 歌德学术史研究 [M]. 南京：译林出版社，2013：272.

艺出版社《论歌德》的组稿编辑赵南荣的通信中可以发现大致的轮廓。

> 关于"歌德研究",我是这样计划的:
> 书的名称叫作《两个时期论歌德》,所谓两个时期,一个40年代,一个是现在。我在40年代写过一些论歌德的文章,从中选出五篇,加上我现在已经写出的和我准备写的六篇,共十一篇。内容是论歌德的几部主要著作和其中的人物。也涉及歌德的思想和生活。两个时期我的观点和对于歌德的评价,会有所不同,但是还能做到实事求是。同时也可以看出我的思想变化。另外,我还打算把论文中论及的著作,从中摘译出一些来,供读者参考,给读者以感性认识。这样,这本书的可以分三部分:一、40年代写的;二、现在写的;三、歌德著作摘译。每部分约五六万字。①

冯至的歌德及其《浮士德》的研究,主要集中在1938至1946年以及1982年歌德逝世150周年纪念会和"歌德与中国——中国与歌德"国际学术研讨会前后。因此,笔者编辑本书的构想遵循了冯至主张的两个歌德研究阶段,收集

---

① 冯至.冯至文集 第十二卷[M].石家庄:河北教育出版社.1999.394—395.

冯至有关的歌德论述与研究文献。其中有关歌德论述部分，保留了1986年版《论歌德》的体例，但是上卷则以上海正中书局1948年8月版的《歌德论述》为底本（后来冯至先生在1980年代对此书做了修订作为上卷收入《论歌德》一书），两个版本文字上存在若干差异，编者在异文处做了旁注，通过文本校勘，希望此书不同于冯至自编的《论歌德》，目标是要更完整与全面地体现冯至一贯严谨的学术标准与研究态度，同时确保本书的史料价值。

冯至先生译注德国学者俾德曼的《歌德年谱》也是一份重要的歌德研究资料，遗憾的是由于种种原因，冯至先生只注译到1808年。在本书编辑过程中，编者征得冯至长女冯姚平女士的同意，我们补译了该书的后续部分。

另外本书还收录了刊载于1947年天津《益世报》的冯至演讲稿《歌德》以及80年代为《中国大百科全书》外国文学卷撰写的歌德条目，组成了冯至的"歌德形象研究"的核心内容。

需要指出的是，1958年北京大学西方语言系德语专业的教师曾经编撰过一部《德国文学简史》，其中冯至主要负责编写1848年以前的德国文学历史，其中也有不少论及歌德的文字，其中某些有关歌德的论述具有鲜明的时代烙印，但是依照冯至自己对歌德研究的两分法，本书并没有收录这些内容。

二、初识歌德与试译歌德作品

认识、阅读和研究歌德几乎贯穿了冯至先生的一生。冯至很早就认识到歌德对学习德语及德国文学的重要性。1945年，他在《歌德与人的教育》中就曾强调过："若是一个外国人学会德语而忽略了歌德，就无异于买椟还珠。"

据《冯至年谱》记载：冯至1921年考上北大预科，大量阅读文学研究会、创造社等文学社团的书刊；……受郭沫若译歌德的《少年维特之烦恼》的影响尤大；1923年入北大德文系本科，同年9月25日，译海涅诗《归乡集》第九首，刊于《文艺旬刊》第九期，署名君培。这是冯至译自德语的第一首诗歌。

1924年1月，冯至翻译自歌德长篇小说《威廉·麦斯特的学习时代》的诗歌《箜篌引》《迷娘》，刊于《文艺旬刊》第十八期。

同年4月，冯至把北大德籍教授卫礼贤受《小说月报》委托撰写的《歌德与中国文化》一文中引用的歌德组诗《中德四季晨昏杂咏》十四首诗译为中文，22日选译海涅《归乡集》第四、七首诗，刊于《文艺周刊》第三十期；翻译歌德叙事谣曲《魔王》，刊于《文艺周刊》。[①] 冯

---

① 冯至.冯至文集 第十二卷 [M]. 石家庄：河北教育出版社.1999.626.

至第一次翻译歌德这些诗歌时，还是大二的学生，时年二十岁。

其中《魔王》这首尚不算令冯至满意的译诗，虽然后来并没有被冯至收入他任何的译文集中，但是青年冯至用中国古代五言诗的形式，翻译出了这首揪人心肺、描写强大自然魔力的叙事谣曲（Ballade）《魔王》，让读者能够体验到此诗丰厚的艺术感染力，冯至的译诗如下：

Erkönig（魔王）

夜色杂风声，
谁际此时过？
慈父与幼儿，
马蹄声橐橐［tuó tuó］
父抱幼弱儿
紧抱以双腕，
紧抱在怀中，
为儿取温暖。

我儿汝何为。
面色何仓惶？
我父汝请看，
不见彼魔王？

魔王戴金冠
魔王曳长裙
我儿汝莫惊,
彼乃雾迷离。

汝,汝,可爱儿,
来,来,偕我去!
我将携汝玩,
玩耍饶味趣
无数杂色花
开放海岸旁
我母储藏有,
金色彩衣裳。

父,父,我慈父
汝可不曾听,
魔王向我约,
细语何轻轻?
我见汝且安,
且安莫恐怖
彼乃风声中,
败叶迎风舞,

织弱之幼童,
可愿随我去?
我女在候汝,
一一俱娇丽,
女儿成环舞,
尽汝□欢畅
清歌又舞蹈,
舞蹈又高唱。

父,父,我慈父。
汝目可曾见
彼处暗阴阴
魔女影儿现?
我儿,我爱儿,
我已分明观:
彼处乃几棵,
瘦老垂枯柳。

衷心,我爱汝,
爱汝貌美丽,
汝若不允我,

>　　我将攫汝去。
>　　父，父，我慈父
>　　彼今欲攫我，
>　　可怕之魔王，
>　　使我亟困厄。
>
>　　慈父亦悚惧，
>　　驱马速速归，
>　　紧抱儿怀中，
>　　儿在怀中啼。
>　　既疲且惊慌，
>　　终归抵家里，
>　　怀中呻吟儿，
>　　已在怀中死。①

冯至在北大学习德文期间，除海涅、歌德外，还翻译了里尔克、格奥尔格、荷尔德林等德语作家的作品。1926年10月10日，冯至翻译的歌德的叙事谣曲《掘宝者》，刊于《沉钟》半月刊第十期。

---

① 原载《文艺周刊》1924年4月29日，第4—5页，诗歌名称，Erkönig, Goethe著，冯至试译。

1927年冯至在北大德文专业毕业之后，在哈尔滨一中任教，1930年留学德国，开始真正地接触歌德。冯至早就有心购买一套《歌德全集》阅读，1931年1月6日致杨晦的信中提及收到了《歌德全集》，开始阅读《浮士德》。

从此翻译与研究歌德几乎贯穿了冯至一生。歌德是除里尔克外，最让冯至心动，促使他耗费大量时间与精力翻译与研究的一位德语文学大师。

同年二月冯至在致杨晦的信中再次提到歌德：

> 明年三月是歌德的百年死祭，现在Weimar已经开始筹划。从前念《浮士德》，不大了解，现在读起来，真是字字珠玉。一年内我应该好好地念歌德，要使我有参与这个千载难逢的盛会的资格。这里的教授宫多尔夫（Friedrich Gundolf）的《歌德传》，做得非常之好，他的书我在国内时读不懂，现在我能读了。①

而同年七月份，冯至在给杨晦的信中又提到了歌德及其另一部作品《维廉·麦斯特》：

> 这个学期我过得不大好。我总是闹病，更加之

---

① 冯至.冯至文集 第十二卷[M].石家庄：河北教育出版社.1999：115.

Gundolf 的骤然死亡，给我很大的打击。现在各学校下学期的课程指导书都已出版，我比较的结果，决定下学期到柏林去，因为我想对于歌德做深一步的研究，而正是柏林大学有关于《浮士德》及"Wilhelm Meister"的课。①

但是冯至对于歌德的喜爱也有反复：

1932 年 1 月 11 日冯至致杨晦等人的信中，再次谈到研究歌德的曲折心情：

> 3月1日前（关于歌德的）你们或者可以收到我的一篇《歌德的童年》，不过我对于歌德除了敬畏外，没有亲切之感，所以有时想译一点他的东西，却总不能弄得下去。②

1932 年 11 月 17 日致杨晦的信，冯至在研读歌德时内心又发生了微妙的变化：

> 我数月以来，专心 Goethe。我读他的书，仿佛坐

---

① 冯至.冯至文集　第十二卷 [M].石家庄：河北教育出版社.1999：122.
② 同上：132.

在黑暗里望光明一般。他老年的诗是那样地深沉，充满了智慧，但是我不敢谈他：因为现在国内的是那样乌烟瘴气地纪念他，我个人，一方面是应当谦虚，一方面应当是自爱。①

1932年恰逢歌德逝世一百周年，国内各界正在热热闹闹地纪念歌德，近十几家报刊发表了大量介绍歌德的文章。后来宗白华等人把这些文章汇集成书《歌德之认识》。此时的冯至在德国静静研读歌德，并没有去凑这个热闹。受德国大学学术之规训，冯至明白，只有熟读文本才能写出有关歌德研究的扎实文章。

冯至在柏林期间继续研读歌德，例如1932年他在致鲍尔的信中，谈到阅读了《歌德的童年》《歌德与司格特》②，同年暑假他有提及："《诗与真》我尚未读完，今年下半年除了读宫多尔夫的专著外，如果可能，我想对歌德的重要作品做一番研究。"③

冯至在1932年这个暑假并没有闲着，他在致鲍尔的信中讲到：上星期我读了《塔索》，现在正在读《浮士德》第

---

① 冯至.冯至文集 第十二卷[M].石家庄：河北教育出版社.1999：137.
② 同上：159.
③ 同上：161.

二部（第一部以前已经读过）。对于这部深刻而丰富的书我愿意多下些功夫，我读得很慢，尽可能读得仔细些，比起歌德的早期作品，我更喜欢他的晚期作品。我喜欢那些包含着深刻人生睿智的书，如《西东合集》。您一定知道这部诗集中《幸运的渴望》这首诗，这是我最喜爱的诗。我曾多次试着将它翻译出来。但没有成功。

我觉得，我们对于歌德的态度应该像斯特凡·格奥尔格在他《歌德纪念日》这首诗里所说的那样：

我们把敬仰的目光朝上仰望，随后就移开。

今天万众喧哗，争吐心曲，

那就让我们的问候沉默，不必来凑热闹。[1]

1933年4月20日，冯至从柏林返回海德堡，准备跟随阿莱文教授做有关里尔克《布里格随笔》的博士论文。随后阿莱文教授遭解职，他不得不更换导师以及论文题目和研究对象，这个时段，他不得不把主要精力放在了研读德国早期浪漫派诗人诺瓦利斯的身上。

但是从他致鲍尔的信中，仍然可以看出歌德对他的影响，例如1933年12月13日的信中，他提到：我赞美的只是那些纯净的诗人（如歌德、默里克、里尔克）。[2]1933年

---

[1] 冯至.冯至文集 第十二卷[M].石家庄：河北教育出版社.1999：164.
[2] 同上：175.

年底致鲍尔的一封信中又谈及：

> 也许生活就意味着学会了解和认识许多事，既有美好的，也有丑恶的；我常常在老年歌德的睿智中深思，他的几行字，或是一首箴言，或是几行诗有时就会深深打动我，对我发生有力的影响。①

歌德的作品一直陪伴着冯至，使他获得恒久的心灵慰藉。1934年2月4日冯至又写道：

> 歌德的一封信使我深受感动，我几乎每天都把这封信读一遍，作为祈祷，在这空虚的时间里来安慰自己。我说的是歌德1832年4月17日致奥古斯特·楚·施托尔贝格伯爵夫人的那封信。②

经过一年的艰辛与努力，冯至终于写完了他的博士论文"Die Analogie von Natur und Geist als Stilprinzip in Novalis' Dichtung"（《自然与精神的类比——诺瓦利斯创作中的文体原则》，并于1935年6月22日、26日通过两次答辩，获得

---

① 冯至.冯至文集 第十二卷[M].石家庄：河北教育出版社.1999：177.
② 同上：115.

海德堡大学哲学博士学位。然而，就是在这篇研究诺瓦利斯的论文中仍然九次出现了歌德，三次出现了里尔克，在论文中歌德是作为诺瓦利斯思想以及研究方法的对立面出现的，后来冯至一再研究与阐释的歌德自然哲学观"死与变"（Stirb und Werde）也在这篇博士论文中得到征引。这些足以证明，冯至作为研究者，始终选择符合自己气质的作家展开研究，既对比他们的思想的相似之处，也寻求探索他们的对立与冲突。

1935年9月冯至获得博士学位之后，回到中国，先在北平，后赴上海，任同济大学教授，1937年2月在抗战爆发前，翻译了歌德诗歌《玛利浴场哀歌》，刊登于《新诗》第一卷第五期。1938年随同济大学内迁，同年12月底到达昆明。

冯至从学习德语到去德国留学，逐步由喜爱歌德，开始阅读与翻译歌德作品，到为歌德作品和思想所感动，并且把歌德的思想作为他的博士论文研究对象诺瓦利斯的重要参照系，这一系列的前期知识储备，为冯至后来深入研究歌德打下了坚实的基础。

三、译注《歌德年谱》、研究歌德及《浮士德》(1941—1947)

(一)译注《歌德年谱》

抗战期间,冯至在昆明西南联大担任德文教授,开设了多门德国文学的选修课,除了《德国文学史》(1940—1941学年)、《德国抒情诗》(1939—1940学年)之外,他还开设了《浮士德与苏黎支》(1941—1942学年)、《浮士德研究》(1945—1946学年)等课程。[①]

这期间是冯至潜心翻译与研究歌德的重要阶段。1940年,冯至一家为躲避日军空袭,全家前往杨家山农场茅屋,每周进城授课两次,回来便在家里读书与思考。

歌德的著作与杜甫的诗歌成为冯至的主要读物。1941年,冯至发表文章《歌德的晚年》,开始译注俾德曼的《歌德年谱》,分八期刊于重庆的《图书月刊》,发表时间从1941年到1943年。因病中止编注工作,《歌德年谱》只译注到1808年。

1941年春,冯至在《歌德年谱》的译者序中阐明了他译注《歌德年谱》的理由:

---

① 叶隽. 德语文学研究与现代中国[M]. 北京:北京大学出版社,2008:192.

1932年3月，予客柏林，适逢歌德逝世百年纪念。当时德国虽是多事之秋，然各界人士，缅怀往哲之情，未尝稍衰，一时纪念典册，蔚然成观。歌德专家俾德曼（Flodoard von Biedermann）之《歌德年谱》(Chronik von Goethes Leben）亦于此时问世。该书取材渊博而谨严，凡歌德之生活、工作，以及友朋交往、时代变迁，均权其轻重，胪列谱中。歌德享有高年，身历三世，所谓德国之古典时代，实与之相始终。故此编之作，亦一时代精神之纪年也。子疏散山庄，暇时辄迻译此书，并不揣谫陋，就歌德之著作、书札、日记、时人记载，与后世学者之研究，略加注释。盖以年谱为经，注释为纬，国人有意于德国文学者，可取作参考之手册焉。慨自流离数载，所藏书籍泰半丧失，行箧残留，实不足当此工作。今仅因陋就简，草草成编，补漏填缺，当俟诸异日。①

俾德曼《歌德年谱》系德国岛屿出版社（Insel-Verlag）1932年出版，全书196页，正文只有150页，剩下40多页包括人名、地名索引及歌德去世百年来歌德的作品集和研究文献索引，是一本非常实用的歌德研究工具书。

---

① 冯至. 冯至全集 第十一卷 [M]. 石家庄：河北教育出版社，1999：343—344.

冯至不是简单地翻译《歌德年谱》，而是在参考其他资料的基础上作出了大量的注释，目的是方便国内的德国文学研究者。

对比原文与冯至的译注，可见冯至在这本小册子的翻译与研究上费了很大的功夫。其中，歌德的生平纪年，他都用相应的清朝年代标注，便于读者横向比较，例如《歌德年谱》的开头如下：

1749年（清乾隆十四年）8月28日，"中午钟声击十二响时"约翰·沃尔夫冈·歌德（Johann Wolfgang Goethe）生于美因河畔法兰克福（Frankfurt a. M.）大鹿沟宅内。（大鹿沟，法兰克福街名，今歌德故宅在焉。歌德自传《诗与真》第一部："我们这里看不见沟，也看不见鹿。……据传说，这块地方曾经有过一道沟，里边蓄养着一群鹿。"）[1]

歌德出生于1749年，正是中国清王朝的乾隆十四年，以上引文括弧内的文字系译注者冯至所加，正文内并没有，又比如：

1766年（清乾隆三十一年），复活节大市集，同乡施

---

[1] 冯至.冯至全集　第十一卷[M].石家庄：河北教育出版社，1999：345.

罗塞（Johann Georg Schlosser，1739—1799，著作家，后为歌德之妹丈）旅行经过莱比锡，引歌德至舍恩科普夫（Christian Gottlob Schönkopf，1716—1791）之酒馆，从此歌德改在此处午饭，与其女安娜·卡塔琳娜（1746—1810，歌德称为"安乃特"）过从甚密。4月27日，二人定情。（本年10月1日，歌德致函莫尔斯云"我爱上一个女孩，没有地位，没有财产，我第一次感到一种真爱所给的幸福。"）与施罗塞拜访高特舍德。（歌德在《诗与真》第七篇中，记载其拜访高氏之一幕，对于高氏备加嘲讽。）[1]

纵观冯至译注的《歌德年谱》，他在翻译原文的基础上，增添了几乎一半内容，冯至依靠有限的文献资料，作出了如此丰富翔实的注释，实在难能可贵，此书实属国内学者研究歌德最重要的成果之一，可惜长期没有得到学术界足够的重视。

冯至在译注《歌德年谱》的同时，歌德的形象一直浮现在他脑海里，在他当时发表的《十四行集》的第十三首，冯至简明概括与总结了歌德的一生以及歌德对人生的领悟：

> 你生长在平凡的市民的家庭，

---

[1] 冯至.冯至全集　第十一卷[M].石家庄：河北教育出版社，1999：352.

你为过许多平凡的女子流泪，
在一代雄主的面前你也敬畏；
你八十年的岁月是那样平静，

好象宇宙在那儿寂寞地运行，
但是不曾有一分一秒的停息，
随时随处都演化出新的生机，
不管风风雨雨，或是日朗天晴。

从沉重的病中换来新的健康，
从绝望的爱里换来新的营养，
你知道飞蛾为什么投向火焰，

蛇为什么脱去旧皮才能生长；
万物都在享用你的那句名言，
它道破一切生的意义："死和变。"[①]

这首关于歌德的十四行诗原载于1941年6月16日《文艺月刊》战时特刊，题为《歌德》，为组诗《十四行诗》第四首，初收《十四行集》，略做改动，并删去诗题，只标序

---

① 冯至. 十四行集[M]. 上海：上海文化生活出版社，1949：27.

号，1949年第二版附注作者标明"歌德"，1980年编入《冯至诗选》时第一次添加了标题"歌德"。1985年定稿本，作者把第一节第二、三行改为"你为过许多平凡的事物感叹，你却写出许多不平凡的诗篇"，这两行关键诗句的修改也反映出冯至对歌德的认识随着时代的变迁发生的微妙变化。

冯至对歌德的翻译与研究前前后后经历四十多年，我们也可以从这首诗的两行总结性诗句的修改中，见出歌德形象在冯至心中的变迁。原句"在一代雄主的面前你也敬畏；你八十年的岁月是那样平静"，体现了正在研读歌德作品以及老师宫多尔夫的《歌德传》的冯至对拿破仑与歌德的关系的准备把握。但是相隔三十多年后，冯至对歌德的研究日趋深入，认识也更上一层楼，他认为1941年写就的十四行诗《歌德》中的这两句还不足以概括歌德的一生，所以做出了相应的修改。

通过比较冯至发表于民国时代的《歌德论述》和八十年年代的《论歌德》同题文章，可以发现冯至一直都在修订与完善他的歌德认识。

（二）翻译与研究《浮士德》

西南联大期间冯至论歌德的文章共有五篇，分别为《歌德的晚年——读〈爱欲三部曲〉后记》(1941)，《〈维廉·麦斯特的学习时代〉中文译本序言》(1943)，演讲《〈浮士德〉

里的魔》(1943)和《从〈浮士德〉里的人造人略论歌德的自然哲学》(1944),《歌德与人的教育》。冯至在留学德国期间就研读过《浮士德》,后来在《浮士德》的翻译与研究上着力颇多。

1943年,冯至翻译了《浮士德》第二部第三幕《哀弗立昂》(Goethe Faust II V.9695—9944)片段,刊登在《文阵新辑》1943年第2期。这一幕也描写了浮士德与海伦所生儿子欧福良诞生后,乐极生悲,坠地而亡的场景。这是冯至翻译《浮士德》的最长片断,共计299行。冯至在抗战期间,选择翻译这个场景是颇费思量的,例如:

哀弗利昂

没有城垣,没有墙壁,
每人只信念自己;
男子的铁石的胸围
好坚持,是强固的堡垒。
你们若要不被征服,
就快武装参加战争;
妇女成为亚玛孙族,
每个孩子都成为英雄。

又如:

哀弗利昂

我出现不是一个小孩，
是青年披盔带甲到来；
加入强壮，自由。勇敢的人类，
他已经在精神里完成。
向前去！在那里
展开了荣誉的途程。

冯至后来并未将299行译诗收入他的任何文集中，但是他翻译此段诗歌的用意随着他的两篇《浮士德》论文的问世便显现出来。

冯至一再强调，老年歌德对他具有很大的吸引力，因此他的歌德研究与当时不少的研究者相比，研究视角与研究对象完全不同。冯至把注意力聚焦于歌德晚年创作的《浮士德》第二部，研究的对象不是浮士德，而是魔鬼梅菲斯特以及人造人荷蒙库鲁斯，并由人造人在《浮士德》第二部的命运出发，引申与分析了歌德的自然哲学观，这些独特的研究视角改变了之前只介绍《浮士德》梗概或者只探讨"浮士德"精神的局限，大大丰富了《浮士德》研究的外延与内涵。

冯至在昆明期间的歌德研究，两篇分量最重的论文就是

《〈浮士德〉里的魔》和《从〈浮士德〉里的人造人略论歌德的自然哲学》，后来两篇文章均收录于1948年出版的朱光潜主编的"正中文学丛书"《歌德论述》中。

1943年1月28日，冯至在昆明西南联大文史学会做了《〈浮士德〉里的魔》的演讲，同名论文刊载于1943年9月的《学术季刊》（文哲第二卷第三期）。

冯至之前鲜有论者深入分析《浮士德》诗剧的反派人物——魔鬼梅菲斯特。在《〈浮士德〉里的魔》一文中，冯至首先简介了《浮士德》一书的结构和内容：四个悲剧，学者悲剧、爱的悲剧、美的悲剧和事业的悲剧；两个赌赛，魔鬼和上帝的赌赛、魔鬼与浮士德的赌赛。分析了魔鬼一词的来源，冯至认为，"歌德写《浮士德》虽然有些传说上的根据，但大体来看，是歌德自己创造的，我们研究这部著作，愿意遵守歌德这句话，如果不是必要，就不牵连到作品以外的事物上去。这就是说紧紧'把住'这部著作，从第一行到最后一行，一步也不放松。有时也要把歌德关于《浮士德》发表的言论及其他的作品来作旁证。这样，庶几不至于曲解作品，冒渎诗人。"[1]冯至的这种认识，让我们明白在解读《浮士德》诗剧时，应当紧扣文本，不应该过度阐释《浮士

---

[1] 冯至.《浮士德》里的魔.冯至.冯至自选集[M].北京：首都师范大学出版社，2008：274.

德》。冯至认为魔鬼梅菲斯特的性格是歌德创造的,他的性格中缺乏一个事物——幽灵(Daimon),因此对梅菲斯特本质做了以下五点概括:

第一,他不认识人类里的有一种积极的力量,也就是幽灵的力量。对于不可能的事物的追求。

第二,他赞颂黑暗。他闯进浮士德的书斋时,浮士德问他叫作什么,他自称他是黑暗的一部分。

第三,他不理解"天行健,君子以自强不息"的意义,他的哲学是虚无主义。

第四,他不太容易理解"人之异于禽兽者几希"的道理。

第五,梅菲斯特自以为看透世情,对于世事也非常冷淡,无感伤,无热情,与浮士德相比,正好是一个对照。①

冯至还援引了爱克曼的《歌德谈话录》中歌德与他自杀友人梅尔克(Merck)的对比,指明魔鬼梅菲斯特的性格具有二重性,所以"就性格上来看,已经不是传统的魔鬼,而是一个玩世不恭的人,——也可以说是'现代的魔鬼'"。②

冯至通过对魔鬼梅菲斯特高屋建瓴的准确分析,让我们

---

① 参见:冯至.《浮士德》里的魔.冯至.冯至自选集[M].北京:首都师范大学出版社,2008:276—279.
② 冯至.《浮士德》里的魔.冯至.冯至自选集[M].北京:首都师范大学出版社,2008:281.

站在浮士德对立面观察浮士德人物性格演变的历程，从而让我们更为深刻与全面地把握与理解浮士德这个艺术形象。

《从〈浮士德〉里的人造人略论歌德的自然哲学》是1944年9月2日冯至在昆明哲学编译会上的演讲，刊载于1946年10月27日的天津《大公报·星期文艺》以及《哲学评论》第十卷第六期。

从这篇论文的标题就可以判断冯至关注的是《浮士德》第二部最敏感且有意味的主题："人造人"荷蒙库鲁斯所蕴含的歌德自然哲学观。冯至第二篇《浮士德》人物分析论文，同第一篇类似，冯至选取的分析对象，在当时国内鲜有学者论及。冯至展开的视角同样独特，他要通过荷蒙库鲁斯的人物及其命运的分析，勾画出歌德的自然哲学观在《浮士德》诗剧中的表现。这篇论文分四部分。第一部分，解析了人造人在寻求实体的路上与两位哲人泰勒斯（Thales）和阿纳萨哥拉斯（Anaxagoras）交谈，讨论地球形成的截然相反的两种观点：水成论和火成论。第二部分，冯至分析了歌德从壮年到老年一直关注的两个问题，地球的形成和生命的生成。结合歌德对地质学的研究，分析了歌德自然观的形成过程，指出歌德是主张水成论的。因此他也力图在《浮士德》第二部中，借助人造人荷蒙库鲁斯在海上与贝车相撞，与海水化合，让泰勒斯唱出了水的颂歌。第三部分，冯至分析了人造人只有精神是不够的，还必须要有身体，这就是生物起源问题。生物蜕变论（Metamorphosenlehre）是歌德竭力主张的，歌德认为"死只是一个走向更高的生命的过程，由于死而得新生，抛却过去而展开将来，这是生物蜕变的道理"[①]，也就是"死与变"。第四部分，冯至认为歌德所持的水成论观点，用现代科学知识来衡量，是需要修正的。他认为歌德不是严格意义上的科学家或哲学家，他是一个诗人。歌德所用的方法是综合法，原始现象是从自然界万象中综合得来的假定，把所有个别的、偶然的、特殊的事物除去了以后得到的万物的共同现象。[②] 冯至通过分析人造人荷蒙库鲁斯一生中的多次际遇，归纳与总结出歌德的自然哲学观，揭示了歌德在动物蜕变和植物蜕变之外竖立起来的人的蜕变论，从而指明歌德作品中这样的认知随处可见。

四、冯至晚年的歌德研究（1978—1984）

新中国成立之后，鉴于当时的政治形势，冯至把重要精力放在了海涅、布莱希特以及东欧部分作家的译介上，歌德

[①] 冯至. 从《浮士德》里的"人造人"略论歌德的自然哲学. 冯至. 冯至自选集 [M]. 北京：首都师范大学出版社，2008：300.
[②] 参见：冯至. 从《浮士德》里的"人造人"略论歌德的自然哲学. 冯至. 冯至自选集 [M]. 北京：首都师范大学出版社，2008：301.

的研究与译介搁置了很久。

1958年在冯至主编的《德国文学简史》中，简述了歌德的创作历程，评价了他的几部重要作品，分别评述了歌德在狂飙突进、古典时期的思想以及作品的特点。应该说这部匆忙编撰的文学史还是有很高的水准，尤其是冯至主笔的部分，客观、准确地分析与介绍了歌德多部代表作，对他的思想演变也有较为详尽的描述。但是这部文学史主要以描述介绍为主，缺少对作品的深刻剖析，其学术价值不高，因此冯至从来没有考虑把其中有关的文字纳入他后来修订的《论歌德》一书中。

冯至弟子杨武能先生指出，"从1978年开始，冯至比在四十年代更加专注、潜心地研究歌德，已经深入歌德思想境界的'堂奥'，既更加了解他的伟大，也认识到他的不足和渺小。"[1]冯至先后发表了《〈浮士德〉海伦娜悲剧分析》《浅释歌德诗十三首》《一首朴素的诗》《歌德的格言诗》《歌德与杜甫》等一系列的歌德研究成果，其中既有浅显的文学作品赏析，也有层次高、视角新颖、阐述深刻的论文。

《〈浮士德〉海伦娜悲剧分析》是冯至歌德研究的又一座高峰。冯至研究《浮士德》的视角颇具匠心与独到之处，他在西南联大时期分析与研究了魔鬼梅菲斯特、荷蒙库鲁斯的

---

[1] 杨武能.冯至与德语诗歌[J].外国文学评论，1993（3）：95.

性格与特征，这些个案研究，丰富与拓展了《浮士德》研究的内容，也促使我们从多种角度理解与阐释《浮士德》，而这篇论文研究的是《海伦剧》，同样是冯至在歌德研究上的创新与尝试。

《海伦剧》是《浮士德》第二部的特殊单元，歌德早在1800年前后，即《浮士德》第一部还没有完全完成之前，就开始构思《海伦剧》，并创作了265行片段。冯至在这篇论文的开头分析了海伦剧形成的历史背景以及歌德在创作此剧时与席勒展开的深入交流与探讨。海伦是古希腊神话中饱受诟病的艺术形象，歌德如何在他的《浮士德》之中使海伦变成美的化身，无疑在创作上是一种挑战，席勒给出了重要的建议：为了符合《浮士德》的全部精神，古希腊必须与北方结合，从中产生新的东西。歌德决定把代表古希腊的海伦与代表北方的从中世纪到宗教改革时期的浮士德相结合，从而解决了创作中的障碍。他在完成《海伦剧》之后，决定作为一幕单独的短剧发表，取名为"古典的——浪漫的梦幻剧，《浮士德》插曲"。这部短剧的地点在希腊南部的斯巴达克地区，内容是希腊人打败特洛伊，海伦率领着被俘的特洛伊女子歌队返回故乡。但是时间却跨越了3000年，第一场发生在公元前12世纪末，第二场是民族大迁徙到浮士德时代，第三场是19世纪20年代的希腊独立战争。歌德在此剧中让浮士德在希腊本土遇见海伦，海伦遇见浮士德在浮士德的时代，这意味着希腊的古典精神与现代浪漫精神的结合。[①] 冯至接着分析了海伦的再现，与浮士德结合，以及他们的孩子欧福良（哀弗利昂）的陨落，揭示了《海伦剧》中的悲剧性因素。

冯至前后相距四十多年，分别选取了《浮士德》三位比较有特色的人物作为分析对象，揭示了《浮士德》诗剧中多彩斑斓的一面，也让读者能够从多角度分析与理解这部经典文学作品的魅力，为我国的《浮士德》研究开拓了新的研究场域。

1980年初，冯至受《中国大百科全书》编辑部之托，撰写杜甫和歌德词条。这让冯至不由自主地把这两位时间上相距一千年、空间上相距八千公里的诗人作比较。冯至后来在瑞典皇家文学、历史、文物科学研究院每年学术例会上所做的演讲《歌德与杜甫》，是一篇重要的比较文学之作。冯至的好友梁宗岱，曾经在1934年发表过《李白与哥德》一文，冯至在《歌德与杜甫》的分析与探讨上显然比梁文更深刻，更具有学术的示范意义。先看梁宗岱是如何比较歌德与李白的。

---

① 参见：冯至.《浮士德》海伦娜悲剧分析. 冯至. 冯至自选集 [M]. 北京：首都师范大学出版社，2008：313.

梁宗岱认为李白与歌德有两点相似之处："一是他们底艺术手腕，一是他们底宇宙意识。"① 他认为歌德与李白都是驾驭诗歌体裁的高手，"哥德底诗不独把他当时所能找到的各时代各民族——从希腊到波斯，从德国到中国——底至长与至短的格律都操纵自如，并且随时视情感或思想底方式而创造新的诗体。李白亦然。……何尝不抑扬顿挫，起伏开阖，凝练而自然，流利而不衰易，明丽而无雕琢痕迹，极变化不测之致。"②

梁宗岱总结道："李白和哥德底宇宙意识同样是直接的，完整的；宇宙底大灵常常像两小无猜的游侣般显现给他们，他们常常和他喁喁私语。所以他们笔底下——无论是一首或一行小诗——常常展示出一个旷渺，深宏，而又单纯，亲切的华严宇宙，像一勺水反映出整个星空的天光云影一样。"③

冯至比较歌德与杜甫之前，首先要在具有充分论据的材料基础上，对比两位伟大诗人的特点、歌咏的对象、思想情感、经验智慧的异同，以及如何对待古代和外国文学遗产问题，也就是让主观原因转变为客观原因的问题。比较文学研究的视角首先要找出研究对象的异同，这样才能找到比较的基础，因此冯至认为比较两位诗人诗歌创作的数量、内容

---

①② 梁宗岱. 李白与哥德. 梁宗岱. 梁宗岱文集 第二卷 [M]. 北京：中央编译出版社.2003：104.

③ 同上：105.

与体裁，才能缩小比较的范围，达到准确阐释比较对象的目的。冯至通过对这两位诗人的比较，发现了他们之间最大的不同，歌德虽然是政治家，但是他诗歌很少谈政治，而杜甫政治生涯十分短促，但是满怀热情地关注政治。因此这样的比较还应该缩小范围，比较两位诗人创作的诗歌与政治的关系，从而突出了杜甫的政治诗，并非歌德曾经认为的"没有诗意"，而是很有诗意。从这种比较中，我们发现歌德尽管在诗歌创作数量上非常庞大，其诗歌在十九世纪以前的文学地位极为崇高，但是他对诗歌创作，尤其政治诗的观点，也并非完全正确。

接着冯至在两位诗人的微观比较上，选取了"诗与自然"这个重点。歌德曾经创作了大量歌颂大自然的诗歌，歌德在自然科学研究上也曾经投入了巨大的热情与精力，因此歌德形成了辩证的自然观以及自然哲学思想，冯至举了不少例子，阐释歌德的自然观，指出歌德《浮士德》诗剧几乎无处不显示出自然界收缩与扩张的辩证关系。

而杜甫虽然创作了不少讴歌大自然的诗篇，但是他不可能像歌德那样系统地研究大自然，从中总结规律，并在他的作品中体现出来。但是杜甫对自然的观察同样细致准确，"杜甫的自然诗，除了常把个人情感、时事、景色交互交融以外，……却把自然的景色写得十分壮丽，有的诗前半是雄浑浩大的自然，后半是灾难重重的时事，有的诗先是自己的狭隘的处境，后是无限的'天地'与'乾坤'。"①冯至引用杜甫一首题画诗"咫尺应须论万里"（《题王宰画》），指出了杜甫与歌德的共同之处："'咫尺'是收缩，'万里'是扩张"。

如果说梁宗岱是感性地比较了歌德与李白的共同之处，冯至这篇比较文学文章则在具体文本的比较上，从更深的思想层面，比较与揭示了歌德与杜甫的异同，因此该文具有重要的启发与引领作用，学术价值也更高。

后来冯至弟子杨武能提出了"歌德与苏东坡"的比较文学研究课题，也是具有中国特色的比较文学研究新视角，笔者认为可以按照冯至先生提出的比较文学研究思路，更为深入地研究和探讨歌德与苏东坡在文学创作领域和文艺思想方面的异同，从而进一步加深对两位伟大文学家的认知和理解。

杨武能这样评价歌德对冯至的影响："可以说，在诗人进入高龄后，是歌德经常伴随着他，成了他探讨宇宙、自然、人生的伙伴，成了他观察、认识、评判自己的镜子，成了他异国的知音和诗友。"②

---

① 冯至.歌德与杜甫.冯至.冯至自选集[M].北京：首都师范大学出版社，2008：381.
② 杨武能.冯至与德语诗歌[J].外国文学评论，1993（3）：95.

五、冯至翻译的歌德诗歌、小说

从 1924 年冯至翻译歌德的《魔王》起,冯至共翻译了二十多首歌德的诗歌,包括:《普罗米修士》《魔王》《漫游者夜歌》《掘宝者》《我听见什么在外边》《迷娘之歌》《我可怜的魔鬼》《谁解相思渴》《不要用忧郁的音调》《我要潜步走到家门旁》《不让我说话,只让我缄默》《让我这样打扮,直到死亡》《给独创者》《谦恭》《水的颂歌》《哀弗利昂》《浮士德》第二部片断)《守望者之歌》(《浮士德》第二部片断《神秘的合唱》(《浮士德》第二部片断)《中德四季晨昏杂咏》《格言诗十二首》《玛利浴场哀歌》等。这些诗歌均为歌德各个时期的代表作,也曾深深感染过诗人冯至,促使他不断地把这些诗歌译成中文。

例如《浮士德》第二部结尾的《神秘的合唱》,冯至的译文如下:

> 一切无常的
> 只是一个比喻;
> 不能企及的
> 这里成为事迹;
> 不能描述的
> 这里已经完成;

> 引渡我们的
>
> 是永恒的女性。①

冯至与夫人姚可崑，在 1940 年代还翻译过歌德著名的修养小说《威廉·麦斯特的学习时代》。但是由于久未整理付印，弃置箱中，一直封存了四十多年，最后交给该书的责任编辑关惠文校订加工，才得以面世。冯至在 1943 年夏天就撰写了该书的译序，首次阐释了德国修养小说（Bildungsroman）或者发展小说（Entwicklungsroman）的概念，冯至在 1984 年 8 月 27 日又做了修改，这同样是一篇思想深刻的歌德作品研究论文。杨武能后来也翻译了歌德这部修养小说，提及了老师的译作对他的启发意义：

> 1988 年，业师冯至教授和夫人姚可崑老师终于推出了《维廉·麦斯特的学习时代》开笔于抗日战争时期的全译本，弥补了我国歌德介绍的一个重要的空白。就像我的学术事业得到了冯至老师的巨大促进和奖掖，使我终生受惠，永志不忘，我在翻译此书的过程中也不时地参考老师的译本，同样获益良多。②

---

① 冯至.外来的养分 [J]. 外国文学评论.1987（2）.
② 杨武能.代译序.歌德.威廉·迈斯特的学习时代 [M]. 杨武能，译.石家庄：河北教育出版社.2015：15.

六、冯至弟子对歌德作品的翻译与研究

冯至是中国歌德学的重要领路人与开拓者，他除了自己翻译与研究歌德之外，也影响与指导了他的弟子们展开歌德的翻译与研究，这些弟子的研究成果分述如下：

范大灿（1934—2022），1957年毕业于北京大学西语系，与安书祉、黄燎宇合译了《歌德论文学艺术》。主编五卷本《德国文学史》，其中《德国文学史》第二卷，由范大灿执笔，用大量篇幅描述了歌德的创作与文学作品。

张玉书（1934—2019），1957年毕业于北京大学西语系德语专业，写有论文《歌德与席勒》，曾经翻译过歌德的抒情诗以及爱克曼的《歌德与爱克曼的谈话录》(节选)。

叶廷芳（1936—2021），1961年毕业于北京大学西方语言文学系德语专业，任职于中国社会科学院外国文学研究所，曾多年担任过中国歌德学会会长。他的文章《巨人的步履》，介绍了歌德在中国的传播与接受。他的其他几篇文章《缅怀冯至先生》《一部〈论歌德〉冯至写了40年》描述了冯至先生对他的指导与帮助，尤其是在歌德研究上的创举。

余匡复（1936—2013），1957年毕业于北京大学西方语言文学系，著有专著《歌德与浮士德》《浮士德——歌德的精神自传》等。2009年，担任徐晓钟导演、上海话剧艺术中心推出的话剧《浮士德》的艺术顾问，并翻译了《浮士

德》话剧的演出本。

高中甫（1933—　），1957年北京大学西语系毕业，1978年入中国社会科学院外国文学研究所，从事德国文学研究。著作有《德国伟大诗人——歌德》（1981），与人合撰的有《德国文学简史》（1993）。主编有《歌德精选集》（1997），《歌德绘画》，翻译有歌德长篇小说《亲和力》（1987），研究专著《歌德接受史》。

樊修章（1932—2007），古典文学学者、翻译家，1957年北京大学西语系毕业，曾就职于北京外文书店、宁夏大学。主要译著有《浮士德》《歌德诗选》等。

潘子立（1938—　），1938年出生于福建省泉州市。1955年厦门市集美中学毕业，同年考入北京大学西语系德语专业，1960年毕业。译有《浮士德》《歌德抒情诗选》等以及大量德语经典文学作品。

杨武能（1938—　），1957年秋转入南京大学德语专业，1962年获学士学位毕业分配至四川外语学院教授德语，1978年考入社科院研究生院，师从冯至先生研究歌德。杨武能在1981年以论文《论〈维特〉与"维特热"》获社科院文学硕士学位。

杨武能在歌德研究与译介上成绩卓著，在歌德研究、德语中短篇小说理论研究、中德比较文学研究和译学理论研究上均有建树。据不完全统计，在国内外发表中德文学术论文

150多篇，各种专著、译著、编著、文集40多部。论文当中有27篇属歌德研究成果。其中：

（一）歌德文集翻译和编选

1.《歌德精品集》，杨武能译，安徽文艺出版社，1998年；

2.《歌德文集》（14卷本）（杨武能、刘硕良主编）河北教育出版社，1999年；

3.《歌德精品集》（6卷本），杨武能译，河北教育出版社，2015年；

4.《歌德思想小品》，杨武能译，上海社会科学院出版社，2018年。

（二）歌德文学作品译著（均为独著）

1.《杨武能译文集》（11卷本），广西师大出版社，2003年；

2.《亲和力》，华夏出版社，2007年；

3.《少年维特的烦恼》，四川文艺出版社2007年，人民文学出版社1981年；

4.《歌德谈话录》全译本，中国戏剧出版社2005年，其节选本（浙江文艺出版社2004年）为教育部中学新课标必读丛书之一；

5.《浮士德》，广西师大出版社，2003年，后被十几家出版社多次再版；

6.《迷娘曲——歌德诗选》，广西师范大学出版社，2003年；

7.《威廉·迈斯特的学习时代》，译林出版社，2002年；

（三）歌德研究专著

1.《歌德在中国》（德文版 Goethe in China：1889—1999，Peter Lang，2000）；

2.《走近歌德》，河北教育出版社1999年，教育部人文哲社二等奖；

3.《歌德与中国》，北京三联书店1991年，四川省社科奖二等奖；

在冯至众多弟子中，范大灿、余匡复、高中甫、杨武能等人作为歌德学研究的第三代学人，通过他们大量有关歌德作品的翻译与著述，使我国的歌德作品翻译以及歌德学研究达到了一个更高的层次。

2014年，杨武能作为首席专家主持的国家社科基金重大项目"歌德及其作品汉译研究"以及卫茂平作为首席专家主持的国家社科基金重大项目"《歌德全集》的翻译"，整合了国内一大批更年轻的学者从事歌德的研究与翻译工作，笔者相信，通过国内新一代歌德学者的辛勤耕耘，将进一步深化与提高我国歌德学的研究水平，新的歌德学研究成果问世指日可待。

七、结语

冯至作为我国日耳曼学的第二代学者，也是中国歌德学研究的领军人物，通过对歌德的翻译与研究，由歌德的作品以及作品中的人物分析与解读入手，由小见大，研究与展现了歌德多彩多姿、深刻丰富的思想及其文学艺术、自然科学的成就，无论在研究对象与研究范式上，还是在歌德学的问题意识方面，都大大拓展了中国歌德学研究的视野与领域，促使我国后代学者在这个神奇的研究领域不断探索与进取。

曾镇南认为冯至的歌德专著《论歌德》对歌德作品的艺术分析有以下特点：

> 第一，有知难而进的勇气，敢于言人所不能言，能够见人所不能见；
> 第二，从具体作品出发，对作家的艺术表现的方法进行精细的研究；
> 第三，运用中国古典文学的艺术经验，在中外文学的比较中揭示艺术规律的秘密。①

冯至弟子余匡复教授也给出了类似的评价：

> 冯至是中国的歌德研究专家，中国对歌德和对《浮士德》的研究，在深度上可以说至今还没有一个人

---

① 曾镇南. 外国文学研究方法的断想——从冯至的《论歌德》谈起[J]. 外国文学评论，1987（12）：128.

能超越他。但冯至的歌德研究只有薄薄的一本《论歌德》。这本小册子也许就不在当下以厚薄来衡量学术水平高低的所谓学者的眼里。以我之见,中国外国文学研究水平不理想的关键正在于缺少像冯至那样的有个性的研究(或可名之曰:"个性化研究")。所谓"个性化"研究就是结合个人的人生阅历和个人的哲理认识,对原著在形式和内容上作深入的开掘,言他人之未言,述他人之未述。①

但是仔细阅读与比较冯至的歌德研究作品,还是能够发现真正有思想深度与学术价值的论文为数不多,其余多为赏析与解读文章。叶隽从学术史角度对冯至的歌德研究作出了客观的评价:"以今日之学术规范视去,颇欠严谨,诸如注释的规范、索引的有无、论证的严密等;但就学术与思想的互相激荡而言,确是达到了一种互动的维度。在学理意义上,树立了一座里程碑式的标志,是在前人基础上的一个明显的跃进;由歌德研究而达致自身独特的歌德观的形成,更是'由学术致思想'的一个很好的例证,值得充分肯定。"②

综上所述,冯至几乎一生都在与歌德对话,这种热情与激情是与冯至先生几十年的学术成长轨迹分不开的,所以

---

① 余匡复.忆冯至老师[M].余匡复文集.上海:上海外语教育出版社,2016:589.
② 叶隽.德语文学研究与现代中国[M].北京:北京大学出版社,2008:330.

他在中国歌德学研究上取得的成就更应该得到全面的梳理与肯定。我国当代歌德学者也应吸收与利用当今国际歌德学研究取得的众多成果，结合中国德语语言文学研究与发展的实际，在歌德学研究的深度与广度上继续拓展与提高，发出自己的独特声音。

最后在此引用冯至晚年的诗歌《给一个患白内障的老人》，以揭橥冯至与歌德在精神上难以割舍的关系：

> 我不同意说老人是个李耳王，
> 也不愿看痴呆的老寿星；
> 我欣赏浮士德失明后的一句话：
> 眼昏暗，
> 心里更光明。

2021 年 11 月 30 日定稿于宁大花园

论歌德

参考底本

冯至.歌德论述［M］.朱光潜主编.上海：正中书局.1948.

冯至.论歌德［M］.上海：上海文艺出版社.1986.

冯至.冯至学术论著自选集［M］.北京：北京师范学院出版社.1992.

范大灿编.冯至全集 第八卷［M］.石家庄：河北教育出版社.1999：3—199.

上卷（1941—1947）以朱光潜主编、1948年上海正中书局出版的冯至《歌德论述》为底本，并以编者注的方式标注上海文艺出版社1986版冯至《论歌德》所收录相同文章内的异文之处，供研究者和读者参考。

《论歌德》的回顾、说明与补充

《论歌德》代序

最伟大的人物永远通过一个弱点与他的世纪相联系。

——歌德《格言与感想》

这本书里的文章是在两个不同的时期写的。所谓两个时期，前期是从1941年到1947年，后期是1978年以后的几年，前后两期相隔三十年。这三十年中，除了应邀作过以歌德为题的讲演与在学校里讲课写讲义论及歌德外，没有发表过关于歌德或他的作品的文字。这两个时期，一在新中国成立以前，一在新中国成立万象更新又经过十年浩劫以后，我的思想有了不少变化，对于歌德的认识也就有所不同。这里把我一些粗浅的认识略加清理写在下边，作为这本书的序言。

一、回顾和几点说明

从1939年7月起，我在昆明西南联合大学教书。为了躲避敌人的空袭，我住在昆明东北郊金殿后被称为杨家山的一座茅屋里，周围二十里是茂盛的松林。也是为了避免敌机的骚扰，学校上课的时间都排在晚间和清晨。我常常傍晚进城，第二天早晨下课后背着背包上山。背包里总装有两种东西，一是在菜市买的蔬菜，一是从学校图书馆借来的书籍。书籍中最沉重的是德国科塔出版社为纪念1806年起始出版歌德著作一百周年由封·德·赫伦（E. von de Hellen）主编的《歌德全集》。全集共四十本，我根据需要有选择地轮换借阅，比较认真读过的只是很少的一部分。同时我自己有岛屿出版社出版的袖珍本《歌德书信日记选》、爱克曼的《歌德谈话录》等等，这几本书因为便于携带，在战乱中没有遗失，从上海一直带到昆明。它们对于了解歌德和歌德的作品很有帮助。

我读歌德，主要是由于个人的爱好，在当时的条件下，很少有资料可供参考，说不上是进行研究，但有时偶有心得，前前后后写出几篇文章，在报刊上发表，或在某某讲演会上宣读。1948年初，曾把这几篇文章辑成一书，附录《画家都勒》一文，题名《歌德论述》出版。书前有这样一篇短序：

> 这几篇关于歌德的文字，不是研究，只是叙述；没有创见，只求没有曲解和误解。它们都是由于某种机会而谈论歌德的一本书、几首诗，或是歌德创造的一个人物，因此也就不能把整个的歌德介绍给读者。作者最感缺陷的是：这里谈到歌德的晚年，而没有谈

到他的青年;谈到《维廉·麦斯特的学习时代》,而没有谈到《漫游时代》;谈到歌德东方的神游,而没有谈到他的意大利旅行;谈到他的自然哲学,而没有谈到他的文学和艺术的理论。但是这些篇处处都接触到重要的几点:蜕变论、反否定精神、向外而又向内的生活。

书后附《画家都勒》一篇,因为里边曾经把都勒和歌德相比较。

这篇序写于1948年1月18日。序文虽短,还是说明了我在40年代怎样论述了歌德。序里说,有些方面没有谈到,是一种缺陷,如今看来,我之所以没有谈到,有几个原因:一是有的著作我那时没有仔细读,如《意大利游记》;二是歌德青年时期的诗和小说,我青年时曾以极大的热情读过,后来进入中年,对往日的爱好不想再过问了;三是没有去钻研,如歌德的文艺理论。至于我谈到的,也正是这几个原因的反面:比较仔细读过的、感兴趣的、略有心得自认为对歌德有所理解的。我大胆地说,"这些篇都接触到重要的几点",不容否认,这几点是重要的,但是还有更重要的方面没有接触到。

先谈一谈我接触的那几点和我个人的关系。

在抗日战争时期国民党统治区内,社会充满矛盾。每个有良心的中国人都认为，只有团结才能取得胜利，而国民党反动派丧心病狂，处处制造分裂。爱国人士、抗日英雄创造出许多可歌可泣的感人事迹，可是贪污行贿、鱼肉人民、穷奢极欲的败类更是肆意横行。我个人的思想也是矛盾重重。我从1930年冬到1935年夏在德国留学，学了些文学、哲学、艺术的肤浅知识，头脑里空洞的理想严重脱离中国的实际。眼看着光明与黑暗的对立日益明显地呈现在人们面前，再也不能容许给现实蒙上一层使光明化为朦胧、使黑暗变得冲淡的轻纱了。我不懂得用辩证唯物主义和历史唯物主义研究和分析问题，多半是从学校里、社会上进步人士中间吸取新的营养，此外就是从古代的、现代的诗人和作家的著作里（如杜甫、陆游的诗、鲁迅的杂文、歌德的《浮士德》等）得到不少精神上的支持和鼓励。社会变动很大，人们的反应也格外锐敏。战争失利的消息频频传来，本应增强大家的信心，克服困难，争取转败为胜，可是悲观的、虚无主义的论调应运而生，在一部分人中间散布着、蔓延着，给抗日战争唱反调。那时我读《浮士德》，把它看作是一部肯定精神与否定精神斗争的历史。歌德把文艺复兴时期一部魔鬼战胜浮士德的传说颠倒过来，使奋斗终身的浮士德在百岁高龄虽不免于死亡，最后还是宣告了虚无主义者魔鬼的失败。我反复诵读浮士德的独白和浮士德与魔鬼的对话，受益很深。我曾经用《易经》里的一句话"天行健，君子以自强不息"来概括浮士德的一生。同时我也认识到，代表"恶"与否定精神的魔鬼并不是一无是处，他随时都起着刺激"善"更为积极努力的作用。这个道理我后来在抗日战争与解放战争的胜利上得到证明。

歌德通过对植物的观察，认为千种万类的植物都是从最早的一个"原型"即原始植物演化出来的，它们一个阶段一个阶段地转变，而且不断提高。歌德把这种理论称为蜕变论，并把它运用在动物、矿物上边，甚至用以解说人的成长和社会的发展。他以极大的气魄写出浮士德的"蜕变"，就是一种尝试。浮士德经历了从"小世界"到"大世界"的不同阶段，克服重重困难，终于领悟到"智慧的最后的结论"，长篇小说《维廉·麦斯特》的主人公的成长也是经过了一个阶段发展到另一个阶段，最后懂得了人生的意义，因而使德语文学史中有了"发展小说"这个名称。可是从一个阶段发展到另一个阶段并不是轻而易举的，必须要用前一阶段痛苦的死亡换取后一阶段愉快的新生。蛇脱去旧皮才能生长，传说中的凤鸟从自焚中获得新的生命，是歌德惯于使用的比喻。在变化多端的战争年代，我经常感到有抛弃旧我迎来新吾的迫切需求，所以我每逢读到歌德反映蜕变论思想的作品，无论是名篇巨著或是短小的诗句，都颇感动。

歌德在1797年写的《自述》一开始就说：

> 永远努力的、向内又向外不断活动着的、诗的修养冲动形成他生存的中心与基础。

歌德在他的一生中努力向外发展，担任行政工作，观察自然界的万象，与同时代的人有广泛的交往，但也经常感到有断念于外界事物、返回内心世界的需要。从外界他吸收营养，积累经验，随即在内心里把营养和经验化为己有。歌德常把生物的呼与吸看作是向外与向内的必然规律，在一呼一吸之间"生命是这样奇异地混合"。向外追求与反求诸己，这两种力量互相轮替，互相影响，日益提高和加深了歌德的思想感情。《威廉·麦斯特的漫游时代》第二篇第九章里有这样一段话：

> 思与行，行与思，这是一切智慧的总合。从来就被承认，从来就被练习，并不被每个人所领悟。二者必须像呼与吸那样在生活里永远继续着往复活动；正如问与答二者不能缺一。谁若把人的理智神秘地在每个初生者的耳边所说的话作成法则，即验行于思，验思于行，这人就不能迷惑，若是他迷惑了，他就会不久又找得到正路。

这段话说得多么深刻，多么亲切，对我这个怯于行又懒于思的人是一个有力的鞭策，它成为我最宝贵的一条格言。

以上是我当时读歌德自认为获益较多的几点。但是我在那短序里只说是"接触到"，换句话也可以说是"涉及到"，对于这几点里的任何一点我都没有写过专题的论述。此外，序文里说，"最感缺陷的"是谈到这个，没有谈到那个，这固然是一个缺陷，但收在《歌德论述》里的文章还有更大的缺陷，是我那时不曾感到的。那时我从歌德的作品里领悟到一些生活的智慧，钦佩他对于人生与自然有透彻的观察和理解，写出那么多优秀的诗和伟大的著作，认为他是一个无可訾议的"人"，而没有把他看作是与他的时代不可分割的"社会的人"。这个更大的缺陷 也就是我前边说过的，文章里接触到的几点是重要的，"但是还有更重要的方面没有接触到"。

二、读了恩格斯的分析以后

1948年，我读到恩格斯批评格吕恩《从人的观点论歌德》一文，批评的目标主要是针对"真正的社会主义"，但其中有一段对歌德作了精辟的分析。恩格斯说："歌德有时非常伟大，有时极为渺小；有时是叛逆的、爱嘲笑的、鄙视世界的天才，有时则是谨小慎微、事事知足、胸襟狭隘的庸人。连歌德也无法战胜德国的鄙俗气；相反，倒是鄙俗气战胜了他。鄙俗气对最伟大的德国人所取得的这个胜利，充分地说明了'从内部'战胜鄙俗气是根本不可能的。"恩格斯不把歌德看作是抽象的"人"，而是根据歌德的作品与为人对歌德进行具体分析，并指出像歌德那样伟大的人物也摆脱不了德国社会对他的影响和局限。我读了恩格斯这段话后，反复思索，过去我虽然从歌德那里得到不少教益，但对于歌德之所以为歌德还是知之甚微的。这正如从一棵树上摘下来几个果实，品尝了果实的滋味，可是那棵树的性质如何，根植于什么样的土壤，都不曾过问，因此也就难以知道这棵树是怎样一棵树。恩格斯的文章给我以启示，我想起鲁迅在《"题未定"草（六）》里提到的"知人论世"，想起《孟子·万章下》所说的"颂其诗，读其书，不知其人可乎？是以论其世也"。我起始用心去了解歌德所处的时代和他与社会的关系。

歌德的时代是政治上发生巨大变化的时代，主要是法国资产阶级革命震动了整个欧洲；歌德的时代是自然科学蓬勃发展的时代，发明与发现不断地新人耳目；歌德的时代是德国政治与经济比较落后而文学与哲学空前繁荣的时代。在这宏观的局面里看歌德，比孤立地读歌德的作品就艰巨得多了。1950年1月29日，我在北京大学哲学讨论会上作过一次报告，试图从歌德时代的政治背景、哲学思潮、科学成就几方面来探索歌德的思想渊源，同时深感自己关于历史、哲学、自然科学的知识都很贫乏,这个报告过于冒险了。后来几次想以这报告的草稿为基础写一篇比较充实的论文,但是限于学力,没有能够写出来。

1949年,联邦德国和民主德国相继成立,适逢歌德诞生二百周年,德国东西两方都举行广泛的纪念活动,我很想就此了解一下战后的德国人民怎样评价歌德。那时我国和联邦德国没有交往,我只能从民主德国得到一些信息。民主德国在一般性的纪念文章里充分肯定歌德,强调歌德的进步性。为了说明歌德对法国革命的意义有所认识,他们常引用歌德于1792年随同普奥联军出征法国,在瓦尔密附近看到联军被法国革命军击败时说过的一句话:"今天从这里开始了世界史的一个新时期,你们可以说,你们亲自经历过了!"

为了说明歌德对人类抱有远大的理想,他们引用浮士德临终前的壮语:"我愿意看见熙熙攘攘的人群,在自由的土地上住着自由的人民。"

为了说明歌德是古典的现实主义者,他们引用爱克曼记录的歌德的谈话:"我把古典的叫做健康的,把浪漫的叫做病态的。"

德国人民从法西斯暴政下解放出来不久,为了医治民族的创伤,增强建设美好的将来的信心,从本国历史上对人类有过重大贡献的人物中吸取力量,用他们进步性、积极性的言行鼓舞和教育人民,是可以理解的,也是必要的。新中国从数十年革命流血的斗争中诞生,人们由于对旧社会罪恶与帝国主义侵略的憎恨,连带着有轻视祖国和外国文化遗产的倾向。为了纠正这个偏向,学校里、社会上进行过批判地继承中外文化遗产的教育。50年代前期,我在学校里讲课讲到歌德时,基本上接受了民主德国对歌德的评价。但是我一次一次重复地讲下去,渐渐发生疑问。首先我认为只强调歌德的积极方面,不谈他的消极方面,这不符合恩格斯精辟的分析。就以那几句常被引用的歌德的言词而论,也不是没有问题。浮士德双目失明,听一片挖掘土地的声音,以为人们都在听从他的意愿填海开拓疆土,说出他最后的一段独白。从这独白中寻章摘句,的确会使人想到人类的远景,甚至可以想到共产主义。浮士德说完了这段话,便倒下死去了,他所听到的挖土的声音却是死灵们在给他挖掘坟墓。这是一个大悲剧。最后歌德只得借助于天主教传统的幻境用象征的方法表示浮士德的"解脱"。至于歌德说,浪漫的是病态的,主要是针对当时德国一部分浪漫派作家,他们缅怀中古,写些违背常情的妖魔故事,却不能说浪漫主义都是病态的。实际上歌德很大一部分的戏剧和小说,浪漫主义成分更多于古典主义或现实主义。歌德晚年写过这样的诗句:"我们也许是太古典了,如今要读较为现代的东西。"而且他对英国和法国浪漫派的代表人物如拜伦、司各特、青年雨果等都是称赞的。至于"开始了世界史的一个新时期"的那句话更不足以说明歌德对法国革命有多少理解，因为这句话始见于歌德在将及三十年后才撰写的《出征法国记》，而歌德在法国革命爆发后几年内写过有一定数量的诗、戏剧和小说，都是对革命进行嘲讽和攻击。

三、歌德与法国革命

1789年，法国爆发了资产阶级革命，推翻了封建专制制度，在欧洲各国引起强烈的反响。德国知识界大部分的思想家和诗人最初都感到振奋，对法国革命表示同情。这场革命延续了五年，中间经过三次巴黎人民起义，德国人的反应随着革命形势的深入发展，也在起着变化，直到1793年路易十六被送上断头台，那些曾经同情革命的思想家和诗人们吓得退缩下来，除个别人外，他们都从颂扬转为不满，以至于否定。歌德则从来没有给法国革命唱过赞歌。他在组诗《威尼斯铭语》和《四季》、剧本《市民将军》和《激动的人们》、"框形小说"《德国流亡者的闲话》里有不少地方嘲讽和反对革命。1792年普奥联军出征法国，本来企图扼杀法国革命，不料被法国革命的志愿军打得大败，致使歌德说出"开始了世界史的一个新时期"的"预言"。法国革命的军队击败了外国干涉，乘胜前进，占领了德国的法兰克福和麦茵茨[①]。麦茵茨的进步人士欢迎法军，建立了德国有史以来的第一个共和国。1793年歌德又随军围攻麦茵茨。麦茵茨被攻克了，歌德走进麦茵茨，目睹城内紊乱情况，他说："这又是我的本性，我宁愿不公正，也不愿忍受无秩序。"歌德的《出征法国记》于1822年出版，后边附录《围攻麦茵茨》，这两部分组成一部著作，可是在瓦尔密战败后的"预言"和在麦茵茨对无秩序的诅咒在同一书里出现，是多么大的一个矛盾。后人强调歌德的进步性，常引用前者，指责他的保守性，则引用后者，各取所需。若是把这两句话放在天平上称一称，前者的分量就显得太轻了，因为歌德在法国革命后经常表示他厌烦无秩序、怕紊乱、反对群众运动的意见。组诗《四季》里有一首两行诗：

> 法国人在混乱的日子里，像当年路德派驱散了宁静的教养。

宗教改革者路德曾批评过他同时代的人文主义者埃拉斯姆斯·封·鹿特丹："他爱平静甚于爱十字架"（路德所说的"十字架"指的是保卫教义、真理的斗争），这个批评也适用于歌德。歌德在后人为他收辑的《格言与感想》里有比那两行诗

[①] 今译"美因茨"。——编者注

更为露骨的一条："让不公正存在，比用不公正的方式消除不公正要好些。"从这里可以看出，歌德只把革命理解为"以暴易暴"，却不懂得革命"即以其人之道，还治其人之身"。

歌德反对群众运动，最明显的是《威尼斯铭语》里的第五十三首：

> 法国悲惨的命运，大人物要加以考虑，但是说真的，小人物应考虑得更多。大人物沦亡了，可是谁保护过群众，去抵制群众？那时群众是群众的暴君。

在歌德的心目中，群众是更大的"暴君"，是混乱的制造者，他宁愿在一个暴君的统治下保持眼前的"秩序"，不能设想通过一时的"混乱"会产生新的社会秩序。

歌德的这些"不公正"的言论大都发表在18世纪90年代，是对于法国革命的直接反应，是他的"由衷之言"。至于他在三十年后追述的瓦尔密战役失败后说的那句"预言"（如果他当真说过），也不过是一时的感触，很难说明他对革命中的法国有什么理解。

歌德写过一部未完成的"政治剧"《激动的人们》，通过剧中的一个伯爵夫人表达了开明贵族的改良主义思想。那伯爵夫人曾侨居巴黎，从革命中得到"教训"，认为下层阶级起来革命，是大人物们倒行逆施的后果。她决心此后再也不干不公平的事了。1824年1月4日，歌德向爱克曼谈到这个剧本，他并没有改变他通过伯爵夫人所表示的意见。随后他又谈起他反对法国革命的原因。他说："这是真的，我不能是法国革命的朋友，因为它的恐怖行动距我太近，每日每时都激起我的愤慨，而它有益的后果当时还看不出来。此外，我也不能等闲视之，有人企图人为地把那些在法国出于十分必要而发生的场面照样搬到德国来。"这段话比较实事求是，不像他前世纪90年代的言论那样偏激。前句说出他当年反对革命的实情，而且承认，他没有看出来，革命产生了有益的后果。后一句也是有见解的，因为那时德国不可能进行法国式的革命，实际上也曾有人企图在德国按照法国的榜样掀起革命，但是都失败了。

中国人民在推翻压在身上的三座大山的长期而艰苦的革命斗争中，用支持什么反对什么衡量人的政治品质，是必要的、合理的。但我们不能把歌德在18世纪对法国资产阶级革命的态度如何，像我们在20世纪以是否赞成俄国社会主义革命为标准那样，来评定他是进步的或反动的。德国自从16世纪农民战争遭受失败，17世纪又经过三十年战争的浩劫，分裂为许多封建小邦，各自为政，有时还与外国联合互相争夺，所谓德意志民族的神圣罗马帝国久已名存实亡，最后于1806年在拿破仑进军的铁蹄下名义上也宣告结束了。从16世纪到18世纪，德国人民在长期分裂的情况下很难形成整体的民族意识。一般的市民满足于在个人狭窄的范围内过着有限的平静生活，他们不问政治，不关心外界事物，只求不要有外来的事物干扰他们。席勒的《阴谋与爱情》里的音乐师弥勒正是这类市民的一个典型人物。拿破仑战争期间，歌德于1807年7月27日深有感触地写信给采尔特说："在这政治变动之际，我们感到遗憾的，也许是主要的，是德国、尤其是北德，仍然保持着旧日的状态，让各个人尽其可能地自我修养，容许每个人随心所欲，按照他的方式自行其是，可是全体从不曾对政治变动表示过特别的关心。"德国历史给德国人民造成的这种缺陷，歌德在这时是深有感受的。

但是德国思想界和文艺界有少数的杰出人物，他们博学多能，从他们狭隘的环境里放眼世界，吸取古代的文化精华和同时代的哲学与科学的新成就，融会贯通，不只给德语国家、而且给全人类做出贡献。他们自称或被称为"世界公民"。其中最突出的是17与18世纪之间的哲学家莱布尼茨和18与19世纪之间的诗人歌德。

歌德为了维护身边的和平秩序，乍一听到法国革命的消息，的确有邻家失火、惟恐烧到自家门口的心理，怕他的平静生活遭受破坏。他视秩序如生命，对群众运动有本能的憎恶。为了防止革命发生，他只希望大人物们少干些不公正的事，以免激起人民的愤怒。歌德在《维廉·麦斯特的学习时代》里写的开明贵族罗塔里欧减轻农民的痛苦，其目的是要使农民更好地为他耕种，这和《激动的人们》里伯爵夫人的想法是相同的。歌德对待法国革命，也是以德国一般市民的眼光看热火朝天的革命现实。歌德在给采尔特信里对德国人所引以为憾的，歌德本人也并不例外。这正如恩格斯所说的，德国的鄙俗气战胜了歌德。

可是歌德作为一个伟大的诗人和思想家，作为《浮士德》的作者，他就是另一个样子了。他气势磅礴，包罗万象，好像咀嚼了全世界文化的精华，敢于向与莱布尼茨同时代的科学泰斗牛顿挑战（虽然他的颜色学理论是错误的），钦佩富于反抗精神的拜伦；他自认为从英国剧作家兼诗人莎士比亚、荷兰的哲学家斯宾诺莎、瑞典的自然科学家林奈得到无限的教益？[①] 他旅行瑞士和意大利，称赞新建立的美利坚合众国，神游于波斯、阿拉伯的原野，对远方的中国也有一定的理解。他永无厌倦地在精神世界里翱翔，创作出许多名篇巨著，这功绩在人类历史上是不能泯灭的。但有一点必须指出，他的这些奋斗和努力并不影响他的平静而有秩序的生活，也无伤于他周围带有鄙俗气的环境。他在魏玛公国担任各种行政工作，小心谨慎，在王公大人面前毕恭毕敬，正如梅林所说："歌德作为魏玛的大臣所做的一切和能够做的一切，每一个平平庸庸的普鲁士地方行政长官都在做，他们

---

① 见1816年11月7日致采尔特的信。

既不要求当代也不要求后世给他们以桂冠。"[1]歌德在精神世界里所想的、所创造的是那样博大，而在现实生活里又显得那样渺小，歌德虽然说思与行同样重要，向内与向外也等量齐观，实际上则思多于行，向内多于向外，二者相比，有很大的悬殊。这个悬殊不能由歌德本人负责，主要是如前所述的德国实际情况给造成的。

四、歌德与自然科学

但是歌德通过行政工作这个狭窄的门口，出人意料地走入了另一个广阔的领域，这却不是任何一个平庸的普鲁士官吏能够做到的。这广阔的领域是自然界。歌德在狂飙突进的青年时期，曾以极大的热情歌颂自然。1775年到了魏玛后，由于生活和工作的需要，逐渐克服了奔放的热情，对自然也由歌颂转为冷静的观察。因而对自然科学产生极大的兴趣。为了整顿荒废已久的伊尔梅奥矿区，他和矿工们一起深入矿井，探索地质与矿石的奥秘；他陪同魏玛公爵到山林里狩猎，在休息时间倾听林业官员和猎夫们谈讲树木的种类与禽兽的习性；从公爵花园的园丁口中听到培养花木的技术；当时魏玛惟一的一个药剂师给他许多药用植物和化学的知识。

---

[1] 《梅林论文学》，57页。

人们说，歌德初到魏玛的十年内在创作方面是歉收的，除了一些优秀的诗篇外，在这以前已有初稿或计划中的剧本如《浮士德》《哀格蒙特》都没有继续写下去，这时期内开始的作品如《维廉·麦斯特》《伊斐格妮》等，有的只是半成品，有的有待于重新改写，这情况固然与担任繁重的行政工作和应付魏玛宫廷浮嚣的生活有关，可是对于自然界的观察与研究，也占去歌德不少的时间和精力。

歌德到魏玛不久，就认识了比他年长七岁的石泰因夫人，两人结下亲密无间的友谊。歌德这时期的生活和工作、快乐和痛苦，以及内心的矛盾，无一不向她倾诉。从1776年1月到1786年9月去意大利旅行，歌德给石泰因夫人的信保存下来的就有一千六百多件，可以看作是歌德的自白，是研究歌德这时期生活与思想的重要资料。这些信里有许多地方谈到他与自然界万物的交往。1778年9月24日他写信说："石头和植物把我跟人联系在一起了。"1786年7月9日的信里说："我短暂的生涯内若是有时间的话，我就敢于扩展到自然界的一切领域，即整个的领域。"他还告诉石泰因夫人，他在伊尔梅奥怎样在寂寞中潜心研读林奈的《植物学哲理》[①]。在二十二年后，歌德发表《我的植物学研究的历史》，还着重提到他从林奈的《植物学哲理》里获得条理分明的知识和对于广大的植物界的概览。1784年3月27日，

[①] 见1785年11月9日的信。

歌德发现人的颚间骨，对解剖学做出贡献，他立即写信给石泰因夫人和赫尔德，那种喜出望外的兴奋心情，无异于一个作家克服许多困难完成了一部杰作。

歌德对于自然科学有深厚的感情，从初到魏玛时期起，没有停止过对于自然的观察与研究，而且关心自然科学界发生的问题。他随军出征法国，身边带的不是军事学或军用地图，却是一部《物理学辞典》和他关于颜色学的札记。他写一部一家夫妇男主人与女客人、女主人与男客人交错发生爱情的小说，用化学元素的亲和力来解释，不仅把这小说命名为《亲和力》，而且在小说第一部第四章里让主客三人畅谈亲和力的原理。当时德国地质学界水成论者与火成论者开展过激烈的争论，歌德倾向水成论学说，这在《浮士德》第二部和《维廉·麦斯特的漫游时代》里都有所反映。歌德致力于颜色学研究，1827年2月1日他向爱克曼说："我也绝不后悔，尽管我在这里边投进了半生的精力。否则我也许多写出六部悲剧，不过如此而已，在我以后会有足够的人去写剧本。"最能说明歌德是多么关心科学而忽视政治的，是经过爱克曼整理的魏玛宫廷教师梭勒（Soret）在1830年8月2日的一段记载。法国七月革命的消息传到魏玛，引起很大的激动。歌德一见到梭勒，就非常兴奋地说，"这个伟大的事件你怎样想？……"梭勒自然以为这个伟大的事件是七月革命。殊不知歌德指的是法国科学院正在进行的两个生物学家居维叶（Guvier）与若夫罗阿·德·圣提勒尔（Geoffroy de Saint-Hilaire）关于脊椎动物是有四个原型还是只有一个原型的争辩，在革命的七月，巴黎仍然有许多人踊跃参加，歌德认为有重大的意义。

歌德关心和研究自然科学，与科学家有广泛的交往，他撰写有关自然界各领域的文章，晚年编纂不定期刊物《形态学手册》和《自然科学手册》。远在1781年他就曾计划写一部以地质学为基础的《宇宙传奇》，据说《花岗石》(1784)一文就是为《宇宙传奇》写出的一个片断。在18世纪90年代，歌德考虑过诗与自然科学能否相结合的问题，他在这时期写的《植物的蜕变》一诗是最早的、成功的尝试。1827年歌德手定自己的文集，把表达他从自然科学研究中形成的世界观的诗辑成一组，总标题为《神与世界》，可以被称为自然科学的诗。

歌德始终不渝地观察自然，钻研自然科学，但他究竟不是受过严格训练的科学专家，他的许多观点和概念，不管是正确的或是错误的，大都是从体验中得来的，而自然科学本身，在歌德时代，尤其是进入19世纪以来，日新月异，有很大的发展，歌德面对自然科学发展的情况，他在《格言与感想》里有这样一段话：

"当我观察这最新时代的自然科学对事物的阐明和自身的发展，我觉得我像是一个漫游者，在黎明时向着东方走去,快乐而急躁地注视逐渐接近的明亮,以渴望的心情期待着普照一切的光的来临,但是光真正出现时,我必须把目光转开,因为我的眼睛担当不了我如此迫切地愿望着与希望着的光芒。"歌德在19世纪20年代的书信和谈话里一再重复这个比喻,我们从这里可以进一步了解歌德与自然科学的关系。歌德自从四十多年以前起始对自然科学发生浓厚的兴趣以来,自然科学各门类并驾齐驱,有出乎意料的迅速发展,使他感到惊讶。而歌德的兴趣又过于广泛,各科学门类他几乎没有不接触到的,有的还进行过深入的钻研,如今科学专家们各自在他们的本门内不断做出重要的发明与发现,一向兴趣广泛、知识力求渊博的歌德对此有应接不暇之感。他看着这情景有如刺眼的光芒,因此"把目光转开"了。正如歌德在生活里有许多事本不得不放弃或断念一样,他对于自然科学也不得不有所限制。1827年2月1日,他向爱克曼说:"我从前研究植物学,走的是实际经验的道路,如今我真正知道,这门学问在种类的形成上牵涉的问题太广了,致使我没有勇气去掌握它。这就迫使我在自己的道路上钻研事物,寻求适用于一切植物而无所不通的普遍规律,于是我发现了蜕变论。深入钻研植物学的个别部门,这不是我走的道路,这我要交付给比我更高明的内行的人们去做。我的职责仅只是把个别的现象归纳为普遍的规律。"歌德的这些自白都足以说明,他不是自然科学的专家,而更接近于自然哲学的思想家。从个别现象找出普遍规律，又用普遍规律解释个别现象，特殊显示出一般，一般概括特殊，二者互相依赖，这是歌德在许多地方经常谈到的一个中心思想。歌德晚年写的大量简短的格言诗中有如下的两首，一首是：

> 你若要为全体而欢喜，
> 就必须在最小处见到全体。

另一首是：

> 你若要迈入无限，
> 就只在有限中走向各方面。

说的都是特殊与一般互相依赖的道理。

实际上远在1786年他写信给石泰因夫人说他要研究自然界一切领域时，他就在寻求适用于各领域的普遍规律，其中最重要的是他设想的（也可以说是发现的）原始植物与蜕变发展的理论。歌德在1786年9月3日开始了为期一年零九个月的意大利旅行。9月27日他在意大利北部城市巴都阿的植物园里，散步于异乡的花草树木中间，一边观看，一边思考，他的思路十分活跃，认为一切植物也许是从一个原始植物发展出来的。此后他在意大利的旅途中，在观赏古典艺术、完成他在魏玛十年没有完成的剧本的同时，脑里经常考虑着他的这个"植物学的设想"。最后于1787年4月14日，他在意大利南端西西里岛巴勒摩城一座公开的别墅花园里，观察许多在北方难以看到的更为新奇的花木，互相比较，总是相同多于相异，尽管姿态万千，总有一个原始植物的遗迹存在，他认为他的设想没有错，他认识到"一切植物各部分根本一致的原则"。他于5月17日从纳坡里[①]、6月8日从罗马用几乎同样的文句先后写信给赫尔德与石泰因夫人，信里表达的兴奋心情超过发现颚间骨时的欢悦。信里说："我必须告诉你，我接近于植物产生与组成的秘密，这是我能以想到的最单纯的道理。……根源所在的要点我已确切无疑地找到了，其余的一切我也已经完全看到，只是还有几点必须更确定一下。原始植物成为世界上最奇异的生物，自然界本身也要为此而嫉妒我。"一切植物都是从原始植物蜕变出来的原理，此后歌德经常谈到，甚至有时把它看作像数学的定理那样，用它来观察和解释生物界的一切现象，包括人在内。

1794年7月，歌德与席勒初次订交时，席勒向歌德说原始植物与蜕变论不是经验，是一个概念。歌德不以为然，

---

① 今译"那不勒斯"。——编者注

但是他说:"我觉得这可能很有趣,有些概念我并没有意识到,可是我甚至能用眼睛看见它们。"这句话的含义可以这样解释,蜕变论纵使是概念,也是用眼睛看出来的,即从经验得来的,并不是空洞的幻想。但是原始植物究竟是一种设想,这设想有一定的正确性,那就是万物都在变化,都是从发展中形成。发展的学说在18世纪后半期像是一道闪电划开过去生物学界认为一切都是固定不变的迷雾。在法国比歌德较早的布封(Buffon)和与歌德同时的拉马克都提倡物种转化或进化的学说,瑞典的林奈本来认为物种是永恒不变的,他晚年也改变了他的主张。歌德的原始植物和蜕变论的设想,是与当时生物学的进步思想相呼应的。他有一些与此相关的言论被看作是达尔文进化论的先驱。

蜕变论是歌德世界观中最主要的一部分,他不仅用以观察自然界的种种现象,也用它看待人与社会。他的两部巨著《浮士德》与《维廉·麦斯特》的主人公都是在不断的蜕变中成长和发展的,歌德本人也感到自己在变化,在他的作品里常常提到停滞或僵化就等于死亡。但是歌德的蜕变论认为一切都是逐渐演化,没有突变,所以他的作品,除了青年时期个别的诗歌与戏剧外,没有革命者的形象。浮士德奋斗一生,后来不过是帮助皇帝平定了叛乱,分得一块封地,把改造自然看作是最终的事业,丝毫不涉及社会制度的改革。歌德在《维廉·麦斯特的漫游时代》里描绘了他的理想社会,教育人人都要有一技之长，称赞手工业，重视劳动，提倡集体精神，"每个人要处处为己为人都有用处"，所以麦斯特后来成为外科医生。至于那理想的社会怎样才能实现，是不清楚的。浮士德想通过内心里两个灵魂的冲突、肯定精神与否定精神的斗争完成他的"蜕变"，维廉·麦斯特也只是由于个人向上的要求与少数善良的人的帮助而获得生活的意义，他们的成长和变化都好像与社会制度要不要改变的问题没有什么关系。这里我并不是责怪《浮士德》和《维廉·麦斯特》缺乏更为积极的革命精神，这两部名著在世界文学里的重要地位是不容置疑的。这里我只是要指出，歌德相信演变不承认有突变的蜕变论思想是怎样影响了他的创作。

更为显著的，是歌德用蜕变论的观点看待革命。歌德在1825年4月27日向爱克曼说："你知道，我多么为每个使我们看到一些将来远景的改善而高兴。但是我已说过，每个暴力的、冒进的行动在我的心里都引起反感，因为这是不符合自然的。"他随即说，他是植物的朋友，他最喜爱玫瑰花，但他决不能在这4月底就叫它开花，这时只要看见它长出嫩叶，就满足了。诚然，歌德是植物的朋友，他在与植物的"交往"中产生蜕变论思想，在当时生物学界是进步的；他一向视秩序如生命，他在生物发展一定的历史阶段内（不是从太古代以来全部的发展史）只看出逐渐的演变，想不到有什么突变，也是可以理解的。但是他把他蜕变论中没有突变的看法运用在人世上，就与事实相违背了。"人间正道是沧桑"，人类有史以来，社会制度由于生产力的发展起过几次根本性的变化，这几次根本性的变化大都是通过革命促成的。总之，歌德的蜕变论在说明万物都不断变化、伴滞与僵化无异于死亡等方面，具有积极意义，可是不承认有突变的蜕变论成为歌德世界观中重要的成分，他用以观察社会，从而反对革命行动，则产生消极的作用。

五、作为序文更应该说的几句话

写了这么多，不像是一本书的序文了，但是为了首先要向读者谈一谈我过去和近年来对歌德的认识，还是把它当作序文印在卷首。既然当作序文，就应该说几句序文里更应该说的话。上卷里文章写作时的情况以及其中的缺陷，我已经在"序文"的前一部分做了说明。那些文章现在读起来，觉得有些陈旧了，因袭成说，缺乏创见，也是实情，但回想当年，写作的态度还是比较认真的，也下过一点功夫的。除《〈威廉·麦斯特的学习时代〉中文译本序言》一文作了较多的修改外，其他的文章只在个别字句上略有改动。下卷的文章是我根据近几年来对于歌德进一步的认识写成的。粉碎"四人帮"后，我有机会读到几部民主德国和联邦德国60年代以来关于歌德的著作，其中的论点有我同意的，有不能同意的，但对我都有所启发。尤其是特隆茨（E. Trunz）主编的汉堡版《歌德文集》有丰富的资料、详细的注解和索引，给我的帮助很大。这与40年代战争时期相比，条件优越得多了。可是下卷里的文章虽然略有自己的见解，却总觉得不深不透，关于歌德要说而没有说出的话还很多，由于年龄和其他事务的限制，连"俟诸异日"这句话也不敢说了。这篇充作序言的长文，前边一小部分主要谈的是上卷，后边一大部分或多或少地说了些"要说而没有说出的话"。

本书上下两卷，由于写作的时期不同，作者的观点也有改变，矛盾之处在所难免；但论述的对象离不开歌德的作品，文章里也有重复的地方。矛盾之处不应删改、重复地方也就任其存在了。

像是上卷附录《画家都勒》那样，我在下卷附录了一篇关于歌德与音乐家贝多芬关系的文章。前者写得比较严肃，后者则是一篇随笔，而且提到歌德的一些缺点。本序文标题"回顾、说明与补充"，其中有相当大的一部分是补充上下卷文章里没有说到或说得不够的地方，那么，这随笔可以看作是补充序文里没有说到或者说得不够的地方了。

最后，我要感谢上海文艺出版社赵南荣同志，若没有他几年来热心的敦促，这本书是编不出来的。

1985年4月于北京

上 卷

(1941—1947)

歌德论述

序

这几篇关于歌德的文字,不是研究,只是叙述;没有创见,只求没有曲解和误解。它们都是由于某种机会而谈论歌德的一本书、几首诗,或是歌德创造的一个人物,因此也就不能把整个的歌德介绍给读者。作者最感缺欠的是:这里谈到歌德的晚年,而没有谈到他的少年;谈到维廉·麦斯特的"学习时代"而没有谈到"漫游时代";谈到歌德东方的神游,而没有谈到他的意大利旅行;谈到他的自然哲学,而没有谈到他的文学和艺术的理论。但是这些篇处处都接触到重要的几点:蜕变论,反否定精神,向外而又向内的生活。

书后附《画家都勒》一部,因为里边曾经把都勒和歌德相比较。

三十七年一月十八日　北平

歌德与人的教育

在 1943 年 10 月伦敦出版的文艺杂志《地平线》(*Horizon*) 上有一部英国现代诗人司奔德尔（Stephen Spender）的文章：《荷尔德林、歌德与德国》。这篇文章开端就讲，如今的法西斯主义在德国既不是民族的，也不是传统的。这个民族将来的教育还需要仰仗这民族的几个伟大的先师。司氏提出几个人：贝多汶、莫差尔特①、歌德、海涅、席勒与荷尔德林。其中最辉耀的当然是歌德这个名字。

在德国，远在希特勒执政以前，就听得到"歌德疏远""青年无歌德"这类的口号，同时又有一些关怀世道的思想家想趁着 1932 年歌德百年祭的机会，尽量呼吁歌德的精神来医治目前支离破碎的现象。但是他们的声音究竟太薄弱，抵不住一些大大小小的狡狯者的呼号。自从希特勒获得政权后，引导着德国民族走上错而又错的道路，一切残忍的、非人道的措施，往往使外国来的旅行者惊讶，在他们过去精神的领袖与目前所谓政治的领袖之间，发现不出一丝一毫的同点，竟像是两个永远接连不上的极端。现在希特勒已经和德国同归溃败，如果这个民族在溃败后还要重新振作，

---

① 现译"贝多芬""莫扎特"。——编者注

我想总不免要像司奔德尔所说的,乞灵于歌德吧。

歌德是诗人,是人的榜样,也是一个伟大的世界人[①]。语言与种族的界限早已限制不住他的光的照射。谁若虚心和他接触,总会多少分得他的一些光彩。若是一个外国人学会德语而忽略了歌德,就无异于买椟还珠。在这变乱的时代,人们为了应付目前的艰难,无心无力追求远大的理想,正如一个人在病中不能过健康时的生活一样。但是变乱与病终于会过去,人们一旦从长年的忧患中醒来,还要设法恢复元气,向往辽远的光明,到那时,恐怕歌德对于全人类(不只是对于他自己的民族)还不失为是最好的人的榜样里的一个。

歌德在中国并不是一个生疏的名字,许多人从郭沫若和周学普的中文译本读过他一部分的作品。但人们对于他总难免有两个错误的认识:有人以为歌德是一个幸福的乐观主义者[②],因为他一生顺利,享尽光荣;又有人以为歌德是一个放荡不羁、缺乏道德观念的才子,因为一般人——尤其在中国——只就《少年维特之烦恼》与《浮士德》第一部,两部最流行的作品看歌德。前者的认识是浮浅的,后者的认识是部分的;都不是整个的歌德。

---

① 此两句作者在 1986 年版《论歌德》中改为"歌德是德国的诗人,也是属于全人类的"。——编者注
② 此句作者在 1986 年版《论歌德》中改为"享尽人间荣誉的幸福者"。——编者注

要谈歌德，不能不引用拿破仑向歌德说的一句话：你是一个"人"。只是这个"人"字，就含有无穷的力量，用不着加甚么形容词。一个"人"字，使我们想到他有血，有肉，有精神，有灵魂；一个"人"字，又使我们想到他和其他的生物一样，有生长，有变化。

歌德在他八十三岁的生涯内工作的范围之广，在近代历史中几乎是一个奇迹。除去他许多不朽的文学作品外，曾经努力于艺术，青年时画过不下千余幅的画，壮年时还编撰过艺术理论的杂志。[1] 他在地质学、生物学、解剖学、物理学以及天文学上，都有重要的研究或发现。他从政时，对于文化、经济、交通甚至军事，都有或多或少的贡献。这样多才多艺，固然使人惊奇，但使人可以取作榜样的并不在此，反而在另一方面：即是他孜孜不息的努力是建筑在内心里不断的克制的功夫上边。

历史上许多伟大的人，我们多半只看见他们的成熟，至于他们是怎样成熟的，就有如一个夜的过程，使人无从知悉。至于歌德，因为他的日记、书信、语录、自传，含有自传成分的作品，以及同时代人的记载，都丰富地流传着，他一步一步内心的发展和斗争都历历在人目前，人们并不难清

---

[1] 此句作者在1986年版《论歌德》中改为"青年和壮年时画过不下千余幅的画，后来还编辑过艺术理论的杂志"。——编者注

晰地看见他一生的过程。

人生如旅行，中途总不免遇见一些艰险。最艰险的地方多半在从青年转入壮年[①]，从壮年转入老年的过渡时期。我们看见过多少人在青年时有热情，好自由，爱正义，一到壮年受了现实的折磨，便渐渐萎靡堕落；又有多少人在壮年时奋发有为，一到老年就随着身体枯僵，甚至倒行逆施。不但普通人常常如此，就是在某一个段落曾经有过一些贡献的人也往往逃不开这个命运。所以一个人从生到死得到一个圆满的完成，并不是一件容易的事。在这行旅上，歌德却给人以一个好榜样。少年[②]歌德和许多有为的青年一样，是一个不羁的人，反抗压迫，崇尚自由，用热情支配一切；他从神话、传说和历史里所得的材料都是反抗的精神。我们只提一提在那个时代内歌德作品里出现的名字，如普罗梅修士[③]、穆罕默德、恺撒、浮士德、葛慈，就不难想象少年歌德是怎样一个人了。但是热情跟火一样，不能永久燃烧。歌德二十六岁到了外马（Weimar）[④]，在外马公爵的政府里与现实接触，他渐渐感到人生中有一个比热情更可贵的事物："责任"。他对于外马宫廷的政治负着责任，对于他的主人也是

[①] 1986年版作者改为"中年"，下同。——编者注
[②] 1986年版作者改为"青年"，下同。——编者注
[③] 今译"普罗米修斯"。——编者注
[④] 今译"魏玛"。——编者注

他的朋友外马的公爵负有责任。随后到了意大利旅行，在这些古典的宁静的艺术品前，他深深认识到"节制"的必要。因为艺术的价值，不在于情感的发作而在情感的凝练，不是火山的爆发，而是海水的忍耐与负担。为了凝练与忍耐，人随时都需要一番克制的功夫。

歌德每逢对于自己克制一次，便走入一个新的境界，得到一个新的发展。每逢一次重病都换来一个新的健康，每逢一次痛苦的爱都赢得一种新的粮食。直到老年，人们看不出他的生命有些衰谢或颓唐。他最后二十年的劳力，是每个青年人都要对之肃然起敬的，他晚年的著作中处处显示着更新鲜的力，就是字句的结构也没有草率的地方。真好像从歌德起给人们回答了一个问题：什么是老年？

歌德所有的作品几乎都是他的自白，其中最重要的是《浮士德》与《维廉·麦斯特》两部大著。这两部都是他从青年时起始，陪伴了他的一生，直到他死的前夕才完成的。书中的主人公都是走过无数的迷途，最后在工作里得到解脱，在事业里体会得到生活的意义。但是那里边并没有空虚的伦理的教训。歌德深深体会[①]过人生最深的苦恼，经过多少内心和外界的战斗，才登峰造极，得到那样的结论。所以歌德说过："谁若不能绝望，就不必生活。"从绝望中不断地

[①] 1986年版作者改为"体验"。——编者注

产生积极的努力，是歌德最伟大的力量。

歌德的著作这样丰富，但是人们在他的作品里看不见空幻的梦想、夸大的言词，他憎恨一切的空谈与不切实际的口号。他说："我在我的生活中所防御的莫甚于空洞的言词了。我觉得一句不曾想过或是不曾感觉过的口号在旁人口里是不能忍耐的，在我的口里是不可能的。"

歌德是一个实际主义者。宇宙万象，只要他遇到，他无不关心注意，同时也没有一件他所遇到的事物不经过他的目光变得更显明，不经过他的声音变得更清楚，他在《维廉·麦斯特的漫游时代》里极力推崇脚踏实地的手工艺。他认为纯良的手工艺和崇高的精神是相辅而行的。他在《浮士德》第二部里嘲讽过以为"自我"可以创造一切的哲学思想，他若是看见一个青年说是要学哲学，却不能把自己的书桌整理清楚，他就会愤怒起来。但是歌德的实际主义并不是枯燥的、功利的。他说："思想的人最高的幸福是探究了可以探究的事物，不可探究的事物则静静地去尊敬它。"人的能力虽然一天比一天扩大，宇宙间却总存留些人力所不能及的事物，尊敬这些"神秘"，歌德一生都在遵守着。

因为歌德是一个伟大的实际主义者，所以他反对智识阶级常有的一种态度："否定"。他使虚无主义的否定精神化身为《浮士德》里的魔鬼，这魔鬼鄙视人生中一切的努力，推翻人世上所有的庄严，但他的力量究竟有限，浮士德彷徨不定时，固然可以受他的诱惑，等到浮士德意志坚定，为人类工作时，他就无从施展他的伎俩了。歌德常常惋惜，在他少年①的朋友里有多少聪智之士只因为不肯较深一层看人生，终于在虚无的否定精神里无所建树，沉沦下去。

歌德生活在十八世纪后半与十九世纪前半②，正是个人主义盛行的时代，可是他诗人的预感已经感到集体生活的将要到来。在拿破仑战败普鲁士后，他在一八零七年六月里写给一个朋友的信里表示，他身当此次政治的变动，最为惋惜的是③，在德国一切都任凭个人发展自己，对于全体无所分担④。等到反抗拿破仑的解放战争胜利后，他更深一层认识到集体的力量。后来歌德在《维廉·麦斯特的漫游时代》里聚精会神写出他对于将来的理想：怎样教育人？

在他理想的学园里儿童们都要受严格的训练，摆脱各家庭不同的习惯，遵守一致的法则，一意孤行与喜怒无常必须被纠正。每个学生都应该就性之所近学习一种手工艺，锻炼身体，先从事一些实际的工作，然后才能谈到研究学术。同时又教导学生：对于在上的天、对于周围的人、对于在下的一切生物，都要怀有敬畏的心。

---

① 1986年版作者改为"青年"。——编者注
② 1986年版作者改为"前期"。——编者注
③ 1986年版作者改为"最引以为憾的是"。——编者注
④ 1986年版作者改为"而全体对变动漠不关心"。——编者注

在他理想的社会里一个重要的格言是："每个人要到处对己对人都有用处。"人人要有一技之长而又有益于全体。所有不同的职业都平等了，高下的区分只看从事职业的态度是否真诚的。歌德在这里要求一种适宜于集体生活的、新人的典型：人们精确地认识自己的事务而处处为全人类着想。

这种人不是我们现在所要求的吗？在百年前歌德已经迫切地感到了。

           三十四年夏　写于昆明

本文原载 1945 年 8 月 12 日《云南日报》，又载《世界文艺》季刊，1945 年第 1 卷，第 2 期

歌德《维廉·麦斯特的学习时代》

中文译本序言

一

歌德在他晚年写的《纪年》(*Annalen*)里，叙述到1786年时，关于《维廉·麦斯特》写了几句简明扼要的话："《维廉·麦斯特》的开端起源于一个对于这伟大真理的朦胧的预感：人往往要尝试一些他的秉性不能胜任的事，企图做出一些不是他的才能所能办到的事；一个内在的感觉警告他中止，但是他不能恍然领悟，并且在错误的路上被驱使到错误的目标，他并不知道这是怎么发生的。凡是人们称作错误的倾向、称作好玩态度的，诸如此类，都可以这样来看，若是关于这点随时有一缕半明半暗的光为他升起，就产生一个濒于绝望的感觉，可是他又每每任凭自己随波逐流，只是一半抵抗着，有许多人由此浪费了他们生命中最美好的部分，最后陷入于不可思议的忧郁。然而这也可能，一切错误的步骤引人到一个无价的善：一个预感，它在《维廉·麦斯特》里逐渐发展、明朗，而证实。最后用明显的字句说出：我觉得你像扫罗·基士的儿子①，他外出寻找他父亲的驴，而得

---

① 作者在1986年版《论歌德》中改为"基士的儿子扫罗"。——编者注

到一个王国。"这不但说明歌德写这部小说的动机①，而且可以当做德国所有的"修养小说"（Bildungsroman）共同的铭语②。德国有一大部分长篇小说，尤其是从17世纪到19世纪这三百年内的代表作品，在文学史上有一个特殊的名称：修养小说或发展小说（Entwicklungsroman）。它们不像许多英国的和法国的小说那样，描绘出一幅广大的社会图像，或是纯粹③的故事叙述，而多半是表达一个人在内心的发展与外界的遭遇中间所演化出来的历史。这里所说的修养，自然是这个词广泛的意义：既是个人和社会的关系，外边的社会怎样阻碍了或助长了个人的发展。在社会里偶然与必然、命运与规律织成错综的网，个人在这里边有时把握住自己生活计划，运转自如；有时却完全变成被动的，失却自主。经过无数不能避免的奋斗、反抗、诱惑、服从、迷途……最后回顾过去的生命，有的是完成了，有的却只是无数破裂的断片。——作者尽量把他自己在生活中的体验与观察写在这类小说里，读者从这里边所能得到的，一部分好像是作者本人的经历，一部分是作者的理想。在德国，从17世纪的葛利梅豪生（Grimmelshausen）④到19世纪末叶，几乎每个第一流的小说家都写过一部或两部这类的长篇小说，其中成为这

---

① 作者在1986年版《论歌德》中改为"意图"。——编者注
② 作者在1986年版《论歌德》中改为"题词"。——编者注
③ 作者在1986年版《论歌德》中改为"单纯"。——编者注
④ 今译"格里美豪森"。——编者注

道山脉的最高峰的就要算歌德的《威廉·麦斯特》了。

修养小说在德国这样特殊发达，自然不是偶然的事。德国民族是一个善于沉思的民族，执着自己，比起他们西方的邻族是缺乏社会性的。内心与外界怎样冲突？怎样矛盾？怎样才能求得和谐？这些问题不仅散见于他们诗人的作品，就是在他们日常的谈话里，也到处可以听到。在多云多雾的气候中他们看外界的表象时很少放弃他们对于内容的观察，当他们，无论是个人或是全民族，将全部精力运用在向外膨胀时，总会有一个声音在暗中呼唤："回到内心！"这个民族将来会怎样演变，我们无法预测，在过去他们确实是如此。

歌德是一个具有世界性的，同时也是一个最能代表他的民族性的诗人，他在1797年写过一部叫作《自描》（*Selbstschilderung*）的短文，在这篇短文里他这样写自己：

"永久努力的，向内又向外不住地活动着的，诗的修养冲动作成他生存的衷心与基础。"

歌德的生活，有时是向外的，尤其是在他的外马参政时代，政治、军事、交通以及当时新兴的公众学术，几乎没有一件事他不曾较深或较浅地接触过，他那样膨胀他的生命，在我们现代的人眼里，有些近乎奇迹。但他随时都回到他的内心，收缩他的生命，甚至下一番克制的功夫，放弃他过去热心所从事的而认为对他不适宜的事物。在造型艺术上他这样做过，在爱情上他这样做过，在政治上他这样做过。所以

"断念"这个字是和歌德的生活分不开的。在这上边他尝到深切的痛苦和净化的快乐。痛苦是对于过去的割舍,快乐是克制后走入一个更深切的新的境界。向外时,他丰富他的生命,向内时,他加深他的生命,在这一方面膨胀一方面收缩的生活里,一层一层地完成他的伟大。

歌德不但是自己的生活如此,就是在自然的现象里他也很能领悟到这个道理,在《西东合集》里有一首呼吸的诗,短诗的六行蕴蓄着无穷的意义:

> 在呼吸中有双重的恩惠:
> 把空气吸进来又呼出去。
> 吸入就压迫,呼出就清爽;
> 生命是这样奇异的混合。
> 你感谢神,如果他压紧你,
> 感谢他,如果又把你放松。

当我们向内吸气时,感到压迫,而认识自己的存在,同时也把宇宙的一部分化为己有,我们向外呼气时,感到轻松,把自己生命的一部分交给宇宙,等于把自己的存在化为无限。在一呼一吸之间,体味到"生命是这样奇异地混合":时而从自己的生命的狭窄里冲出,时而反向回到自己的生命的深心,无穷的向外追求与不断的自制,在这两种力量互相消长，互相轮替，互相交织中间形成歌德灿烂的一生。歌德在《维廉·麦斯特的漫游时代》里也发挥过这个智慧：

"思与行，行与思，这是一切的智慧的总和，从来就被承认，从来就被练习，并不被每一个人所领悟。二者必须像呼吸一般在生活里永久继续着往复活动：正如问与答二者不能缺一。若把人的理智神秘地在每一个初生者的耳边所说的话作成法则，既是验行于思，验思于行，这人，就不能迷惑，若是他迷惑了，他就会不久又寻得正路。"（第二篇第九章）

柏林大学哲学教授史卜朗格（Spranger）在一部论歌德的宇宙观的文章里关于这两种力量说得甚为具体："人的Monade[①]要在它的生的活动里既扩张同时又寻找它的中心的努力交织着。这又是介乎'从自身内出来'与'在自身处停留'之间的辩证法：生命是这样奇异地混合。"在小宇宙中照映出大宇宙，这是常理，反过来说，人大半也只有在追求宇宙的意义时才能获得自己的本质的意义。歌德不仅深深地领悟这个道理，他一生也是这样生活着。

至于"修养"的方向是什么呢？歌德标出了一个远远的

---

① Monade 来源于古希腊语 μονάς monás，意思为"一""统一"，通译为"单子"。——编者注

目标：净化，生命经过无数的努力而达到纯净的境地，用宗教上的字来说，是解脱。歌德的两部大著作里的主人公都是从努力越过生存的狭窄的限制出发，经过许多真实的奋斗而达到生命的净化。一部是《浮士德》，一部是《维廉·麦斯特》。但是这两个人所走的路线是不同的：前者由于不住地向外的要求，后者由于一步步自己的发现；前者的背景是伟大的超时超实的幻想，后者则限制在18世纪后半叶德国实际的环境。《浮士德》是一部永久不断地向外膨胀的诗剧，《维廉·麦斯特》可以说是以"断念"的结局完成的一个丰富的自我的历史。这两部著作，一部是韵文的，一部是散文的，一部是自内向外，一部自外向内，是歌德的精神世界里两部伟大的《奥德赛》(*Odyssee*)，它们归终所达到的目的却完全相同：是净化、是解脱。

这两部著作在《歌德全集》里是两只主干，至于那些诗歌、戏剧，以及其他散文的作品，都可以看作从这两只主干上生长出来的茂密的花朵。它们的生长并行着陪伴了歌德一生，穿过歌德的每一个创造时期：它们都是在歌德的青年期即已开始，中间经过停顿，歌德在意大利旅行时又从新常常记起，它们的第一部都是在与席勒订交后，才次第完成（一个在1796年，一个在1808年），而《维廉·麦斯特的漫游时代》与《浮士德》第二部又同样脱稿于歌德的晚年。二者在读书界里所遭的待遇也是一样的：《浮士德》第一部与《维廉·麦斯特的学习时代》出版后都曾轰动一时,但是第二部与《漫游时代》并没有被同时代的人所理解,直到 19 世纪末叶、20 世纪初期才渐渐被人认识,认为是歌德创作中最为成熟的果实。更奇妙的是《浮士德》第一部与《学习时代》的初稿同样埋没了许久,多少热心的歌德研究者都曾经认为没有发现的希望了,而不料一个在前世纪末,一个本世纪初都被偶然发现,在歌德研究里投下两道光芒。①

二 ②

现在我们只限制在《维廉·麦斯特的学习时代》。

一九零九年的岁暮,在瑞士屈梨西(Zürich)③ 有一位姓毕雷特(Billeter)的高级中学教员,忽然一天有个学生给他拿来一本手抄的旧稿,说这本书在他父亲的抽屉里放过许多

---

① 从"修养小说在德国"起,至"投下的两道光芒"为止,在《歌德论述》这篇文章中占据了四页篇幅,冯至在 1986 年版《论歌德》中全部删除,但是这些内容,其实具有重要的史料价值。最早在 1940 年代,冯至就充分肯定了《浮士德》和《维廉·麦斯特的漫游时代》是歌德两项最为重要的文学成果,并在充分比较两部作品的形成、主题和文学价值的基础上,给予了客观与中肯的评价。故根据朱光潜主编,冯至. 歌德论述 [M]. 上海:正中书局,1948.8—12 页补录。——编者注
② 作者在 1986 年版《论歌德》收录的同题文章中,删改了部分内容,并将第二部分与第一部分内容合并。——编者注
③ 今译"苏黎世"。——编者注

年，不知有没有什么价值。毕雷特拿在手里翻了两页，先还以为是《学习时代》的抄本，但仔细看下去，词句并不相同，直到第三篇①，在篇首才发现全书的标题《维廉·麦斯特的戏剧使命》，原来是《学习时代》的初稿。这个发现和二十五年前《浮士德》初稿的发现一样，无异于在歌德作品的天空又发现了一颗重要的行星。这两部初稿又同样都是由歌德的女友亲手抄写下来的：《浮士德》初稿是外马歌西浩生（Göchhausen）女士的抄本，《戏剧使命》则是屈梨西舒尔泰斯（Schultheiss）夫人的笔迹。

从此我们就可以更明显地看得出维廉·麦斯特的长成。②

《戏剧使命》共有六篇，内容相当于《学习时代》的前四篇。从它的标题上就可以看得很明了，里边写的纯粹是戏剧生活。歌德起始写这本书，在《少年维特之烦恼》出版后的第三年，1777年。1785年11月11日致函石坦因夫人（Frau von Stein）③说已经写完了六篇，也就是这抄本里所有的六篇。歌德本来想继续写六篇，但是没有写下去，他

---

① 作者在1986年版《论歌德》中论及《维廉·麦斯特》的组成部分时，一律用"部"代替篇。——编者注
② 作者在1986年版《论歌德》中改为："从此就能明显地看出《维廉·麦斯特》成长的过程。"——编者注
③ 冯至在1986年版《论歌德》改为"石泰因夫人"，《歌德年谱》中译为"施泰因夫人"。——编者注

当时所拟的计划也没有保留下来。此后就去意大利旅行。他于1787年2月10日从罗马写信给奥古斯特公爵，说想把这部小说在四十岁时完成，可是也没有实现。此后歌德每每提到这搁浅多时的工作，像是一个心情上重大的负担，直到1793年才决定改名《学习时代》，并且从新改作，把前六篇写成四篇，1794年交给柏林的出版家翁格尔（Unger）分四册出版，每册二篇，第一册于1795年1月出版，第二册于5月出版，第三册于10月出版。但这时第四册，也就是第七篇与第八篇，尚未脱稿，并且小说里的一切都要在这里得到解决，致使歌德的友人红波（von Humboldt）[①]产生怀疑，不相信这是可能的事，直到次年6月16日、8月28日，第七篇与第八篇才相继完成，于10月出版。至于《漫游时代》，则一直到了1821年才有一部分在《断念者》的标题下出版，全部则于1829年歌德逝世前三年才完成。

《学习时代》经过长期的搁浅，最后在两三年内整理、修改、补充以至于续成出版，这中间最重要的一件事是席勒（Schiller）的友谊的赞助。前三册在未出版时席勒已经读到刚印成的样本，后一册席勒读的是底稿[②]。席勒不但仔细读，而且参加无数的意见[③]，指出书中矛盾的地方，有时越过辅

[①] 现译威廉·封·洪堡（Wilhelm von Humboldt）。——编者注
[②] 作者在1986年版《论歌德》中改为"手稿"。——编者注
[③] 作者在1986年版《论歌德》中改为"提出很多意见"。——编者注

助者的界限，关怀这部小说，像是自己的作品。在歌德与席勒的通信集里关于《学习时代》的讨论占去很重要的①一部分。这里不能详细叙述，因为这需要一个专题。

从《维特》问世到《学习时代》出版，中间经过了二十一年。在这时期内歌德的转变很大，他早已脱离了狂飙突进时期的气氛，经过意大利旅行达到古典的境地。所以无论从内容或从②文体上看，这两部小说显然属于两个不同的世界。这时人们不能不感谢《戏剧使命》的发现了，无论对于歌德散文的文体，或是歌德小说的技术③，这部稿本④都好像古希腊的两面神，一方面看着过去，一方面望着将来。若没有这部稿本，人们会感到在这两个时期的两部代表作品的中间缺乏一个过渡的桥梁。在《戏剧使命》里着重处理的市民生活与优伶⑤生活的冲突，以及那断片⑥的文体，不固定的形式还都属于过去的时期，但是这里也渐渐演变出《学习时代》，从冲突里得到谐和，从断片⑦达到完整，这是古典的风格了。

---

① 作者在 1986 年版《论歌德》中改为"相当大的"。——编者注
② 作者在 1986 年版《论歌德》中改为"到"。——编者注
③ 作者在 1986 年版《论歌德》中改为"技巧"。——编者注
④ 作者在 1986 年版《论歌德》中改为"抄本"。——编者注
⑤ 作者在 1986 年版《论歌德》中改为"戏剧"。——编者注
⑥ 作者在 1986 年版《论歌德》中改为"片段式"。——编者注
⑦ 作者在 1986 年版《论歌德》中改为"片断"。——编者注

三

欧洲中世纪的手工业者往往要经历三个阶级[①]：学习时代、漫游时代、为师时代。他们在第一个阶段里学习基本的学识和技术，学习期满后漫游各处以广见闻，最后自己的技术达到圆熟的地步，就可以招收学徒，为人师傅了。歌德在这部小说里以维廉·麦斯特为中心写出他的教育理想。写成的只有两个时代，最后的为师时代歌德也许计划过，但是，关于第三部分歌德没有留下片纸只字，我们[②]也只能满足于这两部了。

《学习时代》从技巧方面看，并不是一部没有缺陷的作品。当时德国文艺界虽已随着歌德与席勒走进灿烂的古典时代，但一般的社会里还充斥着、流行着冒险，盗侠，与神怪的说部。《学习时代》摈弃了那些荒诞不经的气氛，赤裸裸地写一个天性善良的人内心的发展，那是诚然是孤军突起，在人们的面前廓清许多烟雾。但是在技巧上，歌德还多少受些时代的限制，当时说部中惯用的陈腐旧套，歌德也往往不能避免，例如抢劫、拐骗、决斗、乔装以及血族通奸，都在这里占有相当重要的地位。又如第一部维廉的童年的叙述，

---

① 作者在1986年版《论歌德》中改为"阶段"。——编者注
② 作者在1986年版《论歌德》中改为"人们"。——编者注

我们现在读着，的确感到沉闷；而最后一篇，因为全书里的种种都要在这里得到解决，有的地方又牵强，又不自然了。并且里边也有时间的错误，人物关系的矛盾，歌德未能预计到，我们也无须例举。虽然有这些微瑕①，但全书在德国的长篇小说所居的重要位置是没有疑问的。

我们②在这里边遇到三种人：商人、优伶③、开明的贵族。维廉系商家子，后来脱离开商业环境，经过戏剧生活，归终被一个高贵的团体收容，领悟到人生的要义。前五篇写维廉的戏剧生活，他抱着远大的志愿，想为德国创造民族剧院，但当时并没有与他的理想相合适的戏剧团体，他不得不与一群气味不相投的人为伍，这是在他的努力中不知不觉地走入的迷途。这中间，每逢紧要关头便出现一两个有见识的人——他们暗地里组成一个团体——给他一些暗示，这些暗示只能感动他，他却不能立即领悟。（这方法，有些近似《红楼梦》里的一僧一道的出现。）直到后二篇里，维廉一半被运命一半被那几个人引导着，走入一个较高的社会，在这里一切得到解决与说明。先前是纷扰、琐屑、低级的戏剧团体，现在是明朗的、几个高贵④的人的结社。维廉经过这

---

① 作者在1986年版《论歌德》中改为"缺陷"。——编者注
② 作者在1986年版《论歌德》中改为"读者"，下同。——编者注
③ 作者在1986年版《论歌德》中改为"演员"。——编者注
④ 作者在1986年版《论歌德》中改为"高尚"。——编者注

两个世界，阅历了他所应阅历的一切，内心随时都在紧张，都在发展。在这两个世界中间，歌德很巧妙地建筑起一座桥梁，把维廉以及读者从此岸引入彼岸：这是第六篇全篇，《贞女自述》①。

在全书里，歌德还以另样优美的心情，穿插一个美妙而奇异的故事，那是迷娘与竖琴老人的故事。有几个《学习时代》的读者不被迷娘的形象所迷惑，不被竖琴老人的行动所感动呢？他们的出现那样迷离，他们的死亡那样奇兀，歌德怀着无限的爱与最深的悲哀写出两个人物，并且让他们唱出那样感人的诗歌②。仅仅这两个人的故事，已经可以成为世界文学中的上品，但它在这里边只是一个插曲，此外还有那么丰富的事迹与思想，从这点看来，《维廉·麦斯特》确是一部伟大的著作了。

四

前五篇的人物多半是优伶，近于实际的；后三篇的人物是贵族③，却是理想的。我们在那优伶社会④里遇见可怜

---

① 作者在1986年版《论歌德》中把"贞女自述"改为《一个美丽的心灵的自述》。——编者注
② 作者在1986年版《论歌德》中改为"歌曲"。——编者注
③ 作者在1986年版《论歌德》中改为"几个开明贵族"。——编者注
④ 作者在1986年版《论歌德》中改为"戏剧社团"。——编者注

的，因误解而被遗弃的马利亚娜，渺小而处处为自己打算的梅里纳和他的搔首弄姿的夫人，以及饶舌老人、老古板等，都是社会上常常见到的角色。但其中也不乏可爱的人物：如女人憎恶者勒替斯和轻薄而风趣横生的菲利娜，精明干练的剧院经理赛罗，以及他那一往情深、被一个贵族[①]爱人所遗弃的妹妹奥莱丽亚。在这部分里也有贵族出现，可是他们的行为多半是可笑的；一个热心戏剧而不甚内行的男爵、一个卖弄风情的男爵小姐、一个枯燥无味的伯爵和他那美丽的，并不忠实的夫人。但是在后三篇就迥然不同了，歌德在里边描写出他理想的人物：罗塔里欧是一个具有高远理想而又着重实行的贵族，冷峻多智的雅诺和博大的阿贝都是对人类有限关怀的教育家，苔蕾丝是一个实事求是的女子。歌德在罗塔里欧的妹妹娜塔丽亚身上创造了一个理想的女性，正如席勒在一封信里（1796年7月3日）所解释的那样：她从不认为爱是特殊事物，因为爱是她的天性；她代表最高的道德修养，但她觉得这不是外在的法则，却是内在的冲动。所以歌德让维廉和她订了婚。这些人虽然出身贵族，但不是当时的贵族中所能产生的[②]，他们早已[③]超越过阶级的界限，在歌德的理想中努力于一种新的

[①] 作者在1986年版《论歌德》中删除了"一个贵族"。——编者注
[②] 作者在1986年版《论歌德》中改为"见到的"。——编者注
[③] 作者在1986年版《论歌德》中删除了"早已"。——编者注

团体生活①。

其中还有两个重要人物，并没有正式出现。那是外叔祖和贞女②（外叔祖也是贞女的叔父），一个只在第四篇里一度出现，其余关于他的一切只听着从旁人的口里述说；另一个歌德把第六篇全篇的地位都献给她，让她自己介绍自己。这两个人物恰恰成为一个对比，这里又表现歌德的两条道路：向外与向内。外叔祖主张为人类工作，处处勿忘人生；贞女则是一个虔诚派的信徒，事事反省，过着绝对的内心生活。《学习时代》的读者若是随着书中的主人像是随着《奥德赛》里的英雄似的迷惑于人生的海洋，那么《贞女自述》便成了一座暂时停泊的孤岛。

至于迷娘呢，那是歌德心灵中的产物。多少人想从歌德的生活里寻找迷娘的来源，歌德是否经历过这样的一个女孩子，所得的成绩都很可怜，人们只能把她看成是歌德的纯洁的创造。她像是从一个没有历史的国度里跳出来的自然儿，在优伶社会里以及在贵族社会里她同样是一颗纯洁的珍珠，怀着奇异的光彩。她在"文化"之外，两性之外，她没有故乡，却患着沉重的乡思，她一向童装，等到她起始知道穿女

---

① 作者在 1986 年版《论歌德》中改为"努力于建立一种新的社会团体生活"。——编者注
② 冯至在 1986 年版《论歌德》中把"贞女"修改为"美的心灵"（"美的心灵"在德国 18 世纪是一个比较普遍的名称，人们用以称呼一个和谐的、善与美结合的女性）。——编者注

子的衣裳时,歌德让她死去了。她对于歌德是一个象征,一个渴望的象征。她虽然来自柠檬盛开的意大利,但她真的故乡则在诗人的心里。至于她那个她并不认识的罪恶重重的父亲,竖琴老人,则阴沉沉地负担着罪过与悔恨,有如希腊悲剧里走出来的人物,是可怕的命运的代言人。当迷娘想从远方以及天上寻找一个新春时,他却只希望在坟墓中得到解脱。——席勒看全书的人物布置得像是美的太阳系,这两个意大利父女的出现与消逝却那样神奇,有如两个彗星,"可是也像彗星那样恐怖地把这个星系连接在一个远方的更广大的星系上边"(1796年7月2日)。

再进一步,书中的人物,女人多半是和谐的天性,男人则在内心与行为上时时发生冲突与矛盾。从温柔的马利亚娜,美丽的伯爵夫人、忧郁的奥莱丽亚,直到实际的苔蕾丝、高尚的娜塔丽亚,以及那轻浮的拖着拖鞋走来走去的菲利娜,她们都有新鲜的血和活泼的心,对于维廉的精神无形中有很大的影响。男人无论在哪方面,相形之下都较为褊狭,罗塔里欧、雅诺、阿贝,虽然都有高贵的人品,但最后在娜塔丽亚的面前,都显得暗淡无光了。这又如歌德说过的那一句话:"本来我只认识妇女,男人是怎样,我完全不知道。"[①]

[①] 冯至在1986年修订这篇文章时,删掉了这句话,改为"在这方面,又和中国在18世纪产生的《红楼梦》不无类似之处"。——编者注

五

歌德在这部小说里没有说明这故事发生在什么时代。就罗塔里欧曾经参加过美国的独立战争来看，总该在1780年前后。社会的情况完全属于18世纪的后半期，一般生活方式，尤其在伯爵的府邸里，还保留着罗珂珂（Rokoko）的余风。但是有少数人已经不满足当时德国的狭窄的气氛，他们的眼光放远了，他们要为人类服务，例如罗塔里欧曾为减轻农民的痛苦而努力，这在当时还是少有人提到的问题。

18世纪由于启蒙运动，宗教失却了万能的权力，人们再也不相信教会能绝对负起改善人类的责任。什么能作为教会的代替者呢？这是少数善意的人脑里所横着的问题。[1] 于是前有莱辛，后有席勒，都认为剧院是教会最适宜的替代者。莱辛说过这样的话，从前是礼拜堂，现在是剧院在教育人类。当时许多不满现状的青年往往走入戏剧界，作改善社会的企图，这也是维廉投身于戏剧生活的主要原因。但是那里他得到的结果是失望。——另一方面，还有少数的人，集合同志，组织会社，把他们的力量和影响渐渐向外扩大，作改善人类的活动。这些会社对外多半严守秘密，对内有隆重

---

[1] 作者在1986年版《论歌德》中改为："关心人类前途的人们常常考虑的问题。"——编者注

的设备和仪式，以代替旧日礼拜堂里的庄严。它们打破国家种族的界限，抱着人文主义理想[①]。它们共同的趋势是教育人类，所以自由圬人会（Freimauerei）和起源西班牙的开明会（Illuminatenwesen）这时[②]都盛极一时，欧洲各处都有它们的分会，各阶级里都有它们的会员，歌德也曾参加自由圬人会的集会。所以维廉在戏剧生活中走了许多迷途，领悟了人生的意义以后，终于从一个秘密的团体里得到"诫书"[③]，领悟了生活的要义。

他就在这时代趋势中完成他的学习时代。这里也是一个小团体以罗塔利欧为主脑，用种种方法引导或暗示纯洁的青年加入他们的会社，为人类工作。罗塔里欧家的阁楼（第七篇第九章），外叔祖所建筑的"过去之厅[④]"（第八篇第五章），写得虽然过于夸张，但也不难从此想象当时那些会社的设备是多么庄严，多么隆重。维廉得到了诫书后，被这团体里的人视为自己的人，那森严的阁楼对他再也不是一块禁地，但是这团体详细的组织他还不十分明了，他只深切地感到：

"这诚然不能否认，罗塔里欧是被秘密的活动与结合所

[①] 作者在1986年版《论歌德》中增加了"教育人类"。——编者注
[②] 作者在1986年版《论歌德》中"这时"改为"等组织"。——编者注
[③] 作者1986年修订时改为"结业证书"。——编者注
[④] 作者在1986年版《论歌德》改为"祖先堂"。——编者注

环绕；我自己体验到了，人们在努力，在某种意义中，人们在为许多人的行为，许多人的命运关怀。并且善于引导他们。"（第八篇第四章）

维廉的行为与命运，在他没有离开他的家乡时，或者说得更早一点，在他童年时已经有人在为他关怀了；每逢一个紧要的时刻，便有这团体里的一个人给他一个可贵的暗示：那在故乡的街上遇见的不相识的外乡人（第一篇第十七章），水上行船时遇到的不相识的牧师（第二篇第九章），在伯爵的花园里迎面走来的骑马的军官（第三篇第十一章）以及上演《哈姆雷特》时舞台上出现的鬼魂（第五篇第十三章）与鬼魂遗留给他的蒙纱，上面写着："第一次也是最末一次！逃吧！青年，逃吧！"（第五篇第十三章）这一切，都是暗中引导着他的人，他们的指示与劝告一次比一次迫切，直到维廉脱开戏剧生活的迷惘加入他们的团体为止。在这团体里每人都应该先认识自己的所长，然后分散各地为人类工作。

六

1825年1月18日歌德与他的书记[①]爱克曼（Eckermann）

---

① 作者在1986年版《论歌德》改为"秘书"。——编者注

谈到这部小说，他说："这著作属于那些最无法计算[1]的作品，我几乎自己都缺乏钥匙。人们寻找一个中心点，这是很难的，而且不讨好。……人们若是绝对要这样做，那么就把住弗里德里希在书末向我们主人公说的那句话，他说："我觉得你像扫罗，基士的儿子[2]，他外出寻找他父亲的驴，而得到一个王国。人们要把住这点。因为全部在根本处好像并不要说其他的道理，只是说人虽然有一切的愚行和紊乱，可是被一只较高的手引导，而达到幸福的目的。"歌德在这里警戒读者在书中寻求什么中心思想，但是他不自觉地把这部书的主要意义说给我们了。寻驴而得王国的比喻，歌德一再引用；歌德虽然说他自己也缺乏钥匙，但他在这里还是给了我们一把钥匙。所以后来常有人从这比喻引申出来一句话："维廉寻找戏剧艺术，而得到人生艺术。"

维廉为了替他父亲料理一些商业上的事务，离开家乡，在中途同些优伶混在一起，这些人当时还被看作在固定的职业之外流动着的人们，一般社会还不承认他们的意义[3]，他们自己也不认识他们的意义[4]。维廉却在这低级的气氛中抱着绝大的理想，认莎士比亚为他的教父，想创造民族剧院，

---

[1] 作者在1986年版《论歌德》改为"估计"。——编者注
[2] 作者在1986年版《论歌德》改为"基士的儿子扫罗"。——编者注
[3] 作者在1986年版《论歌德》改为"地位"。——编者注
[4] 作者在1986年版《论歌德》改为"价值"。——编者注

这无异要在一片贫瘠的卤地上开辟一座美丽的花园，经过沮丧与兴奋、外求与内省，以及一些爱情的错综[①]，归终一半是命运[②]、一半由于人为的机会[③]，他才得以和较为明智的人们接近。当他独自一人走在前往罗塔里欧庄园的路上时，又遇到水上行船时所遇见的那个不相识的牧师，和他谈到当年的剧团都到哪里去了，维廉感慨着说："每逢我回想我和他们一起度过的岁月，便觉得是望见一片无限的空虚；从中我毫无所得。"但是那牧师说："你错了；我们所遇到的一切都会留下痕迹，一切都不知不觉地有助于我们的修养；可是要把它解释清楚，是有害无益的。那样一来，我们会变得不是骄傲而怠慢，就是颓丧而意气消沉，对于将来，二者都是同样阻碍我们。最稳妥的永远是只做我们面前最切身的事……"（第七篇第一章）

这是说只要我们有善良的本质，在我们为了理想努力时，就是迷途，也能有助于将来，无须悔恨，因为渺小与卑污的能力究竟是有限的。并且修养自己，维廉自己说，从少年时起就朦胧地是他的愿望和志向（第五篇第三章），这里又和《浮士德·天上序幕》上帝说的"人在努力时，总要迷惑"相吻合了。在第七篇第九章维廉领受"诫书"的一幕

[①] 作者在1986年版《论歌德》改为"错综的爱情"。——编者注
[②] 作者在1986年版《论歌德》改为"由于遭遇"。——编者注
[③] 作者在1986年版《论歌德》改为"机缘"。——编者注

中，那些暗中引导维廉的人都先后出现，他们尽量发挥迷途对于修养的意义，读者自然会读到，这里只引一句："为人师者的职责并不是警戒你莫入迷途，而是引导迷途的人，甚至让他从丰满的杯中吸饮他的迷惑，这是师的智慧①。"

维廉终于从那些迷途中走出来，在领得"诫书"后，迈入娜塔丽亚周围的明朗的境界，得到他的"王国"。

这修养的理想是什么呢？是十八世纪后半叶德国思想界所追求的人文主义教育的理想：完整的人。既不是像启明时代②那样崇尚理智，也不是狂飙时代③那样强调热情，而是情理并茂，美与伦理的结合。我们在《贞女自述》里听到外叔祖赞颂这样的人：

"他的精神追求一个道德文化，却有充足的理由，同时也附带着修养他更精细的官感，为的是他不沦入危险，在他投身于一个无规则的幻想的引诱时而从他道德的高处滑落下来……"④

维廉在长久的迷途后所达到的目的，可以借用席勒的话

---

① 作者在1986年版《论歌德》改为"在迷误中吃尽苦头，为师的贤明就表现在这里"。——编者注
② 作者在1986年版《论歌德》改为"启蒙运动"。——编者注
③ 作者在1986年版《论歌德》改为"狂飙突进时期"。——编者注
④ 作者在1986年版《论歌德》对此段文字作如下修订：人们在《一个美的心灵的自述》里听到外叔祖赞颂这样的人："他的灵魂在努力追求道德文化，他同时也就有充足的理由修养更敏锐的感官，使自己不因受到杂七杂八幻想的引诱而面临从道德的高处滑落下来的危险……"——编者注

来说,"他从一个空洞的、不定的理想蹈入一个确定的行动的生活,但是并没有丧失理想化的力量。"[①] 这又是理想与实际的融合。维廉发展到这阶段,被这个团体收容,结束他的学习时代,成为一个完整的人,所以那久别的威纳与他重逢时不禁说道:

"如今你可像一个人了。"(第八篇第一章)

歌德使他和娜塔丽亚订了婚。这女子,兼有过着内心生活的贞女与脚踏实地的苔蕾丝二人的所长,是歌德创造的一个理想的女性。

这修养理想,是歌德经过意大利旅行与古典艺术接触后渐渐涵养成熟的。这是惟一的主要的原因:为什么《戏剧使命》只限于是一部写戏剧生活的小说,而《学习时代》则发展到这高远的境地。因为这部小说在将及二十年的时间内随时都在随着诗人生长着。

歌德同时代最伟大的人文主义学者洪波(威廉·洪堡)说过这样一句话:"真的道德第一个法则:自修;第二个法则:影响他人。"在《学习时代》里只完成第一个法则;至于第二个法则,怎样舍开自己为集体工作,并且在这样的情况上像那贞女所过的孤岛式的遁世生活则完全失却地位,那是《漫游时代》的主题,这里不能申述了。

[①] 作者在1986年版《论歌德》补充了:"(1796年7月8日信)"。——编者注

七

维廉所以能够达到这个地步，已经一再地说过，多赖几个关怀者的诱导。他们中间每个人出现都要和维廉谈到命运问题。

维廉信托命运，他随时都看到"引导着的命运在向他招手。"（第一篇第十一章）。他和那不相识的外乡人谈到他的戏剧嗜好时，他说："还是尊崇那能够引导我的至善和各个人至善的命运。"（第一篇第十七章）等到他由于与马利亚娜误会一度放弃戏剧的志愿，专心于商业了，"他确信那段命运的严酷试验对他确有无上的利益。"（第二篇第七章）水上行船时，维廉与不相识的牧师谈天才的修养与教育的功能，维廉不胜羡慕那些被命运所帮助的人（第二篇第九章）。他与雅诺谈论莎士比亚，称莎氏的作品为"命运的奇书"，他从少年起就有过的，对于人们和他们的命运的许多预感都在这里边实现了，发展了（第三篇第十一章）。他在病榻上回想那救护他的女英雄（即娜塔丽亚）的出现，不禁唤起童年的幻想，他深深感到："这些将来的运命[①]的图像在少年时不就像在睡梦里一样萦绕着我们吗？……运命的手不是已经预先散布了我们日后所要遭逢的事体的种

[①] 作者在1986年版《论歌德》中改为"命运"。——编者注

子吗……"（第四篇第九章）在赛罗的剧团里，他也这样想，"我不是必须尊重命运吗，我没费一点事，它就把我引到我的一切愿望的目的地这里来？凡是我往日所设想的、所计划的一切，我并没有费一点力，不是都偶然发生了吗？"（第四篇第十九章）最后维廉引吕迪亚到苔蕾丝那里去，他把这任务当做"一种鲜明的命运的工作"（第七篇第一章）。

维廉这样信托命运，但是那几个暗中指导他的人却随时提醒他，在必然与偶然的中间，人的理性要施展它的机能，人才能够立于天地间，不至于沉沦。所以那不相识的外乡人说：

"这世界的组织是由必然与偶然组成的，人的理性居于二者之间，善于支配它们。它把必要看作生命的根基。它对偶然会是顺导、率领、利用，并且只有理性在坚固不拔时，人才值得被称为地上的主宰。"

那不相识的牧师也同样回答维廉："我宁愿永远依靠人的理性当作教师。"

这些人是在教导一个善良的青年怎样把持命运的舵而达到一个明朗的完全的人境地。[①]

[①] 作者在1986年版《论歌德》中增添了"这也是当时人文主义的思想"。——编者注

相反，却是竖琴老人，完全被可怕的运命压倒了，陷入一个永远黑暗的国度，他自信他什么地方也不应该停留，因为不幸到处追赶着他，并且伤害与他结伴的人们。他由于偶然或运命把一件大罪恶担在自己身上，永久拖带着这罪恶的回忆。他无处能摆脱他毫不容情的命运，最后只有在坟墓中求得解脱。他的出没，在维廉面前，随时都乌云似的投下一片阴影，在全书中是一个对照，是诗人最美的穿插。

八

《学习时代》出版后，一方面被人拒绝，一方面被人热烈接受。拒绝的是歌德旧日的友人雅阔比（Jacobi），史托尔贝尔格（Stolberg）兄弟，以及赫尔德（Herder）与石坦因夫人。他们都不能担当书中他们认为不道德的故事。弗里德里希·史托尔贝尔格甚至把全书拆开烧毁，只留下第六篇《贞女自述》。热烈地接受的是新兴的浪漫派诗人们，尤其是史勒格尔（Schlegel）[①]兄弟，他们因此奉歌德为"诗的精神真实的总督"。弗里德里希·史勒格尔把这部小说和费希特的《知识论》与法国革命并论，称为时代的三大趋势。

---

① 现通译"施莱格尔"。——编者注

他们的长篇小说无论是正面或者反面，都多少受过这书的影响，尤其是迷娘和菲利娜这样可爱的人物，更足以供他们摹拟。前者局促于他们狭窄的道德范围，他们立论的根据早已失却了，后者则以浪漫主义的眼光看这部书，并不是这部书的全面目。在当时，真能理解全部的，还是以席勒和席勒的朋友克尔内尔（Körner），席勒在他与歌德的通信集中关于维廉·麦斯特所表示的意见以及克尔内尔在席勒主编的杂志《时代》上发表的分析该书的论文，至今研究者还可以奉为圭臬。关于书中精神克尔内尔说：

"性格不只是一系列事件的结果，运命也不只是现成的性格的影响。个性从一个独立的、不可解释的萌芽发展，这发展由于外界的境遇只得到助长。全部接近实际，自然，在那里人并不缺乏自己的生命力，决不只被困扰着他的世界所规定，但是也绝不使一切都从他自身内发展。"

席勒论全书的结构：

"不能写给你，这著作中的真理，美的生活、单纯的丰满，是多么感动我，……平静而深沉，明澈却又像可解有如自然一般，它这样活动着，存在着，并且一切，即使是最小的枝节，都显示出心境的美的均衡。"（1796年7月2日）

"实际上关于这部小说，人们可以说，它无处受限制，除却由于那纯美的形式，并且在其中什么地方形式停止了。他就与无限相连击，把它比作一座介乎两个大海之间的美丽

的岛屿。"(1796年7月19日)

三十二年夏　写于昆明[①]

[①] 作者在1986年修订此节时做了较大的改动，下面整节收录如下：

《学习时代》出版后，一方面被人反对，一方面被人热烈地接受。拒绝的是歌德旧日的朋友雅阔比（Jacobi）、史托尔贝格（Stolberg）兄弟，以及赫尔德（Herder）与石泰因夫人。他们都不能容忍书中他们认为不道德的故事。弗里德里希·史托尔贝格甚至把全书拆开烧毁，只留下第六部《一个美的心灵的自述》。这些反对者局限于他们狭隘的道德观念，在时代潮流的冲击下早已失去他们的依据。真正了解歌德、给这部小说以全面评价的是席勒。席勒通读了全书以后，于1796年7月2日写信给歌德："不能写给你，这著作中的真理、美的生活、单纯的丰满，是多么感动我。……平静而深沉，明澈却又像自然那样不可捉摸，它这样活动着，存在着，并且一切，即使是最小的枝节，都显示出心境的美的均衡，而一切都是从这心境里流涌出来的。"浪漫派的理论家和诗人们对这部小说也热烈欢迎，史勒格尔（Schlegel）兄弟这种提法未免评价过高，可是他为这部小说写的一部评论，则是德语文学评论文章中前此不曾有过的佳作。史勒格尔认为，《维廉·麦斯特》在创作方法、思想内容、心理描写等方面创造了德国长篇小说的新局面。大部分浪漫派的作家或多或少地受过这部小说的影响，尤其是迷娘和菲利娜这两个可爱的、而在德国现实生活里很少见的人物，更引起他们的赞赏，足以供他们模拟。只有诺瓦利斯（Novalis）由于他强调幻想，追求无限的彼岸，对于过多地描绘现实、提倡节制的《学习时代》表示反对。他雄心勃勃地要在一部小说里写一个在幻想中成长的人物亨利希·封·奥夫特丁根，与维廉·麦斯特相对抗。但他不幸早逝，这小说并未完成，只留下小说开端的几章片断。最能继承歌德修养小说的传统，基于《维廉·麦斯特》相媲美的，就应该是19世纪下半叶，瑞士德语现实主义作家凯勒（G. Keller）的《绿衣亨利》了。

冯至
1943年夏写于昆明
1984年8月22日修改

【附记】

这部小说是我和姚可崑在40年代战争时期合译的，久未整理付印，弃置箧中，约四十年，现经该书责任编辑关慧文同志校订加工，付出很多时间与精力。此书得以出版，谨向他表示感谢。

冯至
1987年12月8日

——编者注

《浮士德》里的魔

《浮士德》这部悲剧是歌德从二十几岁就起始,直到八十几岁在他死的前夕,才完成的。六十年间经过改稿经过停顿,但是最后的定稿从头到尾一万二千二百一十一行都被一个一致的精神贯注着[①]。十九世纪后期,在欧洲对于《浮士德》有一个错误的见解,只读它的第一部而忽视那较为艰涩的第二部,直到现在还支配[②]着读书界中较为肤浅的一部分。这不但容易使人误解《浮士德》,并且可以误解歌德。我们无论谈到《浮士德》里的哪一个问题,都要从全部着眼,不能有所偏废,现在在未谈到正题之先,我认为把《浮士德》全部的结构介绍一下是必要的。

《浮士德》是一个悲剧,分第一第二两部,内容是[③]浮士德的一生。全部可以分成四个大阶段,就是四个最高峰,其余的节目不过是从这一高峰到另一高峰的过渡。如果对于这四个阶段每阶段都给一个题目,就可以写作:

[①] 19世纪后半叶,有一部分研究《浮士德》的人,不视《浮士德》系一整体,而分成片断,并蓄意在其中发现矛盾,虽一代大师如色勒(Scherer)者亦不免此迂曲之见。其实《浮士德》全书自始至终具有一贯的精神与一致的结构,海岱山(Heidelberg)大学哲学教授梨克特(Rickert)在其1932年出版的《歌德的浮士德》一书中对此发挥尽致。

[②] 冯至在1986年版《论歌德》中改为"影响"。——编者注

[③] 冯至在1986年版《论歌德》中在此处添加了"悲剧主人公"。——编者注

（一）学者的悲剧，

（二）爱的悲剧，

（三）美的悲剧，

（四）事业的悲剧。

这四个悲剧被一头一尾像个框子似的给嵌起来。开端是《天上序曲》，上帝和魔鬼赌赛，上帝准许魔鬼去诱惑浮士德，因此演出这一部悲剧；归终是以魔鬼的诱惑失败、浮士德死后的魂灵得救而结束。

在第一个阶段，学者的悲剧里，无事迹可言，大部分是独白。因为过着书斋生活的人是演不出什么热闹的戏的。但是这里边充满了悲剧的成分：几十年孜孜不息的学者生活，最后所得的是死的知识，生活里充满"忧虑"，内心里是"执着尘世"和"向上"的两个灵魂在冲突，同时又感到外边的自然与人生好像在向他呼唤，独自坐在牢狱一般的书斋里，求死未果，求生不能——正在这怀疑绝望的时刻，魔鬼乘隙而入了。最后和魔鬼订约放弃了学者生活。

与魔鬼订约后，在一个女巫那里喝了返老还童的药，恢复了朱颜。在大街上和一个名叫葛蕾琴（Gretchen）的女孩相遇，得到魔鬼的帮助，把她骗到手里。使这天真无邪的女孩毒死母亲，杀却自己的婴儿，她的哥哥也死在浮士德的剑下，归终她罪孽重重发了狂，死在狱里。这样，浮士德经历了尘世的享乐和痛苦，演完他爱的悲剧。《浮士德》的第一部也在这里终结了。

第二部开幕时，浮士德倒卧在山明水秀之乡，无数的精灵在歌唱，使他忘却过去的罪恶，得到新生。魔鬼把他带到一个皇帝的宫廷里，那皇帝认为浮士德善于魔术，要他把古希腊的美女海伦娜（Helena）拘来出现。浮士德受了魔鬼的指示，当众使海伦娜出现了。浮士德一见这从未见过的绝世美人，大受感动，昏倒在地上。魔鬼背着昏迷不醒的浮士德回到故居的书斋，这时浮士德旧日的学生瓦格纳（Wagner）正从事于制造一个"人造人"（Homonculus）。魔鬼帮助瓦格纳把"人造人"做成，这"人造人"能够看出浮士德在昏迷中所想望的是希腊的美女，于是率领着浮士德和魔鬼到了古希腊的神话世界。浮士德在地狱里感动了地狱的女主人，她允许海伦娜复活。海伦娜，美的具体，在舞台上出现了，和浮士德结婚，代表希腊精神和日耳曼精神的结合，生了一个儿子叫哀弗利昂（Euphorion）。哀弗利昂生下来不久就为了无限制的追求而陨逝。随着儿子，母亲也回到了阴间。爱死亡，美幻灭，海伦娜只留下衣裳托着浮士德回到北方的寂寞的深处。

浮士德经验了爱和美后，心里兴起一个更高的要求，创造事业。他看着水滨潮汐的涨落起了雄心，想把水化为平地。正巧在这时那皇帝的治下起了内乱，浮士德借用魔鬼的魔术把内乱平息了，在海边获得一片封地，他得以施行他的计划，把海水变成平地。但是旧日海滨住着两个老人，不肯把住了许多年的房屋让出，妨碍浮士德的计划；他命魔鬼去帮助那对老夫妇搬家，老人执拗不肯，魔鬼索性一鼓气连房带人都给烧毁了。这时浮士德已经一百岁，深夜里望着房屋被焚，浓烟中升起四个女人。其中一个女人是浮士德未与魔鬼订约之前所谓的"忧虑"。这次"忧虑"又出现了，因为浮士德已决心与魔术脱离。"忧虑"不能伤害浮士德的精神，只是吹瞎了他的眼睛。浮士德在盲目中还继续努力，到死为止。① 死后，魔鬼和天使争取② 浮士德的灵魂，还是天使得了胜。

魔鬼和上帝的赌赛，和浮士德的订约，以及浮士德的得救，是这篇文章所要谈的主题，将来要详细申述。现在我们看浮士德在这四个阶段里，可以用歌德自己的话来概括，是"一个越来越高尚越纯洁的努力，直到死亡"③。一句中国的古语也更适宜说明《浮士德》的一贯精神："天行健，君子以自强不息。"不过我们要附加上两个注解：在自强不息的途中，总不免要走些迷途；同时，谁若是一生自强不息，归终是要得救的。

---

① 作者在1986年版《论歌德》中改为"双目失明，但内心明亮，到死为止"。——编者注
② 作者在1986年版《论歌德》中改为"争夺"。——编者注
③ 1831年6月6日与爱克曼的谈话。

这里所谈的范围只限制在魔鬼身上。《浮士德》里的魔鬼叫做靡非斯托非勒斯（Mephistopheles）。这个名字不是歌德独创的，它在浮士德传说里已经出现了。这个字是什么意义呢？歌德的朋友采尔特（Zelter）问到这个问题，歌德回答说："靡非斯托非勒斯这个名字自何而生，我简直不知道应如何答复。"① 后人试行解释这个字，追溯字源，在希腊文里有个类似的字，大意是"不爱光的人"；又有人想到希伯来文的 Mephiz-tophel，这字是破坏者、说谎人的意思。所以靡非斯托非勒斯也许是个希伯来的魔鬼，带上了希腊字的尾音。

各民族的神话与宗教各自创造出神与魔两个相对的超人的力量，互相消长，影响人的行为，是很普通的现象。《浮士德》里的魔从外表看来，是根据基督教的传统，附加上些北欧的传说。我们从《圣经》里知道，撒旦这个字本来是仇敌的意思，他最初是天使会②里的一个天使，他的职务是巡查世人的罪恶，告诉给神。他后来因为犯罪被黜，变成凶恶，能行异迹奇事，能诱惑天使或人，能试探人，控告人，刑罚人；又能引人犯罪，使人成为他的仆人。在《新约》里边，魔鬼更人格化了，他曾经试探耶稣，遇见信道的人，他

---

① 1829 年 11 月 11 日致采尔特的信。
② 作者在 1986 年版《论歌德》中改为"团体"。——编者注

就给以困苦，而成为人的大敌。所以保罗说，叛道的人是魔鬼教成的。又说魔鬼的罗网到处都是，人若给以间隙，就遭魔鬼迷惑，人若能敌得住，魔鬼就跑开。——虽然如此，魔鬼试探人，必须先得神的允许；若是不经神的允许而擅自试探人，神必加以限制。因此魔鬼又称为试探者。

在欧洲中古基督教的世界里，若有人不遵守教会仪式，或做些非常的事业，就常被看作与魔鬼有关，被称为与魔鬼结约的人。尤其是在文艺复兴与宗教改革时代，有不少特出的人士，被人说是与魔鬼有缘，并且有人以此自傲。当时的人们感到怎样与魔鬼为邻，[①]都勒（Dürre）的那幅铜雕《骑士、死与魔鬼》是一个很生动的图像。至于与魔鬼有关的魔术，那时因为知识面的扩大，以及对于自然界较为深入的观察，也同时增加了向神奇玄秘的力量的追求，所以在南欧的一些大学里，有的甚至把魔术列为学科。特别是到处漫游的学者、放荡的大学生、冒险家、骗子、变戏法的人，都爱在大庭广众间表演奇迹。浮士德的传说也就是在这时代里产生的。

这些字源的与历史的研究，这里不能不略为提及，对于我们题目的本身却是不关重要的。歌德自己在那封给采尔特的信里也说："在《浮士德》这部著作上假使人们去做历史

[①] 作者在1986年版《论歌德》中在都勒之前增加了"画家"。——编者注

学的与文字学的研究，往往越弄越渺茫。"歌德写《浮士德》虽然有些传说上的根据，但大体看来，是歌德自己的创造。我们研究这部著作，愿意遵守歌德这句话，如果不是必要，就不牵连到作品以外的事物上去。这就是说紧紧"把住"这部大著作，从第一行到最后一行，一步也不放松。有时也要把歌德关于《浮士德》所发表的言论[1]及其他的作品拿来作旁证。这样，庶几不至于曲解作品，冒渎诗人。

现在我们回到歌德的《浮士德》里的靡非斯托非勒斯。靡非斯托非勒斯的许多奇迹，是本诸魔鬼的传说；但是他的性格却是歌德的创造。从前者看，他是一个具有超人能力的魔鬼；从后者看，他是一个有血有肉的人，他的存在是理想的，他的性格是实际的。这一点，歌德的朋友席勒在《浮士德》第一部还未完成时便已感到了，并且觉得这是一个矛盾[2]。其实我们觉得[3]这两方面是并行不悖的。

具有非常能力的传说中的魔鬼，他能够办些非人力之所能及的事，并不新奇，这也不难想象。问题却是歌德所创造的靡非斯托非勒斯实际的性格，看这个怪物含有人类的哪一部分的精神。我们先分析一下靡非斯托非勒斯的性格，然后

---

[1] 歌德关于《浮士德》所发表之言论，搜集成书者有"岛屿丛书"（Insel-Bücherei）第 44 号《歌德论自著之浮士德》。该书有中文译本，商务印书馆 1940 年出版。
[2] 1797 年 6 月 26 日席勒与歌德信。
[3] 作者在 1986 年版《论歌德》中删除了"我们觉得"四字。——编者注

再看他在《浮士德》中的意义。

谈到靡非斯托非勒斯的性格，我要从另一方面，他的性格里所缺少的一个事物谈起。那是幽灵（Daimon）。据希腊的传说，幽灵常选择一个人，住在他的身内，发号施令，支配这个人的行为。苏格拉底常说，他的行为每每受他心内的一个幽灵的声音所指导。歌德在老年，时常想到这个字。关于这字的意义，歌德在1828年以后，也就是在他死前的三四年内，屡屡和他的秘书爱克曼谈到，见诸爱克曼的记录里的有十几处之多。同时在他晚年脱稿的自传《诗与真》第四部最后一章里也有一段详细的解释：

"他相信在有生的与无生的、有灵的与无灵的自然里发现一种东西，只在矛盾里显现出来，因此不能被包括在一个概念里，更不能在一个字里。这东西不是神圣的，因为它像是非理性的；也不是人性的，因为它没有理智；也不是魔鬼的，因为它是善意的；也不是天使的，因为它常常又似乎幸灾乐祸；它犹如机缘，因为它是不一贯的；它有几分像天命，因为它指示出一种连锁。凡是限制我们的，对于它都是可以突破的；它像是只喜欢不可能，而鄙弃可能……这个本性我称为幽灵的。"

在歌德看来，人越向上，越容易受幽灵的影响。它天天引导我们，催促我们，告诉我们什么是要做的事。一旦它离开我们，我们就疲怠而在暗中摸索了。歌德在绘画里看到拉斐尔（Raffael），在音乐里看到莫差尔特，在诗里看到莎士比亚：这些人都是被幽灵领导着达到一种旁人所不能达到的境界。我们再看浮士德的一生，处处抛弃可能，追求不可能，做了些非理智所能及的、知其不可而为之的事业，可以说歌德的浮士德的本性是充满了幽灵的气氛。——有一次，歌德又向爱克曼给幽灵下一定义："幽灵的天性是些不能由于理智和理性所解决的事物。"① 爱克曼听了这话，就接着问："靡非斯托非勒斯不是也带有幽灵的色彩吗？"歌德回答："不然，靡非斯托非勒斯是一个过于消极的本质，幽灵的天性却是表露在一个完全积极的行动力里。"这是一句非常重要的话，从这里出发，我们可能理解靡非斯托非勒斯的本性。

靡非斯托非勒斯是怎样"一个消极的本质"呢？

第一，他不认识人类里有一种积极的力量，也就是幽灵的力量，对于不可能的事物的追求。所谓宇宙和人生中的伟大，他都不能理会。在《天上序曲》里，一开幕就是三个天使轮替着高唱庄严壮丽的歌，赞颂宇宙万古长新。歌声甫毕，魔鬼就出现了。他说，他不会说大话，纵使人们因此而嘲讽他，他也不在意。他不善于歌颂太阳宇宙，他只看见人类是怎样自苦。人的能力是始终有限的，所谓远大的理想是

---

① 1831年3月2日与爱克曼的谈话。

永久达不到的。有些人徒然向上，归终却是离不开地，在泥土里过他们的生活。所以人类若是看不见上帝所给他们的一点向上的天光，他们也许会生活得更好一些。——人间高尚的努力、所谓纯洁的爱、创造的事业，在他狭窄的眼光里都是没有意义的。浮士德所惊讶的海伦娜的美，在他看来也不过是在刺激人的官能；浮士德与海伦娜的结合也成了官能的游戏了。当浮士德要努力于事业时，靡非斯托非勒斯不理解事业本身的价值，只问他是否想要名誉。其实他觉得，名誉已经是多余的事了。所以浮士德和靡非斯托非勒斯初遇时，他说他要握住最深最高的事物，而魔鬼却说这是永久不能消化的酵母。"全"是为神设的，神在永久[①]的光中，我们[②]应该安心住在黑暗里。

第二，他赞颂黑暗。他闯进浮士德的书斋时，浮士德问他叫做什么，他自称他是黑暗的一部分。黑暗是母亲，黑暗生出光来，光不应该骄傲地争夺黑暗的地位。他被称为混沌的儿子，在他装扮丑恶的女妖时，又被称为混沌的女儿。他不理解神为什么从黑暗里唤出光明，人为什么从混沌中制造出形体。

第三，他不理解"天行健，君子以自强不息"的意

[①] 作者在1986年版《论歌德》中改为"永恒"。——编者注
[②] 作者在1986年版《论歌德》中改为"人"。——编者注

义,他的哲学是虚无主义。他把一切看得毫无意义,只发现"空"和"无"。这无论在东方或西方,从古以来便支配许多人的思想行动的论调(悲观论里最浮浅的一部分),在这里又多了一个代表。靡非斯托非勒斯的虚无论正如《旧约》里传道者所说的:

"虚空的虚空,凡事都是虚空。人一切的劳碌,就是他在日光之下的劳碌,有什么益处呢。"

他一再声明,他是"否定的精神",他处处代表虚无,和他所看不起的"有"作对。因为万事归终都要灭亡,倒不如根本不曾有过好。他看定了浮士德的命运:纵使他不委身于魔鬼,也必须沉沦。浮士德一生不息,直到死亡,在靡非斯托非勒斯看来,不过是:

"没有快乐,没有幸福满足过他,
他不住向着轮换的形体追逐,
那最后的、恶劣而空虚的刹那,
这可怜的人也要把它把住。
他一向这样坚强地与我相违,
时间成了主人,老人在沙中长睡。"

浮士德一死,魔鬼自觉胜利,他以为他的哲学应验了。这时有合唱的声音说,"这是过去了",他紧接着发挥下去:

"过去与纯粹的虚无，完全一样！

永久的创造对我们有什么用处！

创造的事物归终又归入虚无！

……

所以我爱那永久的空虚。"

在我们看来①这并不是"一样"的，做了一些事，究竟是做了一些事，不能与虚无并论。

第四，靡非斯托非勒斯既然是个虚无主义者，他就不大容易理解"人之异于禽兽者几希"的道理。他说，向上也好，堕落也好，都是一样，他看什么都是"差不多"。为了目的，不择手段。葛蕾琴的邻妇的丈夫远征，靡非斯托非勒斯说谎报告她，说她的丈夫在外边死了，他教浮士德写一张死亡证明书。浮士德不肯。他说，你从前讲学，给宇宙以意义，也和写假证明书差不多。浮士德在葛蕾琴那里犯了许多罪，他埋怨魔鬼不该这样使人作恶。魔鬼回答说，葛蕾琴并不是第一个被牺牲的女人，浮士德何必这样介意呢。

第五，靡非斯托非勒斯自以为看透世情，对于世事也非常冷淡，无感伤，无热情，与浮士德相比，正好是一个对

---

① 作者在1986年版《论歌德》中改为"实际上"。——编者注

照。浮士德屡屡说他冷酷而僭妄。葛蕾琴说他总是嘲讽地望着人,他冷淡无情,在他的额上写着,他不能爱一个人。一个这样冷静无情的性格,对于人生也就往往有极锐利的批评。聪明、幽默、善于调侃。歌德在这一点上利用了靡非斯托非勒斯的口吻极尽嬉笑怒骂之能事。我们听到他嘲笑教会,嘲笑三位一体,嘲笑宫廷里的幸臣,嘲笑纸币,嘲笑女人的作伪,嘲笑地质学中的火成论者,嘲笑摹仿,嘲笑浪漫派的诗,嘲笑当时流行的骑士小说……最有趣的莫过于第一部里他与一个学生讨论求学之道,在第二部第二幕里和这人(这时他已成为学士)的对话了:在前者尽量嘲讽歌德青年时代的大学课程,在后者则针对一八一四年自由战争后一时成为风尚的目空一切的狂妄的青年。靡非斯托非勒斯的这些讥嘲和毒辣的讽刺,歌德自己也承认,是他本人"气质中的一部分"。

这种否定的性格根源于片面的理智。欧洲十八世纪中叶,是一个崇尚理智的时代。理智当时在积极方面把人类从种种阻碍进步的错误观念里解放出来,建设健全的、朴质的人生。另一方面,它却往往给人的活动划了一个范围,把热情与理解都摒除在这个范围以外。歌德把这个世纪称做"自作聪明的世纪",他在他的《颜色学》里有一段谈到十八世纪,他说:

"(这世纪)太自负某一种明白的理解,并且习于按照一个现成的尺度衡量一切。怀疑癖与断然的否认互相轮替，这样产生同一的作用：一种傲慢的自足和一种对于一切不能立即达到、不能一目了然的事物的拒绝。哪里有对于高尚的、不能达到的要求的敬畏的心呢？哪里有对于一种沉潜于不可探求的深处的严肃的情绪呢？对于勇敢而失败的努力的宽容是如何稀少！对于缓缓的演变者的忍耐是如何稀少！"所以在那时有不少冷静的持批评态度的睿智之士，他们多半属于上层社会，受过较高的教育，因为对于人生取旁观态度，否定的精神遂得发展，所谓幽灵的力量，都在他们心内窒息了。这种精神盘踞在一个聪明人的心里，往往推翻人生中一切的努力、一切的建设与庄严，以致无所建树地沉沦下去。① 歌德在少年时遇见过不少这样的人。青年朋友中有一个叫做贝里史（Behrisch）的，后来还有一个他终身怀念不置的、在中年时自杀的梅尔克（Merck），歌德都认为是带有靡非斯托非勒斯色彩的人。歌德在他的自传里回忆梅尔克②：

"他具有适当而锐敏的判断力……身躯瘦长，突出的尖鼻惹人注目……在他的性格中含有奇妙的不调和处。本性上

---

① 在这里我们想到法国狄德罗（Diderot）的《拉谟的侄儿》（*Le neveu de Rameau*）。此书在法国尚未出版时，歌德曾由席勒介绍，于1804年根据原稿把它译成德文，并为文以论之。书中主人公狂放怪诞，不拘礼节，对当世肆意嘲讽，然嘲讽中有极精辟的见解，是一个具有靡非斯托非勒斯色彩的代表人物。
② 歌德自传《诗与真》，第12章。

他是一个善良、高洁、可信赖的人物，他却愤世嫉俗，一任这忧郁的习性所支配，他感到一种不能克制的倾向，故意充当一个恶作剧者，甚至一个无赖。在某一瞬间，他显出是一个明达、安闲、温良的人，但在另一瞬间，就想做出一些事来伤人的感情，惹人的愤怒，甚至与人以损害。可是正如世人相信自己对某种危险有安全的保障而爱、和这危险亲近一般，我就有一种更大的倾向，和他一起生活，享受他好的特性，因为一种安全的感觉使我感到，他不会把他坏的方面转向我。"①

这里所说的二重性格的一方面不就是靡非斯托非勒斯的性格吗？歌德自己也承认：

"梅尔克和我两人，总像是靡非斯托非勒斯与浮士德似的。……梅尔克的调侃无疑地是由于一种高级文化的基础；可是他并不是创造性的，反而有一种显然消极的倾向……"②梅尔克有聪明，有智慧，只因对人生否定多于肯定，以致一事无成，后来自杀而死，这是歌德深致惋惜的事。——像这样的性格很容易使人自以为看透世情，反而对于人类许多崇高的理想不能理会，处世既不拘小节，因此也昧于大义，是非之感会渐渐泯灭，匹夫匹妇之慕义勇为对于

---

① 1831年3月27日与爱克曼的谈话。
② 1831年3月27日与爱克曼的谈话。

他都成为可笑的事了。

所以靡非斯托非勒斯，就性格看来，已经不是传统的魔鬼，而是一个玩世不恭的人，——也可以说是"现代的魔鬼"。在《天上序曲》里，上帝称他为 Schalk（恶作剧者），是很值得深思的。

下边谈靡非斯托非勒斯在《浮士德》中的意义。

歌德的《浮士德》全剧是从两个赌赛引出来的。一个是魔鬼和上帝的赌赛，从这里又产生了魔鬼和浮士德的赌赛。

第一个赌赛是在天上，可以说歌德采用了《约伯记》里撒旦和上帝的赌赛。靡非斯托非勒斯敢于和上帝赌赛，因为他认为浮士德正处在对于魔鬼的诱惑成熟了的时候。他知道浮士德要从天上要求最美丽的星辰，从地上要求最高的快乐；一切的远方和近方都不能满足他激动的心胸。在不能满足中他正对于一切发生很大的怀疑。这正是好的时机，去诱惑浮士德使他吃着泥土终身蛇一般地匍匐而行。一旦他成功了，他将要在上帝面前夸耀他的胜利。上帝为什么肯和他赌赛呢？因为他知道，人在努力的时间内，总不免要走些迷途。同时他又确信：一个善人在他阴暗的冲动里，总会意识到正当的道路。所以在浮士德有生之内，上帝把他交给魔鬼，并没有什么担心。但是另外他还有一个更大的期望，他认为：

> "人的努力能够太容易衰弱,
> 他太喜爱无条件的休息;
> 所以我愿意给他一个伴侣,
> 他刺激他,以魔鬼的身份工作。"

这是上帝给与魔鬼的积极的意义。在这里可以知道,恶的反动的势力对于一个孜孜不息的人是一个有力的刺激,使他更积极地努力。①

第二个赌赛是在浮士德的书斋里。浮士德在最深的绝望时诅咒高尚的理想,诅咒现象的眩惑,诅咒名誉与死后的虚荣,诅咒妻子、奴仆与田畜,诅咒财富,诅咒葡萄酒浆,诅咒爱情,诅咒希望,诅咒信仰,诅咒忍耐。靡非斯托非勒斯认为时机到了,劝他不要与烦恼相戏,烦恼像鹰鹞似的在啄食他的生机,他应该离开寂寞,走到外边的世界去享受人生。就是最下流的社会也会使他感到,他是一个人与众人为伍。浮士德若肯与靡非斯托非勒斯结约,他情愿成为浮士德的仆人,供给浮士德尘世的享乐。靡非斯托非勒斯向浮士德所提的条件是在今生他侍奉浮士德,听他驱使;但死后浮士

---

① 关于这一点,还有一个旁证。在第二部第二幕里,靡非斯托非勒斯到了希腊,遇见那善于谜语的 Sphinx,Sphinx 曾说出一个以魔鬼为谜底的谜语,大意为:"对于善人和恶人都是必要的,对于善人他是个护胸甲,练习比剑;对于恶人他是个好朋友,共同做些荒唐事。二者都使宙斯(Zeus)高兴。"这又是以一种开玩笑的态度说出靡非斯托非勒斯的意义。

德必须听从靡非斯托非勒斯，即浮士德死后他必须据有浮士德的灵魂，好向上帝夸耀他的胜利。但是浮士德也感到他的努力的心灵是不会衰竭的，他也向靡非斯托非勒斯提出条件：假如有一次他在软床上偷安，他就算完了；假如他感到满足，就是他最后的一天；假如他对着一个美好的瞬间说：

"停住吧，你是这样美！"

魔鬼就可以把他束缚起来，他情愿沦亡。

两个赌赛订好了以后，这个精通世故的聪明的虚无主义者就担起来他的任务了。他的任务分两方面进行：一方面尽仆人的责任，处处给浮士德帮忙；一方面施展魔鬼的夙愿，阻碍浮士德向上。他穿着金线绣花的红衣，套上坚实的缎质的小外套，帽子上插着雄鸡的羽毛，佩着尖尖的长剑，成为浮士德一生不能离身的侍从，陪着他的主人先看"小世界"，后看"大世界"。在浮士德和靡非斯托非勒斯结了约，离开书斋的时刻，二人可以说是在同一点上：怀疑一切。但是怀疑的性质不同，在浮士德是一个反动，在靡非斯托非勒斯是本质如此。二人虽然从同一点出发，但是心境的距离越走越远，因为浮士德的反动是暂时的，靡非斯托非勒斯的本质是永久的。浮士德在享乐的阶段时，靡非斯托非勒斯还能洋洋得意，自觉成功；后来他超越过这个阶段，超越得越远越与他自己本来的夙愿相违，终于他成为一个不能理解浮士德的心意的助手，失却主动的地位。

此后浮士德身经三个阶段：官能的享乐、美的追求、事业的努力。在这三个阶段里，靡非斯托非勒斯都尽了他的任务，同时也尽量发展了他的破坏的、引人堕落的伎俩。在第一个阶段，爱的悲剧里，浮士德所求的是生的快乐，官能的享受，正与靡非斯托非勒斯的愿望相吻合。靡非斯托非勒斯也极力听从浮士德的驱使，为浮士德想尽种种方法，做出种种机缘，把葛蕾琴骗到浮士德的手里。浮士德正在热恋中，有一次回到自然，发生反省，靡非斯托非勒斯又惟恐浮士德抛却官能的享乐，就迅速赶上他，把他拉回到葛蕾琴那里。等到浮士德在葛蕾琴那里做下许多罪恶，靡非斯托非勒斯又恐怕浮士德良心起作用，反倒要设法使浮士德断念于葛蕾琴，带他去参加妖魔与女巫的跳舞之夜，希望他能沉湎于更下流的享乐，但这时浮士德却又念念不能忘怀葛蕾琴了。这段悲剧得到一个悲惨的结局，浮士德在这段生活里并没有向着一个瞬间说——

"停住吧，你是这样美！"

葛蕾琴悲剧结束后，靡非斯托非勒斯引导浮士德到"大世界"里去。这是一座皇宫，终日乱忙，并无高尚的目的，他要在这宫廷的浮浅的生活里试探浮士德。少年的皇帝不思振作，一味贪图娱乐，正在想举行一个大规模的化装跳舞会。靡非斯托非勒斯装作一个新的侏儒在皇宫里出现，在这浮嚣的气氛里自觉如鱼得水。当各位大臣抱怨国家财政困难时，这假扮的侏儒在旁边发表意见，为什么不发行纸币呢。后来在跳舞会里，靡非斯托非勒斯化装为"吝啬"，浮士德化装为财神，引起皇帝的注意。他们劝皇帝发行纸币，国家财政表面上周转过来了，于是获得皇帝的信任。因为在跳舞会上浮士德曾经得靡非斯托非勒斯之助演过玄妙的戏法，皇帝认为浮士德神通广大，便更进一步要求他把古希腊的美女海伦娜唤出来给皇帝看一看。浮士德问计于靡非斯托非勒斯，靡非斯托非勒斯说，这可没有发行纸币那样容易。这北方的魔鬼对于希腊古典的美素无因缘，这是他第一次感到的无能为力。他只能给浮士德一把钥匙，叫他到"群母之国"里去寻求使海伦娜出现的方法，这群母之国是一个神秘，一个理想，在空间时间之外，靡非斯托非勒斯是一个"理智"的人物，他不愿意去发现它。浮士德必须亲身到那里去，他不能陪往，他看那里是"无"是"空"，他以为浮士德也会被吓回来。但正因为那里是神秘，反倒吸引浮士德，他说：

"我不在僵滞中寻找我的幸福，
悚惧是人类的最好的一部。"

群母之国，这观念的世界，靡非斯托非勒斯看来，是死的，对于浮士德却成为活的了。——后来海伦娜的像终于出现,浮士德一望昏倒,引起他美的追求,应验了浮士德对靡非斯托非勒斯所说的一句话:

"在你的无里我希望得到一切。"

浮士德在虚伪无聊的宫廷生活里不但没有说——
"停住吧,你是这样美!"
反倒因为海伦娜的出现,他的努力又向上一步,这是靡非斯托非勒斯所预料不到的。

自古典美被发现以后,浮士德与靡非斯托非勒斯二人的心意从此显然是分开了。由那个"人造人"引导着,靡非斯托非勒斯用魔外套裹着还在昏迷中的浮士德到了古希腊的神话世界。"人造人"探寻生命的原理,浮士德寻索海伦娜的踪迹,都是严肃的,靡非斯托非勒斯却以好奇的心理走到这生疏的国度。浮士德的至诚感动鬼神,致使海伦娜复活。靡非斯托非勒斯终于遇到一种他引为同类的怪物,希腊神话里最丑的角色海神的女儿Phorkyaden姊妹。姊妹三个,共同有一只牙,一只眼,轮流借用。遇事时,把一只眼放在头上,平时就保存在桶里。她们只住在没有光、没有太阳、没有月亮的阴暗地方。靡非斯托非勒斯请求她们把三体改为二体,剩下一个形体借给他。这样,浮士德找到了美,他找到了丑。

海伦娜复活了,从特洛亚(Troja)回到她的丈夫梅涅劳斯的宫殿,伴着她的是从特洛亚掳来的女子们的合唱队。人们发现了丑恶可怕的海神女儿之一弗尔基亚斯(Phorkyas)在炉边蜷伏着。在《海伦娜》这一幕里,靡非斯托非勒斯就以弗尔基亚斯的形体出现,在宫里充当女管家。他一向看海伦娜是一个容易被人引诱的女子,他要攻击海伦娜,于是摆出道德家的面孔,他说,羞耻与美是不能携手同行的。他又转过来咒骂特洛亚的女子们像是天空的鹤群,鸣声传到地上勾引行人,但行人依然在原路上行走。说她们使士兵和人民的精力萎缩,像一群蝗虫在侵蚀人的努力,窃食地上的萌芽。他又制造谣言,说梅涅劳斯要用她们作牺牲,把美的氛围搅得大乱。可是同时他也给浮士德制造了一个机缘。他告诉海伦娜,有一个骑士从日耳曼来,建堡垒于斯巴达附近,海伦娜可往求救。这时,充作弗尔基亚斯的靡非斯托非勒斯立了一件大功,克服了空间和时间的隔离,使希腊和日耳曼、古代和中古、古典的和浪漫的,海伦娜和浮士德——结了婚。

这一段的结局,是海伦娜因为儿子哀弗利昂的陨落而消逝。浮士德在美的阶段里并没有能够说——

"停住吧,你是这样美!"

靡非斯托非勒斯一切的试探都是徒然。在浮士德最后的一个阶段内，他只成为浮士德的仆人，被强迫去工作；他对于浮士德的影响越来越少，只能供给他一些计谋。他间或也做些破坏的勾当，但无损于浮士德崇高的努力。——浮士德却雄心勃勃，把住了自己的命运。

靡非斯托非勒斯最后一次引诱浮士德，像撒旦引诱耶稣一样，"带他上了一座最高的山，将世上的万国与万国的荣华都指给他看"。浮士德却不在意，他反而说："有一个大的事业在吸引我。"去猜测这个"大的事业"，已非魔鬼的智力所能及了。他问浮士德所贪图的是不是正在发展的城市，是不是园林之好，与美女去度乐园的生活。浮士德说，这些都是时髦而鄙俗。他继续问，你的渴望是否往月亮那里吸引你。浮士德说，地球上还有许多地方供我们去从事伟大的事业。他又问，你是不是要名誉呢？浮士德说，事业是一切，不是名誉。这时浮士德完全鄙视魔鬼了——

"你哪里知道，人想望什么？
你这敌对的本质，刻薄锐利，
你哪里知道，人需要什么？"

浮士德这时所想望的是：征服自然。

正巧那少年皇帝的治下，因为国家太贫困了，起了内乱。靡非斯托非勒斯又给浮士德看出来一个机会。他说：战争也好，和平也好，从中取得一些自己的利益，是聪明的事；人们要注意，每个凑巧的时机，去把住这时的机会！——这对于浮士德诚然是一个时机，但并不是魔鬼所想的为了自己的利益，而是为了去做一些大事业。靡非斯托非勒斯帮助浮士德把内乱平息了，浮士德因此获得海滨的一块封地。

浮士德努力于从海水中争取土地的大事业，靡非斯托非勒斯只有小丑一般在旁做些恶剧。他利用浮士德在海滨的势力从事于海盗的生涯，又曲解浮士德的心意把不肯迁居的一对老人以及房屋都焚成灰烬。这时浮士德深切地感到与魔鬼断了缘，他说：

"我若能从我的路上离开魔术，
完全忘却了那些魔言咒语，
自然，我独自一人立在你面前，
做一个人，多少劳苦我也心甘。"

随后他肉体的眼睛被那叫做"忧虑"的女人给吹瞎了，但是他的内心更为明朗。他继续努力，开发沼泽，使人想到《圣经》里摩西的晚年。他体验到"智慧的最后的结论"：

> "谁若天天争取自由与人生,
> 就能够享用自由与人生。"

在这一瞬间,浮士德不由自主地说出来:

> "停住吧,你是这样美!"

浮士德终于说出了这句话,他随即倒在地上结束了他的尘世的生活。但是在浮士德的一生里,这时也在内,他从未在软床上偷安过。所以他对于靡非斯托非勒斯的赌赛只是输了一半。靡非斯托非勒斯最后的努力是夺取浮士德的灵魂。天使群出现后,魔鬼一时感到无力,归终浮士德的灵魂被天使夺去了。靡非斯托非勒斯自家怨艾:

"一个大的枉费白用了。"

他不曾据有浮士德的灵魂,他对于上帝的赌赛是输了。——最后由于天使的口中说出全剧的意义:

> "谁永远自强不息地努力,
> 我们就能够解救他。"

这样,魔鬼也无形中满足了上帝的希望,陪伴浮士德一生，刺激他，使他更为努力，不曾疲怠。同时也应验了魔鬼向浮士德介绍自己时给自己下的一个定义：

"我是那力量的一部分，
它永久愿望恶而永久创造了善。"

三十三年一月二十八日
在昆明西南联合大学文史学会上的讲演

本文于 1943 年 9 月载《学术季刊》(文哲号)，第 1 卷，第 3 期。另于 1988 年收入《冯至学术论著自选集》。

从《浮士德》里的"人造人"略论歌德的自然哲学

一

在《浮士德》悲剧里有不少形上的[①]人物,对于这些人物的解释,歌德的研究者曾经费过许多探讨的工夫,作过许多不同的揣测。除去魔鬼这个最重要的角色外,其中最成问题、最使人感兴趣的,莫过于第一部里的地灵和第二部里的群母(在剧中未出现)与"人造人"了。

"人造人"被称为 Homonculus(小人),产生在第二部第二幕浮士德的学生瓦格纳的实验室里,消逝于本幕《古典的瓦尔普尔基斯之夜》最后一场爱琴海的海上。浮士德看见海伦娜美的幻影,心里起了对于美的渴望,随即昏倒,魔鬼把他拖回到他旧日的书斋,这时瓦格纳已经成为著名的学者,正从事于一个重要的工作,用化学方法制造一个小人。一切都已具备,魔鬼来得适逢其会,从旁略加帮助,小人在瓶中觉醒了。这个在瓶子里装着的小人,是一个纯粹的精神,他的眼睛能够看出浮士德梦中的情景,他看见浮士德梦的是蕾达(Leda)在水中沐浴,宙斯化身天鹅飞到蕾达身

[①] 1986年版《论歌德》修改为"非现实的"。——编者注

上，蕾达因感应而怀孕海伦娜的那一幕。要使浮士德苏醒，人们在这北方的阴沉的世界里是没有办法的，必须给他披上魔衣飞到希腊的世界，这时正有无数古典的精灵在希腊东北部塞萨利亚（Thessalia）的原野上夜会。小人在前引路，魔鬼由于好奇心在一旁跟着，浮士德一到那里果然就醒了，一开口就问："她在哪里？"于是开始了他对于美的追求。

其实，"人造人"戏剧上的意义[①]到这里已经完成了。浮士德为了美的渴望而昏倒，魔鬼束手无策，因为北方的基督教的魔鬼对于凡是与希腊世界有关的事都无能为力。这时若不是"紧急时候出神仙"（Deus ex machina），这伟大的悲剧便无法往下发展了。这次在紧要关头出现的"神仙"就是这个人造人。所谓用化学方法制造人，并不是诗人凭空的构想，却是在十六世纪、尤其在名医帕拉塞尔撒斯（Paracelsus）的著作里，曾经郑重讨论过的问题。浮士德与帕拉塞尔撒斯同时，歌德要利用这人造人，并不是偶然的事。至于为什么要有魔鬼的帮助这小人才能觉醒？为什么只有这小人能担当引导的任务？这都不难解答。关于前者，因为魔鬼必须处处帮助浮士德，无论是直接或是间接，帮助浮士德达到一个目的后，再设法诱惑他。这次也不能例外，他相信只有人造人才能看清浮士德的梦境。关于后者，因为人

[①] 1986年版《论歌德》修改为"任务"。——编者注

造人一觉醒就有求生的意志，就要工作，要发现"i"字母上的一点。这意志与浮士德追求的意志相似，他好像是浮士德的一个象征，引导浮士德到古典的世界。

由于求生的意志产生了人造人的追求，这追求虽然在他戏剧上的任务之外，但如果没有这个追求，他也就不会完成那个任务了。他引导浮士德到希腊后，歌德便使他离开他的旅伴，独自彷徨于古典的瓦尔普尔基斯之夜，寻求实体的生命。这里接触到歌德自然哲学里两个重要的问题：一个是地球怎样形成；一个是生命怎样生成。事实上这两个问题是不容分开的，可是为方便起见不能不分开来讲。

人造人在他寻求实体时，路上遇见两个哲人，泰勒斯（Thales）和阿纳萨哥拉斯（Anaxagoras）。他们关于地球形成的问题意见完全相反，一个主张水成论，一个主张火成论，虽然他们的呼声是同一的："自然"。正巧在这夜里，发生地震，地震神使平地凸起一座高山，山上立即生长树木、生物，在岩石的罅隙中闪烁着黄金。与蚁群相比赛，有些小民族炼金做甲胄，同时恶作剧地杀害无辜的苍鹭，取下羽毛作为装饰，随后黑鹤又来替苍鹭报仇，展开激烈的争战。火成论者阿纳萨哥拉斯称赞地心火的爆发，在一夜之内可以产生一座高山，他劝人造人到这山上去充当小人国的国王。这时恶战爆发了，阿纳萨哥拉斯从呼唤地下的威力转而呼唤天上的威力。他以为是月亮向地上坠落，突然在那新产生的山上掉下一块陨石，把山上的生物全部毁灭了。泰勒斯嘲讽这番骚动只是阿纳萨哥拉斯的幻想。后来人造人渐渐信任泰勒斯水为生命之源的学说，他跟着泰勒斯到海边去参加海的盛会，要在那里寻求生命。

人造人走向海神涅柔斯（Nereus）。这老人由于长年的经验深信劝告于人无用，同时他又在准备他的女儿伽拉特（Galatee）盛会的游行，他指使人造人去找另一个海神普罗泰乌斯（Proteus）。普罗泰乌斯是一个善变的海神，他于是化身海豚，驮着人造人到海上，让他与海连合①，因为这样才得到生命。这时海神女儿的贝车迎面驶近，人造人在瓶中平素只有声音，这时忽然放出光来，车越近光也越强，最后人造人连带他的瓶子全部撞碎在贝车旁，火光散在海上。瓶中的火焰与水中的元素相爱地连合在一起，水上的精灵用合唱歌颂爱的神秘，水与火的婚礼。

二

这两场，一场争论地球的形成，一场描述生命的生成，二者都是歌德从壮年直到老年不断探讨的问题。少年歌德是一个泛神论者，对于自然多半只有直觉的赞颂，这表现在他

---

① 1986年版《论歌德》改为"结合"。——编者注

早年的诗歌、《少年维特之烦恼》,以及《浮士德》第一部的一部分里,至于面对自然的万象而虚心研究,是1775年他二十六岁到了外马以后的事。1777年,歌德因为整顿外马附近伊尔梅奥①一带的山矿,起始对地质学发生兴趣。直到四十七年后他还有一次向当时外马的首相米勒说:"伊尔梅奥费去了我许多时间、精力、金钱,但我也同时学会一些事物,获得一个对于自然的观察,这我不愿和任何代价相调换。"山与谷的形成、石与矿的产生,是那时歌德最感兴趣的问题。他在1780年9月8日写给石坦因夫人:

"我们登了高峰,爬入地的深处,我们很愿意发现那伟大的造形的手的最切近的踪迹。……我们发现了实在美丽而伟大的事物,它们激扬灵魂,并且把灵魂在真理中扩大……"

同年10月11日他写信给他的朋友梅尔克:"我以一种丰满的热情献身于这些学术。……我确信,有一个惟一伟大的人,他能够用脚或精神游遍世界,能够恍然认识奇异的地球而给我们描写,这也许是布封(Buffon)在最高的意义中已经做过的,所以法国人德国人都说,他写了一部小说。"

关于地球的组成,歌德由于实际的观察已经获得一些普遍的观念,有慕于法国自然研究者布封把自然描述得那样生

---

① 伊尔梅奥,现译伊尔梅瑙(Ilmenau)。——编者注

动，他自己也曾想写一部《宇宙传奇》(*ein Roman über das Weltall*)。1781年12月7日他写信告诉石坦因夫人："我在路上把我的《宇宙新传奇》想了一遍，我希望能立即着笔。"可惜他并没有着笔，只有一部著名的《花岗石》(1784年)是这时期内写成的，此外有些零星的草稿空使人想象那部传奇的结构。至于《花岗石》，是一部壮丽的散文，歌德坐在一座花岗岩组成的山峰上，瞑想远古洪荒时代，[①]这座高峰超过一切的洪水，水上有创造的精神活动，随着波涛的起伏形成山陵的起伏，从水中成立山的形体[②]，可是这原始的花岗石山却巍然不动。至于火山爆发影响地面，据歌德看，是以后的事。人们推测，这篇《花岗石》应该是那部未完成的传奇里的一段。

19世纪初期，地质学界显然分成两个各走极端的派别：水成论和火成论。水成论者以弗来贝格采矿学校教授魏尔纳(Werner)为代表，他在十八世纪末已成为地质学的权威，被后世尊为近代地质学的创始者；他以为最初海水蒙盖地面，所有太古的岩石，甚至花岗石，都是在海里结晶而成的。后者的代表可说是亚历山大·封·洪波[③](Alexander von Humboldt)，他以为山的兀起是由于火热液体的地心对于已

[①] 1986年版《论歌德》删除了这两句。——编者注
[②] 1986年版《论歌德》这三句改为了"水上有创造立山的形体"。——编者注
[③] 现译"亚历山大·封·洪堡"。——编者注

经凝固的地面的反动。在这两派中间，歌德倾向前者，但他自己科学的准备并不充足，他所以攻击火成论者，与其说是科学的，毋宁说是哲学的，因为他有一个观念，认为在自然界与在道德世界里一样，所有伟大的事都是从永恒的合乎法则的程序中发展出来的。他尊重自然界缓慢组织的力量，所谓天翻地覆不过只有暂时的意义。他认为，暴力是违背自然的，在他心目中地球不能以暴力起始它的存在，一切力量缓进的演变与发展，万物和谐的合作，是他关于自然的根本概念。火成论者所描写的地球创始时的景象，扰乱他的信念，所以他说："我要诅咒这新的宇宙创造的万恶的废物库。"在1807年那紊乱的岁月里，每星期三歌德给外马的妇女作地质讲演，有一部分讲稿流传下来，其中有一部就这样开始，自然界内在的规律性在现代的纷扰里给我们一种安慰。直到他的晚年，他还向他的秘书爱克曼说："每个粗暴的、躁进的事物，我都在灵魂里嫌憎[①]，因为这是不符合自然的。"所以在《浮士德》第二部第四幕里，歌德曾一度使魔鬼成为火成论者，代表紊乱与暴力，也是由于这个观念。

1819年9月，歌德拟了一部《一个过时的水成论者的最后的自白——与地质学告别》。可是此后歌德既未放弃地

[①] 1986年版《论歌德》改为"每个暴力的冒进的行动在我的心里都引起反感"。——编者注

质学的工作，也没有放弃水成论的主张，反而在他两部伟大的文艺作品里得到机会尽量倾泻出关于这方面的意见。在《维廉·麦斯特的漫游时代》第二篇第九章，麦斯特走到山上参加一个矿工的盛会，当各种表演完结后，在长桌旁聚餐时大家谈到"世界的创造与成立[①]"，立即起了激烈的纷争。有水成论者、火成论者，有人以为有大石块形成在地内，又有人以为大小的山石是从天空陨落的，还有人认为一些石块是在极冷的时期顺着冰川溜下来的。众说纷纭，莫衷一是。麦斯特听着感到紊乱与忧郁，因为"他一向在寂静的心意中怀有那浮荡在水上的精灵与超过最高山十五尺的高潮，在这些离奇的谈话里，那安排停当的、万物丛生的、有生命的世界好像都在他的想象前崩溃了"。这是较为客观的叙述，作者未加评论，但是维廉·麦斯特面前的世界还是有秩序的，他本人则同意水成论。——在《古典的瓦尔普尔基斯之夜》里就迥然不同了，作者的态度转向积极[②]，当阿纳萨哥拉斯向泰勒斯称赞地震的威力时说：

"泰勒斯，你可曾在任何一个夜里
把这样一座山从泥土中造起？"

[①] 1986年版《论歌德》改为"形成"。——编者注
[②] 1986年版《论歌德》改为"很明显"。——编者注

泰勒斯却这样回答：

"自然与它生动的运行
从来不倚靠日夜与时辰。
它规律地组织每个形体，
就是在伟大里也没有暴力。"

这就是歌德所见到的自然法则。等到伽拉特（Galate）的贝车已经驶来，人造人将与海水化合时，泰勒斯唱出他的水的颂歌：

"一切都从水里产生！
一切都被水保持！
海洋，给我们你永恒的统治。
如果你不遣送云霓，
不施舍丰富的清溪，
不让河水流来流去，
不完成滔滔的江水，
哪里会有山岳、平原、世界？
是你保持那最清新的生机。"

这里接触到生命的产生问题。

三

人造人的制作者瓦格纳是一个崇尚理智的人，代表启蒙时期的思想（其实从旁帮助的魔鬼也是一个纯理智者）。这类的人看轻自然，深信人有理智与知识便可以制造一切。瓦格纳觉得人也是可以制作的，他说：

"凡是人们在自然中赞为神秘的，
我们敢于理智地去试验，
凡是自然平素使之构成的，
我们让它结晶。"

他甚至以为：

"一个这样的脑筋，它卓越地思想，
将来一个思想家也要把它作成。"

所以一个人造人终于"作成"了，并且有脑筋能思想，但他却是一个透明的精神，只仰仗一个玻璃瓶维持体重。他为什么离不开这玻璃瓶呢？他自己解释得明白：

"全宇宙几乎不能满足自然的事物。
凡是人工的，要求有限制的空间。"

然而他不能在这有限制的空间内自足，他要工作，要寻求"i"字母上的那一个点——真实的生命。他一降落到希腊的土地，在古典的瓦尔普尔基斯的夜里，便从一处飘到另一处，想打破那个瓶子，要在最好的意义中"生成"。这个要求是正当的，必需的，因为歌德认为"精神与物质、灵魂与身体、思想与容量、意志与活动，是宇宙必要的成分"，二者共同是神的代表（1813年4月8日与克内贝尔（Knebel）书）。所以人造人只有精神是不够的，他必须要有身体。身体从什么地方得来呢？这里发生生物起源问题。这问题在当时引起许多自然科学家的讨论，其中最重要的是耶拿学者奥肯[①]的主张，他说，一切的生物都从海里产生，一切有机体都在水中成立，当人在海水中生成时，海水的热度必定与人的体温相等，华氏九十六度。歌德同意这个理论，所以海神普罗泰乌斯说："在广大的海里你必须开始"，又说，"波浪更适宜于生命"，泰勒斯也一口气唱出那水的颂

[①] 奥肯（Oken, Lorenz；原名 Ockenfuss, Lorenz, 1779—1851），德国自然哲学家和医生，曾在耶拿大学任教，他的学术观点与歌德以及谢林相近。

歌。但歌德与奥肯的意见不完全相同，他认为人造人在海里接受的第一个形式不是人的形式，却要经过许多不同的形式才能成为一个人。泰勒斯看见人造人骑在普罗泰乌斯身上走向海洋时，他说：

"经过一千的，再有一千的形成，
到了成人你还有时间。"

这是歌德的卓见，这是他的生物蜕变论（Metamorphosenlehre）。使这蜕变说图像化，歌德选择普罗泰乌斯作为转变的象征，让他驮着人造人到海里去。普罗泰乌斯是个能变为各样形体的海神，当人造人受了泰勒斯的指示问计于涅柔斯时，涅柔斯向他说：

"到普罗泰乌斯那里去——去问那奇人：
人怎么能够生存而转变。"

后来泰勒斯也向普罗泰乌斯说：

"变换形体，永久是你的快乐。"

这样看来，生命的成立是由于自然界中有机的演变，瓦格纳所相信的"制作"是不够的。

至于人造人的瓶子撞碎于伽拉特的贝车旁,精液注入海中是"死"呢,还是"生"呢?这正是歌德晚年抒情诗集《西东合集》中的名诗《幸运的渴望》(*Selige Sehnsucht*)里"死和变"的意义,死只是一个走向更高的生命的过程。由于死而得到新生,抛却过去而展开将来,这是生物蜕变的道理,在歌德的作品里常常遇到含有这样意义的文字。

我们再看一看当时的景象:伽拉特驾着贝车在海上驶来,同时泰勒斯唱着一切都从水里产生的颂歌,人造人在瓶里放出光明,越照越亮,最后燃烧着、闪烁着,瓶子撞到贝车破裂了,这透明的人造人完全注入海里。这是求生的精神与海水中元素的配合,于是海上的鸟妖们(Sirenen)唱起歌来:

"这是创始一切的爱(Eros)在统治!
称颂大海!称颂波涛,
被这神圣的火围绕!
称颂这水!称颂火焰!
称颂这奇异的冒险!"

随后大家合唱:

> "称颂这骀荡的微风！
> 称颂富于神秘的岩洞！
> 你们在这里都被崇奉，
> 四种元素，水、火、土、风。"

人造人是求生的精神，求生的意志，四种元素是身体的根源，精神与元素化合才产生真实的生命。二者怎样才能化合呢？这要仰仗爱（Eros），因为爱（Eros）能使一切连合。这正如歌德在《西东合集》中另一首诗里所咏的[①]：上边的光是求生的意志，下边的混沌是原素[②]，宇宙初开，晨曦是二者的媒介（见《重会》(*Wiederfinden*)）。

四

歌德对于地球的形成，倾向水成论，对于生命的生成，认为最初在水里产生，随后从原始形式里逐渐演变。这些见解，用现代的科学知识来衡量，有的偶合，有的需要修正，其实衡量是多余的，因他并不是严格的科学家或哲学家，他是一个诗人。歌德在自然研究里喜欢用一个法文字 aperçu，

---

① 1986年版《论歌德》改为"另一首诗《重会》(*Wiederfinden*) 所说的"。——编者注
② 1986年版《论歌德》改为"元素"。——编者注

这字本来含有概观、纲要的意义，但是被歌德运用，渐渐获得一个另外的深意了。从长久的观察中忽然领悟到一个丰富的、使一切都贯通的真理，这神来的领悟歌德称为aperçu。他说："在科学里一切都有赖于人们称做aperçu的才能，有赖于遇见为万象之基础的事物。一个这样的遇见是无穷无尽地丰富。"他对于自然的许多意见，大半仰仗这神来的领悟。其中最重要的，即是从自然界的万象中遇见原始现象（Urphänomen）。

歌德自己说："分与数不在我的天性里。"他在1801年11月23日写信给雅阔比（Jacobi）说："如果哲学着重区分，则不能与之苟同，如果着重联合，则所欢迎。"歌德所用的方法可以说是综合的，这原始现象是从自然界万象中综合得来的假定，把所有个别的、偶然的、特殊的事物除去了以后而得到的万物的共同的现象。他觉得这是自然研究的最后目的，同时这也是他的自然哲学的基础。歌德在他的《色之研究》[①]里提到原始现象：

"现象中没有在它们（原始现象）以上的事物，但是它们反而完全适宜于日常经验的最普通的事件。"这是说，原始现象是从万物中观察得来的，可是得到以后，又可利用它反过来观察万物；他先得到自然的综合，然后再把这普遍观

[①] 1986年版《论歌德》改为《颜色学》。——编者注

念运用在无数个别事物上，而感到无往不宜。席勒也这样说歌德："你在自然中寻找必要……你把全自然总括起来，以便在个别事物上得到了解。"

这原始现象虽然是一个观念，却不是康德或席勒的意义中的概念，不是思想的虚构，而是能以目睹的观念。1822年莱卜锡大学教授海因罗特（Heinroth）在他写的一本《人类学》里说歌德的思想方式是"有具体对象的思想"（gegenständliches Denken）。歌德读到这里，很受感动，写了一部耐人深思的散文[①]，他说："我的观照就是一个思想，我的思想就是一个观照。"同时声明他对于古希腊的那句格言"认识你自己"始终是怀疑的，他觉得这是祭师们的诡计，他们想把人们从对于外界的努力引到一种内心的虚假的瞑想里。因为"人只在他认识世界时才认识自己，他只在自己身内遇见这世界，只在这世界内遇见自己"。紧接着他说出那句常被引用的名语[②]："每个新的对象都在我们身内启发一个新的器官。"换言之，凡是歌德信以为用内在的眼睛能看见的，他也要训练外界的眼睛可以看见。

因此他要在自然中处处遇到他从自然里神悟得来的原始现象：他在高级植物中看到原始植物（叶），在高级动物

[①] 1986年版《论歌德》增加了"《睿智的一言给以重要的鼓励》（Bedeutende Förderung durch ein einziges geistreiches Wort）"。——编者注
[②] 1986年版《论歌德》改为"名言"。——编者注

中看到原始形体（脊椎），在矿物中看到原始石（花岗石），在人的现象之后看见神的、原始的创造力（爱）。——从这些原始现象中蜕变出宇宙的万象，这就是歌德的蜕变论。他说：

"每棵植物都向你宣示那些永恒的法则。"——《植物的蜕变》

"最稀奇的形式也暗自保有原始的图像。"——《动物的蜕变》

有机的形体不是一次便固定了的，却是流动的、永久演变的。他一再地向爱克曼说："神性在生活者的身内活动，但不在死者的身内；它在成就者与变化者身内，但不在已成就者与凝固者身内。"他的一首诗里[①]有这样的句子，"没有本质能够化为无有"，但他又立即转过来说[②]，"一切必须化为无有，如果它们要在存在中凝滞"。歌德并且把他从生物界中观察得来的蜕变论推演到人的身上，一个人的一生也不可凝滞，必须有变化："在一个人的中年每每发生一个转变，他在青年时一切都有利于他，他事事成功，现在忽然一切都

---

① 1986年版《论歌德》中改为："《遗训》一诗一开始就"。——编者注
② 1986年版《论歌德》中改为"在《一与一切》的最后两行又说"。——编者注

完全改变了，灾难和不幸都一个跟着一个地堆积起来。……人必须再被毁灭！每个非常的人都有某一种使命，他的天职是完成这个使命。一旦他完成了这个使命，他在世上这个形象就不继续是必要的了，天命又运用他去做一些旁的事。"（1828年3月11日与爱克曼的谈话）这是他在动物蜕变与植物蜕变外又树立起人的蜕变论。这自灭而又自生的深义，这"死与变"的真理，在歌德作品里到处可以遇到，也更充分具体地表现在《浮士德》悲剧里。说到这里，已经离开了自然的范围，不过就广义说，人也是自然的一部分，连带论及，也未为不可。

三十三年九月二日在昆明哲学编译会讲

本文于1946年10月27日载天津《大公报·星期文艺》。另于1988年收入《冯至学术论著自选集》

歌德的《西东合集》

我们若是按照年月的次序读歌德的诗,从莱卜锡大学时代,经过狂飙突进运动、外马初期、意大利旅行、与席勒订交,直到1805年席勒逝世,在这四十年内,人们就可以读到含有罗珂珂(Rokoko)风的爱情的游戏,维特型的情感的泛滥,普罗梅修斯对于天神的反抗,随后渐渐是那些纯净的、仿佛得诸天籁的《致月词》和《漫游人的夜歌》与降伏在自然魔力下的《渔夫》和《魔王》;由于意大利旅行而产生的雄厚的《罗马哀歌》,在《维廉·麦斯特》里的迷娘和竖琴老人所唱的那些哀婉动人的歌曲,再往后是许多叙事诗和与席勒共同合作的讽诗——直到1805年,好像一切都要给歌德划一个段落似的,席勒的逝世使他感慨他的生命好像死去了一半,第二年4月他把《浮士德》第一部的稿子整理好了,紧接着就是拿破仑的暴风雨使世界改变了形象——这以后的岁月里,歌德虽然写出他的自传的前三部、小说《亲和力》、《色之研究》,可是诗,在歌德一生中却是一个滞塞的时期——直到1814年,世界又更换了一个面貌,歌德的诗的泉源才忽然畅通,形成他第二次的诗的起始。

但是这以后五年内的诗却不像前边的那样容易了解,它们要求读者更大的努力。前边那些诗，有的具有强烈的引力在牵引读者，有的配合好调匀的音色使读者陶醉，有的浑然天成使读者与它融为一体，有的明澈如一泓秋水沁人肺腑，有的哀婉，有的沉郁，使读者感到凄凉，感到悚惧。总之，那些诗都或多或少地有一种力量使读者成为被动的，去承受诗中的一切。但是到这里，却有些不同了，诗好像和读者发生了距离，读者若还是居于被动的地位而不肯多费一些力，他便会从这些诗的旁边走过，有如从墙外走过一座蕴藏丰富的宝殿。因为这里的语言可能比以前的诗里面的语言更为简练，文字也更为朴素，但是每一个字都越过了它一般的意义而得到一个更高的解释；这里的自然，一草一木，一道虹彩，以及一粒尘砂，都是诗人亲身经历的、亲眼看见的，但又无时不接触到宇宙的本体；这里的爱与憎，以及对生命种种的观察，都是诗人自己的，同时又是人类的：所以有些粗率的读者、眼界狭窄的读者、追求词藻的读者，往往在朴素的文字前感到枯涩，在诗人所写的种种对象前觉得表面的描写不能满足他们的欲望，而里边所含的深意他们又无从领略。——更加以在这些诗里出现的人名、地名、风物、人情，多半是东方的，尤其是波斯的，这些生疏的名词更使一些对此感到陌生的读者望而生畏。

但是宇宙间崇高的、纯洁的事物的门户对于任何人都不是关闭的，只要人虚心努力，它们从不曾拒绝人和它接近。

歌德和他的友人采尔特的通信里曾经一再地提到这些诗，他说在这些诗里是："绝对皈依于神的不可测的意志，爽朗地概观那活动的、环状与螺旋状永久循环的尘世生活，爱情、倾慕，翱翔于两个世界之间，一切实际的事物在醇化，在化为象征"（1820年5月11日给采尔特的信）。同时在这纯净的诗的世界里，他说："里边蕴蓄许多事物，人们能够取出许多，也能够放进许多"（1819年10月7日给采尔特的信）。从这些话里可以想象，诗人是怎样爱惜这些诗，又是怎样期待着读者能够从中有所得获。

他把这些诗辑成一个集子，叫做《西东合集》（*West-östlicher Divan*[①]），分为十二篇，随后又自加注释，于一八一九年出版。在出版前，他亲自拟定一部预告，在报纸上发表，解说这部诗集的内容。他在预告里这样说："关于全书的意义与目的，题作Hegire（逃亡）的第一首诗立即给予我们充足的认识。它起始：

　　北方西方南方在解体，
　　王座崩溃，国家颤栗，
　　你逃亡吧，在纯洁的东方
　　去品尝淳朴的空气，

[①] Divan，波斯字，作抒情诗集解。

> 投身于爱情、饮酒、歌唱，
> 返青春于基色（Chiser）泉旁。

诗人看自己是一个旅行者。他已经到了东方。他欢悦于那里的风俗、习惯、事物、宗教的意向与见解；他不拒绝人们的猜疑，说他成为一个回教徒。"紧接着他就解说这部诗集里的十二篇：歌人篇、哈菲斯①（Hafis）篇、爱情篇、观察篇、怨憎篇、帖木儿篇、格言篇、譬喻篇、苏来卡（Suleika）篇、酒僮篇、巴斯人篇、乐园篇。

所谓返青春，所谓再生，歌德在他一生中体验得最为深刻，这也是他六十余年创作生活始终不曾显出衰老的一个主要原因。他在罗马欣庆过他的再生（1786年），他和席勒订交感到过他的新生（1794年），每次的再生都成为一个新的开始，展开一段丰富的创作时期。歌德晚年在那段常常被人引用的与爱克曼论天才的谈话里说：伟大的天才往往有"再来的青春期"，一般人却只有一次是年青的。"在天才卓越的人们那里，就是在他们的老年我们也还总遇得到创造的新鲜的时期；他们好像一再地有一次暂时的返青春。"随后他回想到十二年前，解放战争后幸福的时代，也就是1814年以

---

① 又译"哈菲兹"。——编者注

后，他有"这样充足的创造力，往往在一天内写成两首甚至三首诗；并且不管是在原野，在车中，或是在旅馆里"[①]。

从1806年10月15日拿破仑进驻外马，到1813年10月中旬莱卜锡战役，这七年内歌德眼前的世界是纷乱的、颠倒的。这时他觉得无法安排外面的世界，于是除却回顾自己的过去，历史地去观察自己，写自传《诗与真》，整理《意大利游记》外，就做些科学的研究，尤其是颜色学。但是后来他渐渐和东方接触：他读《马可·波罗游记》，研究中国的人文地理，他在1813年11月10日写信给克内贝尔："我这些时与其说是有所工作，毋宁说是消遣，我从事于各样的事，特别是我勤勉地研究了中国。我把这重要的国土几乎是保藏好又划分开，以便我在必要时逃亡到那里去。自己置身于一个完全新的境界，纵使只是在思想里，也是很有裨益的。"他逃向东方，多少有些躲避纷扰的打算。正巧这时有几个外马的军人，曾在西班牙作战，带回来一页手抄的阿拉伯文，歌德对于这页纸起了好奇心，由于一位东方语言学者的帮助，把它翻译出来，正是《古兰经》末章里的一节："在仁慈的慈悲者神的名下！说吧：我逃向人的主，人的王，人的神——逃开罪恶。"这好像给歌德一个启示，使他在西方、南方、北方都在分崩离析的时代逃到东方。

[①] 1986年版《论歌德》中增加了"1828年3月11日的谈话"。——编者注

并且这次精神的逃亡含有一个积极的意义。正如他从前逃亡意大利受古典精神的陶冶而再生一样，他在这东方的世界也感到青春的再来。因为东方的民族在当时正停留在一个静止的状态，他们的文化里还蕴藏着人类的青春，用歌德的术语来说，人类的原始现象（Urphänomen）。他向往那里原始的宗教、原始的智慧、原始的人性。——这时 14 世纪波斯抒情诗人哈菲斯[①]的诗集德文译本出版了，歌德在 1814 年 6 月 7 日起始读到它，他立即在这诗人的性格里发现了自己。译者哈美尔在他译本的序里说这个诗人："当他周围的国家在崩溃，篡逆者不断地兴起时，他却以稳定的快乐的心情歌唱夜莺和玫瑰，酒和爱情。"歌德也认为他是"一个伟大的快乐的天才，他拒绝人们所追逐的一切，放弃人们所不愿舍弃的一切，而感到满足，同时在人们面前永久显出是一个快乐的同胞"（见《西东合集》注释）。但这个贫穷而快乐的诗人却不断地与庸俗——牧师和乡愿——战斗，并且在风靡一世的征服者——帖木儿——面前坚挺不拔地保持住他的诗的世界。

哈菲斯的时代，哈菲斯的心境，歌德处处觉得与他自己相似，因此哈菲斯的诗也就给歌德的东方的逃亡开辟出一片

[①] 哈菲斯，哈菲兹（Hafis，1320—1389），原名 Muhammed Schems-eddin。Hafis 是他的尊称，这字的意义是"精通古兰经者"。

丰富的国土。歌德的精神在那新鲜的、同时又是原始的国土里回旋,可是他的身体却走向相反的一个方向:他在1814年和1815年作过两次莱茵河和麦茵河①区域的旅行,都是在一年里最好的季节,从夏天到秋天。这时他已经六十五岁了,他走到违离十七年之久的故乡麦茵河畔的法兰克福,月夜里他在这城里散步。"最后我走过我们的旧居。房内的座钟正在响。那是一个很熟悉的声音,因为这房子的后继人把这座钟在拍卖时一起买下了,把它放在原来的地方。这城里许多事物毫无改变"(1814年7月29日给歌德夫人的信)。四十年前一个狂飙突进时期的青年所熟悉的山川又重新呈现在他的面前,他遇见许多旧日的友人和新的下一代的青年。从法兰克福到威斯巴登,在这里的温泉沐浴,更觉得恢复了健康。和马丽安娜·韦蕾梅尔(Marianne Willemer)夫人相遇,二人情投意合,互相唱和,写出这部诗集里大部分的情诗(集里还收有韦蕾梅尔夫人写的几首)。在海岱山参观波阿色雷(Boisserée)收藏的中古的德国绘画,对于在青年时曾经一度惊赏过的中古艺术又发生兴趣。并且一个名叫保鲁斯(Paulus)的青年引起一个老年人对于纯洁青年的敬爱。这里风光明媚的、多方活动的生活和北方沉郁的、朴素的外马恰恰成一个对照。他在冬天回到外马后,写信给克利

---

① 今译"美茵河",莱茵河支流,下同。——编者注

斯蒂安·史罗塞尔（Christian Schlosser[①]）说："不幸的战争与异族的统治把一切都扰乱，使一切都僵化，文学的交往也停滞了。就是在学术中也有内在的障碍，我虽然单独研究，但一种正直的努力只有在对于将来的希望中能够得到几分鼓舞。……在我们这里战争虽不能把美好的团体解散，却足以阻碍、破坏它的活动，所以我看我几乎被挤回到我自己身上了。我就利用这时间，在我自身内把我当作历史的人物观看自己……但是回到故乡，在这样长久的分离之后，在我面前又展开一个较为自由的生涯，因为我看见一个在这样长久的压迫后又重新兴起的市族（我这样称呼，不想称作人民），那里表露出这样多的特性、能力，这么多的产业与正直的努力，致使人们必须愿望，在一个这样美好的环境中盘桓而共同工作……在我这样年龄很容易流入牢骚与忧郁，我非常盼望，去享受一种新的工作，由此而恢复青春，得到再生。"（1814年11月23日信）——实事上他得到了再生，随着这两年中两次的旅行所产生的这些诗是他再生的证明：在原野、在车中、在旅馆、在谈话和工作中间，都有诗的产生，正如长久的冬寒后，春天到了，阳光普照，大地上只要能有植物生长的地方，都能望见绿色。——他在眼前看见了过去，把近旁化为远方：于是麦茵河变为伊发拉底河（Euphrat），

[①] 在《歌德年谱》中译为"施罗塞"，通译施罗塞尔。——编者注

威斯巴登的温泉变为返老还童的基色泉,韦蕾梅尔夫人变为哈菲斯诗中所歌咏的美女苏来卡,保鲁斯变为从诗人口中领受了人生智慧的酒僮,困于莫斯科的拿破仑变为严冬中的帖木儿。作者自己也就在这部诗集里时而是德国的诗人,时而充作东方的商贾;时而是基督徒,时而充作回教徒;时而是希腊的崇拜者,时而充作拜火教的弟子。哈菲斯也在这里出现,时而歌唱,时而被作者所歌咏。同时歌德化身为哈菲斯,哈菲斯也化身为歌德。这部书充满了变化。一切都在变,但是并不在变化中失却自己,反而像苏来卡所说的:

"人们能够失却一切,
如果永久是现在这样。"

这种"变化"可以从两方面看:一方面是文化的,一方面是自然的。在文化方面,正如《怨憎篇》里的一节诗:

谁若不会从三千年
给一个清楚的答辩,
就在阴暗中永无经验,
纵使活过一天又一天。

这里我们看到一个胸怀广阔的歌德在从过去各方面的文

化中吸取精华。他要在表面上仿佛是游戏的、而实际则是非常严肃的东方与西方的互相变化中发现人类共同的智慧、共同的真实。他亲自承受三种文化——希腊的、基督教的、东方的——的陶冶，让那些共同的事物永在，不加以一些褊狭的矫饰、压抑与倡导，所以这集里的观察、格言与譬喻，可以译为各民族不同的语言而不觉生疏。在这晴朗的笼罩下，一切人间的争斗、迷途与虚伪，都黯然失色了。——与歌德同时的浪漫派诗人也曾经把目光转向东方，弗利德利希·史勒格尔（Friedrich Schlegel）说："我们必须在东方寻求最高的浪漫气氛"。这中间含有无限的好奇、冒险、梦想，想在东方去发现离奇的、绚烂的、反常的事物，以点缀他们的诗篇，这与歌德所要寻求的又是怎样不同！

歌德看自然永无停息，永远在变化。他爱引用《约伯记》里的一句话说自然的变化："看，他在我面前走去，我还没有看见；他变化，我还没有觉到。"[①]1815年8月，他在威斯巴登向波阿色雷说："一切在生活里是蜕变（Metamorphose），在植物界与动物界，直到人类，并且在人类也是蜕变。"所以在他旅行的途中每次的晨曦都显示给他宇宙的创造，每块岩石都在向他述说地球的幼年，每棵树木

---

① 见《约伯记》第9章第11段，这里译的系根据歌德引用的原文，与普通中文译本所译的略有不同。歌德曾经把这句话引用在他在1790年写的《植物蜕变试解》（Versuch, die Metamorphose der Pflanzen zu erklären）的前面。

都隐藏着植物的原型；并且在自然界千变万化的形态里——在扁柏的生长、在河流的波纹、在水光云影、在野花与缠藤、在朝霞与晴空——都看得见爱的化身。对于生命的蜕变体验最深的，自然要算《幸运的渴望》那首诗：

> 别告人说，只告诉智者，
> 因为众人爱信口雌黄；
> 我要赞美那生存者，
> 它渴望在火焰中死亡。
>
> 在爱的深夜的清凉里，
> 创造了你，你也在创造，
> 有生疏的感觉侵袭你，
> 如果寂静的蜡烛照耀。
>
> 你再也不长此拥抱，
> 在黑暗的阴下停留，
> 新的向往把你引到
> 更高一层的交媾。
>
> 没有远方你感到艰难，
> 你飞来了，一往情深，

飞蛾，你追求着光明，
最后在火焰里殉身。

尽[①]你还不曾有过
这个经验：死和变！
你只是个忧郁的旅客
在这阴暗的尘寰。

这是诗人对于生命的最深的领悟。他用东方诗人常常提到的飞蛾扑火的图像来比喻人是怎样从阴暗的官感的生活里渴望着与光明的结合。但是人与飞蛾不同，飞蛾被火焰烧死，不能再生，而人则往往像传说中的凤鸟一般，死去一个过去，又产生一个新的将来，所以歌德在这首诗里写出这与前四节好像不甚关联的最后一节。

为了追求光明，必须通过死然后才能获得更高的、更为醇化的生命，这使我们想起歌德在临死时说的那句意味深长的话："更多一些光！"——歌德在这部诗集里也写出对于光明的赞颂，对于波斯未被回教征服以前的拜火教的皈依，《巴斯人篇》里有一首长诗《古波斯信仰的遗教》：

[①] 1986年版《论歌德》改为"只要"。——编者注

> 现在有一个神圣的遗教，
> 给信徒们遵守而牢记：
> 日日奉行沉重的任务，
> 此外不需要神的启示。

诗人随即写出这些沉重的任务：人们真实地崇拜日光，把每个婴儿都要在降生后举向东方初升的太阳，因为东方的光代表纯洁与明朗。生命在什么地方保持住纯洁与明朗，光也就在什么地方发生作用，所以河里的水要保持纯洁与明朗。并且太阳只许有秩序的事物生长，所以树木要培植成行。人的精神也要从宇宙万物中组成纯洁而明朗的概念。——事实上这也就是歌德所日日奉行的任务：纯洁而明朗地保持他的生命，组织纯洁而明朗的概念，与模糊、蒙混、虚饰相战斗。在这点上歌德成为查拉图斯特拉（Zarathustra）的弟子，尼采的先驱。[①]

除去这些与宇宙共同呼吸的重要的诗篇外，还有无数简练、明净的短诗，其中有智慧，有体验，有讽刺，有攻击，诗人的情感经过一番思考的锻炼，有的凝结成几句格言，有的取得一幅适宜的图像。这些诗的价值与意义，我个人在读了现代诗人里尔克（Rilke）、霍夫曼斯塔尔（Hofmannsthal）

---

① 1986年版《论歌德》删除了此句。——编者注

等人的诗以后，才能有较深一层的认识。

"一本这样的书是生活，是提高的生活。"一百年后，霍夫曼斯塔尔谈到这部诗集，"歌德青年时代的诗掠过我们的灵魂像是音乐，在《赫尔曼与窦绿苔》(*Hermann und Dorothea*) 和《麦斯特》里，生存摆在我们面前，好像固定的、从内心里启明的图像，就是《浮士德》也是一套连环画，自然是一套魔术的；但是这里，在《西东合集》里，与前者都不相像，我们是置身于生活者的领域中间。青年人向往过去生活，老年人回忆已经生活的过去，只有中年人真实地是生活者。他真实地立在生活的范围内，这范围给他把世界系住。没有一件事逃避他，正如他不能逃避任何一件事。在最小的行为里都与最大的事物关联……生活是一个不断的再开始，一个不断的再回来……"

三十六年九月写于北平

本文原载《文学杂志》，第 2 卷，第 6 期

歌德的晚年

——读《爱欲三部曲》后记

歌德在1782年写过一封信,安慰一个性格忧郁的朋友,里边有这样的话:"人有许多皮要脱去,直到他有几分把握住他自己和世界上的事物为止。你经验很多,愿你能够遇到一个休息地点,得到一个工作范围。我能确实告诉你说,我在幸福中间是在不住的断念里生活着。我天天在一切的努力和工作时,只看见那不是我的意志,却是一个更高的力的意志,这个力的思想并不是我的思想。"这信隐藏在歌德许多美好的信札中,并不显得怎样重要,但如果有人问我歌德是怎样一个人,我却愿用这几句话来回答他。

歌德写这信时,正当壮年,在外马兼任四五个要职,他个人虽已经摆脱开狂飙突进时代的气氛,但在民众[①]中还享受着《少年维特》和《葛慈》给他奠定的荣誉。在这最幸福的年代,他却从和石坦因夫人的爱、从斯宾诺萨的哲学,深深领悟到"断念"在生活中的意义。歌德的一生,是那样丰富,他一年的成就有时似乎就抵得住一个普通诗人辛苦努力的一生。可是在他丰饶的生活的背面,随时都隐伏着不得已

[①] 1986年《论歌德》中改为"群众"。——编者注

的割舍和甘心愿意的断念。浮士德在《书斋》一幕中说得最为痛切：

"你应该割舍，应该割舍！
这是永久的歌声
在人人的耳边作响。
它在我们整整一生
时时都向我们嘶唱。"

在他的自传《诗与真》第十六章谈斯宾诺萨时，他也承认："我们身体的以及社交的生活、风俗、习惯、智慧、哲学、宗教，甚至一些偶然的事体，一切都向我们呼唤，我们应该断念。"这种感想，在他的作品里时常闪着幽光，像一只悲凉的插曲，到紧要关头时，便插凑进来，溶解一些永久不能解决的事体。这也是歌德的辛酸的得获。一个创造力过于雄厚的人，所遇到的现实每每是贫乏的，历史上不知有多少天才在这中间演出悲剧，沉沦下去。歌德却用这涩苦的智慧，度过许多濒于毁灭的险境，完成他灿烂的一生。

读过歌德早年作品的人，都知道，青年歌德是一个无拘无束、一任情感奔放、打破一切限制的奇才。但他自从到了外马后，现实的生活，意大利的古典艺术，以及席勒的友情和蕴蓄多年的伟大的计划，都使他渐渐意识到"限制"的必要。"若是我任性下去,我恐怕要粉碎了一切。"这限制并不像庸俗之流,一到中年生活态度便日趋拘谨,更不是遁世的宗教徒窒情灭欲的苦行,而是一种崇高的道德。想要达到一个高远的目的,他不得不如此。他想象,经过许多克制后,一旦他能够达到那个目的,他会看见更高的自由,更深的情欲在那里等待着他。所以断念、割舍这些字不管是怎样悲凉,人们在歌德文集里读到它们时,总感到有积极的意义:情感多么丰富,自制的力量也需要多么坚强,二者都在发展,相克相生,归终是互相融和,形成古典式的歌德。

可是歌德随时都觉得有冲破这个限制的危机,断念和割舍的信念要失去力量。宫多尔夫(Gundolf)在他为歌德逝世百年纪念写的一部演说词里说:"歌德赞颂拿破仑,赞颂拜伦,并不是一个弱者在强者面前奴性的自卑,而是一个受了拘束的狄坦(Titan)在羡慕他的弟兄们能够畅所欲为。"畅所欲为在拿破仑、在拜伦则可,在孕有《浮士德》和《维廉·麦斯特》两个大计划的歌德则不可。无怪乎拿破仑失败后,歌德感到幻灭,有好几年离开眼前欧洲的纷纭,沉潜在亚洲古代的诗歌世界里,去摄取东方的智慧;拜伦死后,要为他在《浮士德·海伦娜》一幕里唱不朽的哀歌了。——已经克制了的旧日情绪的复来,歌德常常感到。1816年3月歌德写信给友人采尔特说:"几天前,第一版的《维特》忽然落到我手里,这段在我是早已消散了的歌曲又起始作响了。我真不懂得，这在青年时期已经觉得是荒唐的世界，四十年后怎么还能担当。"但是维特命运真正的复回，热情与理智最后一次激烈的争斗，却是在七年后歌德已经有七十四岁高龄的时候。

歌德的传记作者都爱把1823年称做歌德的"命运之年"。歌德在这年二月里生过一次心囊炎重病。在病中他觉得三千年病素的总量仿佛都压在他一人身上。死在一切的角落里窥伺着他。可是不久，他又从重病里康复过来；他需要休养，在7月中旬到了波希米亚的玛利浴场。

玛利浴场和卡尔浴场是波希米亚离危格尔城不远的两个著名的疗养区，歌德常常在夏季从魏玛到那里去疗养。一八零六年，歌德在卡尔浴场遇见过一位雷薇索夫（Levetzow）夫人。他当时很爱她，他称她是出现在"往日天涯的一颗灿烂的星"，并且在《潘多拉》剧本里给她留下一个不朽[①]纪念。十五年后，1821年和1822年的两个夏季，雷薇索夫夫人带领三个女儿又和歌德在浴场相遇。长女乌尔利克（Ulrike），一向在史特拉斯堡[②]受法国教育，并不知道有歌德的名字；她和这老人认识后，也不认识这老人的伟大，只是天天陪着他散步。他也把他的著作赠给她两三种。他却这

[①] 1986年版《论歌德》中删除了这两个字。——编者注
[②] 今译"斯特拉斯堡"。——编者注

样喜爱她，他希望他能够再有一个儿子，和乌尔利克结婚，他好按照他自己的理想教养他①。

这次病后，歌德感到新生。一年前，歌德曾经取笑地向米勒首相说过："我处境很坏；因为我既不能爱人，也没有人爱我了。"在一些给朋友的信中，想到青年和壮年时期的世界的消逝，便觉得自己是活得过久了。"长生就是活过了许多事体，活过了曾经爱过的、憎过的、漠不相关的人们，活过了王国的盛衰、城市的隆替，活过了青年时所种所栽的树林和树木。"一种②伤逝的心情，在1797年写成的《浮士德》的《献词》里，我们已经能够读到。1815年他在一首短诗里说："一个老人永久是一个里尔王！当年手携手所共同工作的，所争持的，久已过去了。当年同你一起所爱的，所忍受的，已经别有所属了。青春是为了青春存在；那是愚蠢的事，若是要求，来吧，你随着我变老。"③后来歌德写短篇小说《褐色女郎》、《一个五十岁的男人》，都是充满无可奈何的断念和割舍的情调；这两篇在1821年被收在④《维廉·麦斯特的漫游时代》的上半部里，因此《漫游时代》也得到另一标题：《断念者》。——但是歌德从这次的病里得到

---

① 1986年版《论歌德》中改为"她"。——编者注
② 1986年版《论歌德》中改为"这种"。——编者注
③ 1986年版《论歌德》中删除了这段诗。——编者注
④ 1986年版《论歌德》中改为"收入"。——编者注

新生，正如他一生几次重病成为他转入一个新时期的重要关节一样。从病里死里产生新的生机①，歌德体验得最为亲切，在生物界里，如同虫化为蛾，蛇脱去旧皮才能生长一类的图像②，歌德每每③在他的诗里取作最美的比喻。最著名的是《西东合集》里的句子：

"尽④你还不曾有过
这个经验：死和变！
你只是个忧郁的旅客
在这阴暗的尘寰。"

现在歌德又和乌尔利克晤面了。歌德从重病里复活，全身换来新鲜的生命，七十四岁的高年对着一个十九岁的少女感到爱的力量。乌尔利克是在史特拉斯堡生长的，他在她身上好像看见了他五十年前在史特拉斯堡求学时所爱过的弗利特利克小姐。先是在玛利浴场，随后在卡尔浴场，五个星期的聚合使歌德忘记自己是个白发⑤老人。他写信给他的儿子："我愿意承认，我好久不曾享受这样身体上和精神上的

---

① 1986年版《论歌德》中改为"一场重病后产生新的生机"。——编者注
② 1986年版《论歌德》中改为"现象"。——编者注
③ 1986年版《论歌德》中改为"常常"。——编者注
④ 1986年版《论歌德》中改为"只要"。——编者注
⑤ 1986年版《论歌德》中删除了"白发"二字。——编者注

舒适之感了。"他最幸福的时刻集中在8月28日他生日的那一天，他和这少女跳舞，跳入他七十五岁的新年，——但是没有过几天，歌德从这幸福里忽然堕入深渊，为了种种缘故，他不能不在9月5日的清晨和乌尔利克分手。

多赖这次别离，使实际上增添了①一首不朽的哀歌。

这首《玛利浴场哀歌》是歌德在从危格尔城到耶拿的途中心情起伏，一气呵成的。"如果人在他的痛苦中静默，一个神就让我说，我苦恼什么"，歌德仿佛奉到神的命令，在这里写出他和乌尔利克的聚合、分离、分离后的世界，以及空中的幻影，一切都归宗到诗的核心，最高的爱的理想：

"我们胸怀纯洁处涌起一种追慕，
自己情愿由于感谢的心情
献给更崇高、更纯洁、更生疏的事物。
恍然领悟，献给那永久的无名；
我们说这是虔敬！这样幸福的高巅
我觉得有分，若是我在她的面前。"

她终于不见，空中的幻影也越变越捉摸不定：

"他有几千遍反复她的图像；

---

① 1986年版《论歌德》中改为"歌德写出了"。——编者注

>它时而踌躇，时而又被撕去，
>时而暗淡，时而在纯洁的光芒；
>这样去而复来，这样潮升潮退，
>怎么能助长些最少的安慰？"

歌德也就落入绝望的深渊。他转过来向他同行的两个青年说：

>"丢开我在这里吧，忠实的伴侣！
>让我单独在巉岩沼泽的中间；
>永远前进，你们的世界并未关闭，
>你们的地也广，天也伟大庄严……"

歌德写完这首诗，亲自抄在羊皮纸上，装订好珍藏起来。两个月后歌德又病了，病中把这首诗当作惟一的安慰，常常读给朋友们听。同时他向他的秘书爱克曼说："你看这最高的情欲景况中的产品，当我执迷在这景况里时，好像我宁可牺牲世上的一切，也不肯割舍，现在我却无论如何也不愿再沦陷在这景况里了。"他也向米勒首相说："我要越过对于雷薇索夫小姐的爱慕——这事将要使我多所创作。"这样，歌德受了一次最艰难的试验，克制了一个最大的绝望。这段故事，以一场病开端，以一场病结束。

但是有些残余的情绪还在歌德的内心里潜伏着。第二年春季，魏甘（Wiegand）书局要为《维特》印行五十周年的纪念本，请歌德写一部序。这时这"早已消逝了的歌曲又起始作响了"。去年在两病之间的那段玛利浴场的爱恋又在他心中蠢动，他觉得他和乌尔利克的爱和分离有些像当年维特的命运，于是写成一首非常悲凉的诗给那命途多舛的维特。里边有这样凄苦的句子：

"命里规定，我留人间，你离开尘世[①]，
你先我走去——你并没有许多遗失。"

歌德就把这首诗当作那篇哀歌的序曲。——歌德未和乌尔利克分离时，在玛利浴场曾听过著名的琴手屈玛诺夫斯卡（Szymanowska）夫人的演奏，音乐声中，他感动得流下泪来，爱情好像在热泪里溶解了。歌德写了三段诗，题在她的纪念册里；歌德后来就把这诗作为哀歌的尾曲。这样，组成他晚年抒情诗中的杰作——《爱欲三部曲》。一组三部曲，据歌德说："第一首是一个肇端，第二首是一个破灭，第三首是一个调和。"

这是歌德一生中最后一次的断念。因为绝望最深，所以

[①] 1986年版《论歌德》改为"与世长辞"。——编者注

克制后的生活态度也就最为积极,从此只看见一个孜孜不息的老人在寂寞中不住地工作。歌德自这次经验后,陷入一种极深极深的寂寞,外马宫廷的宴会,他早已不参加了,旅行也减少了;从德国各地、欧洲各国不断有人来访问,都仿佛来自另一个世界,到这里参拜一座深山中的圣湖,人来人去,各自带走一些圣水,而这座湖却风风雨雨,在深山中永久是孤零零的。他有一次向爱克曼说:"如果我回顾我早年和中年的生活,如今在我的晚年想一想,少年时和我在一起的人现在剩下的如何稀少,我就总想到一个浴场里的消夏。人刚一来到时,立即和些在那里已经住了一些时并且在几星期后就要走去的人们认识、结交。他们走去的损失是痛苦的。随后又认识第二代,和这代人继续生活一些美好的时刻,也亲密地结合。但是这一代又走了,让我们寂寞地看着第三代。这第三代,是在我们将要离去时来的,我们和他们也就毫无关系了。"后来,石坦因夫人、外马公爵和公爵夫人这些五十年来的朋友相继死亡[①],歌德说:"我觉得我有几分神秘了,因为我这样单独地遗留在世上。"

在这寂寞的晚年,断念和工作,成为歌德生活的原则,他工作,与其说是自慰,毋宁说是一种义务、一种责任。他在工作时曾经有一次拒绝他人的邀请,他向邀请他的人说:

---

① 1986年版《论歌德》改为"去世"。——编者注

"一个老人，他还要工作，他不能使人人满意而改变他的意志；他若这样做，他就不能使后世满意了。"因为他深信，这些工作，若是他死去，就没有人做了。他也常常说："人若是老了，必须比年轻时做得更多。"他觉得，人的变老并不是日就衰颓，而是走入一个新的境地；所以在他最后的几年内，几乎是没有一天没有工作，就是在老年人常常有的失眠的夜里，他也从未漫无涯涘乱想过①，他尽在计划着明天应该做些什么事。自从他的"命运之年"后，旁的工作可以不必问，只看一看《浮士德》第二部与《维廉·麦斯特漫游时代》两部大著的完成，便不难想象，这老人的岁月是怎样度过的。

歌德的一生可以说不是直线的，而是轮转的，在他一生内可以看出有几次新的开始。他说："没有人应该追怀过去，只有看定永久的新，真正的怀念必须是创造的，创造一个新的更好的事物。"1823年是他最后一次新的开始，也是最丰富的一次。如果浮士德是歌德一生最恰当的象征，那么在悲剧的第二部第四幕浮士德在高山上的独白最好代表歌德失去乌尔利克的心境。海伦娜母子相继死去，海伦娜的衣服化作一团云，裹着浮士德到了北方的高山，浮士德一降下来便说：

"在我的脚下望着寂寞的最深处，

---

① 1986年版《论歌德》改为"胡思乱想"。——编者注

>我慎重地踏上这些山顶的边涯，
>脱开我的云彩的负载，它轻飘飘
>在晴朗的日子，引我渡过陆和海。"

他望着彩云飞逝，溶化在太空中，他感到：

>"把我内心里最好的事物随身带走。"

　　这是美的死亡，爱的消逝。他内心里多少最好的事物都随着过去的爱消逝了，但剩余下的并不是空虚，而是经过爱的考验后一个更纯洁的生命。所以《浮士德》也不随着海伦娜悲剧结束，剧中的主人却更进一步，走入一个更积极的世界，来满足"一个更高的力的意志"。——我们若是把这段独白和《三部曲》共读，再把歌德的晚年和《浮士德》最后两幕对比，便觉得更有意味[①]了。

三十年写于昆明

　　本文于1947年在《今日评论》上刊出，另于1988年收入《冯至学术论著自选集》

[①] 1986年版《论歌德》改为"意义"。——编者注

附录　画家都勒

德国的民族是音乐性的、悲剧的。政治、思想、文学，在西欧和中欧没有一个民族在历史上变得有他那样快，变出来的花样有他那样多。他总不满现状，想冲出一个新的局面，远在中古时代，思想方面就有些神秘思想家勇敢地脱开教会的羁绊，以深情去体会人神直接的感应；政治方面所谓德意志民族的神圣罗马帝国几乎无一代不在和南方的罗马教皇起着纷争；18世纪的后半期，启蒙运动日趋肤浅时就迸发出那否定一切、反抗一切，只承认情感有无上威权的狂飙突进运动；后来浪漫主义普及西欧，但是在德国也与英法不同，英国的和法国的浪漫主义多半只限于文学艺术，德国的浪漫派人士却打破一切界限，把政治、社会、哲学都扯入它的范围，包罗万象，有时蔓延到了不可收拾的地步；第一次世界大战前后的表现主义在德国得到最适宜的发展；就是最近政治上种种非理性自蹈悲剧的残暴的举动，谁又能说没有一部分是在受着这种民族性的支配呢？但是热情不能持久，狂风骤雨过去得最快；在历史上每逢一次火山爆发后，而不至于只剩下一座死冷的火山口供人凭吊者，是依仗着这个民族中有另一种不同的、稳重的力量在维护平衡。这力量聚集在几个伟大的人物身上：最显著的是都勒，是歌德。都勒与歌德都是生长民间（只有在民间民族性才保持得最为浑厚），他们青年时好像古代日耳曼英雄的热血又在他们身内沸腾，一任天才的奔放作出惊魂动魄的作品；但是到了中年，心情便渐渐冷静，放开智慧的眼，越过他们自己的国境，在另一个世界里见到些从来没有感到的或是早已朦胧感到而还没有睹见的事物。这事物是生疏的；在生疏的面前却能更清晰认识自己，特别是自己的缺陷。而且更进一层，虚心吸取他人的长处，化生疏成为自己的生命，另融会出一个新的境地。——又不约而同，他们所走入那另一个世界是同一个地方：意大利。意大利所给予他们的赠品也是同一的事物：形式。他们接受了这赠品都不敢在那里久留，又回到自己的家乡，内心感觉着北方的情感和南方的形式有时冲突，有时谐和，有时分歧，有时融洽，他们在不断的排解与努力中给自己的民族创造了纯熟的不朽的作品。也许在这地方德国人会深切地感到他们悲剧的命运，好像他们的热情若不经过一番南方形式的熏陶，艺术上便难以达到最高的境界似的。

都勒（Albrecht Dürer）[①]于 1471 年 5 月 21 日生于因为他而享盛名的纽恩贝格城（Nürnberg）[②]。少年时在本城沃尔格

[①] 今译"丢勒"。——编者注
[②] 今译"纽伦堡"。——编者注

木特（Wohlgemut）的画坊做学徒。1490年的春天，他十九岁，便被父亲送到外边去游学。在他游学时期的作品中特别要提起的是那幅后来歌德曾经看见过浪漫派诗人们乐于称道的、现在藏在爱尔朗根大学图书馆里的自画像。那是一幅速写，用极流畅的线条勾画出一个情绪紧张的青年，一只手托着面部，两眼凝视，不知是看他镜中的自己呢，还是在望着辽远的地方。每条线都显出一种不安的神情，画中人好像在问自己：我要往何处去呢？——都勒在莱茵河上游一带漫游四载，无所依归，于一四九四年初夏又回到他的家乡。他出游的目的多半是要到伊尔萨斯省去拜访当时晚期哥特式（戈谛克）的画师硕恩高尔（Schongauer），但是他到那里时，他要拜访的人已经故去，那时他或许有意识地感到，要赶快回到纽恩贝格，去努力继承这不幸早逝的大画师的事业吧。

然而南方文艺复兴的熏风已经吹入这枯冷的晚期哥特式的世界。当都勒向硕恩高尔的家乡朝拜时，沿途已经遇见不少意大利的铜版、木版画。除去求深造和开眼界外，没有更充足的理由，才致使他回到故乡结婚（这婚姻没有幸福，也没有子女，只是由父母规定，彼此尽夫妇义务），不久，便又重上征途，越过阿尔卑斯山到了威尼斯。这里的水街和纽恩贝格的窄巷是迥乎不同的。这里有丰满的阳光，有勃兴的生活，有规模宏大的曼推纳（Martegna），有万口称道的伯梨尼（Bellini），他们光明灿烂，具有固定的典雅的形式。这在当时德国城市的画坊里是梦想不到的。都勒在这些南方的事物前深深地感到他是一个北方人了。这时他似乎还太年轻，只能惊讶，却很难立刻承受生疏的事物。他随即回到故乡，从事木版画的工作；他长江大河般地尽量表现出一个北方青年的奇才。

这套木版画集于一四九八年出版，是那享有盛名、给木版画划一新时代的《约翰启示录》。因为瘟疫流行和土耳其的西侵，当时人人感到世界末日的接近，《约翰启示录》已经成为极流行的读物。都勒借用这里边的材料，正好抒写他青年时期过分丰富的幻想。全集十四页。只要一提起画集里的题目，便可以想象是怎样适于感情的奔流了：《约翰望见七星七灯台》、《四骑士来到世间》、《星辰的陨落》、《天使与恶龙的战斗》……到处都是流动的，没有一个地方静止。艺术史家沃尔夫林（Wölfflin）说："我们要了解青年的都勒，必须对于线有锐敏的感觉。……全体目所能见的事物都变成线的运动了，没有安宁、静止。树干纠缠而起，树皮包着它就像水螅的爪一般，草从地里射出来，肥大的树叶卷成卷，土地的起伏看来是在永久的运动中；就是死的石块里也好像有生动的力量……"看这样的画，人们不会想到歌咏普罗米修斯、写《葛慈》的歌德吗，那狂飙突进时期的青年的歌德！

都勒在《启示录》以后所从事的木版画工作是《大版的基督受难记》和《圣母的一生》。这两套画集可是一直到他第二次意大利旅行（1505年）归来后才完成。在《受难记》里依然充满热情，一篇一篇翻下去，并不是感伤的哀史，而是雄伟的英雄事迹；可是线，平静得多了。至于《圣母的一生》，则极其细腻，是优美的牧歌，图中的一草一木都洋溢着童话趣味，暴风雨后，又显露出美丽的花园。都勒的青年狂飙突进时期是过去了。

同时从意大利得来的印象渐渐在发酵。木版画外，他又制作许多零幅的铜版画。这些铜版画里最重要的问题是裸体。身体美，在都勒以前的德国是无人认识的。当时晚期哥特式的画，人裹在衣裳内，但衣裳内并没有血肉的身体。这是意大利给都勒的启示：人的身体在艺术中是开端的、也是结尾的问题。按照均齐比例创造出完整的身体美，在北方都勒是第一个人。北方哥特式奔放的热情归纳在南方完美的形式里了。

1505年的秋天，他第二次到意大利。

都勒正值三十五岁，他已经具有充实的能力、宽敞的胸怀，用生疏的事物补充自己。他这次还是到威尼斯。他足迹所及，只限于北部意大利，往南并没有到翡冷翠[1]。但他已经有机会见到雷渥那德[2]和米夏安基罗[3]零星的作品，他们都正在献身于一些更深远的问题。伯梨尼在威尼斯已经老了，依旧使都勒钦佩。威尼斯人的生活充实富丽，爱好艺术，尊敬艺术家。都勒在第二年又要北归时，他写给他故乡友人的信中有这样的警句："我又要在那里向着太阳挨冻了，我在这里是一个主人，在家里是个寄生虫。"

意大利的艺术是晴朗、谐和、均齐；宁静的线条表示出人类的尊荣、高贵的态度。反过来都勒所具有的北方特性，阴郁、狭迫、不安，纵使他没有能够摆脱，却的确有一番新的反省了。画中卷曲不平的线条渐渐展开了。

在威尼斯他画德国侨居该处的商人们所嘱托的《马利亚分赠蔷薇花环盛会》，还有《圣母与小黄鸟》，都严守意大利的形式与结构。最能代表他的精神的却是他的自画像（这幅像标的年份是1500年，事实上是1505年画的），庄严凝重，两旁的头发沉重地堆在肩上，烘托出一个意识明朗的面部，他已经透彻知道，他过去做了些什么事，将来还要做什么，再也寻不出一缕他青年游学时期那幅自画像上不安定的

---

[1] 今译"佛洛伦萨"。——编者注
[2] 即列奥纳多·达·芬奇（1452—1519），意大利著名画家，科学家。——编者注
[3] 即米开朗琪罗（1475—1564），意大利著名画家。——编者注

神情。并且这画像也不能说是他实际的面貌，而是他对于自己的理想，大大的眼睛、生动的鼻梁，都不合乎他的本来面目。这里还要引沃尔夫林的话："人们都说自美自得是文艺复兴的一个原则。但是这里并不止于此：个性升发成为理想了。这图像竟像是一个自己的告白、一本计划书。在其中我们见到一些基督的神色。都勒在这典型里能够把捉得这样高，没有意大利是不可能的。"

谁读过歌德的《意大利旅行记》，便会知道歌德是怎样在罗马庆祝他的再生，他的第二个生日。都勒也完全成了另外一个人回到他的家乡。他从一个民族的画家蜕化成一个世界的画家了。他深知二百年来意大利所努力达到的，这时的德国要从新开始。另一方面，他确信，实习要根据原理；空空的练习是不中用的，他追求一个完整的理论根据。他在意大利时，曾经特意到波罗纳城去拜访当时研究比例问题的数学理论家波齐俄利。都勒面前横着的重要问题，是怎样把"美"和"正确"融合在一起，——所谓正确，自然不是狭义的正确。雷渥那德说，绘画是一种科学，在都勒，艺术就是几何。

他于是从事一本研究画理的书，他论到光和影，颜色和结构，人形和兽态，可是没有完成。这以后几年是他伟大的绘画时期。最足以代表的是那《亚当和夏娃》，在完美的身体上无处不谐和。随后又制作两部《受难记》，一部是木版的，称为《小版受难记》，另一部是铜版的。

人到了中年的晚期，如果生命力不衰竭，或许会有第二次的青春吧。青年时的一切，经过中年的实际的锻炼，都凝结在心灵的深处，它们并没有死亡。这时他在人世经验了一番，眼看就要走过生活的中途，而瞻顾将来暮年的渺茫，也正如青年时看他的前途一样。于是那更净化、更深刻的热情又重新蠢动了。歌德在他六十岁以后又渐渐抛却古典莹晶的形式，而歌咏出深沉神秘、像《西东合集》里的那样的情诗，都勒在他四十岁后也感到自从意大利旅行以来，他所失掉的热情和直感太多了，处处考虑到形式。过去的八九年是他成绩斐然的训练时期，但训练究竟是训练，没有自由。

这时他觉得训练够了，青春的萌芽又茁发，换句话说，北方的热情又冲破了南方严肃的形式。1513年前后，产生了两幅伟大的铜版画：《骑士、魔鬼和死》、《忧郁》。这里充分表现出一个天才的苦闷、努力与信仰，仿佛在三百年前都勒已经预先给歌德的《浮士德》预备了最适宜的插图。

如果论述这两幅画，非篇幅之所能许，我只想在这里谈另外一幅炭画。那是1514年都勒母亲的画像。窄窄的两颊、凹落的面庞，鼓着两只空空的大眼，鼻子又长又尖，额上满是皱纹。利尔（Lill）在他论都勒的文章里说："毫无粉饰的老丑！虽然如此，可是在这笔画间含蓄着一些神秘的事物，一片做儿子的柔情，从这躯壳里他承受了她的身体和精神，他对于她的爱是没有挑拣的。在这老丑里边含有德国艺术最高的表现力。……诚然，都勒还有些更为灿烂的画像：才能焕发的《Imhoff》①、举止堂皇的《Holzschuher》②、忠诚勇敢的《Muffel》③、还有那高贵的帝王之像《马克西米利安》；但是没有一幅比这幅母亲的像更高、更深、更含有灵魂的美。"这是北方人的精神，不是南方的意大利所能想象得到的。

从1515年起，他每年从皇帝马克西米利安那里得到一百块金币，在他的宫中工作，为他设计凯旋门的图稿，画祈祷书的缘饰，还在1518年给他画下一幅不朽的像。这位好艺术、好虚荣的皇帝死后，都勒于1520年至1521年带着他的妻子作了一次荷兰旅行：这时他已是五十岁的人，意大利的形式和哥特式的热情在他身内纵使不能完全融合，却已能互相消长，并行而不甚相悖了。都勒可是更进一步，成为一个真的现实主义者。他有旅行日记传下来，使人们知道，他在路上一草一木都供他留恋，任何一

---

① 丢勒名画《伊姆霍夫》。——编者注
② 丢勒名画《霍茨舒尔》。——编者注
③ 丢勒名画《雅科布·墨菲》。——编者注

个人也引起他的注意，更不用说当时的荷兰是与海外交通最繁的国家，时时有些异乡的奇物如美洲的金器、热带的椰子，都使他发生兴趣。他耳目所追随的是一切"物"的动态。

他回到纽恩贝格后，他的画体变得简单、实际、伟大。

这时马丁·路德已经焚毁教皇的削籍令，躲入威丁堡。宗教改革运动已经起始，人的信仰根本动摇，社会益形紊乱。都勒感到一种建设理想的需要，于是自动画了庄严壮丽的《四使徒》。这画没有人订，也没有人买，他不把它悬挂在任何一个教堂里，只是在1526年的秋天赠给他故乡的市政厅。他要警告那些虚伪的先知、文士和法利赛人，永不毁灭的是神的话，既不能增添，也不能减少。当政的人要看着这四使徒，他们是伦理的模范。这四使徒是约翰与彼得，保罗与马可。

这正如歌德在晚年完成他的名著《浮士德》第二部创造人类的理想，都勒也超越意大利和日耳曼两种精神的矛盾，在一个动摇的时代创造出人类的典型。只是歌德的理想是"永恒的女性"，都勒的典型是坚强的男性罢了。

都勒和歌德，在这点上也都一样，在他们最伟大的作品完成后不久便死去了；并且他们的一生又同样证实："勤"是天才的一个重要的特征。都勒的死日是1528年4月6

日，死地是在他的故乡纽恩贝格城。他的墓上有一句铭语：Quicquid Alberti Dureri mortale fuit sub hoc conditur tumulo（凡是从都勒的生命里能以死去的，都盖在这丘土下）。

三十三年三月二十八日改旧稿重作

本文原为中德学会1936年在北京举办的"德国绘画展览会"作，1944年改写，发表于《自由论坛》月刊，1944年第3卷，第1期。

下 卷

(1978—1984)

《浮士德》海伦娜悲剧分析

近来重读《浮士德》第二部中被称为"海伦娜悲剧"的第三幕,感到过去对于歌德的看法过于简单,往往根据歌德某些著名的言论来评述歌德的为人和他的作品。歌德不只一次地说,古典的是健康的,浪漫的是病态的,便认为歌德是反对浪漫主义的;歌德又不只一次地说,席勒写作是从主观的概念出发,他自己是从客观的实际出发,便认为歌德是现实主义的。但是,重读《海伦娜》以后,觉得我的那些看法并不完全准确,因为歌德在某些作品中的创作实践跟他的言论有时并不一致。为了说明这个问题,我把《海伦娜》这一幕做一次阐述和分析。

一 与爱克曼谈写作时的困难和问题

《浮士德》第一部在 1808 年出版后,过了十七年,歌德于 1825 年又集中精力写《浮士德》第二部。这第二部在歌德逝世前一年即 1831 年脱稿。爱克曼在他的《歌德谈话录》里有不少地方记录了歌德向他述说的写第二部时的情况以及遇到的困难和问题。下边我摘引歌德与爱克曼的一段对话,作为这篇文章的开端。

时间是1827年1月15日晚。爱克曼向歌德说，他希望歌德把第二部第二幕中的《古典的瓦尔普尔基斯之夜》完成。歌德说："本来三个月可以写完，但是哪里会有安静的时间呢！白天对我有太多的事务要做，很难把我严格地隔离起来独自生活。今天早晨，公爵的大公子在我这里，明天中午公爵夫人约定来访。我把这样的访问珍视为一种崇高的恩惠，它们美化我的生活；可是也要求我的内心必须考虑，总要向这些高贵的人物呈献点什么新的东西，怎样恰如其分地款待他们。"爱克曼说："可是去年冬天你把《海伦娜》完成了，你那时受到的干扰并不少于现在。"歌德说："确实是，现在也可以写，也必须可以，但是有困难。"随后便谈到写《古典的瓦尔普尔基斯之夜》会遇到的困难。歌德最后说：

"你只想一想，在那荒诞的夜里所有的一切都要用语言表达出来！例如浮士德对普罗塞尔皮娜[①]的讲话，请求她把海伦娜交出来；那必须是怎样一种不同一般的讲话，使普罗塞尔皮娜本人也感动得流下泪来！这一切都不容易做到，很多是靠着幸运，几乎全靠着一瞬间的心情和精力"。

[①] 普罗塞尔皮娜：希腊神话中的阴间王后，别名"培尔塞封娜"。

从这段谈话里我们可以看出：

第一，歌德享有将及八十三岁的高龄，在他逝世前的六年内，虽然有许多杂事的干扰，还能完成像《浮士德》第二部那样的巨著，其中有丰富的思想内容和许多壮丽的、优美的以及富有谐趣的不同格律的诗，这需要多么大的勤劳，多么坚强的毅力！

第二，在完成的《古典的瓦尔普尔基斯之夜》里，歌德向爱克曼说的一些困难几乎都克服了，尤其是《比纳渥斯河下游》浮士德寻问海伦娜的一场，是非常优秀的诗篇。如果说，被称为"海伦娜悲剧"的第三幕可以从第二部中抽出，独立成立一出戏，那么，《比纳渥斯河下游》就能够充当"海伦娜悲剧"的序幕。但是在谈话中歌德认为很难写的浮士德对普罗塞尔皮娜的讲话却始终于没有写出来，只利用聪明而灵巧的巫神曼陀把浮士德引入阴间。作者回避了这个困难。

第三，这是最重要的一点。歌德对于魏玛公国的统治者是那样毕恭毕敬、谨小慎微，真难想象他与此同时竟能写得出像《浮士德》第二部那样纵横驰骋、气壮山河的诗剧。在19世纪，无论是德国境内或是其他欧洲国家，都有不少青年人认为歌德为人处世的态度和他创作的名著是不相称的，甚至是判若云泥。一方面是庸俗渺小的生活，一方面是崇高壮丽的诗篇，这样显著的矛盾应该怎样解释呢？——歌德在青年时期是狂飙突进运动的代表人物，思想上给他影响最深的是卢梭，文艺上他最崇敬的是莎士比亚，他歌颂普罗米修斯的反抗精神，他向全欧洲宣示了青年维特在德国封建社会里蒙受的苦难。1775年他被魏玛的公爵聘请到魏玛公国，为这封建的宫廷服务。从此他的生活起了很大的变化，他不得不适应这里的环境，与贵族周旋，为政务繁忙，他的内心无时不感到难以排除的苦闷。这时德国以外的世界却接连不断发生巨大的事件，远方有北美洲的独立战争，近邻有法国资产阶级革命和拿破仑的兴起与失败，随后是全欧洲反动势力的复辟。在这动荡的世界，四分五裂的德国经济政治处在落后状态，很难进行变革。德国觉醒的知识分子被那些大事件所震动，他们在实际生活里不能有所作为，但思想却与时代的进步潮流相呼应。歌德通过科学研究探讨自然界的规律，通过文学创作表达他难以实现的理想，《浮士德》悲剧的主人公就是代表这个理想的最鲜明的人物。歌德在1827年《海伦娜》先行单独印行时，写过一部《通告》，《通告》一开始便说："浮士德的性格，是在从旧日粗糙的民间传说发展出来的高度上，表达这样一个人物，他在一般的人世局限中感到焦躁和不适，认为据有最高的知识、享受最美的财富，哪怕最低限度地满足他的渴望，都是不能达到的；是表达这样一个精神，他因此向各方面追求，却越来越不幸地转了回来。"这是关于浮士德性格以及这种性格所造成的悲剧最简明扼要的概括,也可以说是歌德内心的自白。当时德国的现实使歌德一生不能摆脱狭窄而妥协的生活,可是欧洲三千年的历史和当前沸腾的世界不断地丰富他的思想,扩大他的视野,强化他从青年时期就已蕴蓄着的对于美好事物的渴望,关心全世界的文化,展望人类的前途。狭窄生活和远大理想之间的矛盾,他一生没有得到解决,所以他在狂飙突进时期以后的作品中,有的强调妥协,有的宣扬克制和断念,有的像《浮士德》那样以积极的态度唱出来孜孜不息向上追求的高歌,但是这样的高歌还是以悲剧结束,最后不得不乞灵于基督教的传统,使浮士德的灵魂得救。总的说来,浮士德一生所向往的,是把不可能变为可能,归终是"越来越不幸地转了回来"。

居于《浮士德》第二部中央,以海伦娜为主人公的第三幕是浮士德迫切地追求美、要把不可能变为可能的一幕悲剧。

二 与席勒讨论如何写《海伦娜》

歌德集中精力写《浮士德》第二部开始很晚,但是关于第二部情节的设想,从他的遗稿、书信和谈话里可以知道,已经有五十多年了。其中考虑最早的一个内容是希腊美女海伦娜的出现,并且在1800年已经为此写出片断二百六十五行。

在16世纪最早记载浮士德传说的"民间故事书"（1587年）里，在英国剧作家马娄的《浮士德博士的悲剧》（1592—1593）里，在17、18世纪流传下来的私人日记和上演浮士德戏剧的说明书里，在歌德童年时看到的浮士德傀儡戏里，海伦娜都作为一个妖媚迷人的女子出现。这是可以理解的，根据中世纪基督教的观点，像古希腊传说中海伦娜那样的女人，迷惑走不少英雄人物，酿成持续十年之久的特洛亚战争，自然要被看作打扮成美女的妖魔。为了满足浮士德官能享乐的要求，魔鬼靡非斯托非勒斯（以下简称靡非斯托）使海伦娜来到浮士德的书斋，与浮士德结婚，而且大都在浮士德"罪孽"深重、灵魂即将被魔鬼攫走的前夕。歌德在早年本来也打算把海伦娜写成一个淫荡的妇女，作为第一部天真纯朴、惨死狱中的葛泪欣的对立面。后来歌德在1786年去意大利旅行，亲眼看到古代的文物，并在艺术史家温克尔曼的影响下，对希腊罗马的古典艺术产生了热烈的爱好与崇敬。这种爱好与崇敬成为歌德与席勒交往时期（1794—1805）即德国文学古典时期的特点之一。海伦娜在歌德的计划里发生了根本性的变化，她再也不是浮士德传说中的荡妇，而是美的化身。1800年，《浮士德》第一部有几场还没有完成，歌德就用六音步抑扬格的希腊悲剧诗体为第二部写出了二百六十五行海伦娜出场时的独白。我们可以说，《海伦娜》是《浮士德》第二部最早的先行者。

海伦娜从被人诟骂的荡妇变为美的化身，是和歌德艺术思想的变化密切联系的。这一转变给歌德的创作造成相当大的困难。浮士德传说是从中古末期到宗教改革时的产物，它像是一棵树植根于中世纪的土壤，枝干却在许多的阻力下百折不屈地伸向新时代的天空。它与希腊文化没有任何关联。浮士德是一个与希腊无关的北方的人物，经过二百年舞台上的加工改造，一直到歌德写的《浮士德》第一部，也没有改变浮士德北方人的形象。现在，古希腊阳光下的美的化身海伦娜要在《浮士德》阴霾的气氛中出现，如何安排处理，歌德很感到为难。在这方面，歌德和席勒曾进行过深入的讨论，席勒给歌德以很大的帮助和鼓舞。歌德在 1800 年 9 月 12 日写信给席勒："我的海伦娜真出场了。但是我的女英雄情况中的美这样吸引我，使我感到忧郁，若是我把美首先变成丑脸。"席勒收到这封信的第二天立即回信给歌德："我祝贺你在你的《浮士德》里迈出这一步。但是你不要被这个思想困扰，认为在美的形象与情景来到时把它们北方化是有害的。这情形在《浮士德》的第二部还会经常出现，若是使你诗人的良心对此保持缄默，这么做就一下子都能解决了。剧中写北方的事物，是全剧精神给予你的责任，这并不能破坏更为高尚的内容，也不能消除美，只能为另一种灵魂机能把它写成另一种样子。也正是这些主题中更为高贵的事物将会给这部著作一种独特的美感,海伦娜在这一幕里是一切陷入迷惘的美的形象的象征。"席勒这封信给歌德很大的鼓舞,歌德在9月16日又写信给席勒:"你信中给我的安慰,说通过纯洁与荒诞事物的结合能形成一种并不很讨厌的奇异的诗篇。这由于我的经验已经得到证实,因为从这种融合中产生的稀奇现象,我个人也感到一些满意。"同月23日,歌德给席勒的信中又说:"近来我的海伦娜也有一些进展。计划的要点都已安排好,因为我在主要方面得到你的赞同,我就能够有更大的勇气把它完成。这次我要聚精会神,不瞻望远方,但是我已经看到,从这个顶点出发,概览全部的正确的远景才能显现出来。"

这些通信很重要。歌德晚年写第二部时,在谈话和通信中常常提到当年他和席勒关于写作《海伦娜》时的讨论。其中最重要的问题是如何使古希腊的海伦娜在《浮士德》这样的悲剧里出现。浮士德周围的气氛和歌德心目中古希腊的世界太不相同了:不同的时代、不同的地区、不同的民族、不同的思想,中间存在着很大的距离,所以歌德着手写海伦娜时,担心破坏古希腊海伦娜的形象。席勒针对这个问题,给他提出重要的建议:为了符合《浮士德》全部的精神,古希腊必须与北方结合,从中产生新的东西。这样,歌德解决了创作中的一个关键性的问题,那就是代表古典希腊的海伦娜必须与代表北方从中世纪到宗教改革时期的浮士德相结合。

歌德虽然只写了二百六十五行，没有继续写下去，也还没有接触到这种结合，但是他为这个片断已经写下了这样的副标题："海伦娜在中世纪，森林精灵戏。《浮士德》插曲"，给《海伦娜》这一幕定下了基调。

随着席勒于1805年逝世，德国文学古典时期结束，浪漫主义文学盛行，歌德对于德国中世纪有了新的认识。他曾经说，他参与荷马的、也参与尼伯龙根的宴席。[①] 同时，他的眼界更为扩大，他钻研波斯文学，与波斯14世纪的诗人哈菲斯发生精神上的联系。因此也就比较能够历史地看待古代的希腊。到了20年代，歌德以极大的兴趣阅读英国的、法国的浪漫主义文学，并且把拜伦看作是"本世纪最伟大的有才能的诗人"[②]。拜伦于1824年4月19日在希腊密梭龙基逝世的消息传来，歌德深为感动，促使歌德于1825年3月14日又着手续写《海伦娜》，1826年6月8日全幕脱稿，在全幕最后一场给拜伦树立了一座纪念碑。可以说，《海伦娜》这一幕的完成，是与拜伦的逝世有着密切关系的。歌德本人文艺思想的变化和西欧文学的发展，进一步增强了歌德在《海伦娜》一幕中体现古典的希腊与中世纪以来的西欧相结合的愿望。

[①] 见1814年11月9日歌德致克内贝尔的信。
[②] 见1827年7月5日歌德与爱克曼的谈话。

歌德写完《海伦娜》后，决定把它作为一幕独立的短剧单独发表，收在1827年出版的全集最后手定本的第四卷中。他在1826年遗留下来的一份信稿里说："……这幕剧写完了，在我过去写的作品里从来没有这样奇异而问题复杂的。……这幕剧最特殊的是地点不变，时间却延续了三千年，内容一致和地点一致是很准确地注意到了，而时间却让它梦幻般地进行。"[①] 这里所说的三千年指的是从纪元前12世纪末特洛亚的覆灭到19世纪20年代希腊的独立解放战争。所以《海伦娜》单独印行时，它的副标题是："古典的——浪漫的梦幻剧，《浮士德》的插曲"。

这个"梦幻剧"地点很简单，都是在希腊南部斯巴达地区。第一场在海伦娜的丈夫梅涅劳斯王宫的前边，第二场在斯巴达北浮士德建筑的城堡的内廷，第三场是由内廷转化的阴凉的圣林、阿尔卡丁乐园。因为普罗塞尔皮娜允许海伦娜从阴间回到阳间，有一个条件，不许她离开希腊的国土。

内容也很简单。希腊人战败特洛亚后，海伦娜率领着由被俘的特洛亚女子组成的歌队经过八年的海上漂泊回到故乡，在宫殿里遇见靡非斯托装扮的老丑的女管家弗尔基亚斯。这女管家告诉她说，梅涅劳斯将要把她作为牺牲祭神。

---

① 这封信稿无法查明是写给谁的。在1826年10月22日歌德致洪波（W. v. Humboldt）的信中写有同样的内容。

海伦娜和歌队女子都惊恐万分。弗尔基亚斯说,有一个北方的骑士在附近建筑了一座城堡,可以到那里避难。海伦娜投向浮士德,并与他结婚,生下一个孩子名叫哀弗利昂,这孩子由于不断地向高处登攀,跳跃飞翔,以致陨灭。最后母子都消失,只遗留下他们身上的衣裳。

至于时间,第一场是在纪元前12世纪末特洛亚覆灭之后,第二场谈到的是从民族大迁徙直到浮士德时代,第三场则已远远听到19世纪20年代希腊独立战争战鼓的声音。一幕戏经过了三千年的历程。

浮士德遇见海伦娜在她的希腊本土,海伦娜遇见浮士德在浮士德的时代,这意味着希腊的古典精神与现代的浪漫精神的结合。

现在让我们看一看,海伦娜是怎么出现的?她和浮士德的结合是怎样一种情况?从这个结合里产生了什么?

三 海伦娜的再现

在前边已提到的、可以看作《海伦娜》序幕的《古典的瓦尔普尔基斯之夜·比纳渥斯河下游》,歌德用迫切而又轻松、严肃而又诙谐的抒情笔调写出浮士德与希隆老人的对话。希隆有人的上身,马的下体,他知识渊博,精通医药,希腊神话和传说中的许多英雄都在少年时受过他的教育。浮士德在比纳渥斯河畔遇见希隆,希隆叫浮士德骑在他的背上渡河。希隆态度谦虚,语言充满了智慧和风趣,向浮士德述说了他所熟悉的英雄和英雄事迹。随后浮士德说:"你已经述说了最美的男人,现在也谈一谈最美的妇女!"希隆说他曾经驮过海伦娜渡河。浮士德听到海伦娜的名字,他便喊道,她是他惟一的渴望;后来又说,得不到她,他就不能生活。希隆以为浮士德发了疯,便带他到巫神曼陀那里,请她医治。希隆把浮士德妄想得到海伦娜的病情告知曼陀,曼陀却说:"我爱渴望不可能的人",并且很慷慨地把浮士德带入阴间,请求普罗塞尔皮娜放海伦娜出来回到阳间。

"渴望不可能",不断地向高处、向远方追求,是浮士德的性格,是《浮士德》这部作品的主导精神,也是《浮士德》成为悲剧的根本原因。歌德自己也渴望许多美好的事物,但他深深体会到,这些美好的事物在当时德国的情况下是不能实现的,他经常在生活中感到不得不断念、不得不放弃的痛苦。可是在《浮士德》里,尤其是在第二部里,他却驰骋他的想象,使不可能变为可能,使人力不能达到的成为事实,不断地产生奇迹。然而一个阶段一个阶段的奇迹都是以悲剧结束。

死者不能复生,是自然的规律。使易于消逝的美能够长存是人们普遍的愿望。在古代,无论是中国或是外国,都有不少美女或爱人复活的故事。《浮士德》第二部第三幕就是以海伦娜从阴间复活、使消逝了的美又回到人世开场的。陪伴着她的是充作歌队的特洛亚女子,她们一开始就合唱美的颂歌。整个的场面跟希腊的悲剧很相似。海伦娜开场的独白采用了歌德1800年写的片断,只做了些字句上的改动,可是在原片断前添上了一行:"受到了许多赞叹,许多责难。"这一行的增添很有意义说明海伦娜作为美的化身受人赞叹,同时也有人站在道德的立场上对她进行责难。希腊三大悲剧作家最年轻的欧里庇得斯在不只一部的悲剧里为了这种责难替海伦娜辩护,其中最明显的是《海伦》一剧。欧里庇得斯在这部剧里运用古希腊较晚的一个传说:帕里斯拐走海伦娜,拐走的是海伦娜的幻影,真的海伦娜却被神带到埃及,她坚持贞操,直到特洛亚战争结束,她的丈夫梅涅劳斯才用计谋把她带回家去。歌德在1804至1805年间发表过一部评论希腊画家波吕格诺特的绘画的文章①,文章提到海伦娜时说:"从年轻时就是爱慕和渴望的对象,她激发起一个英雄世界的最强烈的情欲,让她的求爱者永远为她效劳,有人抢夺她,娶她,诱拐她,失掉她又得到她。她带来灾难,又让老人和青年都喜爱她,她解除她丈夫的满腔仇恨;她先是一场毁灭性战争的目标,随后又显现出是胜利的最美的得

---

① 文章题为《德尔菲广厅中波吕格诺特的绘画》(Polygnots Gemälde in der Lesche zu Delphi)。波吕格诺特的画描绘了特洛亚战争。

获。"最后歌德说："作为伟大的自然现象的非常人物对于每一个民族的爱国主义永远是神圣的。人们并不考虑这样的现象是有利的或是有害的……对于海伦娜的怀念好像希腊人也是很高兴的……所以在许多年的争论之后，欧里庇得斯还是赢得所有希腊人的感谢，因为他描写她是无罪的，甚至是完全清白的，他满足了有教养的人的迫切要求，看到美与德的和谐。"

这里说的是美与德的矛盾，并且谈到欧里庇得斯怎样采用希腊较晚的传说解决这个矛盾。可是在歌德的《海伦娜》里通过女管家弗尔基亚斯之口却把这个矛盾提得很尖锐。弗尔基亚斯是海神弗尔基斯三个最丑的女儿中的一个，这三个女人是老丑的象征，她们只剩有一个牙，一只眼睛，三人轮流使用。靡非斯托在古典的瓦尔普尔基斯之夜里遇见这三个老丑的女人，便化身为其中的一个，充当梅涅劳斯的女管家。可以说，在希腊的土地上浮士德追求美，靡非斯托却找到了丑。弗尔基亚斯在《海伦娜》这一幕里与海伦娜的关系同靡非斯托在全部《浮士德》里与浮士德的关系很相似；她代表丑，是海伦娜的对立面，她站在中世纪基督教的立场上贬低、甚至否定所谓"崇高的美"，但在紧要关头又给海伦娜以协助。海伦娜走进宫内，发现了这个素不相识的老丑的女管家，吓得又走出宫门。弗尔基亚斯跟着出来，她开口第一句话就是："这句话由来已久，涵义却高而且真，羞耻和美从来不携手同行，走过大地上青葱的路径。"我们把海伦娜和弗尔基亚斯两人在登场"亮相"时说的第一句话互相比较，便可以看出，美与德的矛盾并不像歌德在评论波吕格诺特的绘画时那样得到了解决。弗尔基亚斯以后的谈话越来越尖锐，她与歌队女子的口头交锋十分激烈。她在承认海伦娜的美的前提下，说这些歌队女子在海伦娜身旁不过是天鹅旁的一群鹅。这话激怒了歌队的领队者潘塔利斯，她说："丑与美相比显得多丑。"弗尔基亚斯立即回答道："愚蠢与聪明相比，显得多么愚蠢。"这里弗尔基亚斯认为自己是聪明的，那些歌颂什么永恒的美、崇高的美的人是愚蠢的（这也是靡非斯托一向的本性，自以为看破世情，把对于真善美的追求都视为愚蠢）。尤其是这些歌队女子不了解海伦娜出现的"实情"，对于她们的主人只是一味赞颂，在她看来，更为愚蠢。

这种"实情"，海伦娜最初也没有意识到。她的出现，好像真是从特洛亚归来的现实人物，她并不怀疑她的存在，只是经过长时期海上惊涛骇浪的航行，一踏上陆地，感到有些昏眩。她心中考虑的，是这次归来不知是祸是福，梅涅劳斯对她的冷淡态度使她忐忑不安。现在看到弗尔基亚斯与歌队女子的争吵，她虽然以女主人的身份训斥她们，自己却也有些异乎寻常的感觉。弗尔基亚斯说："谁若是想起长年享受的各种幸福，最崇高的神的恩赐最后也好像是一场梦。"

她于是提醒海伦娜回想她爱情的往事,从海伦娜十岁时一度被特塞乌斯抢去,又被许多英雄追求,由于父亲的意志嫁给梅涅劳斯,一直说到被帕里斯拐走。弗尔基亚斯还提到人们传说,海伦娜有双重的形体,一个在伊利渥斯(特洛亚),一个在埃及。海伦娜听到这里忽然说出这样一句话:"就是现在我到底是哪个,我也不知道。"弗尔基亚斯进一步又说起海伦娜和阿克勒斯死后从阴间又回到阳间结婚的传说。海伦娜回答:"我作为幻影,与他那个幻影结合。老话就这样说,那是一场梦。我要消失,我觉得自己成为幻影。"她昏倒在一部分歌队人员的怀中。

海伦娜作为美的化身,不断被歌队歌颂,说这人间的至美使一切的英雄折腰,使珠宝无光,是太阳昭耀下万象中最美的形象。作为丑的化身的弗尔基亚斯却与之相反,她首先指出美与羞耻不能相容,其次,使海伦娜意识到自己好像是一个幻影。但另一方面,她还有一个任务,即促成海伦娜与浮士德的结合。海伦娜从昏迷中醒来后,认为一个女王应该镇定精神,勇于承担任何一种意外的祸事来临。她盼咐弗尔基亚斯准备牺牲祭神。弗尔基亚斯告诉她说,祭神用作牺牲的不是任何牲畜,却是海伦娜本人。歌队听到这句话,惊恐万状,乱成一片。海伦娜却保持镇定。她问弗尔基亚斯有什么解救的办法,并且说:"对于聪明的、有远见的人不可能常常显示为可能。"弗尔基亚斯说,在北方不远的高山后有一个勇敢的氏族建筑了城堡，里边有一个明智的首领，可以到他那里去避难。海伦娜于是率领歌队一起奔赴那座城堡。

18世纪后半叶，德国思想界有不少代表人物认为古希腊艺术体现了最崇高、最完整的美，古希腊人是朴素的人，他们与自然融为一体。在温克尔曼的艺术史著作里，在席勒的美学论文里，在荷尔德林的诗歌里，都把古希腊的人和艺术看作他们的楷模。他们片面地把"高贵的单纯和宁静的伟大"看作希腊艺术的特点。歌德在他的古典文学时期也是这样。但是，二十五年后写出的海伦娜虽然有时显示出美的崇高和女王的庄严，但这多半是出自歌队之口，而海伦娜本人却越来越感到自己的命运捉摸不定，自己的存在真假不明，而且一开始就意识到人们对她的评价是毁誉参半。这说明希腊美的本身并不完全是"高贵的单纯和宁静的伟大"，而企图使它再现，更不是能够把握得住的，纵使浮士德在他一生中的这一阶段对于海伦娜是那样热烈地渴望，迫切地要求，甚至说没有她就不能生活。

四　海伦娜与浮士德的结合

歌德在1827年9月23日写信给伊肯谈到《海伦娜》，他说："我从来不怀疑我为之写作的读者们会立即理解这个作品的主要意义。这是时候了，古典主义者和浪漫主义者之间激烈的分裂最后得到和解。我们自我教育，这是首要的要求；如果我们不担心虚伪的榜样把我们教坏，我们对于从哪里接受教育就会漠不关心。可是，对于希腊罗马文学要有一种更广远、更纯洁的领会，多亏它把我们从15、16世纪僧侣的野蛮状态中解放出来。我们不是学会了从这个高处用它的真的、自然美的价值衡量一切吗，衡量最古的和最新的？"这段话写得很恳切，也符合历史的实际。封建社会已趋没落、资本主义刚刚开始时的德国与奴隶制度的古希腊、罗马有着时间上和空间上的距离，有社会制度的悬殊，可是从文艺复兴到18世纪的启蒙运动以及德国史学的古典时期，希腊罗马的文学艺术对德国的文化产生过与日俱增的影响，这是事实。但是认为当前古典主义和浪漫主义的分裂最后能够和解，则是歌德的愿望。歌德用浮士德与海伦娜的结合来表达这个愿望，甚至把《海伦娜》这一幕叫做"古典的——浪漫的梦幻剧"。这"梦幻剧"的第二场用优美的词藻、和谐的韵律、田园诗的情调描绘了浪漫的浮士德与古典的海伦娜的结合，但归终仍不免是一场"梦幻"，虽然歌德给伊肯的信写于《海伦娜》发表之后，而且说得那样肯定。

海伦娜率领着歌队到了中世纪的城堡，受到城堡首领骑士装束的浮士德隆重的欢迎，听到他对于美的热情歌颂；这同前一场梅涅劳斯宫前那样冷冷清清、阒无一人、后来只是阴森森地走出来一个老丑的弗尔基亚斯的情景形成了鲜明的对照。浮士德因为在城楼上司守望之职的林克乌斯没有即时通报海伦娜的到来，有失迎迓，便把林克乌斯带到海伦娜面前，请她处理。林克乌斯称海伦娜是举世无双的人，是女神，说她的美炫耀夺目，使他忘记自己的职责，他请求处罚，但他最后说："美约束一切的愤怒。"海伦娜回答说："我带来的过错，不能由我处罚。"她宽恕了林克乌斯。随即她想到她的一生，她说："多么严峻的命运尾随着我，到处迷惑男人们的胸怀，致使他们不惜牺牲自己和其他贵重的事物。神裔们、英雄们、众神、甚至精灵们，他们抢夺、引诱、争斗、转来转去，把我在迷途中引来引去。我搅乱一遍这个世界，更加倍地搅乱；三遍、四遍我带来灾难跟着灾难。"这段话是海伦娜一生的总结，她是无罪之罪的承担者，也是美的悲剧性之所在。（至于特洛亚战争本来是古希腊部落之间互相掠夺的一场规模较大的战争，传说把战争的起因归之于海伦娜身上，这是不公平的，虽然掠夺的对象也包括妇女。这种传说实际上是把美说成是具有制造人类极大不幸的危险性，跟中国所谓的"倾国"、"倾城"的说法是同样的性质。不过，这是题外的话，不属于这篇文章所要探讨的范围。）海伦娜在她即将与浮士德结合的时刻说出这段话，有特殊的涵义，这意味着她在希腊世界里一生的结束和在中世纪城堡里的另一种生活的开始。

环境变了，听到的语言也变了。希腊诗只有抑扬顿挫的音节,却没有韵脚。浮士德以骑士的风度侍奉海伦娜,称她为"高贵的夫人",自称为"崇敬者、仆人、卫士"。海伦娜发现浮士德的讲话有些异样,"一个声音好像适应另一个声音,一个字刚传到耳边,就有另一个字与前一个吻合"。两个字合辙,象征爱情的和谐,从此浮士德与海伦娜的对话便互相谐韵,古典的美进入了西欧的世界。海伦娜和浮士德,互相问答——

> 海伦娜:告诉我,我怎能也说得这么好听?
> 浮士德:这很容易,那必须是出自心声。
> 　　　　谁的胸怀里若是充满了渴望,
> 　　　　他就环视周围问——
> 海伦娜:谁和我同享?
> 浮士德:于是那精神不前瞻也不后顾,
> 　　　　只有当前——
> 海伦娜:是我们的幸福。

在歌队歌唱了浮士德和海伦娜的亲昵之情以后,我们听到——

> 海伦娜:我觉得我这样远,又近在咫尺,
> 　　　　我只是太喜欢说:我在此!在此!

浮士德：我几乎屏止呼吸，我战栗，结舌难言，
　　　　这是一个梦，消失了时间和地点。
海伦娜：我好像活过时了，可是又这样新，
　　　　爱上了你，对你这陌生人一片忠心。
浮士德：不要思索这千古难逢的命运！
　　　　存在就是义务，哪怕只是一瞬。

好景不常，美的事物容易消逝，人们对此经常认为是客观世界中难以克服的、永久的缺陷。但好景与美无论如何短暂容易消逝——总是发生在一定的时间和地点之内；可是在这里，浮士德和海伦娜的感觉是既远又近，既过时而又新鲜，享受当前短暂的一瞬，又像是时空之外的梦境。

对于浮士德与海伦娜这暂时的一瞬的结合，浮士德进一步做了具体的歌颂。在梅涅劳斯为追赶海伦娜而率兵发动的进攻被浮士德的将领击退之后，浮士德与海伦娜在一起，望着眼前的山川风物，浮士德说出这个地方的名称是阿尔卡丁（阿尔卡丁位置在斯巴达附近，传说那里的居民纯朴、勤劳、快乐，被称为幸福的乐土。歌德在他的《意大利游记》的扉页上有这样一句题词："我也在阿尔卡丁"，这表明他在意大利得到了新生）。这第二场，以浮士德歌咏牧歌般的阿尔卡丁而结束。他称赞这里山清水秀，草木茂盛，牛羊成群，乳蜜和水果取用不尽，每个人在他自己的地位上都

满足而健康。在这个乐土上人们不禁要问:"是神仙呢,还是人?"浮士德对海伦娜说:"我们把过去都忘却!"紧跟着又说:"你独自属于第一世界"(传说远古的黄金时代是第一世界,白银时代是第二世界,当前的第三世界是铁的时代)。最后,他们的宝座转化为凉亭。这种乌托邦式的田园诗,尽管优美动人,却远远地脱离实际,怎么能体现出本来就有很大分歧的古典主义与浪漫主义的结合呢?阿尔卡丁这样的地方,人们根本不能到,纵使到了,也会感到无聊,不是在这里"幸福地"长逝,就是又回到人间。

五　哀弗利昂的陨落

宝座转化为凉亭后,开展了《海伦娜》的第三场,这一场被后人题为《阴凉的圣林》。一开始,弗尔基亚斯就向歌队女子说,她们的主人和主妇像是一对牧歌中的情侣,他们与世隔离,她是他们身边惟一的侍奉者,她看见他们已经生了一个男孩。这男孩喜欢跳跃,在父母之间跳来跳去,并且越跳越高。母亲告诫他,跳可以跳,可是不能飞;父亲说,要像安泰那样,脚趾不能离地,只有地能给以上升的力量。他手握金琴,完全像个小太阳神。

随后我们就看见这个男孩在他的父母面前为了爱情、自由和战争不断地向上攀登、跳跃、飞腾,最后陨落而消逝。

这男孩叫哀弗利昂。这是借用传说中阿克勒斯和海伦娜从阴间复活、结婚后生过的一个男孩的名字。

这男孩不愿意长此在地上停留。他不喜欢容易得到的东西，只对于用力得来的感到高兴。他追求一个不驯顺的女孩，他认为吻那抵抗着的嘴，才显出力量和意志。

他不愿做和平的美梦，他感到战争在召唤，给战斗者带来胜利，他说，与强者、自由者、勇敢者为伍，才能开展光荣的道路。他听着远方的人民为自由独立而斗争，他说：

> 难道我应该在远方观看？
> 不！我要分担忧愁和灾难。

他展翅飞翔，投身空际，衣服托着他，转瞬间他的头部发光，身后放射出一道光尾。这个美丽的青年陨落在双亲的脚下，人们在这青年身上认出一个熟识的形体。可是这身体立刻就消逝了，把衣服、外套和琴遗留在地上。海伦娜、浮士德两人同声说：

> "紧跟着欢乐
> 可怕的痛苦。"

哀弗利昂从地下发出声音：

> "母亲，不要让我
> 在阴府一人孤独。"

歌队紧接着说，"并不孤独"，于是为哀弗利昂齐唱悼歌，歌声缠绵而悲壮。悼歌向着哀弗利昂说，你无论走到哪里，我们的心都不和你分离；无论在晴朗的或是阴郁的日子，你的歌声和胆量都是美丽和伟大的。悼歌的第二节说，你本来是为幸福而降生，可惜太早撕去了你青春的花朵；你有锐利的眼光观看世界，同情每个人内心的痛苦，燃起最善良的妇女的爱火，唱一章最独特的诗歌。第三节说，你离弃习俗和法则；最崇高的理想给纯洁的勇气以力量，你要获取最美丽的事物，但是你没有成功。第四节的歌声更为高亢：

> "谁成功？——这阴郁的问题，
> 命运对于它蒙着面目，
> 若是在最不幸的日子
> 人民都流血而沉默。
> 你们要唱出新的歌声，
> 不要长此深沉地沮丧：
> 因为大地又将产生奇才，

像从古来产生过的一样。"

悼歌结束了,音乐停止了,片刻的沉寂之后,海伦娜又用无音的希腊悲剧诗体向浮士德说:"一句老话可惜也应验在我的身上:幸福与美不能持久结合。生命的和爱的纽带都被割断;二人同泣,我痛苦地说声永别,我再一次倒在你的怀里。培尔塞封娜,请接受这男孩和我自己!"

她拥抱浮士德,她的身体在拥抱中消逝了,只剩下衣裳和蒙纱在浮士德的怀里。衣裳化为云彩,托着浮士德向高空飘去。随后歌队的领队者潘塔利斯也跟着海伦娜回到阴府,而歌队女子则分批化为树木、山陵、泉水以及葡萄的精灵。这场"梦幻剧"就此结束。

前边提到,哀弗利昂死后,人们在他身上认出了一个"熟识的形体"。这个"熟识的形体"不是别人,就是歌德一再称赞的英国诗人拜伦。歌德在 1827 年 7 月 5 日和爱克曼谈到在《海伦娜》里给拜伦树立一个纪念碑时说:"除却拜伦以外,我不能用任何人作为最新的诗的时代的代表,无疑他可以被看作本世纪最伟大的有才能的诗人。拜伦不是古代的,也不是浪漫的,却像是当代的本身。我需要一个这样的人。此外他也完全合适,因为他有永不满足的性格和战斗的倾向,因此他在密梭龙基丧生。"这里说的这种性格和倾向,与浮士德精神是一致的,所以哀弗利昂作为浮士德的儿子,是理所当然的；但是他和代表希腊古典美的海伦娜却很少有共同之点。实际上拜伦的著作主要是继承莎士比亚、蒲伯、伏尔泰、卢梭等人的传统，与古希腊的关系并不多，若说有关系，就是他投身于当代希腊人民的独立战争，写过著名的《哀希腊》等诗篇[1]。歌德之所以这样推崇和钦佩拜伦，正是因为拜伦的精神和行动，是歌德在他现实生活里所不能有、而他的诗人素质又促使他为之神往的。因此歌德通过哀弗利昂之口唱出充满激情的战歌，这和歌德一向对于革命和自由战争采取的旁观态度迥然不同。歌德还通过歌队的悼歌对拜伦给以极高的评价和热情的赞美，悼歌实际上是一首高昂的颂歌。歌队本来是由一群没有主见、没有鲜明性格、在什么气候里唱什么歌的女孩子组成的，但是她们的这首悼歌完全变了格调。歌德自己也说：歌队"前此一贯是古代的，或者是从不失去女孩子们的气质，但是这里歌队忽然变得严肃了，高度地沉思着，说出她们从来没有想过、也不可能想过的事物"[2]。这首悼歌不仅在歌队过去唱的歌里是奇峰突起，就是在《海伦娜》全剧、甚至在歌德晚年的诗歌中，也是响彻云霄的。这可以说是歌德晚年写出的一首极为可贵的"青春之歌"。

---

[1] 参看勃兰兑斯（G. Brandes）：《歌德》，567页，柏林：1922。
[2] 1827年7月5日与爱克曼的谈话。

六 创作实践与言论的某些不一致

歌德关于美常常这么说：无论是自然美或是人体美都受到客观条件的限制，它们转瞬即逝，不能持久，只有艺术能够完整地创造美，并永葆其青春[①]。可是《海伦娜》里的女主人公作为美的化身却不是那样单纯而完美。我们在前面已经提到，海伦娜在舞台上出现后的第一句话就是"受到了许多赞叹，许多责难"。弗尔基亚斯一出现就说出那句"老话"："羞耻和美从来不携手同行。"值得注意的是海伦娜在她消逝前也说了一句"老话"："幸福与美不能持久结合"。两句"老话"，一前一后，说明美与道德不能并存，美与幸福纵使能够结合也是非常短暂的，这中间都孕育着悲剧的因素。至于剧中一再提到的海伦娜在爱情中所发生的影响，使万众丧生，名城毁灭，更是"灾难跟着灾难"。对于海伦娜的美，虽然有歌队的颂扬，林克乌斯的赞美，浮士德骑士般的侍奉，但是在海伦娜身边总伴随着一个难以排除的悲剧的阴影。

在这悲剧里，海伦娜本人也像是一个幻影，是虚是实，使人捉摸不定。浮士德与海伦娜的结合是在牧歌式的世外仙

[①] 歌德在1799年曾译注狄德罗的《论绘画》。在他为此文写的注释中和他在1805年写的《温克尔曼》一文中都有这样的言论。

乡，他们自己也感到他们的"幸福"只存在于当前的瞬间。哀弗利昂的降生、成长和陨落，都不过是一种寓意，只有他歌唱到海上的战争、人民的苦难，联系到拜伦英勇的壮举时，才给人以一些现实之感。尽管歌德对于古希腊的艺术怀有无限的崇敬和热爱，也表示过古典的与浪漫的相结合是必要的，而且有时对此深信不疑，可是《海伦娜》全剧却是一场梦幻。海伦娜、浮士德、哀弗利昂以及歌队女子，都是身在梦中而不自觉的人物，虽然在一定的时机海伦娜与浮士德也会流露出一两句话，怀疑自己的存在。这中间惟一的一个梦外人是弗尔基亚斯，她不断说一些比较清醒的真实的话。她说，梅涅劳斯怎样在海上掠夺，希腊人在伊利渥斯城前怎样人吃人，梅涅劳斯怎样极端残酷地把帕里斯的弟弟代弗布斯凌迟致死，这说明古代的希腊人并不像一些希腊的崇拜者说的那样文明，有时比野蛮人还要野蛮。弗尔基亚斯向歌队述说了哀弗利昂的情况后，歌队眼光狭窄，不理解哀弗利昂代表现代的精神，说哀弗利昂不过是古希腊传说中壮丽的祖先时代的悲哀的尾声。歌队唱完后，响起一片代表现代精神的音乐，弗尔基亚斯说：

"你们听这最可爱的声音，
赶快从神话里解放出来！
让你们的古老的神群

> *消逝吧,他们已不存在。*
> *没有人再愿意了解你们,*
> *我们要求更高的尺度:*
> *因为凡是要感动人心,*
> *必须出自心灵深处。"*

这里完全否定了《海伦娜》作为依据的希腊的神话与传说。伪装成弗尔基亚斯的靡菲斯托作为欧洲近代的现实主义者,随时都在破坏对于古希腊的幻想。而且不仅如此,弗尔基亚斯还进一步对当时的文艺界进行极为泼辣的讽刺。在哀弗利昂和海伦娜先后消逝、海伦娜的衣裳化为云彩把浮士德飘走以后,弗尔基亚斯从地上拾起哀弗利昂遗留下来的衣物,把外套和琴高高举起来说:

"总之还算是幸运!火焰固然是消逝了,可是我并不为这个世界感到遗憾。这里足够教导那些诗人,去制造行业之间的嫉妒;我不能给他们以才能,至少可以出借这件衣裳。"

这里指的是当时一些诗人和作家没有才能,却惯于打着希腊古典的招牌搞互相攻击的派别活动。

歌德一方面用很大的功力创造出这场变化多端的梦幻，一方面又让弗尔基亚斯用冷冰冰讥讽的语言破坏这个梦幻。这种手法，在古典主义作家中很少使用，在德国浪漫主义作家中却成为他们的特点之一，被称为"浪漫的冷嘲"。他们往往驰骋他们的幻想，创造一个理想的奇境，当这奇境发展到最为美满、也就是与现实距离最远的时刻，作者掉转笔锋，往往通过一个人，或是通过一件事把那个奇境完全捅破。这种"浪漫的冷嘲"不仅在《海伦娜》里，就是在整个《浮士德》第二部里也经常出现，所以歌德把《浮士德》第二部叫做"严肃的诙谐"[①]。浮士德渴望不可能的事物，企图把不可能变为可能，是严肃的，可是靡非斯托对这些渴望和企图的讥讽和嘲弄，却是诙谐的。无论是严肃的方面，或是诙谐的方面，都是浪漫的，和古典的很少有共同之处。歌德在《格言与感想》和《与爱克曼的谈话》里都说过，"古典的是健康的，浪漫的是病态的"。歌德之所以这样说，是因为当时许多浪漫主义作家歌颂夜和死亡，创作鬼怪的故事，产生消极影响。但不能因此就认为歌德是反对浪漫主义的。恰恰相反，《浮士德》这部巨著就浸透了浪漫主义精神。歌德在他的著作里经常谈到创作方法的特殊与一般的关系。作家在写作时是从一般到特殊呢，还是从特殊到一般，也就是

[①] 1832年3月17日致洪波信。

从主观的概念出发呢，还是从客观的实际出发？歌德在《格言与感想》和《与爱克曼的谈话》里都谈到过这个问题，很明显地主张创作应从实际出发，反对从概念出发。在论及古希腊人的生活时，他在《温克尔曼》一文里说："按照同样的方式，诗人生活在他的想象里，历史家在政治的、研究者在自然的世界里。他们都紧紧把握着切身的、真的、实在的事物，甚至他们幻想的形象也是有骨有髓的。"恰恰相反，以古希腊传说为根据的《海伦娜》却没有从客观的实际出发，而是来自空中，里边的人物大都是寓意或是象征，缺乏有血有肉的个性，海伦娜和她的歌队的出现有如影子一般的轻飘，海伦娜和浮士德的结合仿佛是梦一般的恍惚，好像任何方向吹来的一阵风便会把他们吹散。只有在老丑的弗尔基亚斯的语言和歌队的悼歌中包含有一定的现实性。歌德把《海伦娜》写得这样虚无缥缈，自己是意识到了的，所以他把它叫做"梦幻剧"。这说明希腊美的再现、古典的与浪漫的相结合是不可能的或是不能持久的，结局是一场悲剧，虽然歌德在其他的著作或言论中对于这种结合有过强烈的愿望。但是另一方面，他也许没有意识到，他违背了自己一向强调的文艺创作要从实际出发的主张，当他在《格言与感想》和《与爱克曼的谈话》中，一再谈到他和席勒在创作方法如何分歧的同时，他却运用了与席勒相同的从概念出发的创作方法。并且不仅《海伦娜》是这样，歌德中年以后写的《巴雷奥夫伦与内奥特尔培》、《潘多拉》、《埃皮梅尼得斯的觉醒》等剧本，都是概念的象征、思想的寓意[①]；不过它们在歌德的著作中不占重要地位。《海伦娜》却与那些剧本不同，其中的象征和寓意，由于剧中时而庄严优美、时而别饶风趣的语言表达了诗人丰富的想象和思想，在《浮士德》第二部的中央放射着光彩，显示出二十五年前席勒所期望的"一种特殊的美感"，并没有因为创作实践与作者一向的主张不一致而丧失它的魅力。

1979年9月　写于黄山

本文于1980年8月1日在《外国文学研究集刊》上发表，另于1988年收入《冯至学术论著自选集》

[①] 参看德国19世纪文学史家赫特内尔（H. Hettner）的《浪漫派与歌德和席勒的内在联系》(Die romantische Schule in ihren inneren Zusammenhänge mit Goethe und Schiller)，此文收在柏林1959年出版的赫特内尔的《文学论文集》(Schriften zur Literatur)里。

读歌德诗的几点体会

关于诗,人们常常谈到下边的几个问题:一,有人认为,诗首先要读得懂,可是有些诗不容易被理解;那么,懂与不懂是不是应该成为评定一首诗成功与否的标准?二,有些诗不是从实际、而是从概念出发,空话连篇,没有感人的力量。这类诗在"文化大革命"时最流行,现在也没有绝迹。三,由于对概念诗的不满,有人走向另一极端:过分强调"自我",蔑视古今中外的一切传统,提倡要有"对权威和传统挑战甚至亵渎的勇气"。四,关于继承遗产问题,有人主张现阶段的新诗只应向中国古典诗歌和民歌学习,排斥外国影响;与之不同的意见是,中国新诗的成立和发展与外来的影响有密切关系,古典诗歌和民歌的精华当然要继承,外国诗歌也应借鉴。

这些问题,有的涉及诗的本质,有的只限于新诗范围,近年来有不少文章对此进行过讨论。我近来读歌德的诗和歌德关于诗的言论,感到有的地方与这些问题有关,现略加论述,作为自己的一点体会,对于考虑这些问题也可能有所帮助。

一　公开的秘密

歌德一生写过大量关于自然的诗，他青年时期以满腔的热情歌颂自然，随后又研究自然科学，以冷静的态度观察自然。无论是歌颂或是观察，他都反对18世纪在德国哲学界和文艺界有人主张的对客观世界的不可知论。自然无私地呈现在人们面前，供人欣赏或研究，无所隐藏，但它自身内的矛盾、它的规律，有的已被发现，有的还有待于深入的研究，这又好像还有不少的秘密。歌德把这种情况叫做"公开的秘密"。我不知道，这个词在歌德以前是否已经流行，可是它在歌德的诗文中一再出现，含有深刻的意义。凡是本来可以理解、而尚未理解或难以理解的事物，他都喜欢用这个词来形容或概括。例如他在1777年冬，视察哈尔茨山区内的采矿场，在风雪中登上当时尚未开发的布罗肯峰顶，后来他在《冬日游哈尔茨山》一诗里写这座高峰：

你以尚未探索过的胸怀
秘密而公开地
矗立在惊奇的世界之上。

歌德面对自然界的公开秘密，常把艺术看成是公开秘密"最可贵的解释者"。他在《说不尽的莎士比亚》一文中说:"莎士比亚与宇宙精神为友;他们同样洞察世界;没有事情对他们是隐藏的。可是如果说宇宙精神的职务是,在事先、甚至常常在事后也保守秘密,诗人的意图却是把秘密吐露出来,使我们在事先或至少在过程中成为通晓秘密的人。"歌德这样称赞莎士比亚,后来海涅也同样地谈论歌德,他说歌德"本身是自然的镜子。自然要知道它自己是什么样子,于是创造了歌德。甚至自然的思想、意图,他都能给我们反映出来;……"这种对于伟大诗人的看法和由此而规定的诗人的职责,不一定适用于我们今天,但若是把自然的范围扩大,也包括社会现实,还是有意义的。可是完成这个职责,并不是轻而易举的,世界文学中只有少数伟大的诗人或作家能够做到。即便这少数伟大诗人的作品,也并不那么容易就能使我们"成为通晓秘密的人"。这里有作品本身是否容易被人理解的问题,也有读者感受能力的问题。歌德在《西东合集》里有一首诗,嘲讽一些语言学者对他所爱戴的波斯诗人哈菲斯片面的曲解,这首诗的标题就是《公开的秘密》。这样就使人感到,诗人在他的作品里所创造的世界也是公开和秘密并存,好像成为"第二个自然"了。歌德自己也常常把一件完美的艺术品称做"自然的作品"、"生动的高度组成的自然物"。我们可以说,最完美的艺术和诗能解释自然,但它们作为"第二个自然"也有它们自身的"公开的秘密",需要读者、研究者的探索和解释。

世界文学中历来伟大的著作如屈原的辞赋、但丁的《神曲》、莎士比亚的戏剧、歌德的《浮士德》，包罗万象，内容和语言都十分丰富，人们不断地对它们进行解释，随时都有新的发现，它们自身内蕴蓄着一种公开的秘密，所以歌德论莎士比亚，就以"说不尽的莎士比亚"为标题。但另一方面，有少数晶莹纯洁的抒情诗，往往只有短短的几行，语言简练，明澈易懂，好像没有深刻的内容，但它们却被人吟诵，流传久远，放射出最灿烂的光辉。在世界文学史上像屈原辞赋、《神曲》那样的巨著固然屈指可数，而这样短小精练的抒情诗也是稀世之珍，为数不多。世界上存在着大量优秀的抒情诗，为什么只有这些为数不多的诗，特别被人喜爱，视为珍品？回答这个问题，并不比解释那些艰深的巨著更为容易。其中是否也存在着说不尽的公开的秘密？

这里我想到的是歌德在1780年9月6日夜晚写成、1815年首次发表的《漫游者的夜歌》。诗只有八行，没有遵守任何一种诗的格律，语言单纯，浅显易解，却普遍被人称赞，正如诗的第一行"一切峰顶的上空"那样，认为是抒情诗里的一个顶峰，据说被谱成乐曲就超过二百多种。它的特殊的魅力到底在什么地方，不少人曾对此进行过分析。有人从诗的音乐性来解释，说这首诗以u、au、a等元音为基调，显示出夜色的深沉；有人从歌德的生活来解释，说他在魏玛工作繁忙，渴望休息；有人还把诗的最后两行"且等候：你也快要去休息"说成是歌德对他三年前逝世的妹妹的怀念。这些解释,各自有一方面的理由,但不能全面说明这首诗的特点。这首夜歌里没有月亮和星辰,没有一般夜景的描绘,没有明显的或深奥的思想内容,但是它浑然天成,只是一片寂静,从一切峰顶的上空到一切的树梢,直到林中的小鸟,最后诗人自己也要安息。它形成一个"世界",这世界好像将永远存在,诗人也融化在这世界里。我这样解释,只能说是个人的体会,若使人人同意,也不可能。中国同样有容易懂而不容易解释的名诗或名句:如李白的《静夜思》"床前明月光,疑是地上霜,举头望明月,低头思故乡";陶渊明的诗句"采菊东篱下,悠然见南山"。在寂静的月夜里思念家乡,在采撷菊花时忽然抬头望见远远的南山,本来是平常的事,诗里的语言也很自然,看不出诗人为此用了多少功力,好像是脱口而出。但它们经历了十几个世纪的考验,被人传诵,公认为不朽的名作。有经验的翻译家翻译它们都会感到困难,如果逐字直译,则索然无味,如果体会诗的境界,只是意译,就会失去原诗的质朴,甚至弄得面目全非。同样情形,中国有几个诗人和翻译家译《漫游者的夜歌》,都曾尽了相当大的努力,却很难表达出原诗的特点。苏联女作家沙金壤曾在她写的《歌德》一书中把这首短诗的几种俄文译本作了比较,认为莱蒙托夫译的最为传神,但是莱蒙托夫的翻译不仅没有按照原诗的形式,而且内容也有增删,几乎成为译者自己的创作了。诚如翻译者遇到的困难一样，我们若想说明这样一些语言最容易懂、内容最平常的诗为什么会成为诗中的珍品，有时真比解释较为难懂的诗还要困难。

前边提到过的《冬日游哈尔茨山》就是一首较为难懂的诗。诗人在哈尔茨山区漫游半个多月；眼前的景物变化多端，心里的念头此起彼伏，他信步行吟，完成这首八十八行颂歌体的诗。诗人一开始就说，他的诗有如苍鹰在云端翱翔，寻索猎获物。他看到的有远有近，想到的有过去，有现在，也有将来。他把这些"猎获物"写在诗里，诗的跳跃性很强，转折较多，个别的节与节之间甚至不相联属，使人想到现代西方的某些诗。这首诗发表后，人们认为是一首不寻常的好诗，有的地方却读不懂，有人细心研究，由于不明白诗人写诗时具体的情况，也不容易解释清楚。歌德在四十多年以后为了这首难懂的诗写了一部较长的文章，说明了他在1777年冬日游哈尔茨山的目的和当时的心境，不仅诗里的疑难迎刃而解，而且读起来也感到亲切，好像从一个陌生的路人变成了知心的朋友，不需要有更多的说明。可是只有八行的《漫游者的夜歌》，读者一读就懂，作者也无须给它作什么解释，但若要说明它为什么有那么大的魅力，成为抒情诗里的一个顶峰，反而有说不尽的公开的秘密。实际上懂与不懂是相对的，用这来衡量一首诗的成功与否，是不足为凭的。

二　从特殊到一般

歌德晚年常常谈他写诗的经验，其中最重要的是，他说他的创作大都以现实为基础，从特殊到一般。歌德在《格言与感想》里，在《与爱克曼的谈话》里，以及其他的评论文章里，都谈到过这个问题。歌德在 1823 年 9 月 18 日向爱克曼说："现实必须提供诗的机缘和诗的材料。一个特殊的情境通过诗人的处理，就变成普遍的和诗意的了。——我的全部诗都是即兴诗，它们被现实所激发，在现实中获得坚实的基础。我瞧不起空中楼阁的诗。不要说现实缺乏诗意；诗人的本领，正在于他有足够的智慧，能从平凡事物中获取引人入胜的一方面。现实应该提供诗的主题、要表现的要点、根本的核心；但是从中熔铸成一个美的、生气灌注的整体，就是诗人的事了。"歌德在《格言与感想》里谈到他与席勒的分歧时说："诗人究竟是为一般而找特殊，还是在特殊中见出一般，这中间有一个很大的分别。由第一种程序产生出寓意诗，其中特殊只作为一般的例证或典范；但是第二种程序根本就是诗的本质；它表现一种特殊，并不想到或明指到一般。谁若是生动地把握住这个特殊，谁就会同时获得一般，而当时却意识不到，或事后才意识到。"

这两段话很重要。歌德说的是自己写诗的经验，同时也是诗的本质。这个论点在中国文艺理论界和美学界引起过很大的兴趣。因为它既符合中国古代诗歌理论关于"比"与"兴"的传统，也可以纠正诗歌里部分存在的"概念化"和"公式化"。但是我们也要认识到，歌德虽然这样明确地谈他写诗的经验，但实际上并不能像歌德自己所说的，他的全部诗都是这样。他也写过一些并非真情实感的应酬诗，甚至关于他的爱情诗，他说，"只在恋爱中才写情诗"，这句话在某种情况下也不无可疑之处。不过，这不是这里要讨论的问题。我们只能说，歌德大部分优秀的诗是以现实为基础、从特殊到一般的。

从特殊到一般，意味着从个别具体的事物中看出普遍的情理，特殊与一般结合，才有较高的诗的意境。那些概念诗，现实生活中没有实感，语言中没有形象，只讲一般空洞的道理，不会有感人的力量。但若是只写特殊事物，客观地描写风景，叙述事实，体现不出更高的一般意义，也不能说是诗的上品。从小见大，从个别见全部，从有限见无限，从瞬间见永恒，这种精神生动而形象地贯串在歌德一部分优秀的诗篇里，显示出作为诗的本质的从特殊到一般的功能。这种看法，在中国的诗歌里也是普遍的。陆机在《文赋》里就写过这样的名句："观古今于须臾，抚四海于一瞬"，"笼天地于形内，挫万物于笔端"。"须臾"和"一瞬"是时间的短暂，"形内"和"笔端"是空间的有限，但是它们能扩展到"古今"、"四海"、"天地"、"万物"。世界文学里著名的诗篇都能以这样的气魄开扩人的胸怀，引人向上。

歌德从特殊到一般的表现方法有不同的方式。一种是正如前边引用过的一段话里所说的，"表现一种特殊，并不想到或明指到一般。谁若是生动地把握住这个特殊，谁就会同时获得一般，而当时却意识不到，……"这种情况是存在的，例如《漫游者的夜歌》是特殊与一般、个人与自然浑然无间的融合，当歌德在猎人木板房的墙壁上题这首诗时，他不会意识到他获得了一般。但这种方式在歌德的诗中只占一小部分，并不像他所说的那样普遍。

歌德有一部分诗用的是另一种方式，诗人面对特殊的具体事物，不像他所说的没有意识到，而是想到或明指到一般。歌德在《格言与感想》的另一段里说："凡是发生的最特殊的事物，永远作为一般道理的形象和比喻出现。"这样有意识地从特殊到一般的诗，歌德中年以后写得更多一些。他观察客观世界，取得生动的形象，用以表达带有普遍意义的智慧。他在《银杏》一诗中，由于银杏扇形的叶子中间分裂成为两半，他就用以比喻两个爱人的亲密无间，既是一个，又是两个，使读者体会到自然和人生中有分有合、一分为二、合二而一的普遍真理。他在《幸运的渴望》中用飞蛾扑火焚身比喻人向往光明，追求更高的生存，不免于牺牲，由此而说出"死和变"的深奥的意义。他从生物的呼吸中得到这样的启示：

> 在呼吸中有双重的恩惠：
> 把空气吸进来又呼出去。
> 吸进感到压迫，呼出就清爽；
> 生命是这样奇异地混合。
> 你感谢神，如果他压抑你，
> 感谢他，如果又把你放松。

我读到上边列举的这类诗，格外感到亲切，因为中国古典的诗词里有大量意味深长的诗句，从自然和现实生活中摄取生动的形象，以表达诗人的内心世界和普遍真理，千百年后人们读了，仍然觉得很新鲜。

从特殊到一般，在以上的两种方式外，还有第三种。歌德在解释《冬日游哈尔茨山》的文章里谈到他的创作经验，与前边的两段引文大致相同："我的全部著作以及短小的诗歌都是如此，它们是被较多或较少有意义的机缘所感动、直接观看任何一个对象时写成的，所以它各不相同，却又和谐一致，在特殊表面的、往往是平凡的情况下，诗人面前浮现出一种一般的、内心的、更高的境界"。但歌德有时隐蔽了特殊的"机缘"和"对象"，只写出"一般的、内心的、更高的境界"，读者不了解诗的写作缘由，往往只被"内心的、更高的、比较可理解的含义所支配"，因此也就难以懂得透彻，需要有研究者的探索或作者本人的说明。《冬日游哈尔茨山》就是这样的一首。

歌德写过许多格言诗，语言简洁，是智慧的结晶，但没有说教气味，因为它们也是从个人特殊的生活经验里产生的。歌德有一次向爱克曼说："说也奇怪，我写了多种多样的诗，却没有一首可以摆在路德派的颂圣歌本里。"爱克曼听后，心里想，"这句妙语的含义比刚听到时的印象要深刻得多"。歌德的这句"妙语"和爱克曼的感想都很有意义。歌德的诗没有一首被收入空洞的、从概念到概念的颂圣歌本，这不是歌德诗的缺陷，而是歌德诗的胜利。

三 我们都是集体性人物

歌德在他逝世前一个多月——1832年2月17日，讲过一段很重要的话，无异于给他的一生事业做了一次总结。歌德说："根本我们都是集体性人物，不管我们愿意处在什么地位。严格地说，可以称为我们自己所有物的，是微乎其微，就像我个人是微乎其微的一样。我们都必须从前辈和同辈接受并学习一些东西。……如果我们坦率地说，什么本来是我的呢？我只不过有能力和志愿，去看去听，去区分和选择，用自己的精神给所见所闻以生命，用一些技巧把它再现出来，如此而已。我绝不把我的作品只归功于自己的智慧，还应归功于我以外向我提供素材的成千成万的事情和人物。……"这段话，见于经过爱克曼整理的梭勒与歌德谈话的记录，在这以前，歌德向爱克曼也说过与之相类似的话，不过这段话说得更鲜明，更集中，更为有力。此外，在《文学上的暴力主义》《诗与真》的"序言"的个别部分都明确地谈到个人的成就与历史和社会的关系。

歌德的诗包罗万象，他广泛地吸收了本国诗和外国诗的成就，供自己使用。从古代到他那时代为止的各种诗体，他都能运用自如，并有所发展。他运用的诗体常常随着他一生各阶段思想感情的变化而转换。他青年时曾在赫尔德的影响下重视民间文学，搜集民歌，他写的诗有的跟民歌很接近，有的本来就是民歌，经过加工改写，成为众口传诵的名篇，如《野蔷薇》、《魔王》、《渔夫》等谣曲的底本在赫尔德的《民歌集》里都可以读到。他在狂飙突进时期用颂歌体歌颂大自然，抒发豪情壮志。在意大利旅行后的古典时期他用罗马的诗体写哀歌和铭语，用古希腊六音步诗体写长篇叙事诗。19世纪初期，写十四行组诗。在《浮士德》悲剧里，随着时间地点的不同，各种诗体更是应有尽有，千变万化。歌德在六十五岁以后，他的视野越过了欧洲的范围，扩大到波斯、阿拉伯诗人所歌咏的世界，从而产生了充满真挚感情和深刻智慧的《西东合集》。这部诗集里的诗，作者不是出于好奇心，给自己的诗歌增添些异乡情调，而是在他习以为常的欧洲文化之外发现了另一个世界的文化和新鲜的诗的元素。《西东合集》出版后,歌德在1820年5月11日写信给采尔特说,"穆罕默德的宗教、神话、习俗给我一种诗的区域,它正适合我的年龄"。前边提到的《银杏》、《幸运的渴望》、《在呼吸中》等诗,都是这部诗集里的名篇。《西东合集》正如它的名称一样,是两个诗的世界、两个文化世界有机的结合。歌德在晚年好像恢复了青春,一方面热情地关怀英国、法国新兴的浪漫主义文学的成就,一方面以极大的兴趣阅读中国小说和诗歌的英文法文译本,从而提出世界文学将要到来的论点。他的组诗《中德四季晨昏杂咏》把中国人的和歌德自己的思想感情融会在一起,其中第八首《暮色徐徐下沉》竟有人以为是李白诗的翻译,实际上歌德当时并没有读过李白的诗,甚至不知道李白这个名字。但由此也可以说明,诗里灌注了中国诗的精神,才使人有这样的揣测。歌德从广大世界吸收了所能得到的、对他有益的事物,熔铸在自己的创作中,发展和开拓了德国的诗的领域,致使德国19世纪绝大部分的诗歌都没有超出歌德诗的范围。这也正如杜甫《戏为六绝句》中"不薄今人爱古人"、"转益多师是汝师"的精神;杜甫不断吸取,不断创新,致使他在中国诗史上取得了极为重要的地位。

但是歌德很谦虚,他说:

> 我观看大师们的创作，
> 我就看到，他们做了些什么；
> 我察看我的身边用具，
> 就看到，我本来该做些什么。

这意味着，有些他应该做的事还没有做到。另一方面，他蔑视目中无人、自命不曾接受过任何影响的所谓"独创者"，他有一首诗《给独创者》：

> 有个人说，"我不属于任何流派！
> 没有大师值得我跟他竞赛；
> 这也是风马牛不相及，
> 从死人那里学过什么东西"。——
> 如果我真正了解他，这就是说：
> 我是亲手制造的一个蠢货。

"独创者"专门强调一个"我"字，事实上这个"我"是离不开历史和社会影响的，谁若否认这个，就等于痴人说梦。《浮士德》第二部第二幕第一场里作者对狂妄的"万物皆备于我"的主观唯心主义者给以尖锐的讽刺。《格言与感想》里也有这样一句话："所谓'自我创造'通常是产生虚伪的独创者和装腔作势的人。"拒绝一切传统、否定艺术规律、惟我独尊的极端"独创者"是不会有什么成就的，像第一次世界大战后的达达主义者，他们否定一切，也不过是叫喊一阵，很快就销声匿迹了，没有留下任何像样子的东西。

以上就歌德诗里涉及的公开和秘密、特殊和一般、个人和集体、继承和创新的关系，略加论述，这对于探索诗的本质和讨论诗歌界的问题是可以起些"他山之石"的作用的。

1982年4月

[附记]

这篇文章是作者于1982年6月初在联邦德国海岱山举行的"歌德与中国——中国与歌德"国际学术讨论会上的发言。

本文原载《文艺研究》，1982年第4期
另于1988年收入《冯至学术论著自选集》

浅释歌德诗十三首

五十年前，为了纪念歌德逝世一百周年，著名德语作家赫尔曼·黑塞（Hermann Hesse）从歌德的数千首诗中选出三十首抒情诗在瑞士苏黎世印行，他认为，这是歌德诗精华的精华。不过，任何一部诗选都难以公允，使人人满意，因为选者大都受到个人观点和时代思潮的限制。这三十首诗也不能说是选得尽善尽美，但选者为此写的序言却言简意赅，切合实际，是一部很好的散文。序言谈到歌德诗和读者的关系时说："歌德生前，他的诗跟他大多数的著作一样，只在一个非常小的读者范围内起着作用，享有声誉。他青年时的诗在《维特》的影响下诚然感动许多人的心，但他晚年的抒情诗并不被人民、甚至不被许多'受过教育的人'所接受。《西东合集》在歌德死后数十年第一版还有较大一部分卖不出去，出版商也不出售，歌德从来没有能够合理地成为他的人民宠爱的、家喻户晓的诗人。"序言还这样评论歌德的诗："歌德的诗有许多被时代限制的、过时的篇章，其中有的仅仅是轻佻的罗珂珂，仅仅是启蒙思想，仅仅是小市民安分守己的庸俗气，这些对我们渐渐变得生疏了。但是有一批诗的收获遗留下来，它们好像随着年代的增长日益被人理解，发生影响，我们不能设想，它们有一天会沦亡，被人忘记。"今年，是歌德逝世一百五十周年，我抄录了黑塞的这两段话，主要是因为我同意黑塞对歌德诗的看法。歌德的诗，现在看来的确有一些是过时了，不新鲜了，可是另有一部分，当时不容易被读者接受，因而被忽视，受到冷淡的待遇，后来却逐渐被发现，被理解，放射出歌德在世时人们感受不到的光辉。我根据这种情况从我喜爱的歌德的抒情诗中选择了十三首，并在每首诗后略作解释。

冬日游哈尔茨山

像苍鹰，
在早晨浓厚的云端
展平柔软的翅膀寻索捕获物，
翱翔吧我的歌！

因为一个神
给每个人注定了
他的道路。
幸福的人
迅速地奔向
快乐的目的；
但是谁的心

若被不幸消损，
谁就挣脱不开
铁丝编制的栅栏，
直到无情的剪刀
最后把铁丝剪断。

粗暴的野兽
挤入阴森的丛莽，
富人们久已
跟芦雀一起
沉入他们的渊薮。

幸福女神驾驶的车
容易跟随，
像从容不迫的随从
在修整的路上
尾随着公侯的队伍。

但是谁在偏僻处？
他的狭路消失在丛林里。
灌木在他身后
紧接着又合在一起。

荒凉把他吞没。

啊，谁医治这人的痛苦！
他把香膏当成毒药，
从丰富的爱里
吸饮人的憎恨。
先被蔑视，如今是个蔑视者，
在不满足的个人欲望中
他暗自耗尽
自己的价值。

爱的主宰，从你的诗篇
若有一个声音
听入他的耳里，
你就舒畅他的心胸！
打开云雾迷蒙的目光
看见千股清泉
涌在沙漠中
焦渴者的身边！
你带来许多快乐，
对每个人都超过限度，
你赐福给狩猎的弟兄

踏着野兽的踪迹
以乐于屠杀的
年轻人的高昂气概,
他们是迟来的除害者,
农民多年来用棍棒
抵制不住这些灾害。

但是你把这个独行人
裹入你的彩云里!
爱啊,你用冬青
围绕你的诗人的湿润的头发,
直到玫瑰又成长开花!

你用朦胧的火炬
照耀着他
在夜里涉过浅水,
在荒凉的地带
走过泥泞的道路。
你用千红万紫的晨曦
愉悦他的心。
你用凛冽的狂风
把他吹向高处。

冬日的河流从岩石
倾注他的赞美歌,
那可怕的山峰上
白雪皑皑的峰顶
成为最亲切感谢的祭坛,
过去百姓们曾想象
巫婆和妖魔在那里环舞。

你以尚未探索过的胸怀
秘密而公开地
矗立在惊奇的世界之上,
你从云端眺望
在你身旁
从你弟兄们的血脉里
灌溉世上的丰饶和壮丽。

  1777年冬,魏玛公爵在哈尔茨山区狩猎,歌德陪伴他到了诺尔德豪森(Nordhausen),于11月29日离开狩猎的队伍,独自冒着风雪严寒,骑马漫游哈尔茨山,12月10日登上山的最高峰布罗肯(Brocken),15日又与公爵会合。在这半个多月的时间内,歌德观赏了哈尔茨山变幻多端的冬景,隐瞒自己的姓名在韦尔尼格罗德(Wernigerode)访问了一个忧郁的青年卜莱兴（Plessing），视察了山区内的矿坑和炼冶厂，一路心情起伏，思想在过去与现在、不幸与幸福、空想与事业、现实与理想之间徘徊，按照自然的节奏写出这首诗。歌德把他的诗比作云端翱翔的苍鹰，从天空、从地上寻索捕获物；捕获物品类不可能相同，他在每节诗里所歌咏的有时也不相联属，诗里出现的"你"或"他"，也不都是一个人，这是一首跳跃性很强、转折较多的诗。但是歌德并不是故作艰深，而是表达他内心的跳跃和思想的转折。

1774年，《少年维特之烦恼》出版，社会上掀起一阵"维特热"，感伤病在一部分青年中流行。1775年11月，歌德到了魏玛，1776年被任命为魏玛公国的枢机顾问。歌德通过实际的工作，逐渐克服了狂飙突进时期的感伤病，精神恢复健康。可是有些维特型的青年，把《维特》的作者引为知己，经常给他写信倾诉青春的苦闷，卜莱兴就是其中的一个。他精神忧郁，无法排解，一再写信给歌德，歌德却没有回答他。12月3日，歌德访问了卜莱兴，说自己是一个来到山里写生的画家，二人进行友好的谈话。歌德想起自己的过去，对他无限同情；念及自己的现在，跟他不大相同，并且认为他这种情况不能长此下去。诗的第五、第六节都是描绘这个不幸者的处境，第七节则祈求"爱的主宰"，给"焦渴者"以"清泉"。作者是山里的"独行人"，他在第九、第十节向爱呼唤，歌颂爱引导他享受着山林美景，越过一切险阻，登上当时冬季很少有人登上的、雪深盈尺的布罗肯峰顶。布罗肯峰顶，根据民间传说每逢 5 月 1 日前夜巫婆与妖魔麇集在那里舞蹈，可是作者这时的心情却把它看成"感谢的祭坛"。最后一节里的"你"，不再是"爱"，而是布罗肯峰顶，它俯视大地，看到山区内已开发的矿脉，给世上增添富饶和壮丽。

以上是诗的主干，中间又穿插了与前后不相联属的第三节和第八节。第三节蔑视城里的富人们跟渺小的芦雀一样，蜷曲在"渊薮"里；第八节则称颂公爵狩猎是为民除害。

为了这首诗，歌德在 1821 年写过一部较长的说明，同年他在《出征法国记》里有一节详细地追述了他在哈尔茨山与卜莱兴的会晤。由此可见，歌德对于这首诗的重视。这首诗的形式是歌德在狂飙突进时惯于使用的古希腊颂歌体。

水上精灵之歌

人的灵魂
像是水；
它来自天空，
它升向天空，
它必须又降到地上，
它永远循环。

若是莹洁的水光
从又高又陡的
岩壁流下,
它就妩媚地如云浪纷飞
流向平坦的岩石,
轻松地被接受,
隐隐约约地
潺潺地
涌入深处。
若是峻岩峭立
阻挡它的倾注,
它就愤激四溅一层一层地
奔入深渊。
在浅水的河床,
它潜入草谷,
在平静的湖中
万点星辰
欣赏它们的倒影。
风是水波的
可爱的情人,
风从水底掀起
水沫飞腾的涛浪。

> 人的灵魂，
> 你多么像是水！
> 人的命运，
> 你多么像是风！

从1779年9月到1780年1月，歌德旅行瑞士，10月在劳特布伦恩（Lauterbrunnen）附近观看三百米高的施陶巴赫（Staubbach）瀑布。望着水从岩石上流下的情景，想到水在天地之间蒸发和下降的永远循环，正如人的灵魂时而向上追求理想，时而执著于尘世——这种思想在歌德著作里经常得到反映。虽然如此，这首诗主要还是写水向下流，经过陡直的岩壁，经过峭立的峻岩，最后流入深处，流入深渊，流入山谷，流入澄澈的平湖。这说明人的灵魂还是离不开地。而且地面上有风，微风能把湖水吹出波纹，狂风能从湖底掀起涛浪，这不都是人世间可能遭遇到的命运吗？

诗题"水上精灵"是复数的。歌德把诗的初稿寄给石泰因夫人时，曾把全诗分为两个精灵的对唱：一个精灵唱第一节前四行、第二节、第四第五第六各节的前二行；另一个精灵唱第一节后三行、第三节、第四节的后三行、第五第六各节的后二行。这首诗最后的定稿没有采用对唱体，现附带写在这里，有助于对诗的理解。

自然和艺术

自然和艺术,像是互相藏躲,
可是出乎意外,又遇在一起;
我觉得敌对业已消失,
二者好像同样吸引着我。

这只在于真诚的努力!
只要我们用有限的光阴
投身艺术而全意全心,
自然就活跃在我们心里。

一切的文艺也都是如此。
放荡不羁的人将不可能把
纯洁的崇高完成。

要创造伟大,必须精神凝集。
在限制中才显示出能手,
只有规律能给我们自由。

18世纪80年代以后,歌德很少写像前边两首那样自由体的诗,更多写的是各种诗体的格律诗。十四行诗在欧洲是一种格律谨严的诗体,起源于意大利,它在德国17世纪一度流行，后来趋于沉寂，直到18世纪末德国早期浪漫派诗人才又写十四行诗。歌德在浪漫派诗人的影响下，于1800年写出他的十四行诗中的第一首。

歌德利用这格律谨严的十四行诗体表示他对于自然与艺术、自由与规律的关系的看法。这两方面的关系，好像是互相排斥，实际上能相辅相成。艺术是人为的，但不能违背自然，真正的自由只有掌握了客观规律才能达到。并且无论是自然，是艺术，是人生，都有一定的局限，盲目地否定一切限制，很难有所成就。这首诗要求人真诚地努力工作，诗的最后两行具有高度的概括性，可以说是歌德"创作论"中的警句。

变化中的持久

把捉这早年的幸福

啊，只有片刻的时辰！

和煦的西风已经

吹拂得花雨纷纷。

绿叶刚给我阴凉，

我应否为绿叶而欢悦？

狂风就要把它吹散，

当它枯黄地在秋天摇曳。

你若要摘取果实,
你的那份赶快去拿!
这些刚开始成熟,
那一些已经发芽;
你的秀丽的山谷,
每场雨后都有改变,
啊,在同一条河流
你不能游泳第二遍。

你也在变!你面前
耸立着坚固的建筑,
你看城墙,看宫殿
永远用不同的双目。
唇,亲吻时得到健康,
脚,攀登险峭的岩石
与大胆的羚羊较量,
那唇与脚都已过去。

那只手,它举止温柔,
它曾经乐于为善,
以及躯干和四肢,
一切都有了交换。

>凡是在那个地点
>联系你姓名的事物,
>当时像一个波浪过来,
>都奔驰着化为元素。

>让开端跟着结束
>紧紧地结合一处!
>甚至你匆匆过去
>比物体还要迅速。
>要感谢缪斯的恩惠
>预示两件事永不消逝:
>是你怀里蕴蓄的思想
>和你精神里构成的形式。

歌德最珍惜时间,最善于使用时间,他能在有限的时间内做出超越寻常的大量工作。正因如此,他更痛切地感到时间在迅速消逝,宇宙无时无刻不在变化。这首诗用迫切的语气、动人的比喻描绘万物的变化无常,任何人和事都不能例外。"逝者如斯夫,不舍昼夜",古今同慨。古希腊的哲人赫拉克利特(Heraklit)的名言"在同一条河流里人们不能泅入两次"说得更为生动,所以歌德把这句话写在第二节最后的两行诗里。

但是，面对这不断消逝、不断变化的世界，人们总希望能有些永恒的事物存在。纵使是认为万物如流水的思想家也常常为此而探求、思索。歌德作为诗人，他感谢文艺女神缪斯们的恩惠，使他感受到"变化中的持久"，即思想与形式的结合——艺术使人间和自然界瞬息即逝的"美"传之久远。

幸运的渴望

别告人说，只告诉智者，
因为众人爱信口雌黄；
我要赞美那生存者，
它渴望在火焰中死亡。

在爱的深夜的清凉里，
创造了你，你也在创造，
有生疏的感觉侵袭你，
如果寂静的蜡烛照耀。

你再也不长此拥抱
在黑暗的阴下停留，
新的向往把你引到
更高一级的交媾。

没有远方你感到艰难，
你飞来了，一往情深，
飞蛾，你追求着光明，
最后在火焰里殉身。

只要你还不曾有过
这个经验：死和变！
你只是个忧郁的旅客
在这阴暗的尘寰。

1814年6月，歌德读德文翻译的14世纪波斯诗人哈菲斯（Hafis）的诗，对波斯和阿拉伯的诗歌产生浓厚的兴趣，好像发现一个新的诗的世界。在这些诗的启迪下，歌德诗泉喷薄，在1815、1816两年，写出大量具有特殊风格的抒情诗，后来收辑为《西东合集》，于1819年出版。这是歌德晚年诗歌创作的瑰宝，但当时在德国文艺界（正如前边引用的黑塞的序言里所说的）受到冷淡的待遇。而海涅却独具只眼，在歌德逝世后的第二年，就在《论浪漫派》里说，这部诗集"充满了鲜艳夺目的短诗，坚实有力的格言，包含着东方的思想方式、感情方式"。海涅在那时这样评价《西东合集》，有真知灼见，但我认为，还须略作修正，那就是：方式是东方的，思想感情是歌德自己的。《幸运的渴望》和下边的三首诗（《银杏》《任凭你在千种形式里隐身》《自由思想》）都选自《西东合集》。《幸运的渴望》以飞蛾扑火为比喻，歌颂人不满足于"爱的深夜的清凉"，不"在黑暗的阴下停留"，向往光明，追求更高的存在，但向往和追求不免于在火焰里焚身。歌德把焚身不看作生命的终结，而像是凤凰那样从火里得到新生，他用"死和变"概括他的这种思想。原文"Stirb und werde！"里的"werde"，除了"变"以外，还有"完成"的涵义，只译为"变"不能完整地表达原义，但想不出其他更为恰当的单音动词了。

飞蛾扑火，无论在东方或是在西方，都经常被人采用，作为比喻。中国南北朝梁武帝写的一部《连珠》里有这样的句子："研磨墨以腾文，笔飞毫以书信；如飞蛾之赴火，岂焚身之可吝。"这说的是献身文艺，不顾牺牲。至于歌德这首诗，主要是从哈菲斯的诗里得到启发。哈菲斯在一首诗里说："灵魂在爱的火焰里燃烧，像蜡烛一样明亮，我以纯洁的心情牺牲我的生命。你若不是像飞蛾因欲望而焚身，你就永不能得救，解脱爱情的苦闷。"诗里还说："世俗怎能认识珍珠的高价？最贵重的宝石只赠送给知情人。"这里说的是为爱情而牺牲。从字面上看，歌德的诗与哈菲斯的诗是有共同点的，但歌德给"飞蛾扑火"以更深刻的意义，尤其是诗的最后一节，写出来牺牲与完成、死与新生的辩证关系。

银　杏

这样叶子的树从东方
移植在我的花园里，
叶子的奥义让人品尝，
它给知情者以启示。

它可是一个有生的物体
在自身内分为两个？
它可是两个合在一起，
人们把它看成一个？

回答这样的问题，
我得到真正的涵义；
你不觉得在我的歌里，
我是我也是我和你？

　　银杏，又名白果树、公孙树，落叶乔木，生长在中国和日本，19世纪初输入欧洲，种植在植物园里。银杏叶作扇形，中间分裂，成为两部分，像是两个叶子并在一起。歌德看到这种树叶，既是一分为二，又是合二而一，用以比喻他的诗歌体现两个爱人亲密无间的关系。1815年9月，他把这首诗寄给马丽安娜·韦蕾梅尔(Marianne Willemer)夫人。

任凭你在千种形式里隐身

任凭你在千种形式里隐身,
可是,最亲爱的,我立即认识你;
任凭你蒙上魔术的纱巾,
最在眼前的,我立即认识你。

看扁柏最纯洁的青春的耸立,
最身材窈窕的,我立即认识你;
看河渠明澈的波纹涟漪,
最妩媚的,我能够认识你。

若是喷泉高高地喷射四散,
最善于嬉戏的,我多么快乐认识你!
若是云彩的形体千变万幻,
最多种多样的,在那里我认识你。

看花纱蒙盖的草原地毯,
最星光灿烂的,我美好地认识你;
千条枝蔓的缠藤向周围伸展,
啊,拥抱一切的,这里我认识你。

若是在山上晨曦照耀,
愉悦一切的,我立即欢迎你;
于是晴朗的天空把大地笼罩,
最开扩心胸的,我就呼吸你。

我外在和内在的感性所认识的,
你感化一切的,我认识都由于你;
若是我呼唤真主的一百个圣名,
每个圣名都响应一个名称为了你。

这是一首赞美爱人的诗。用自然界一切美的事物和美的姿态比喻爱人,用一切美好的名称称呼爱人。这些新奇而又恰当的比喻,是受了东方诗歌的影响;使用最高级的称呼,也是来自伊斯兰教。据说伊斯兰教的真主(Allah)有一百个圣名,如至仁至慈的、怜悯一切的、救助一切的、医治一切的……等等。

这首诗采用波斯、阿拉伯诗中咖塞尔(Ghasel)诗体的形式。咖塞尔体每个偶数的诗行,不仅押韵,而且往往用同一个字收尾。这种诗体容易使人感到单调,或是近乎游戏,但是歌德这首诗却写得生趣盎然,好像行云流水、花草树木,以及晨曦晴空,都成为爱人的化身。既生动活泼,也很严肃。

自由思想

让我在我的马鞍上驰骋！
你们居留在你们的茅舍帐篷！
我快乐地骑马奔向远方，
我的头顶上只是点点星光。

这四行诗写的是阿拉伯人的远游，实际上是表达歌德想离开他周围狭窄的环境，向往自由的远方的心情。

年 岁

年岁是些最可爱的人：
它们送来昨天，送来今日，
我们年轻人正这样度过
最可爱的生活无忧无虑。

可是年岁它们忽然改变，
再不像过去那样恰如人意。
不愿再赠给，不愿再出借，
它们拿走今天，拿走明日。

这首诗不需要什么说明。这是歌德对于年岁的感受：青年人在成长，觉得每天都是一个赠送；老年人精力衰退，岁月日减，一天一天好像不断地被拿走。正因如此，老年人更应充分利用时间，加倍努力，歌德自己是这样做了。

蛇 皮

"敌人们威胁着你，
一天比一天加剧，
你怎么毫无畏惧！"
我看到这一切，不为所动，
他们撕扯的
是我刚脱去的蛇皮。
下层皮若是成熟，
我就立即脱去，
又变得新生而年轻
在新鲜的神的领域。

这首诗本来没有题目，"蛇皮"是译者给加上的。蛇脱去旧皮才能生长，是歌德惯于使用的一个比喻，人要不断地去旧更新。他把过去的事、甚至过去的著作都比为脱去的蛇皮。他在给友人的信中，也常提到脱皮。1782年他写信给（他在冬日游哈尔茨山时访问过的）卜莱兴，他劝勉他："人有许多皮要脱去,直到他多少能够主宰自己,应付世上的事务"。

铭　记

懦弱的思虑,

担心的犹豫,

羞怯的畏缩,

胆小的哀诉,

转变不了苦难,

不能给你自由。

拒一切暴力

以保持自己,

永远不屈降,

显示出力量,

这就呼唤过来

群神的帮助。

从这首短诗里可以看出歌德对生活的态度。这样简短明确的诗,歌德写过许多首,不需要说明。只是第三行形容词的原文是"Weibisch"(女人气),译者没有按照原字翻译,译为"羞怯的"了。

这本来是歌德在1777年写的小歌剧《丽拉》(*Lila*)中的

一段插曲。同样情形,下边的《阔夫塔之歌》是未完成的小歌剧《被欺骗者》(1787年)中的插曲。这两部小歌剧在歌德著作中没有什么重要意义,但是歌德曾把这两段插曲从小歌剧中抽出,单独发表,就成为两首比较有意义的独立的诗了。

阔夫塔之歌

去!听从我的示意,
莫错过你的青春,
及早学得更聪明:
在那幸福的天平
指针摇摆不定;
你必须上升或下沉,
你必须治理或服役,
你必须获益或损失,
受苦难或者胜利,
你必须是锤或是砧。

阔夫塔(Kophta)是一个秘密结社的首领的名称,这是"阔夫塔"的一段训词。这插曲作为一首独立的诗,就代表歌德的思想,与"阔夫塔"无关了。

歌德经常主张,人应该能命令也能服从,能上能下,能升能沉。他在《温和的赠辞》里有这样两行诗:"谁是一个无用的人？这人是不能命令也不能服从。"这跟《孟子》里的一句话"既不能令，又不受命，是绝物也"是多么相同！

暮色徐徐下沉

暮色徐徐下沉，
身边的都已变远，
金星美好的柔光
高高地首先出现！
一切动移不定，
雾霭蒙蒙地升起；
一片平湖反映
夜色阴森的静寂。

在那可爱的东方
我感到月的光辉，
柳条袅袅如丝
戏弄着树旁湖水。
透过阴影的游戏
颤动卢娜的媚影，
眼里轻轻地潜入
沁人肺腑的清冷。

这是歌德于1827年春季写的《中德四季晨昏杂咏》十四首中的第八首。歌德在这时读到法文译本的中国小说《玉娇梨》和英文译本的粤曲唱本《花笺记》,《花笺记》后还附有《百美图新咏》。那时到中国来的欧洲人接触不到中国古典文学的精华,只把民间一度流行的三四流作品当作中国文学的代表译成他们本国的文字,而且译笔也很平庸。但是歌德从不很高明的作品的不很高明的译本中能够体会到中国人的生活艺术和道德观念,以及中国人是怎样歌咏自然,与自然融为一体。关于这些,歌德在1827年1月31日与爱克曼的谈话里说得很透彻。《中德四季晨昏杂咏》也同样表达了歌德对中国人的理解。这里译出的第八首,几乎完全是中国风景诗的情调,甚至有人以为是一首中国诗的译作,这当然是没有根据的。

《杂咏》在19世纪默默无闻,到20世纪起始有人注意。里尔克(Rilke)在1914年2月3日写给基彭贝格(A. Kippenberg)的信里说:"您能否便中告诉我,那《德中四季》(标题对不对?)在歌德(显然是最晚的?)创作中占什么地位?其中有极不相同的成分融合在一起,使我觉得它那最精彩的诗句具有最重要的抒情的感染力,可是同时在其中也有游戏装饰的成分……例如第八首。"

这首诗写的夜景不是静止的,而是从暮色下沉、金星出现、柳拂平湖,直到月光显露的过程。诗的第二节第六行

"卢娜"一词是 Luna 的译音。Luna 的字义是"月",常用于诗句中,本来是古罗马月女神的名称,我曾经想把 Luna 译为"嫦娥,继而一想,诗虽然充溢着中国诗的情调,但究竟是德国诗人写的,不要太中国化了。

原写于 1982 年 2 月 14 日
1984 年增补第十三首

本文前十二首原载《世界文学》,1982 年第 2 期

一首朴素的诗

两年前,我在《读歌德诗的几点体会》一文中,提到《漫游者的夜歌》是一首最有名的短诗,人人能懂,但又有各种不同的解释,现在我想进一步谈谈我对于这首诗的理解。我先把这首诗译成中文如下:

> 一切峰顶的上空
> 静寂,
> 一切的树梢中
> 你几乎觉察不到
> 一些声气;
> 鸟儿们静默在林里。
> 且等候,你也快要
> 去休息。

在诗歌广泛的领域里,有一种诗写得很朴素。这种诗一般都是短诗,它们语言简单,却非常精练,没有任何词藻,却能发挥诗的最大的功能;看不出作者有什么艺术上的技巧,但多半是最杰出的诗人才能写得出来。这种诗浑然天成,好像自然本身,它们洗涤人的精神,陶冶性情,给人以美的享受，如李白《独坐敬亭山》、柳宗元的《江雪》等简短的绝句都是这样。外国大诗人，在他们的长篇巨著之外也常常留下几首朴素而短小的绝唱。《漫游者的夜歌》在这种诗里也是最有代表性的一首。

这种诗很不容易译成另一种语言。因为它们之所以成功，在于诗人充分发挥了自己的语言的特长，而这特长又不是另一种语言所代替的。若是逐字逐句地去翻译（尽管我们主观上念念不忘是在译诗），其结果往往索然无味，表达不出原诗中每个字的音与义给予读者的回味无穷的感受，可是这也正是那些为数不多的优秀的朴素的诗具有的特点。如果译者只体会诗的意境，不顾原诗的形式与字句，那么译出来的诗，成功的无异于是译者本人的创作，失败的会弄得面目全非。歌德《漫游者的夜歌》短短八行，它的声誉并不在一万二千一百一十一行的《浮士德》之下。1982年歌德逝世一百五十周年时，西德文化界征求群众关于歌德诗歌的意见，公认《夜歌》是歌德诗中最著名的一首。本世纪20年代统计，《夜歌》被作曲家谱成乐曲，就超过二百多次。它在中国也不生疏的，20年代郭沫若、30年代梁宗岱，最近钱春绮都先后把它译成中文。郭沫若和梁宗岱是诗人，钱春绮是德语诗歌有经验的译者。他们译这首诗，各自有独到之处，读者可以参阅。本文内我翻译的这首译诗，自信不能体现原诗之美于万一，但在翻译时，尽量体会了诗人写这首诗时的处境和心境。有些好诗，感人甚深，但诗人是在怎样的情况下写的，则无从考究，这就不无影响对于诗进一步的理解。歌德这首诗，则有资料可供参考，从中能够得到一些启发。

歌德于1780年9月6日在图林根林区基克尔汉山顶上狩猎小木楼里过夜，他吟成这首《夜歌》，用铅笔写在小楼的板壁上。同时他写信给他的女友石泰因夫人，信里有这样的话：

> 我在这地区最高的山基克尔汉住宿……为的是躲避这个小城市[①]的嚣杂、人们的怨诉、要求、无法改善的混乱。

我最初读《漫游者的夜歌》，总以为"漫游者"是从平地走入山区，仰望山顶和林中的树梢，一片寂静。读了这信后才知道，"漫游者"的所在地是在这地区最高的一座山上，那么，他就不是仰望而是俯视了。从高处举目四望，才很自然地看到一切的峰顶和一切的树梢，而寂静的并不只是峰顶，更广阔的是峰顶的上空（因为德语中标明在某某事物之上的介词有两个，一个表示上下两物紧密相接，另一个表

---

① 指伊尔梅奥。

示中间有一定的距离，原诗中所用的介词则是后者），至于树梢，不能说完全没有声气，只是作者在高处几乎觉察不到罢了。

歌德写《夜歌》时的心境，也不像是诗里写的那样平静。歌德于1775年应魏玛公爵卡尔·奥古斯特的邀请到了魏玛（那时他二十六岁），不久就接受了许多繁重的任务，先是重新开发图林根林区伊尔梅奥附近的铜矿和银矿，后来又参与军事、交通、水利等委员会的领导工作。一个狂飙突进时代的诗人处理这些非常实际的事务，需要不断克制自己，以极大的耐力来应付。歌德为了使这贫穷狭隘的小公国能够政治进步、财源富裕，付出了许多心血。但是宫廷里人事的倾轧和落后保守的势力使歌德的工作遇到不少障碍，他初到魏玛时的一片热忱也渐渐减退。1779年他到瑞士旅行，曾写信给石泰因夫人说，若能从各种政治势力的斗争中摆脱出来，专心从事文艺工作，该有多么好啊。现在，从前边引用的给石泰因夫人信里那句话的后半句可以知道，歌德是以怎样的心情来到基克尔汉的，这也就是《夜歌》里最后两行"且等候，你也快要去休息"的背景。

以上是根据歌德给石泰因夫人的信对《夜歌》作了些粗略的说明。下边对这首诗再作一点分析。诗虽然只有短短的八行，但也自成一体，有完整的结构。若用几句话来概括，那就是从上而下，从远而近，从外而内，在这样的层次中，静寂的程度逐渐减弱。一切的峰顶上空是既高且远，树梢就不像峰顶那样高，也比较与人接近了，林中的小鸟比树梢又低了一些。峰顶的上空是无边无际的静寂，树梢和林里的小鸟总不免有些动静和声气，不过在这静寂的夜里人们难以觉察得到。最后，诗人把自己安排在诗里，第七、八两行与前六行相反，只说出自己的愿望，去得到休息。歌德给石泰因夫人的信可以证明，他心里一点儿也不平静。

由远而近、由外而内的结构在这种朴素的短诗里相当普遍（当然，也不能说都是这样）。以中国诗为例，如本文前边提到的《独坐敬亭山》前两句"众鸟高飞尽，孤云独去闲"，是高空中的远景，后两句"相看两不厌，只有敬亭山"则表达诗人是怎样吟味他"独坐"的寂寞之情。又如《江雪》一诗，"千山鸟飞绝，万径人踪灭"是一望无边的雪中的景象，可是骤然一转就转到眼前的"孤舟蓑笠翁，独钓寒江雪"，这垂钓人虽不是诗人自己，但从他身上反映出长期贬谪的诗人孤冷的心境。在"由外而内"这一点上与《夜歌》更为相似的元人马致远那首著名的小令《天净沙·秋思》："枯藤老树昏鸦，小桥流水人家"，虽然显得萧索，究竟还是属于客观世界；"古道西风瘦马"这三种景物与诗人便有了关系，而且是一种比一种更为接近；"夕阳西下"，日暮途远，时间紧迫了，最后才好像喊叫似的说出"断肠人在天涯"。这与《夜歌》里一层层由外而内最后的两行"且等候,你也快要去休息"是同样的结构。

《夜歌》之所以成为一首著名的诗歌,它独特的音乐美也是一个重要的原因。原诗不遵守固定的格律,但语气自然,音调和谐,使用的词汇里 a、au、u 等元音比较丰富,适合于从字音上形容夜色。这种音乐的特点很难用另一种语言迻译过来,我翻译这首诗,只能根据自己的理解,注意每行诗的节奏,用韵脚来补偿译诗里难以表达的原诗的音调。我用以韵母 i 收尾的字表示寂静与休息,以韵母 ong 收尾的字表示高处,诗里有两行提到"你",实际上是诗人自己,这两行则押 ao 韵。我虽然做了一定的努力,但结果只是给《夜歌》制造出一个不大像样子的模型,模型是不能代替具有生命力的原物的。

在西方,有不少歌德的研究者为这八行诗写过不少论文,甚至专著,我写这篇短文,不过是一得之见,而且译诗也译得很平常,未必能对读者欣赏这首诗有多少帮助。但我有一个愿望,想通过《漫游者的夜歌》向读者介绍,诗歌领域里有一种朴素的诗,这种诗无论在中国或外国往往有共同的特点,类似的结构,好像没有思想内容,却能提高人们的思想境界。

写到这里,本来可以结束,可是有些关于《夜歌》的事迹需要附带一提。《夜歌》于 1780 年写在狩猎小木楼的板壁上后,只在魏玛少数友人中间流传,直到 1815 年歌德才把它连同另一首《漫游者的夜歌》编入他的诗集里。直到1831年8月歌德为了躲避人们将要盛大庆祝他八十二岁的寿辰，离开魏玛走到图林根林区，又重访一次那座小木楼，只有一个山区视察员陪伴着歌德。这位视察员后来这样记下了当时的情景："我们相当舒适地到了基克尔汉的最高处，先在圆形空场上欣赏远方的美景，他望着茂盛的森林十分高兴，……随后他问：'那座林中的小楼必定在这附近吧，我能步行到那里去，叫马车停在这里，等着我们回来。'果真他就健步穿过山顶上长得相当高的覆盆子灌木丛，直到那熟悉的两层的狩猎小木楼，……一道陡直的楼梯引向小楼的上层；我请求搀扶他，但他以年轻人的活泼神情谢绝了我，虽然他再过一天就要庆祝他八十二岁的诞辰了。他说，'你不要以为我走不上这座楼梯，我还能走上去。'我们走进上层的室内，他说，'从前我和我的仆人在这里住过八天，那时我在壁上写了一首小诗。我想再看看这首诗，如果诗下边注明写作的日期，就请你费神把日期给我记下来。'我立即引导他走到屋子的南窗旁，窗子左边有用铅笔写的这首诗（原文抄引了《夜歌》全文，从略——作者）。歌德反复诵今，泪流双颊，他缓慢地从他深褐色棉布卜衣里掏出雪白的手帕，擦干眼泪，以柔和伤感的口气说，'是呀，且等候，你也快要去休息。'他沉默半分钟，又望了望窗外幽暗的松林，随后转身向我说了一句：'我们现在又可以走了。'"

六天以后，歌德在9月4日写信给音乐家采尔特，提到这件事，信一开始就说："这六天是整个夏天最晴朗的日子，我离开魏玛到伊尔梅奥，我往年在那里做过许多工作，可是长期没有再去了。在周围都是枞树林最高山顶上一座孤单的小木板房壁上我找到那首1783年①9月7日的题辞，你曾使这首歌驾着音乐的翅膀传遍全世，那样亲切地抚慰着人们。……过了这么多年，真是阅尽沧桑：有持续着的，有消逝了的。成功的事物显露出来使我们高兴，失败了的都忘记了，在痛苦中忍受过去了。"这段话反映出歌德又看到了他五十年前在木板房壁上的《夜歌》后的一些心情。

这些轶事，给《夜歌》增添了一些"佳话"。果然，歌德在这以后不到七个月，便应验了他怀着另一种心情所吟味的那两行诗"且等候，你也快要去休息"——不是休息，而是永远安息了。

1984年8月14日　写于青岛

---

① 系1780年的笔误。

附录　歌德《流浪者的夜歌》

Wandrers Nachtlied（1780）

Über allen Gipfeln
Ist Ruh
In allen Wipfeln
Spürest du
Kaum einen Hauch;
Die Vogelein Schweigen im Walde
Warte nur, balde
Ruhest du auch.

郭沫若　译

一切的山之顶，
沉静，
一切的树梢，
全不见
些儿风影；
小鸟们在林中无声。
少时顷，你快
快也安静。

梁宗岱 译

一切的峰顶，

沉静，

一切的树尖

全不见

丝儿风影。

小鸟们在林间无声。

等着罢：俄顷

你也要安静。

钱春绮 译

群峰一片

沉寂，

树梢微风

敛迹。

林中栖鸟

缄默，

稍待你也

安息。

宗白华　译

一切的山峰上，
是寂静，
一切的树梢中，
感不到
些微的风，
森林中众鸟无音，
等着吧，你不久，
也将得到安宁。

歌德的格言诗

这里，我并不想谈歌德诗歌的主要部分，抒情诗和叙事诗，只想谈一谈他的哲理诗中短小精练的格言诗。提起"格言"两个字，会使人想到呆板的训诫和僵化的教条，不会含有诗意，缺乏感染的力量。但是歌德格言诗中的一部分（不是全部），读起来却总是洋溢着新鲜的生活气息，耐人吟味。

歌德在青年时期，曾经深入民间采撷民歌，他的一些著名的抒情谣曲就是在民歌的基础上加工写成的。歌德晚年，又广泛地阅读了从 16 世纪到 18 世纪的谚语集，从中得到启发，用近似谚语的形式写出大量的格言诗，约有二百多首。这二百多首格言诗在歌德的全部著作中不过是大海的几点浮沤，全豹身上的几条斑纹，不被人注意，而且由于时代和阶级的局限，并不是每首诗我们都能感到兴趣。但是其中有不少诗句，表达了作者的乐观主义精神、严肃认真的工作态度、深刻的生活体验，更加以语言简洁有力，至今仍然能对读者起鼓励和教育的作用，甚至有歌德的研究者把它们当作小钥匙，用以打开通往诗人的精神世界的入门。

下边我选择了十几首格言诗，附带着谈一点粗浅的体会，并作些必要的说明。

时间是无私的，也是无情的，它不为快乐的人、任务繁重的人有所延长，也不为痛苦的人、焦急等待的人略为缩短。这是绝对的方面。但也有相对的方面。问题在于人们怎样看待它，使用它。有人只争朝夕，一分一秒也不放松，从而做出大量有意义的工作；有人却任意浪费时间，遇事拖延，让宝贵的时间从身边空空踱过，最后是一事无成，徒增感叹。歌德是最善于使用时间的人，他不曾辜负一生享有的高龄，在写出等身著作的同时，还做了许多政治的和科学研究的工作。因此时间对他的赠予也是丰富的，他这样歌颂时间：

> 我的产业是这样美，这样广，这样宽，
> 时间是我的财产，我的田地是时间。

可是有人却不是这样看待时间，与歌德同时的一个著名的小说家让·保尔，他说过这样一句话："人在世上有两分半钟：一分钟微笑，一分钟叹息，半分钟爱；因为在这分钟的中间，他死去了。"歌德的孙子瓦尔特把这句俏皮话写在纪念册里，歌德看见了，针对这句话写了四行诗：

> 一小时有六十分钟，
> 一昼夜超过了一千。
> 小孩子！要有这个认识，
> 人能有多么多的贡献。

最好地使用时间，首要是忠实于现在，摆好现在与过去和将来的关系。有人一味地怀念或是悔恨过去，有人只是梦想将来，他们都忽略现在。忽略现在，等于放走了时间。歌德在不少的文章和谈话里，一再批评这两种人，强调重视现在的重要性。有这样的格言诗：

> 急躁没有用，
> 后悔更没用；
> 急躁增加罪过，
> 后悔给你新罪过。

用急躁等待将来，用后悔回顾过去，都等于扼杀现在。怎样才能掌握现在，有所作为呢？歌德用下边的四行诗作了回答：

> 你的昨天若是明朗而坦然，
> 你今天工作就自由而有力，
> 也能够希望有一个明天，
> 明天能取得不更少的成绩。

这说明，只要对于昨天有一个清楚的认识，它就不会成为负担，今天的工作就自由而有力。至于明天，是从今天的工作里产生的。今天的工作好，明天也就有了保证。一切的中心就是今天。这不仅适用于个人，也适用于一个民族、一个国家。

歌德重视现在，通过现在的工作把时间看成他的田地和财产。至于工作的意义呢，他认为跟世界的意义是不可分的：

> 你若要为你的意义而欢喜，
> 就必须给这个世界以意义。

他对于一些认为生活毫无意义、甚至否定自己的人，这样简截了当地给以判断：

> 谁若游戏人生，
> 他就一事无成；
> 谁不能主宰自己，
> 永远是一个奴隶。

在肯定世界意义、反对游戏人生的前提下，人们的工作应该——

> 像是星辰，

> 不匆忙，
> 也不停息，
> 每个都围转着
> 自己的重担。

人们一般以为，歌德是个幸福的诗人，他一生享尽了荣誉和赞扬，但他对平凡的幸福生活是非常厌恶的。他说：

> 对于我没有更大的苦闷，
> 甚于在天堂里独自一人。

又说：

> 世界上事事都可以担受得起，
> 除却接连不断的美好的时日。

永远没有变化、没有冲突、没有矛盾的境界根本是不存在的，哪怕是在有限的时间内，歌德看来，也是难以担当的。他所企望的，是在风雨中得到锻炼，在痛苦中得到快乐，在变化中得到新生。

歌德晚年，深深体会到老年人的处境，虽然有些感伤情绪，但对于青年人的态度是积极的、谅解的：

> 一个老人永远是个李耳王——
> 凡是手携手共同工作的争执的,久已不知去向,
> 凡是和你一起爱过的、苦恼的,已依附在其他的地方;
> 青年在这里自有天地,
> 这是愚蠢的,若是你向往:
> 来吧,跟我一块儿老去。

此外,他从当前青年人的行动中看到自己过去的青年时代,他一问一答地表达了他对于青年人的谅解和同情:

> "你说,你怎么如此泰然地担当
> 那些粗暴的青年的狂妄?"
> 诚然,他们会是不堪忍受的,
> 若不是我也曾经是不堪忍受的。

但是,歌德对于社会上的市侩和乡愿,给以极尖锐的讽刺:

> 什么是一个乡愿?
> 是一个空肠,
> 填满了恐惧和希望。
> 上帝见怜!

寥寥四行，描画出那些胆小怕事、顾虑重重、伪善欺世的乡愿们一副可怜的形象。恐惧，是惟恐遇事伤害自己；希望，是朝朝夕夕向往个人得些利益，两种心情掺和在一条空洞无物的肠子里，比喻十分中肯。列宁在他的著作里一再地引用过这首诗，一次用它来形容向俄国沙皇政府磕头祷告的自由主义的"人民之友"[①]，又一次形容"立宪民主党阵营的或接近立宪民主党阵营的俄国自由主义——民主主义的庸人"[②]。不过，列宁在引用时，认为"上帝见怜"这一句不很恰当，对于前者，把"上帝"改为"长官"，对于后者，改为"反革命的地主"，就更为确切了。

作为资产阶级上升时期最有代表性的诗人，歌德的著作是健康的，他肯定现世，肯定现在，对于当时文艺界否定现世、否定现在的倾向是反对的。与歌德同时，有一些消极的浪漫派诗人，缅怀过去，歌颂中世纪的封建制度，美化天主教会，形成法国资产阶级革命后在德国产生的一股反动的逆流。歌德在谈话里、通信里、著作里，对于他们的主张和作品进行过多次的批判。最明显的是《与爱克曼的谈话》中的一段话："古典的我称为是健康的，浪漫的是病态的。……大多数较新的东西不因为它们新而是浪漫的，却因为它们是

---

① 见《什么是"人民之友"》。
② 见《纪念葛伊甸伯爵》。

衰弱的、憔悴的、病态的，古代的东西不是因为它们古而是古典的，却因为它们是强壮的、新鲜的、快乐的、健康的。若是我们按照这样的性质区分古典的和浪漫的，我们就立即搞清楚了。"歌德在格言诗里简明扼要地说：

> 病的东西我不要品尝，
> 作家们首先要恢复健康。

这是歌德对作家们提出的希望和要求。

在19世纪20年代，美国还是一个年轻的共和国，歌德写了一首诗给美国：

> 美利坚，你比我们的
> 旧大陆要幸福；
> 你没有颓毁的宫殿，
> 没有玄武岩。
> 无用的回忆，
> 徒然的争执，
> 不在内部搅扰你，
> 在这生气蓬勃的时代。
> 幸福地运用现在！
> 若是你们的子孙从事文艺，

> 一个好的命运维护他们
> 不去写骑士、强盗、鬼魂的故事。

这首诗在格言诗里是较长的一首，有个标题《给合众国》，实际上是对于当时德国文艺界、学术界的批判。那时消极浪漫派的诗人们脱离现实，陶醉于中世纪残存的荒墟古迹，写些以中世纪为背景的骑士、强盗、鬼魂的故事，令人生厌。同时在地质学界有过一场关于岩石形成的激烈的论争，水成论者和火成论者各持己见，围绕着玄武岩的成因争执不休，延续了数十年之久，后来竟演变为人身攻击，影响这门学科的正常发展。"无用的回忆"指的是那些消极的浪漫派诗人；"徒然的争执"指的是这些地质学者。诗的第二节专谈文艺，主要的思想还是前边提到过的重视现在，运用现在。

歌德的格言诗并不是首创。在德语诗歌的历史上，从中世纪就有不少格言诗流传下来，但是像歌德的格言诗把个人的感想和智慧跟普通的道理融会在一起，而能独具风格，引人深思，则是少有的。

1978 年 11 月 19 日

本文原载《诗刊》，1979 年第 1 期
曾收入《冯至选集》，第 2 卷，四川文艺出版社，1985 年

歌德与杜甫

杜甫和歌德,这两个在世界文学居于重要地位的诗人,一个生活在公元8世纪中国唐代的封建王朝从鼎盛转入衰弱的过渡时期,一个生活在欧洲18、19世纪资本主义正在发展,而德国的经济、政治还比较落后的时代。两个人,在时间上距离一千多年,在空间上距离八千公里。他们也不是东方或西方惟一的最伟大的诗人,在不同的国家和不同的时代,与他们处于同等地位的,也大有人在,就在他们本国和他们同时代的诗人中间,杜甫之外还有李白和王维,歌德之外还有席勒和荷尔德林。我为什么把这两个彼此陌生的诗人并列在一起来谈呢?其中有主观的原因,也有客观的原因。

先从主观的原因说起。人在青年时期,对于历史上伟大的人物,或多或少有些"敬而远之"的思想,作为文艺爱好者,喜爱的往往是些不那么伟大而对于自己的思想感情能引起共鸣的作家,中年后,经历渐多,阅世日深,才逐渐理解到历史上经过考验的伟大人物之所以"伟大",自有它的理由存在。我个人在年轻时曾经喜爱过唐代晚期的诗歌,以及欧洲19世纪浪漫派和20世纪初期里尔克等人的作品。但是从抗日战争开始以后,在战争的年月,首先是对杜甫,随后是对歌德,我越来越感到和他们接近,从他们那里吸取许多精神的营养。由于接近，也发现他们一些在我们今天不很使人喜欢的、甚至是庸俗的方面，可是他们遗产中的精华具有深刻的思想、精湛的艺术，给人以智慧和美感，使人在困苦中得到安慰，在艰难中得到鼓舞。从那时到现在四十年的岁月里，我有时长期不读他们的作品，但每逢从书架上把它们取下来翻阅，都犹如旧友重逢，并且在旧友身上又发现一些新的东西。今年上半年，受到一个辞书编辑部的委托，撰写关于杜甫和歌德的条目，每个条目要写到八千字或一万字，于是把这两个诗人的生平和重要著作又有选择地温习一下，我对于他们仍然有旧友重逢的亲切之感。为什么两个不同时代、不同地区、不同遭遇、不同气质的诗人同时被现代中国的一个诗歌爱好者所爱戴、所尊重呢？（这里所说的"一个诗歌爱好者"，也许不限于"一个"，但由于说的是个人的认识和感受，所以用了"一个"这个数字。）

要回答这个问题，我就要研究：这两个在东方和西方都具有一定代表性的诗人的特点是什么？他们歌咏的主要对象是什么？他们的思想和情感、经验和智慧有什么相同？有什么差异？我们今天从他们那里还能吸取什么？这一连串的问题都涉及人们经常讨论的如何对待古代的和外国的文学遗产问题。这样，主观的原因也就转变为客观的原因。

一　两个诗人的同和异

杜甫是诗人,他的诗流传下来的有一千四百多首(他早年也写过一千多首诗,大部分都失散了),他写过少数的散文,不占有重要的地位。歌德是诗人,除去他长长短短四千多首的诗篇和诗句外,还写过戏剧、长篇和短篇小说、自传,以及关于文学艺术和自然科学的论著,这些著作与他的诗歌同等重要。这里只能谈他的诗;当然在谈歌德的诗的同时,不能不谈到《浮士德》,因为《浮士德》可以看作他的全部诗集以外的另一部"诗集",甚至是一部更为博大、更为重要的"诗集"。

谈起这两个诗人的诗,还要缩小范围。他们在各自不同的情况下,写过一些临时应付的、一般酬答的、带有游戏性的诗。也有些诗本来是好诗,但由于时代的转变、地点的不同,它们的感染力已经减弱。关于杜甫的诗,在11、12世纪被北宋、南宋的诗人们推崇备至,但是在13世纪,诗人元好问已经说,杜甫的诗里既有"连城璧"也有"碔砆"[①],到了18、19世纪之间,诗人兼批评家赵翼更明确地指出:"李杜诗篇万口传,至今已觉不新鲜。江山代有才人出,各领风骚数百年。"至于歌德的诗,德国整个19世纪的诗歌,

---

① 元好问:《论诗三十首》。

不管它们的作者是赞美歌德的或是反对歌德的，基本上没有超越了歌德诗歌所取得的成就。但是在20世纪20、30年代，已经听到了"他对我们是根本生疏的""他的话对我们没有意义"这类的话①，如今在一部论述歌德的著作里谈到一种情况：在学校里叫学生背诵《赫尔曼与窦绿苔》的选段与《神性》等诗、分配角色朗读《哀格蒙特》的时代已经过去了②。过去在中国把杜甫叫做"诗圣"，在德国有人把歌德称做"奥林帕斯山上的天神"，现在看来，这些称呼也是不适宜了。——鉴于以上情况，杜甫和歌德的诗中有哪些诗篇能使我们感到既不是"过去了"也不是"不新鲜"了，而像是旧友重逢或是新知相遇呢？

从表面上看，他们的生活和诗歌创作，有不少类似的地方。他们都是从儿童时就起始写诗，杜甫七岁时写诗歌咏凤凰，歌德八岁时写诗给他的外祖父母祝贺新年。在青年时期，杜甫漫游祖国的许多名胜古迹，"放荡齐赵间，裘马颇轻狂"；歌德参加当时文艺界的"狂飙突进"运动；他们都度过目极八荒、睥睨一世的浪漫生活。中年以后，二人从两个截然不同的方面接触现实，杜甫在三十五岁到了长安，目睹唐朝的统治者从贤明转向腐败，越来越深刻地感到国家的

---

① 引自史卜朗格（Spranger）：《歌德的世界观》，7页，莱比锡：1932。
② 见汉斯·麦耶尔（Hans Mayer）：《歌德》，l06页，法兰克福：1977。

危机和人民的痛苦；歌德在二十六岁到了魏玛，为一个人口仅及十万的封建小邦服务，担任繁重的行政工作。二人都经历了历史上划时代的大事件，唐代的安史之乱使唐帝国由强盛而变得衰弱，社会经济发生了巨大变化；法国的资产阶级革命和拿破仑的兴起与失败都震撼了整个的欧洲。二人一生都始终不懈地努力创作，直到死亡的前夕。他们各自集本民族的诗歌之大成，没有一种到他们那时为止的诗体不经过他们的运用而得到发展，并影响后世。

但是二人之间又有很大的不同。歌德早年就享有盛名，他的小说《少年维特之烦恼》在1774年出版后，在国内国外立即得到强烈的反应；杜甫虽然一再陈述他年轻时的诗如何得到当时文坛上权威人士的赏识，可是并没有什么流传下来的文献可以证明，而且那些诗绝大部分都丧失了。歌德二十六岁就在魏玛公国担任要职，管理财政、矿务、军事、交通等工作，每年的薪俸高出一般市民收入的十几倍以上，他长期居住在魏玛，他在世时就使魏玛成为国内外文人、艺术家们访问的中心；杜甫三十五岁以后，生活日渐穷困，饥寒交迫，致使幼儿饿死，有时贫穷到"囊空恐羞涩，留得一钱看"的地步，他充当过短期级别低下的官吏，也是遭受打击，他在成都住过的草堂，只是在他逝世一百多年以后才成为人们怀念诗人的场所。

以上只是把两个诗人的生活和创作从表面上作了一个同

与不同的比较。如果进一步探索他们的内心世界和他们诗歌的遭遇，又会发现一些类似的地方。杜甫由于他生活在一个多灾多难的时代，面对祖国的危机、人民的贫困，看到山河破碎，田野荒芜，怀友思乡，经常有寂寞之感，"寂寞"两个字不断在他的诗中出现，是可以理解的。歌德的生活和杜甫相反，他享有荣誉与富裕，但是在他所处的环境里同样也感到寂寞。他一方面克制自己，适应魏玛行政和宫廷取乐的要求，一方面又觉得这是些与他的诗人气质格格不入的、无聊的负担。那两首每首只有八行的简练的、举世闻名的《漫游者的夜歌》，呼吁和平，描绘安憩，在和平安憩之后隐伏着作者沉重的、难以摆脱的精神上的痛苦。在这种矛盾无法解决时，他不得不在1786年，隐姓埋名，事前不通知魏玛的任何人，往意大利旅行。两年后从意大利回到魏玛，1805年席勒逝世，以及在晚年，歌德都感到他的崇高的思想与他周围鄙陋的环境之间存在着很大的距离，内心十分寂寞。杜甫生计艰难，有时与当权的朝臣和地方官吏周旋，希望从他们那里取得一些援助；歌德身居要位，要用去许多时间与公侯贵族们交往。这种周旋与交往，更增强他们的寂寞之感。此外，在他们的作品中，思想深刻、艺术纯熟的诗篇并不为他们同时代的人所了解、所接受。现在流传下来的唐代人编辑的唐诗选集，有的根本不选杜甫的诗，有的选了几首，但都是不关重要的。歌德晚年最优秀的抒情诗集《西东合集》,据说在他逝世后的若干年内第一版还没有售完;《浮士德》第二部脱稿后,作者以绝望的心情把它封好,认为不会得到人们的了解,不肯在他生前付印。

我把这两个诗人反复作了比较,最后我要指出一个最大的不同,这会使人感到惊奇。歌德长期从事政治工作,参加过干涉法国革命的普奥联军,与当时的一些政治家、军事家、公侯贵族们交往,他的诗却很少谈到政治,直到他逝世前的几天,他还为他不写政治诗辩解,并为有才华的诗人写政治诗而惋惜。与此相反,杜甫的政治生活非常短促,经常与田夫野老相处,但是他满怀热情地关心政治,唐代安史之乱前后的内忧外患,社会上的各种动向,几乎都在他的诗中得到反映。

二　诗与政治

杜甫诗被称为"诗史",实际上是广义的政治诗。歌德在他逝世前几天与爱克曼的谈话里说,他不同意当时某些文人提出的"政治就是诗"的主张。他说:"一个诗人如果想要搞政治活动,他就必须加入一个政党;一旦加入政党,他就失其为诗人了,就必须同他的自由精神和公正见解告别,把褊狭和盲目仇恨这顶帽子拉下来蒙住耳朵了。"并且说,政治的题目"没有诗意"①。在这以前两年,他还说:"政治诗只应看作当时某种社会情况的产物,这种社会情况随时消逝,政治诗在题材方面的价值也就随之消逝。"② 这两段话只是片面地看到一种现象:一个诗人如果有政治偏见,诗的内容不能代表人民的心愿,而诗的艺术又很平庸,那么,他的作品是会随着时间消逝的。杜甫的政治诗却不是这样,他的政治思想当然有很大的局限性,但是他的诗歌并没有随着他所处的社会情况的消逝而消逝,直到今天还有不少名篇放射着灿烂的光辉。那些名篇之所以能够这样久远地发挥作用,分析起来,原因不只一端,但是其中最重要的一点,却又是从反对政治诗的歌德的口中说出。

贝朗瑞是法国著名的政治诗人。歌德钦佩他的为人,称赞他的作品,并不因为其中很大部分是政治诗而贬低他的成就。他说:"我一般不爱好所谓政治诗,……不过贝朗瑞的政治诗我却很欣赏。他那里没有什么空中楼阁,没有纯粹出自虚构或想象的旨趣,他从来不无的放矢,他的主题总是十分明确而且有重要意义的。"此外,更重要的是:"他的内心活动和人民的内心活动总是一致的"。"所以他这位诗人是作为发出民族声音的喉舌而被倾听的"③。杜甫的政治诗和贝朗

---

① 见《歌德谈话录》,258—259 页,人民文学出版社,1980。
② 见《歌德谈话录》,211 页,人民文学出版社,1980。
③ 见《歌德谈话录》,210—211 页,人民文学出版社,1980。

瑞的政治诗没有什么共同之点,但是这些对贝朗瑞的评语用于杜甫也是适当的。

中国最古的诗歌总集《诗经》和以伟大诗人屈原的作品为代表的《楚辞》奠定了中国诗歌的基础。《诗经》里除了一般歌咏爱情、抒发个人感情的以外,有很大一部分是政治诗,这些诗反映劳动人民的征役之苦,讽喻统治阶级的残酷与昏庸,在描绘农业生产和狩猎生活的同时控诉统治者的残酷剥削;至于《楚辞》,它的作者则以忧国忧民的政治热情与极为丰富的想象,用生动感人的诗句对政府中和社会上的恶势力进行斗争。自然界的日月星辰、山川湖泊、禽兽虫鱼、花草树木,对诗人们起比喻和象征的作用。与西方的古代诗歌相比,形而上学的、宗教的成分是比较少的。杜甫继承和发展了《诗经》和《楚辞》的传统,他"穷年忧黎元,叹息肠内热",这种精神几乎贯串他绝大部分的诗篇;他还把国运民情、个人感触与自然的景色交融在一起,更增强感人的力量,关于这一点,我在后边还要谈到。他丰富了中国诗歌的内容,开扩了中国诗歌的领域,进一步提高了中国诗歌的艺术水平,他的一些优秀的诗篇在千百年后还能使读者受到思想感情的陶冶和美感的教育。这些诗并不像歌德所说的"没有诗意",而是很有诗意。

歌德虽然说他不爱好政治诗,但他站在保守的立场上也写过少量的政治诗,例如《威尼斯铭语》组诗中的几首,反对当时在德国受到进步人士普遍欢迎的法国资产阶级革命，在他的诗集里暗淡无光，只说明他对于法国革命的积极意义很不理解。被称为"市民牧歌"的长篇叙事诗《赫尔曼与窦绿苔》也含有明显的政治倾向，不同情法国革命，但其中有几段叙述德国青年与人民对法国革命热烈拥护的情景，却又写得有声有色，这也可以说是歌德现实主义的描绘战胜了他在这首长诗里所要表达的主导思想。歌德在谈论政治诗时，也谈到作为一个德国诗人对于他的祖国应尽的职责。他说："一个诗人只要能毕生和有害的偏见进行斗争，排斥狭隘观点，启发人民的心智，使他们有纯洁的鉴赏力和高尚的思想情感，此外他还能做什么更好的事呢？还有比这更好的爱国行动吗？"[①] 从这段话里可以看出歌德所主张的不是变革德国的政治现实，而是改造德国人的精神世界。实际上在当时的德国进行法国式的革命也是不可能的。歌德的诗歌实践了他的主张，他不断对宗教的偏见、虚伪的道德、陈腐的教育、主观唯心主义、庸俗文学中的幽灵和梦幻等进行斗争。针对这些现象，他与席勒合写锋利的《赠辞》，在《浮士德》里通过靡非斯托非勒斯和其他人物之口说出辛辣的讽刺。从这点看来，歌德还是启蒙运动的诗人，但是歌德最优秀的诗歌又证明他超越了启蒙运动的范畴。歌德接受了启蒙运动者崇

---

① 见《歌德谈话录》，259页。

尚理性、反对宗教迷信、提倡唯物主义的精神，却克服了当时把自然界、甚至社会上的事物看作是不变的、从来就如此的形而上学的观点。歌德通过对自然界的观察与研究形成了宇宙万物有扩张、有收缩、不断变化、永不停滞的辩证思想。他的辩证思想大大影响了他的生活态度和创作内容。他的诗歌中以明确的语言和生动的形象体现这种辩证思想和生活智慧的部分，最使我们感到兴趣。这些诗比起那些锋利的《赠辞》和靡非斯托菲勒斯口中辛辣的讽刺，我认为更能"排斥狭隘观点，启发人民的心智"。

三 诗与自然

歌德的辩证思想主要是从对于自然的研究和观察中得来的。歌德早期很大的一部分诗都是歌咏自然的，他在狂飙突进时期写的自由体诗大都是对自然的赞颂，他接受斯宾诺萨的泛神论思想，认为神只存在于自然的实体中，人是自然发展的最高阶段，他拥抱自然，在有限中追求无限，投入神的胸怀。与此同时，他迫切地要了解自然，他寄诗给他的朋友梅尔克说："看，自然是一本生动的书，还读不懂，并不是不能懂的。"在《艺术家的晚歌》里说："自然，我觉得认识你，那么我必须握住你。"这和18世纪哲学界流行的、诗人哈勒尔之流所歌咏的只能知道自然的外壳、不能知道它的核心的不可知论[1]是迥然不同的。歌德到了魏玛以后，参加行政工作，克制狂飙突进时期热情奔放的精神，逐渐重视实际。他对于自然也就从热情的歌颂转入比较冷静的观察和研究。当时在欧洲是自然科学进一步从宗教迷信、蒙昧主义解放出来，在各个领域里阔步前进的时代，歌德在这种情况的鼓舞下，以极大的兴趣研究自然科学。他研究的方面很广泛，在地质学、矿物学、植物学、动物学、人体解剖学、气象学、光学和颜色学等等领域他都或多或少地有所发现，有所发明。在五十多年的岁月内，他的自然科学研究很少中断，而且兴趣与日俱增。他高度评价自然科学研究的意义，他晚年时对爱克曼说："如果我没有在自然科学方面的辛勤努力，我就不会学会认识人的本来面目。"[2]歌德研究自然科学范围很广，时间很长，自然界的千形万象呈现在他的面前，他从中概括出普遍的规律。他认为，宇宙万物有扩张，有收缩，不断变化，永不停滞。他用这个规律观察自然界的一切，也引伸到用以观察人生，观察文学艺术。他在许多地方用生物界（包括人在内）的吸入与呼出、心肌的收缩与舒张和植物动物的蜕变阐述这个规律。他在《颜色学·讲述部分》说："一分为二，合二而一，是自然的生活，这是永久

---

[1] 哈勒尔是德国18世纪诗人，他的诗句"没有人能够透入自然的内核，它示谁以外壳，谁就感到幸福"当时常被人引用。
[2] 见《歌德谈话录》，183页，人民文学出版社1980年版。

的收缩和舒张，永久的结合与分离，全世界的吸入与呼出，我们在这世界里生活着、交织着、存在着。"在同一著作里另一处还说："吸入是呼出的前提，反过来也是如此，每个心肌收缩都继之以它的舒张。这是生活的永久的公式……"他也把这种认识凝练成六行歌咏呼吸的诗，收在《西东合集》里，这首诗经常被人引用，来说明歌德的宇宙观。关于演变，歌德在《植物蜕变》和《动物蜕变》两首诗里说明，当前的植物和动物都是从它们的"原型"蜕化演变出来的。作者在诗中指出，每棵植物都在宣示永恒的规律，种子是紧密的收缩，花与叶是舒张，植物在收缩与舒张的轮替中发展；动物一切的肢体也都按照永恒的规律形成，最稀奇的形式也暗自保留着原型。

歌德这种观点的形成，主要是他研究和观察自然的结果，但也与他个人的生活经验有关。歌德在"狂飙突进"时期，要求个性解放，富有反抗精神，在有限中寻求无限，蔑视庸俗的社会，歌颂崇高的理想，《普罗米修斯》等诗篇、小说《少年维特之烦恼》最能体现这种精神。到了魏玛以后，环境不同了，生活方式改变了，在他接触的现实中感到，狂飙突进运动所追求的理想是不能实现的，于是断念、割舍、限制等动词不断在他的诗文中出现，他在《伊尔梅瑙》诗中说："谁致力于领导好别人，就必须有许多的放弃。"这两种生活态度，前者是扩张，后者是收缩，收缩到一定限度时又需要扩张，歌德在二者之间经常感到矛盾，他的一生是在限制和"要冲不可抗拒的渴望，向往那最可贵的解释者，艺术"①。这句话可以解释为，艺术最适宜于揭示自然的"公开的秘密"，也就是反映收缩与扩张的辩证关系。在歌德许多优秀的抒情诗里，有的是歌咏爱情的幸福存在于痛苦与快乐的结合，两个爱人的关系像是银杏树叶那样既是一分为二，也是合二而一；有的说，在限制中才显出能手，只有法则能给人以自由；有的说，自然中一切的个体都在消逝都在转变，而艺术的形象能保持恒久，自然的规律却不改变；著名的《幸运的渴望》一诗用飞蛾扑火的比喻表达人是怎样不满足于幸福的阴凉，追求光明的火焰，在火焰中死亡，从而说出"死和变"的真理；《奥秘的古语》运用埃及神话传说，每个人一降生就有四个神灵代表着性灵、遭遇、爱情、强迫，陪伴他的一生，歌德对此在每个神灵的标题下都用一节八行诗给以阐述，但是最后他又增添一节，歌咏代表希望的神灵，要冲破限制而飞翔。至于《浮士德》这部悲剧，通过浮士德一生的矛盾和发展，通过浮士德与靡非斯托非勒斯的合作与斗争，通过浮士德与瓦格纳二人不同的道路，通过荷蒙古鲁斯和哀弗利昂的陨灭……几乎无处不显示出自然界收缩与扩张的辩证关系。这个自然的辩证的规律

---

① 引自《格言与感想》(*Maximen und Reflexionen*)。

把自然科学者的歌德和诗人的歌德紧密地结合在一起，在这种情况下写出的诗歌的确起着像歌德自己所说的"排斥狭隘观点，启发人民的心智，使他们有纯洁的鉴赏力和高尚的思想情感"的作用，我们现在诵读，还是新鲜的。杜甫不可能像歌德那样，系统地研究自然，从中取得规律，有意识地使这规律在作品中既是主导思想，也是表达方法。但是杜甫对于自然也作了无微不至、无广不及的观察。在细微方面，他看到田野间"园荷浮小叶，细麦落轻花"（《为农》），他形容夜里的春雨，"随风潜入夜，润物细无声"（《春夜喜雨》），在广阔的天地，他望见"星垂平野阔，月涌大江流"（《旅夜书怀》），江水猛涨，他感到"大声催地转，高浪蹴天浮"（《江涨》）。对自然若没有精密的观察，这样的诗句是写不出来的；对自然若没有深切的感情，这样的诗句也是写不出来的。此外，他常把自己的思想感情灌注在客观的对象里，使主观和客观、个人与自然、情与景得到统一。如他早年《望岳》诗中的"荡胸生层云，决眦入归鸟"把作者广阔的胸怀与锐敏的目光跟层云飞鸟融合在一起了。又如他晚年的诗句："一重一掩吾肺腑，山鸟山花吾友于"（《岳麓山道林二寺行》），把重叠的山峦看成是自己的肺腑，山花山鸟都亲如友朋。这种情景交融是中国诗歌长期以来的优良传统，杜甫更给以发展，他进一步把时事也融合在情与景的中间。例如杜甫困居在沦陷的长安，是他生活里最痛苦的一段，他写出《春望》一诗，寥寥四十个字把时代的巨变、长安的春景、个人的处境都交融在一起，形成不能分割的整体。这首诗的前四句："国破山河在，城春草木深；感时花溅泪，恨别鸟惊心"，其中有自然，有时事，也有个人，概括力这样强，三者密切结合，显示出作者高度的艺术技巧和深刻的真情。许多杜诗的评论者指出，杜甫的自然诗，除了常把个人情感、时事、景色互相交融以外，还善于用丽句写荒凉，用花木雨露的无私衬托个人的不幸，最能给人以美感的是，在他写贫病交加、感慨时事时，却把自然的景色写得十分壮丽，有的诗前半是雄浑浩大的自然，后半是灾难重重的时事，有的诗先是自己狭隘的处境，后是无限的"天地"与"乾坤"。杜甫在一首题画的诗中有这样一句："咫尺应须论万里"（《题王宰画》），11世纪北宋政治家兼诗人王安石在《杜甫画像》诗中一开始就说："吾观少陵诗，力与元气侔"，一是杜甫的自白，一是王安石的评语，都说明了杜甫诗的特点。

当我起始谈到杜甫与自然的关系时，杜甫与歌德是没有共同之点的，但是写到这里，杜甫与歌德从不同的方向走来，又遇在一起了，那就是杜诗中也反映出收缩与扩张的规律。像前边引的诗句，"咫尺"是收缩，"万里"是扩张；杜诗中写的艰难困苦是收缩，"力与元气侔"是扩张。歌德在《西东合集》的《注释与论述》中谈到波斯的诗的艺术时说：

"它是在永久的舒张与收缩中；……它总是走向无边无际，可是立即又回到规定的范围。"杜甫的诗和波斯诗人的诗没有任何联系，但是这个评语也适用于杜甫。

四 结束语

杜甫、歌德、贝朗瑞、波斯诗人，他们彼此都没有关系，他们生活在不同的时代、不同的环境，各自创作内容不同、风格不同的诗篇，但我用歌德对于贝朗瑞和波斯诗人的评语来给杜甫作注解，并且认为适当，这并不是东拉西扯，勉强联系，而是要说明杜甫和歌德怎样对待诗和政治、诗和自然的关系。在这种关系中他们的诗无论怎样不同，究竟还有可以相通的地方。现在看来，歌德的自然规律、蜕变学说也不能说完全符合客观实际，杜甫的政治诗也不能说完全是"民族声音的喉舌"，但是，他们从不同的角度写出的优秀的诗篇仍然能使我们得到启发，有所获益。现在无论在中国或是在欧洲，都不会有人按照杜甫的或是歌德的方式去从事创作，但是他们一生辛勤的努力值得学习，他们的艺术特点值得借鉴，他们给他们本民族和人类文化所做的贡献是值得钦佩的。

1980 年 8 月

[附记]

这篇文章是作者于 1980 年 10 月 7 日在瑞典皇家文学、历史、文物科学院每月学术例会上做的一次讲演。这里除去添了几条脚注外,没有任何改动。

本文于 1988 年收入《冯至学术论著自选集》

更多的光

一百五十年前的3月22日中午，八十三岁的歌德在德国的魏玛逝世。他逝世前向他身边的人说："把窗子打开，让更多白光进来。"这是一句平常的话，可是后人把"更多的光"从这句话里摘出，作为从歌德口里说出的最后的遗言。有些考据家对这句话的真实性有过争论，歌德到底说过这句话没有，如果说过，是在什么时候，大家莫衷一是，无法得到证实。可是他们并不理会考据家们的争论，所谓最后的遗言却不胫而走，不仅在德国，就是在全世界，许多读过歌德的著作或是略微知道一点歌德事迹的人都乐于称道：歌德临终时说过"更多的光"。这样，"更多的光"就不再是一句平常话里的词组，而是具有象征意义的名言了。它像是既能概括歌德一生的业绩，也表达了歌德对人类将来的希望。

歌德把时间看作自己的财产，他珍惜时间，也善于使用时间。他一生中创作了抒情诗、哲理诗、讽刺诗、叙事诗约四千多首，完成的与未完成的不同体裁的戏剧六七十种，长篇小说四部，中、短篇小说十余篇，还写出大量的自传著作和关于文学艺术的评论文章。他以极大的热情研究自然科学，并有所发明，有所发现。他在魏玛公国担任过繁忙的行政工作，长期当过剧院舞台监督。他还遗留下千百幅业余的绘画。德国的歌德研究者用了三十多年的时间于1919年编纂竣工的《歌德全集》共有一百四十三册。他的著作范围那样广泛，思想那样丰富，在古今中外的诗人和作家中是不多见的。当然，其中也有临时酬应的诗篇和供给魏玛宫廷节日取乐的戏作，没有什么意义，已逐渐被人忘记，但是在大量重要的著作中岿然屹立彪炳后世的是歌德用了毕生精力完成的《浮士德》悲剧和许多精美的诗歌。这些作品的主导思想大都是排除阴暗，追求光明，希望人类有"更多的光"。

歌德生活在18世纪的后半叶和19世纪的前三十多年，这在欧洲是一个动荡的时代。震撼全欧的大事件不断发生：政治方面有法国资产阶级革命，拿破仑的兴起和失败，自发的工人运动此起彼伏，1830年法国七月革命，从大西洋彼岸传来美国独立战争和建立合众国的新闻；在科学技术方面，先是蒸汽机的使用，六十年后又有电动机的发明，氢气球试验成功，第一列火车在英国行驶，自然科学蓬勃发展。德国在这时期，政治是分裂的，经济是落后的，所谓市民阶级大都仰人鼻息，依附着王公贵族生活，法国式的资产阶级革命在德国是不可能的，英国式的产业革命在德国也为时尚早。但是德国人民对于那些惊天动地的大事件不能不有所反应，其中杰出的思想家和诗人们更是不胜神往，除了少数人响应法国革命，采取行动终归失败外，他们在当时情况下只是努力于思想建设，在精神世界树立自由王国。

早在法国资产阶级革命以前，德国在18世纪70年代文艺界兴起过一次狂飙突进运动，一些青年诗人和作家在卢梭思想和英国感伤主义文学的影响下要求个性解放，返归自然，冲破封建藩篱，反对腐朽的宗教道德，青年歌德是这一运动积极的参加者。使歌德一举成名的《少年维特之烦恼》里的主人公虽以自杀告终，但全书是对旧社会公开的挑战，他的颂歌《普罗米修斯》是叛逆者有力的宣言，这时他已经写出《浮士德》最早的初稿，使浮士德在夜里从窒息的书斋发出渴望生活、要拥抱大自然的呼喊。但是狂飙突进运动正如它的名称一样，不可能长久持续下去，而它的影响所及，也只局限在青年知识分子中间，狂飙过后，德国的社会依然"平静"如故。

歌德二十六岁时，接受魏玛公爵的邀请，到了魏玛公国，不久便担负了许多繁重的行政职务。当时魏玛公国人口仅有十万，魏玛城居民不过六千，它跟德国一般的封建小邦一样，幅员虽小，也具有一套应有的行政机构和宫廷排场，以及政府和宫廷中常有的人事倾轧、流言蜚语。所不同的是公爵母亲的周围聚集了少数聪明才智的人士，文化生活比较丰富；当然，歌德从1775年起，在魏玛居住了五十七年，魏玛一跃而成为一个远近驰名的"文艺圣地"。歌德在魏玛由于担任行政工作，接触现实，了解社会，钻研自然科学，逐渐克服了狂飙突进的幻想，跟过去的峥嵘岁月告别。在克服和告别的同时,歌德内心里是有矛盾的。脚踏实地,尽一切努力,为魏玛公国勤勤恳恳地工作呢,还是摆脱世俗,用充足的时间和精力为人类谱出理想的高歌?这个矛盾,在他初到魏玛的十年内感受得最为尖锐,而在他一生中直到晚年也没有完全解决。歌德在1824年他七十五岁时向他的秘书爱克曼说:"我真正的幸福在于我的诗的思考和创作,但是在这方面,我的外界地位给了我多么多的干扰、限制和妨碍!假如我能多一些从社会活动和公共事务中退出,多过一点寂静生活,我会更幸福些,作为诗人,我也会写出更多的东西。"——歌德从事魏玛公国的行政工作,不得不在许多方面对外妥协,对己克制,甚至还要断念于一些心向往之的事物。为此他常常感到痛苦,同时也遭受一些激进的青年的非议。但实际上歌德还是以惊人的毅力克服了不少的干扰、限制和妨碍,在文艺创作上取得巨大的成就,而克制和断念在某种意义上还有助于他的成就的取得。

歌德从青年时起就厌烦他所处的环境的狭隘和猥琐,到了魏玛,他的眼界并没有开拓多少。可是自然界是壮丽的,世界是千变万化的,人类是不断进步的,他经常想摆脱繁琐的事务和狭窄的环境,向往广阔的远方。所以,他在18世纪80年代中期跟魏玛的主人和朋友不辞而去,隐瞒姓名去意大利旅行,在南欧更多的阳光下吸取希腊罗马古典艺术的健康精神;从90年代起时断时续地阅读关于中国的记载，研究这个远东大国的政治和文化；在拿破仑战争结束后的紊乱时期，他神游于波斯、阿拉伯诗人们所歌咏的世界，从而产生他晚年最精美的抒情诗集《西东合集》；拜伦投身希腊的独立战争，染疫牺牲，他在《浮士德》里给拜伦写出悲壮的挽歌；他还写短诗给美利坚合众国，说它没有历史的负担，是一种幸运。他不仅放眼世界，而且也瞻望将来。他在长篇小说《维廉·麦斯特的漫游时代》里发表他培育新人的教育思想，提倡人人都要掌握一种技术，辛勤劳动，参加集体生活。他听到开发巴拿马、苏伊士运河的设想和挖掘运河沟通莱茵河与多瑙河的计划，无限兴奋，他说："我愿意经历到这三件大事，为了它们也许值得努力多活几个五十年。"

歌德这种广阔的胸怀和远大的眼光在他许多重要的著作里都有所反映，其中最集中最显著的是共有一万二千一百一十一行诗的《浮士德》悲剧。悲剧的主人公浮士德是一个要摆脱狭隘环境、向往广阔天地和崇高理想的追求者，他不满足阴暗的书斋生活，但又不能投入自然，阅历人生，不得已跟魔鬼订了契约，条件是在人世间魔鬼为浮士德服务，什么时候浮士德感到满足，他的灵魂就归魔鬼所有。魔鬼伴着他在小世界里享受爱情，在大世界里给贪求享乐的皇帝服务，与古希腊的美女海伦娜结合，每个阶段都以悲剧告终。浮士德没有感到过满足，他走了许多迷途，经受了一系列难以担当的痛苦,最后在改造自然的宏伟事业中得到"智慧的最后的结论:要每天每日开拓生活和自由,才能够作自由与生活的享受"。读者读《浮士德》,会看到浮士德经历小世界和大世界的各个阶段,一段比一段广阔,一段比一段明亮,浮士德的心胸也一段比一段开朗,在他年已百岁双目失明时,他独自说:"眼前的黑夜好像越来越加深,但内心里却照耀着灿烂的光明。"

在歌德的作品里,尤其在诗歌里,光和火焰的同义词、照耀和观看的同义词、明亮和净洁的同义词最为丰富。他认为,五官中眼睛是最宝贵的器官,人用眼睛观看一切,而眼睛的"存在"要感谢光。歌德在二十二岁时,面对灿烂的春光,脱口唱出他的《五月歌》,歌是这样开始的:

> 自然多么壮丽
> 向着我朓耀!
> 太阳多么辉煌!
> 原野多么欢笑!

诗句非常简单,却使人感到宇宙万物都在发光。六十年后,歌德八十二岁时,在《浮士德》第二部第五幕里写出《守望者之歌》,可以作为一首独立的诗来读:

> 为观看而降生,
> 为瞭望而工作,
> 我置身于望楼,
> 为宇宙而欢乐。
> 我眺望远方,
> 我俯视近处,
> 望月亮和星辰,
> 视树林和麋鹿。
> 我在宇宙万象中
> 看见永恒的装饰,
> 正如我喜爱它们,
> 我也喜爱自己。
> 你们幸福的眼睛,
> 你们目光所及,
> 不论是些什么,
> 都是这样美丽!

这是对于全宇宙的歌颂,对于人能够观看宇宙之美的歌颂;守望者在深夜站在塔楼上唱这首歌,宇宙好像在夜里也焕发着光明。它与歌德青年时写的《五月歌》遥相呼应,简练的诗句,乐观的精神,的确振奋人心。这也说明歌德一生所歌咏的,是要有"更多的光"。歌德自己说过:"我认识光由于它的纯与真，我坚守我的职责，为此而斗争。"

光明的对立面是阴暗。为光明而斗争，就是排除阴暗。歌德对宗教的偏见、神秘的学说、文学里出现的幽灵梦幻进行不懈的斗争。但是对这些阴暗的事物进行斗争，并不简单，首先需要对它们有所了解。歌德不仅有所了解，而且深有体会。歌德青年时期研究过瑞典神秘主义者斯维登堡的学说，没有这段经验，《浮士德》第一部《夜》的一幕里浮士德独白中的大部分是写不出来的。《浮士德》总的说来，是光明与黑暗、肯定与否定、向上与沉沦的斗争，但是在代表这两种不同倾向的浮士德和魔鬼之间，既有斗争，又有合作，这说明这两种精神绝不是那样黑白分明，判若云泥。浮士德追求光明，努力向上，却也接受魔鬼的引诱，有时濒于沉沦的边缘。实际上，在魔鬼的身上也有歌德自己的成分。歌德的诗歌，绝大部分是乐观的、光明的，却也创作了《魔王》《渔夫》那样的叙事谣曲，《维廉·麦斯特的学习时代》里竖琴老人的悲歌，前者表示自然界存在着不可思议的魔力，它恐吓着或是诱惑着使人毁灭；后者怨诉人受命运的摆布，无法抗拒。这些诗与歌德那些光辉灿烂的诗篇同样被人喜爱，被人传诵，因为歌德作为锐敏的诗人确实感到在自然界、在人世间，甚至在他内心里有阴暗存在，把这种感受用高度的艺术技巧表达出来，更具有感人的力量。当然，歌德主要的倾向是追求光明，与外在的和内在的阴暗进行斗争。与外界的阴暗斗争，固然不易，与自身内的阴暗斗争，更为艰难，他认为与自我搏斗是一种可贵的德行。他常用蛇蜕皮比喻人到一定时期必须抛弃旧我，获得新生，他有时甚至把自己的作品也比作脱去的皮，发表后就不再去翻阅。他也曾用飞蛾赴火比喻人不愿在阴暗处生活，渴望光明，虽焚身于火焰，也在所不惜。由此可以看出，歌德为光明斗争，不是一句空洞的话，而是有丰富的、复杂的内容。

歌德以他锐敏的眼光观看自然，观察人生，他也善于感受远方的生疏的事物。这里我举中国为例。在歌德时代，欧洲人多半从个别传教士关于中国的报导知道一些中国的情况。那些传教士除了片面地介绍中国的历史、政治、风俗习惯外，也翻译少量哲学和文学著作。哲学只限于少数儒家的经典，文学多半是二三流以下的作品。歌德以极大的兴趣读这些并不高明、甚至很芜杂的文献，往往从中得到有益的发现。他在1798年从一部书里抄录了一段中国学者和耶稣会教士的谈话寄给席勒，他在信里称赞这中国学者是一个有行动的理想主义者，有锐敏的机智。歌德在1827年1月阅读18世纪初在广东流行的唱本《花笺记》的英文译本，他深有体会地向爱克曼谈论了中国人的气质、生活、伦理思想，以及与自然界的关系。随后又说："世界文学的时代已将来临，现在每个人都必须出力促使它早日实现。"这段谈话，近年来在中国常被引用，我们是比较熟悉的。值得注意的是，歌德从《花笺记》和他另外读过的几部中国小说里得到启发，正如他在十多年前读了波斯、阿拉伯的诗歌产生《西东合集》那样，他写出组诗《中德四季晨昏杂咏》十四首。这十四首诗在数量上和思想深度上不能与《西东合集》相比，但作者体会到16、17世纪中国文人的思想感情和与自然界的密切结合，其中有几首属于歌德晚年抒情诗中的杰作。这样，我们可以说，歌德是中国人值得尊敬的精神的朋友，遗憾的是他那时还不知道中国有屈原、李白、杜甫，如果他能读到这些人的诗篇，他会发现一个更为广阔、更为崇高的精神世界。

说到这里，我们要怀念在四年前逝世的郭沫若同志。他在"五四"时期以极大的热情把歌德介绍给中国读者，他在1922年翻译出版的《少年维特之烦恼》，在当时爱好文艺的青年中广泛流传，几乎人手一编。他在1928年译出《浮士德》第一部，他的《译后记》里说，是在"失掉了自由的时候"；1947年他译出《浮士德》第二部，他的《译后记》里也说，"又在这不自由的时分"。当时郭沫若在上海国民党反动派的白色恐怖下失去自由，正是中国革命与反革命的斗争最为尖锐的时候，也正是中国人民在中国共产党领导下争取光明最为激烈的时候。中国人民经过了无数苦难的历程，"一唱雄鸡天下白"，终于在1949年得到解放。看来，《浮士德》中文译本的出版时期好像也响应着歌德的遗言"更多的光"。

[附记]

本文是作者于 1982 年 3 月 22 日在北京举行的德国伟大诗人歌德逝世一百五十周年纪念会上的报告。

本文原载 1982 年 3 月 23 日《光明日报》

后收入《冯至选集》,第 2 卷,1985 年

附录　歌德相册里的一个补白

挪威西海岸著名的城市特隆赫姆（Trondheim）附近有一座音乐史博物馆。馆址设在林木蔚秀的灵维（Ringve）区，因此又叫做灵维博物馆。这本来是一所古老的庄院，里边最早的建筑建于17世纪中叶。庄院最后一代的主人酷爱音乐，收集了大量不同时代不同地区的乐器和有关音乐的文献与艺术品，1952年他把全部房舍和收藏赠送给特隆赫姆市。

当我们代表团在1977年10月11日上午参观博物馆时，馆里刚刚在两天前庆祝了建馆二十五周年的纪念。旧日的牛棚马圈都改建成宽敞的陈列室、音乐厅，原来主人居住的楼房，不消说，是全馆的主要部分，里边有六七间房分别开辟为莫扎特、贝多芬、帕格尼尼（N. Paganini）、肖邦、柴可夫斯基、格里格（E. Grieg）等人的专室，陈列着这些作曲家当时的乐器、家具和有关的文物资料。每走进一间专室，便感到一个时期特殊的音乐气氛，像亲身经历了欧洲近代音乐发展的历史。

代表团中有钢琴家、歌唱家、琵琶能手，他们精通乐理，以极大的兴趣欣赏专室里的陈列品。我不懂音乐，在他们中间有如滥竽充数。

但当我走进贝多芬室的入口,向右一转,看见壁上悬挂着一幅镶在镜框里、长约二十一厘米宽约十六厘米的画时,却被它吸引住了。人们都已离开贝多芬室,我还伫立画前,舍不得离去。画,不是名画;作画者署名洛令(C. Röhling),也不是名家,一般的艺术家辞典里查不出他的名字;从画的风格看,大约是德国19世纪中叶稍后的作品,画题为《贝多芬与歌德1811年在特普利茨(Teplitz)》[①]。画的内容是,在特普利茨疗养区的林荫道上,奥地利皇后偕同她的随从走向画图的背景,歌德立在路旁,脱帽屈身,恭恭敬敬地向皇后致敬,贝多芬却头也不回,帽也不摘,背着双手,目光炯炯地朝着与皇后相反的方向走去。人们只看见皇后的脊背,歌德的侧面,贝多芬则正面向前,好像是画里的中心人物。

我观看这幅画,想起五十多年前和几个爱好文艺的朋友朝夕相处、经常计划办刊物编丛书的年代。那时北京在北洋军阀愚昧而暴戾的统治下,鬼影憧憧,尘沙扑面,青年人面前看不见花,看不见光,看不见爱。我们少不更事,好发些无谓的感慨,喜欢读"身世有难言之痛"的诗人们的作品,对于享尽尊荣的如"桂冠诗人"之流,不管他们的成就如何,总是不大重视。有一个时期,我们特别钦佩几位艺术

---

① 标题写"1811年"是错误的,应为1812年。

家，他们有的困于饥寒，有的厄于疾病，但他们艰苦奋斗，以顽强的毅力创造出不朽的名作，丰富了人类的精神文明。像文艺复兴时期的米开朗琪罗，是雕刻家、画家、建筑家，也是诗人，他的创作包罗万象，体现出宇宙创造力的伟大和人的尊严；但他一生困顿，由于长年不息地画壁画，画教堂的天顶画，累得脊背佝偻，他那憔悴的面容使人深受感动。

又如19世纪法国的画家米勒，他描绘农民生活的名画《拾穗农妇》《扶锄老人》《晚祷》等都是艺苑的珍品，在20年代介绍到中国，我们常把它们粗糙的复制从杂志上裁下，贴在书桌旁的壁上，装饰简陋而狭窄的宿舍；可是米勒生前和他的妻子在巴比松（Barbizon）村过着穷困的生活，他勤奋工作，从来不知有星期日，母亲死了，没有路费回去送葬，无力购买画布，有时在已经画过的画布上重新作画，这样不知涂抹掉多少优秀的画幅。至于贝多芬，突破古典音乐的传统，开拓音乐领域，在法国资产阶级革命后全欧洲动荡的时代，谱出热情充沛、雄伟壮丽的新声；他本人却孤独寂寞，被人误解，忍受着歪曲的批评和恶意的嘲弄，最可悲的是失去听觉，无法听取自己创造的乐曲。——我们知道这些感人的事迹，多半是来自罗曼·罗兰给这几位艺术家写的传记。我们谈论他们，互相勉励，从中吸取力量。罗曼·罗兰在《贝多芬传》本文的结尾处引用了贝多芬的一句话："用痛苦换来的快乐"，这不仅概括了贝多芬的胜利，也适用于其他与困苦搏斗最后取得丰硕成果的诗人和艺术家们。这句话成为我们的座右铭，罗曼·罗兰写的几部传记成为我们的生活教科书。

我们不懂法文，我们读这些传记，是通过英文或德文的译本。在我们中间，杨晦以近乎虔诚的心情读《贝多芬传》，他一边读一边翻译，在1925年下半年的《沉钟》周刊上连载，后来加以整理，作为"沉钟丛书之三"由北新书局出版。① 这部连同后边的附录还不满百页的传记，内容很丰富，杨晦每逢翻译到重要的段落，就向大家谈讲。传记里有一段记载了贝多芬和歌德在特普利茨的故事。这件事使人感到惊奇，出乎意料，我们谈论它不只一次。贝多芬非常尊敬歌德，把歌德的一些诗和戏剧《哀格蒙特》谱成乐曲，歌德对贝多芬却很冷淡，他不能理解贝多芬乐曲体现的新时代的精神。在1807年至1811年中间，年轻的贝蒂娜·布伦塔诺（Bettina Brentano）常到魏玛访问歌德，给他提供一些撰写自传《诗与真》的资料，因为她从歌德的母亲那里听到过大量歌德自己已经忘记的童年往事。她是歌德的、也是贝多芬的热情崇拜者，她希望这两个当代巨人能够接近，成为朋友，她为此做出许多努力，却没有成功。在歌德与贝蒂娜的

---

① 杨晦的译本，标题为《悲多汶传》，早已绝版。现在通行的译本是傅雷译的《贝多芬传》。

关系疏远了以后,歌德和贝多芬于1812年7月在特普利茨会面了。贝多芬给歌德演奏,歌德起始赞叹他的音乐才能。但是好景不常,有一次,二人一起散步,半路上忽然出现了一场尴尬的局面。《贝多芬传》引用了贝多芬给贝蒂娜的一封"信",信里说:"国王和公侯们可能制造教授、枢机顾问,授予职衔和勋章绶带,他们却不能制造伟大的人物,制造不出超越尘俗的精神,……像我和歌德这样两个人在一起时,王公大人们必须看到我们这类人的伟大之处。昨天我们在归途上遇见全体的皇族,看见他们从远处走来,歌德挣脱我的胳臂,站在路旁,我说尽我要说的话,没有能使他移动一步;我把帽子按在头上,扣紧外衣,交叉双臂,穿过最稠密的人群走去。……我很开心看着这一队人从歌德面前走过。他站在一边,深深地脱帽鞠躬。随后我责怪了他一番,毫不客气……"(这封信的真实性值得怀疑,但这件事是发生过的。详见文后的"附记"。)我们谈论这件事,多少有些不正当的幸灾乐祸的心情。如前所述,我们那时对于所谓桂冠诗人们一向不大理会,一生享尽尊荣的枢机顾问歌德自然也被列入不被重视的范畴,虽然我们也曾满怀激情地读过歌德在狂飙突进时期写的《少年维特之烦恼》。这显然是一种偏见,但作为青年人反而常常"爱惜"这种偏见。听到盛气凌人的年长的傲慢者在谦虚的晚辈面前"丢脸",心里感到一种畅快。后来我年事日增,阅读略广,知道歌德除了《维特》以外,还创作了那么多涵义深刻的诗歌、小说、戏剧,尤其是内容极为丰富的《浮士德》,这些作品使他名不虚传,同时也要求读者若读懂它们必须付出相当大的辛勤努力。我逐渐向歌德接近,好像走进难以攀登的深山,每走一程,都要付出一定的气力,但一程过后,便会看到一种奇景:时而丛林茂密,时而绿草如茵,时而奇峰突起,时而溪水潺潺,随时都有新的发现。他很大一部分著作使我从冷淡转为亲切,从忽视转为尊重,从陌生转为略窥堂奥,它给疲倦的行人以树阴、以清泉,给寻求者以智慧,它使人清醒,不丧失勇气。从这方面看来,歌德比我们年轻时喜爱的诗人们更为博大,更为健康。海涅在意大利游记《从闵兴至热那亚》里这样形容歌德,说:"他本身是自然的镜子。自然要知道它自己是什么样子,于是创造了歌德。甚至自然的思想、意图,他都能给我们反映出来;……"这里的"自然",也应包括人生的现实,而且更重要的是人生的现实,因为歌德精练的诗句和明澈的散文更多地反映了人生万象。

正如自然有美好也有丑恶,人生有崇高也有卑鄙一样,歌德这面自然与人生的镜子,在他照映出许多崇高事物的同时,也照映出不少人世的污点,尤其是他周围环境的鄙陋状态。当我读歌德的作品越是深入、越是赞叹不已时,就越常常想起青年时从《贝多芬传》里知道的歌德和贝多芬在特普利茨的那段故事。它印在我的头脑里,我怎么想涂抹也涂抹不掉。后来我更多地知道，他对待有才华的青年诗人和作家如荷尔德林、克莱斯特、海涅等是多么冷淡，自从席勒于1805年逝世后，朋友中他引为知己的大都是些庸人俗吏。当时德国许多爱国志士为了民族的兴亡投入反拿破仑的斗争，而歌德在这时期从1806年到1813年每逢夏秋季节都到卡尔浴场、特普利茨等地疗养，与奥地利皇室和其他公侯贵族们周旋。尤其是1810年和1812年，他先后写了六首冠冕堂皇的诗"给奥地利皇后陛下"，这些诗，有的是受卡尔浴场警察署长的嘱托欢迎皇后，有的"以卡尔浴场市民的名义呈献"，有的是"卡尔浴场的市民以无限忠诚在皇后行走的路上撒遍鲜花"……要知道，卡尔浴场和特普利茨都在波希米亚，是奥地利皇帝统治下的捷克人聚居的地方，现属于捷克斯洛伐克，歌德所说的"卡尔浴场市民"到底指的是些什么人，有多大范围的代表意义？1812年，他还写了一首诗"献给法兰西皇后陛下"（奥地利皇帝的女儿、拿破仑的妻子），歌颂拿破仑的"功绩"，说什么"举世纷纭，只有一人能够解决"，但就在这年9月，莫斯科大火，这个惟一能够解决举世纷纭的人却遭到惨败。歌德在1816年把这七首诗编成一套组诗，命名为《卡尔浴场的诗》，收入他的文集里，不觉得有什么惭愧。这些诗，罗曼·罗兰的《贝多芬传》里没有提到，他后来在1927年《欧罗巴》月刊发表《歌德与贝多芬》，更为详细地记载了特普利茨的故事，也没有提到，一般比较完全的"歌德诗集"也很少选录,知道的人不多,但很可以作为特普利茨一幕的旁注。从这点看来,歌德被他的反对者片面地称为"公侯的奴仆",不是没有一定的理由。

由此而产生的完全否定歌德的言论还是个别的,但是认为歌德的为人与他的作品不相符合的看法,在19世纪中叶相当普遍。不少1848年三月革命前的进步诗人都这样看待歌德,就是后来被称为"瑞士的歌德"、著名的德语现实主义作家凯勒(G. Keller)在他早年的日记里也写过如此愤愤不平的话:"我不知道,是什么使我这样对歌德气愤。是否一个写过《浮士德》《塔索》《伊菲格妮》等名著的人会是一个自私的小商贩,一个这样囤积谋利的人竟能写出《浮士德》《塔索》等等。我不明白,这使我更为痛苦,歌德是一个这样伟大的天才,而这伟大的天才竟有这样的个性,或者更确切地说没有个性。我不知道,我是要恨歌德而厌弃他的著作呢,还是为了他的著作而爱他、而原谅他的错误?"在德语国家以外,文艺界人士也常有类似的论调,如俄国的别林斯基在40年代初期给友人的信里说:"歌德作为艺术家是伟大的,但作为人物是渺小的。"

关于歌德作品与为人相矛盾的问题,在歌德生前死后的几十年内,讨论相当热烈,后来随着岁月的推移,渐趋平息。这是因为与歌德同时或稍晚的人对歌德待人处世有切身的感受,而后人则只评论他的作品如何,不过问他的为人怎样了。所以一般歌德的研究者和读者大都根据自己的观点和时代精神论述歌德，较少涉及19世纪中叶曾经热烈争论过的那个问题。我个人却认为，研究著名作家在历史过程中的升沉兴替，为什么在不同时期得到不同的评价，对于文学史研究还是有意义的，这既可以从中了解过去某一时期文艺界的风尚以及社会思潮，也有助于更客观地了解作家和作品，在文艺问题上不要总是"觉今是而昨非"。所以我对于过去（尤其是19世纪中叶）人们对歌德的毁誉还是感到兴趣。更由于青年时期一些难忘的往事，特普利茨的一幕经常在头脑里萦绕，想不到在挪威西海岸的一座音乐史博物馆里看到那幅画，画的内容又与贝蒂娜的叙述符合，颇有他乡遇故知的感觉，五十多年前形成的想象忽然呈现在面前。我看过不少歌德的画像和雕像：有风流才子端详一个妇女剪影的像，有斜倚罗马废墟眺望远景的像，有阿波罗式的像，有一本正经枢机顾问的像，有严肃端庄佩有勋章的像，有智慧老人的像，有在室内踱步口授诗文的像……各种各样的像不一而足，却从未看到过一幅在奥地利皇后面前卑躬屈节的像。这幅描绘歌德与贝多芬在特普利茨的画的确是别开生面，它画出"另一个歌德"，补充了歌德相册里的一个空白。三年多的岁月过去了，我时常思念这幅画，最近承蒙住在挪威的丹麦友人波达尔（v. Bordahi）女士为我复制了这幅画寄来，在我所有的歌德画页中增添了一幅与众不同的画，我对波达尔女士深为感谢。我为了这幅画重新读了一遍罗曼·罗兰《歌德与贝多芬》的德文译本（抗日战争时期我读过梁宗岱的中文译本，这译本现在恐怕难以找到了），其中有两句话，对我很有启发。一句是，歌德"只在艺术里是'最高的艺术家'，至于他的生活，如果人们仔细观察，会引起人们的怜悯多于忌妒"；另一句是，"天才有的弱点并不少于普通人，也许更多一些。"罗曼·罗兰在半个多世纪以前写的这两句话，现在读了像是新的发现，可以解决一些对歌德那样伟大人物的评价问题。至于一个多世纪以前的洛令的画，对于寡闻鲜见的我也可以说是一个新的得获。

[附记]

关于罗曼·罗兰引用的贝多芬给贝蒂娜的"信"，有不少研究者怀疑它的真实性，认为是贝蒂娜按照贝多芬在1812年跟她的谈话编写的。怀疑的论据有二：一、贝蒂娜于1832年曾写信给她晚年的友人皮克勒-穆斯考（H. Pilckler-Muskau），叙述了贝多芬跟她谈话的情况，既已谈过，又何必再写信，而二者内容又大致相同。二、贝多芬的"信"始见于贝蒂娜在1848年出版的一部书信集里。贝蒂娜在晚年编辑出版了几部书信集，每部都是真假杂糅，里边有的是原信，有的是她自己的"创作"。最显著的是她在歌德逝世后出版的《歌德与一个孩子的通信》，后人与遗留下来的原信核对，有很大的差异。因此人们把这几部书信集称为"书信体的小说"。既是"小说"，就难以要求真实了。看来对这封信的怀疑具有充分的理由。可是罗曼·罗兰无论在《贝多芬传》，或是在他于1927年写的《歌德与贝多芬》，都认为这封信可能是真的。不管信的真假如何，从当时歌德和贝多芬给别人的书信中还是可以看出，确实发生过这样的一件事，纵使贝蒂娜的转述或许有言过其实之处。歌德在这年9月2日给采尔特（Zelt）的信说，贝多芬"是一个不羁的人物"；贝多芬在8月9日给一个音乐出版家的信说，"歌德太乐意于宫廷气氛了，这对于一个诗人很不适合"。

1981年9月21日

本文原载《世界文学》，1981年第6期
后收入《冯至选集》，第2卷，四川文艺出版社，1985年

歌德年谱

俾德曼　编

（1749—1808）

冯至　译注

（1809—1832）

熊漪慧、吉志亮　译，陈巍　译校

参考底本

范大灿编.冯至全集 第十一卷[M].石家庄：河北教育出版社，1999：343—452.

艾米尔·路德维希.歌德传[M].甘木、翁本泽、仝茂莱，译.天津：天津人民出版社，1982.

汉斯·尤尔根·格尔茨.歌德传[M].伊德、赵其昌、任立，译.北京：商务印书馆，1982.

萨弗兰斯基.歌德——生命的杰作[M].卫茂平，译.北京：生活·读书·新知三联书店，2019.

F. F. BIEDERMANN. Chronik von Goethes Leben[M]. Leipzig. Insel-Verlag. 1932：1—195.

F. GUNDOLF.Goethe[M]. Berlin.Georg Bondi，1920.

R. SAFRANSKI. Goethe[M]. München.Hanser Verlag，2013.

本年谱为德国俾德曼编，冯至译注。译注文字曾于1940年至1941年在重庆出版的《图书》月刊，第一卷，第四、第五、第六和第七八期（合刊）及第二卷，第二、第三、第四、第五和第八期上分九次连载。后因患病等原因，译注工作未能继续进行，只完成并发表到1808年。在《图书》月刊上发表时，有两点说明："一、括号中文字，除记生年死年者外，均为译者所加注释。二、人名地名，除重要者或在谱中屡见者均音译中外文，其余只书本名，不另译成中文。"

译者前言

1932 年 3 月,予客柏林,适逢歌德逝世百年纪念。当时德国虽是多事之秋,然各界人士,缅怀往哲之情,未尝稍衰,一时纪念典册,蔚然成观。歌德专家俾德曼(Flodoard von Biedermann)之《歌德年谱》(*Chronik von Goethes Leben*)亦于此时问世。该书取材渊博而谨严,凡歌德之生活、工作,以及友朋交往、时代变迁,均权其轻重,胪列谱中。歌德享有高年,身历三世,所谓德国之古典时代,实与之相始终。故此编之作,亦一时代精神之纪年也。予疏散山庄,暇时辄迻译此书,并不揣谫陋,就歌德之著作、书礼、日记、时人记载,与后世学者之研究,略加注释。盖以年谱为经,注释为纬,国人有意于德国文学者,可取作参考之手册焉。慨自流离数载,所藏书籍泰半丧失,行箧残留,实不足当此工作。今仅因陋就简,草草成编,补漏填缺,当俟诸异日。

三十年(1941 年)春冯至志于昆明

1749 年 8 月至 1765 年 9 月

1749 年（清乾隆十四年）8 月 28 日，"中午钟声击十二响时"约翰·沃尔夫冈·歌德（Johann Wolfgang Goethe）生于美因河畔法兰克福（Frankfurt a. M.）大鹿沟宅内。（大鹿沟，法兰克福街名，今歌德故宅在焉。歌德自传《诗与真》第一部："我们这里看不见沟，也看不见鹿。……据传说，这块地方曾经有过一道沟，里边蓄养着一群鹿。"）

8 月 29 日受洗礼，施洗者为弗莱森尼乌斯博士。（F. 博士自 1743 年在法兰克福充牧师，死于 1761 年。即《维廉·麦斯特修学时代》第六篇《一个贞女的自述》中的高级宫廷牧师。）

父：约翰·卡斯帕尔·歌德（Johann Kaspar Goethe, 1710 年 7 月 31 日—1782 年 5 月 27 日），法学博士，皇家参议，有衔无职。（1738 年在格森得法学博士。1739 年末，经奥国漫游意大利。1742 年在故乡得皇家参议衔。博学，好艺术。）

母：卡塔琳娜·伊丽莎白（Katherina Elisabeth），姓泰克斯托尔（Textor）氏（1731 年 2 月 19 日—1808 年 9 月 13 日）。1748 年 8 月 20 日，年十七，与歌德父结婚。精明，乐天，好读《圣经》，善讲童话。有歌德母氏致儿书行世。）

祖父：弗里德里希·格奥尔格·歌德（Friedrich Georg

Goethe，1657年9月7日—1730年2月10日）生于图林根之阿尔特尔恩城，裁缝师，后为法兰克福魏登霍夫酒馆主人。

祖母：科内莉娅（Cornelia），姓瓦尔特尔（Walter）氏（1668年9月30日—1754年3月26日），初与舍尔霍尔恩结婚，舍尔霍尔恩死后，归歌德祖父。（在歌德记忆中，为"一美丽、瘦长、穿戴白净的妇人。"）

外祖父：约翰·沃尔夫冈·泰克斯托尔（Johann Wolfgang Textor，1693—1771），法学博士，法兰克福市长。（出身南德国之法学名族。多才而忠于职守，任市长至1770年始因老退休。）

外祖母：安娜·玛格蕾特（Anna Magarethe，1711—1783），姓林德海穆尔（Lindheimer）氏。

母系远祖中享盛名者：卢卡斯·克拉纳赫（1472—1553，宗教改革时代著名之画师）。萨克森国首相布鲁克。

1750年（清乾隆十五年）12月7日，歌德之妹科内林·弗里德里卡·克里斯蒂安娜·歌德生。歌德此后尚有二弟，二妹，均幼年早殇。

1753年（清乾隆十八年），圣诞节，祖母赠歌德傀儡戏具。（关于傀儡戏，歌德在《诗与真》第一部、第二部内均曾提及，而在《维廉·麦斯特》第一部自第三章至第八章中，叙述最详。歌德儿时，对此种游戏，甚为爱好，可视为歌德戏剧生活之萌芽期。此套傀儡戏具，现陈列于法兰克福之歌德故宅中。）

1755年（清乾隆二十年）4月，大鹿沟之住宅翻新改筑。

11月1日，葡萄牙国都里斯本大地震，此为第一次入歌德视界之大事变。（歌德六岁之童心，深受感动，质疑上帝之仁慈。）

克洛卜施托克（Friedrich Gottlieb Klopstock，1724—1803）之史诗《救世主》（Messias）前十章出版，歌德童时已读及之。（克氏生于1724年，死于1803年，德国古典文学之先驱，打破当时迂曲之见，始以生动之语言，表达真切之情感，有德国之弥尔顿之誉。歌德在《诗与真》第二部篇末，叙其童年读《救世主》时之情景甚详。）

1756—1763年，七年战争。（即第三次西利西亚战争。奥国欲收回西利西亚，联合俄、法及萨克森与普王腓特烈第二作战，歌德及其父同情普王，其外祖父同情奥国。法兰克福市民中亦多反对普王者。歌德在《诗与真》第二部里说："正如里斯本地震后，我在六岁时觉得上帝的仁慈有些靠不住一样，现在因为腓特烈第二，我对于群众的正义又起始怀疑了。"）

1757年（清乾隆二十二年），新年颂诗呈外祖父母，歌德幼年诗存至今日者，以此为最早。

1759年（清乾隆二十四年）1月1日，法军占领法兰克福。法国王家宪兵团长多伦伯爵驻歌德宅内。[多伦（Thoranc）生于1719年，死于1794年，《诗与真》第三篇叙述多伦在歌德家内情形，但歌德将其名误书为Thorane。]

4月13日，贝尔根战役，普鲁士败。

宪兵团长迁出歌德宅。

法军占领法兰克福后，歌德屡访法国剧团。（歌德戏剧生涯之萌芽期，傀儡戏若为第一阶段，此则为第二阶段，歌德不但常常看戏，并曾试编剧本。）

在1753年至1759年内，《浮士德故事》已因傀儡戏文引起歌德之注意。

1763年（清乾隆二十八年）2月15日，呼伯都斯堡和约成，七年战争终。

2月末，法军离法兰克福。

8月，莫扎特（Wolfgang Amadeus Mozart，1756—1791）在法兰克福演奏。[莫氏为罗可可时代著名之音乐家。演奏时莫氏仅七岁。此事歌德甚感兴趣，但对于歌德才智之发展无甚影响。1830年2月3日，歌德与爱克曼（Eckermann）谈话时曾忆及之。］

歌德与葛蕾琴（Gretchen）来往。此人为谁，推测甚多，莫衷一是，想系数人之合体。（与《浮士德》中之葛蕾琴无甚关联。歌德在《诗与真》第五部中，述此初恋故事，恐构想多于事实也。）

1764年（清乾隆二十九年）3月4日，约瑟夫第二（Joseph Ⅱ，1741—1790）在法兰克福行神圣罗马皇帝加冕礼。（自1356年神圣罗马皇帝皆在法兰克福选出，多在此行加冕礼，《诗与真》第一部及第五部内均叙及此事，盖歌德幼年所经大事之一也。）与葛蕾琴断绝关系。

5月23日，致函路德维希·伊森堡·封·布利（Ludwig Ysenburg von Buri，1747—1806），请准其加入菲兰得利亚进德会，歌德信札存至今日者，以此为最早。（在此信中歌德分析自己性格之缺点。）时至法兰克福附近郊游，写生描画自然。

6月，旅行莱茵河流域，在沃尔姆斯（Worms）访卡利塔斯·麦克斯奈（Charitas Meixner，1753—1777）女士，在彼之收藏中，存有歌德当时之画像一帧。

少年试作：关于基督巡行地狱的诗思，（模仿当时之宗教诗，1766年被友人在《实见》杂志上发表）。戏剧试作中只存有《贝尔萨采尔》(Belsazer)之残稿。其他皆由歌德焚毁，歌德在其自著《纪年》叙及此时之试作云："以应时而觉醒的才能，按照现成的诗的和散文的模范，幼稚地炮制各样的印象，多半是模仿，正如每个模范所指示的一般。"

少年朋友，霍尔恩（Johann Adam Horn，1750—1806），胡斯根（Johann Sebastian Husgen，1745—1807，著有《法兰克福艺术家及艺术作品散记》），克雷斯培尔（Johann Bernhard Crespel，1741—1813），莫尔斯（Karl Ludwig Moors，1749—1806，后为法兰克福市书记），里泽（Johann Jokob Riese，1746—1827，歌德在莱比锡与彼通信甚勤。）

少年女友：格罗克（Gerock），克雷斯培尔（Crespel），莫里茨（Moritz），龙克尔（Runkel）诸家女。（格罗克三姐妹，歌德青年通信中，屡屡提及，并在《赫尔曼与窦绿苔》中取作模型。）

1765年（清乾隆三十年），9月末，与书贾弗莱舍结伴赴莱比锡。

1765年10月至1768年8月莱比锡大学时代

1765年10月初，抵莱比锡。10月19日，大学注册。大学教师，歌德与之有特殊接触者：伯默（Johann Gottlob

Bohme，1717—1780，历史法律教授，曾指导歌德课业，劝歌德放弃习古文字及文学之志愿，专攻法律），克罗蒂乌斯（Christian August Clodius，1738—1784，哲学教授，作有戏剧，歌德于1767年5月11日致妹书云："一年前，当我让克氏对于我的贺新婚诗严加批评后，我一切勇气都失去了，等到我又缓过气来，应我的女孩子们的命令能够写成几首诗时，我用了半年的工夫"），艾内斯蒂［Johann August Emesti，古典文学教授，歌德曾听其讲解西塞罗（Cicero）］，盖雷特（Christian Furchtegott Gellert，1715—1769，德国18世纪前半叶最通俗之诗人，在莱比锡大学担任道德学及文体练习等课程，腓特烈第二誉为最聪明的教授，著有寓言小说，甚为流行。影响所及，被尊为一代宗师。但歌德以致不满，因其未脱高特舍德之樊篱，文字枯乏而少生气。尤使歌德诧异者，在其讲演中，德国当时真正杰出之天才如克洛卜施托克、莱辛等均未提及），高特舍德［Johann Christoph Gottsched，1700—1766，启蒙时代精神之文学理论家，提倡文字清晰，不违理智之文艺，以法国文学为模范。一时权威甚重，但自1740年后，因瑞士诗人波特梅（Bodmer）之攻击，逐渐失势。歌德于1765年10月30日致里泽书云："全莱比锡都轻视他，没有人和他来往"］，胡贝尔（Michael Huber，法文讲师），路德维希（Christoph Gottlieb Ludwig，医学家，植物学家，当时为大学校长，歌德最初每日在彼处午饭。歌德得机聆欧洲学术界之新潮流），莫罗斯（Friedrich Nathanael Morus，青年神学教授，与歌德同在路德维希家中午饭，使歌德知当时德国文学之空虚），温克勒尔（Johann Georg Winckler，歌德听其哲学讲演，不感兴趣，但于其物理课程，则获益甚多，后在其《色之研究》中曾提及之。）

伯默教授夫人照料歌德之生活态度与精神趋向。（伯默夫人死于1767年2月，歌德于本年5月11日致妹书，深为哀悼。）

自1765年12月，歌德已起始从厄泽尔（Adamm Friedrich Oeser）习画，与其家庭来往，特别是与其女弗里德里卡·厄泽尔（1748—1829）来往，则在1766年之秋。（厄泽尔生于1717年，死于1799年，自1764年任莱比锡艺术学院院长。厄氏并非大家，但具有卓越之艺术思想，当时温克曼始发现希腊艺术之真髓，谓"高贵的简单与宁静的伟大"为美的理想，一扫罗可可矫揉造作之风。厄氏崇尚温克曼之说，影响歌德甚深。歌德离莱比锡后，仍致书厄氏父女，深表感谢之意。并于年2月20日自法兰克福致书友人赖希云："厄的课程将要影响我的一生，他教给我，美的理想是简单与宁静。"）

歌德从施托克（Johann Michael Stock，1739—1773）习铜镂，施托克有二女，尚幼，其一后与克尔内尔结婚。

(Christian Gottfried Koerner，1756—1831，席勒之挚友，歌德至1790年始与之相识。)

歌德不久与布莱特科普夫家相识。("布莱特科普夫与哈尔特尔"为德国著名书局之一，今尚存，成立于1719年，布氏为该书局之创办人。其长子有音乐才，曾将歌德诗歌入谱。歌德在其家中，对于出版事业，增识不少。施托克即为此书局工作。)

1766年（清乾隆三十一年），复活节大市集，同乡施罗塞（Johann Georg Schlosser，1739—1799，著作家，后为歌德之妹丈）旅行经过莱比锡，引歌德至舍恩科普夫（Christian Gottlob Schönkopf，1716—1791）之酒馆，从此歌德改在此处午饭，与其女安娜·卡塔琳娜（1746—1810，歌德称为"安乃特"）过从甚密。4月27日，二人定情。（本年10月1日，歌德致函莫尔斯云"我爱上一个女孩，没有地位，没有财产，我第一次感到一种真爱所给的幸福。"）与施罗塞拜访高特舍德。（歌德在《诗与真》第七篇中，记载其拜访高氏之一幕，对于高氏备加嘲讽。）

在舍恩科普夫酒馆，结识贝里史〔Ernst Wolfgang Bohrisch，1738—1809。贝氏当时为幼童林登瑙伯爵之傅，在莱比锡与歌德结邻，乃一孤僻之士也。尝具锐利的眼光，批判时务，善于嘲讽，睥睨世俗。长歌德十一岁，歌德引为契友，与舍恩科普夫小姐之爱，一切原委，歌德皆向彼告白，其对于歌德之影响，无异于后日之梅尔克（Merck）。彼曾劝歌德勿过早印行诗集，歌德于1830年1月27日与爱克曼谈话，对此忠告，仍追念不置。］

歌德当年之诗集《安乃特》，有贝氏之精抄本，［此抄本后自歌赫浩森（Göchhausen）小姐遗物中发现，现在魏玛之歌德席勒文库中。］并结识诗人扎哈里亚［Just Friedrich Wilhelm Zachana，1726—1777，扎氏初属于高特舍德派，后与高氏对立，其作品中只有滑稽英雄诗《吹牛大王》（Renommist）今日尚有价值。］

复活节，歌德友人霍尔恩至莱比锡。（霍于是年之秋，致书莫尔斯，对于歌德在莱比锡之生活，颇有微词。）

10月10日，拉恩施塔特城堡之新剧院落成开幕，开幕时献演之剧为克罗蒂乌斯所著之《赫尔曼》。（此时德国有价值之剧本渐渐产生，如莱辛之剧本，亦在此剧院中上演。此可称为歌德戏剧生活萌芽期之第三阶段。）剧团领导者为科赫（Heinrich Gottfried Koch，1703—1775），演员中最著名者为施罗特尔（Corona Schroter，1751—1802），后歌德曾召赴魏玛。

歌德仿克罗蒂乌斯诗体作讽刺诗给糕饼匠亨得尔。（讽克氏好用空洞之古典名词。）

1767年（清乾隆三十二年）3月初，赫尔曼（C. G. Hermann，1743—1813，在舍恩科普夫处的一个相识）举行博士考试，歌德充反驳人。

1768年（清乾隆三十三年）3月初，赴德累斯顿参观彼处之艺术品。住鞋匠汉克家中。（德累斯顿，萨克森首都，藏意大利及荷兰名画甚富，歌德瞻仰世界名画，此为第一次。）与安娜·舍恩科普夫解除关系。

4月，歌德最早著名之铜镂（原版现存莱比锡市立图书馆中）。

6月8日，温克曼在特里雅斯特遇害，歌德深受感动。（温克曼，1717—1768，德国艺术史研究之创始人，其对于古希腊艺术之解释，在德国当时之文学、艺术、思想各界均发生极大之影响。著有《古代艺术史》《希腊艺术模仿论》。歌德于1804年撰有《温克曼》一文，为歌德最美散文之一。）

6月，歌德重病。歌德患吐血症，悬于生死之间者数日，使其莱比锡之生活告一段落。

8月26日，与安娜·舍恩特普夫告别。

8月27日，与厄泽尔家属在都利茨之别墅告别。

8月28日，自莱比锡启程返故乡。

莱比锡时代重要之相识：哈尔登贝格（Karl August

Hardenberg，1750—1822，后封为公爵，任普鲁士首相，以自由主义精神，贯彻普鲁士之改良政策，自由战争中之重要政治家），希勒尔（Johann Adam Hiller，1728—1804，音乐家），耶路撒冷（Karl Wilhelm Jerusalem，1747—1772，后因爱自杀，即《少年维特之烦恼》中自杀之维特原型），克措依戡夫（Franz Wilhelm Kzeuchanff，艺术鉴赏家），普法依尔（Johann Gottlieb Pfeil，著作家），赖希（Philipp Erasmus Reich，书贾），魏塞（Christian Felix Weisse，1726—1804，诗人，所著歌剧，当时甚为流行）。

此时代歌德书信，以致其妹及贝里史者最重要（其中叙其在莱比锡之生活及与安娜·舍恩科普夫之恋爱甚详）。

著作：在莱比锡时代写成之文稿，歌德多已焚毁。（按歌德焚稿，不止一次。歌德至莱比锡不久，即焚毁少年试作之全部，见《诗与真》第六篇篇末。返法兰克福后，又焚去莱比锡时代作品之大部，见《诗与真》第八篇。后歌德于1779年8月7日日记中，叙焚稿之心情云："在家中清理一切，把我的文稿检视一遍，烧却旧日的皮壳。不同的时代，不同的忧虑。静静地回顾一生，回顾青年时代的迷惑、活动与求知欲，他是怎样到处彷徨，为的是寻得一些满意的事体……"《维廉·麦斯特》第二部第二章，亦叙维廉焚稿事）。

诗：存于后世者，有《安乃特》集，赠弗里德里卡·厄泽尔,赠别贝里史及其他。戏剧中有《痴情人的任性》,在莱比锡所计划、在法兰克福写成之《同罪人》。(其《安内特》集及《痴情人的任性》皆取材于其与舍恩科普夫爱情之经验。歌德此时作品尚幼稚,未脱罗可可时代轻佻之作风。歌德在《纪年》中论此时之作品云:"……为了便于评判自己的作品,感到一种有限制的形式需要;希腊的、法国的形式,特别是在戏剧里,不但被人公认,且视为准绳。较为认真的,天真的,但是痛苦的青年情感在激动;同时这青年在市民社会的虚伪的状况里,看到各种罪恶。在我的作品中所存下来的,属于前一类是《痴情人的任性》和一些诗歌,属于后一类的是《同罪人》,若有人仔细观察,便不会否认,我在莫里哀的世界里用过一番心……"又在《诗与真》第八篇中云:"莱辛在《军人之福》的前两幕里,标出一种不能企及的模范,告诉我们一出戏剧应如何布局。")

译有高乃伊(Pierre Corneille,1606—1684)之《说谎人》。《浮士德》工作在莱比锡时业已肇始。

莎士比亚作品,因莱辛《汉堡剧评》(1767)之推崇介绍,歌德在莱比锡已识其一部分。

1768年9月至1770年3月在法兰克福养病

与外祖家亲戚克勒滕贝格小姐(Susanne von Klettenberg,

1723—1774）及其虔敬派教友来往。（克氏为歌德母之表姐，出自法兰克福名门，身弱多病，爱情未谐后皈依宗教。歌德在《诗与真》第八篇中云："……我根据她的谈话和书信写成《一个贞女的自述》，插在《维廉·麦斯特》里边。她长得柔弱，中等身材，一种恳切的、自然的仪表。因为见过世面更使人舒贴。她的淡雅的服装使人想到亨胡特兄弟会妇女们的衣裳。她永久活泼而恬静。她把她的病看作她无常的尘世生活的一种要素；她以极大的耐力忍受痛苦，在没有痛苦的中间又生动，又爱谈话……"，克氏晚年时与歌德及拉瓦特讨论宗教问题，思想神秘，著有宗教诗歌，当时歌德颇受其影响。虔敬派为新教之一支派，创始于17世纪，主张内心直接皈依于基督，提倡单纯的虔敬与实际的工作。亨胡特兄弟会亦属于此派，创始人为齐岑多夫。）研究化学，炼金术，神秘学。（此系受克氏及为歌德疗病之医生梅茨之影响。）

读施魏登堡及巴拉赛尔苏斯。施魏登堡（E. Swedenborg，1688—1772），瑞典之神秘家，信有趣自然之幻象，康德在其《一个视幽灵者的梦幻》中曾加以攻击。巴拉赛尔苏斯（P. A. T. Paracelsus，1493—1541），名医，思想家，最初认识出人身体中化学与物理之原则，并应用于医学。歌德此时所研究者，后用于《浮士德》之处甚多。

1769年（清乾隆三十四年）9月21日，至美因茨附近之玛林博恩访亨胡特兄弟会。10月，布莱特科普夫之新歌附歌德诗二十首出版。（此为歌德诗之第一次谱成乐谱。未署歌德名。）

1770年（清乾隆三十五年）3月，卡特欣·舍恩科普夫（即安娜·舍恩科普夫）与卡奈博士结婚。歌德作有祝新婚诗。此时代歌德书信中之重要者为致莱比锡厄泽尔，舍恩科普夫，布莱特科普夫三家之信。

著作：诗：《给月神》，《寄厄泽尔小姐》，《新年歌》，《天真》，《献词》，《别》。——戏剧《同罪人》续成。（此剧虽幼稚，但歌德甚为爱好，后在魏玛剧院中屡屡上演。）译法德罗斯与伊索之寓言。（伊索，希腊寓言家，约在公元前500年。法德罗斯，罗马寓言家，生于耶稣纪元左右。）

1770年4月至1771年8月斯特拉斯堡求学时代

1770年3月末，起程赴斯特拉斯堡，下榻圣灵旅馆，后迁入老渔场旁之寓所。（歌德至旅馆中，征尘未洗，即往瞻仰斯特拉斯堡之大礼拜堂，此礼拜堂乃中古哥特式之名建筑也。）

4月18日，大学注册。

同桌友人（歌德在姓劳特的人家中用餐，同桌友人多聪智之士。）：法庭书记萨尔茨曼〔J. D. Salzmann，1722—1812，时年四十八，《诗与真》第九篇中谓彼为博士，年五十余，均误。未婚，颇有财产，博学，富于经验，无形中成为同桌人之领袖。歌德于本年8月26日致克勒滕贝格书中称萨氏为"以许多的理智阅历过许多事的人"。歌德自青年至于壮年，每引一年岁较长者为契友，即向彼吐露一切，在莱比锡时为贝里史，后有梅尔克及施泰因夫人，此时则为萨氏。彼对于歌德多所指导。后1812年歌德《诗与真》第二册（第六篇至第十篇）出版，第九篇及第十篇均记载斯特拉斯堡时代，歌德欲将此书寄旧日友人，共同纪念此过去之时日，但萨氏已于本年先数月死去。歌德于1812年11月致书克尔内尔，对此"久未忘记之萨尔茨曼"未得读及《诗与真》第二册，深为惋惜〕，莱尔泽，歌德在《葛兹》（*Götz*）中为彼立一不朽之纪念碑。（Franz Lerse，1749—1800，衣履整洁，内心纯正之神学学生，至1774年后任科尔玛尔陆军学校教员。歌德甚钦佩其人。《诗与真》第九篇云："当我写《葛兹·封·贝利欣根》时，我感到一种动机，给我们的友情立下一个纪念碑，我给一个果敢的人命名法兰茨·莱尔泽，他有一种那样高贵的仪表忠于服务，按：莱尔泽出现于《葛兹》之第三第四第五三幕），维兰德〔F. L. Weyland，1750—1785，神学生，阿尔萨斯（Elsass）省人，后引歌德至塞森海姆（Sessenheim）］，容格，笔名史替令（J. H. Jung-Stilling，1740—1817，出身贫寒，幼习裁缝，旋充家庭教师，至三十岁，始入大学研究医术。后为著名之眼科医生，并从事农业，信仰虔敬派，有科学及文学著作。其自传《亨利·史替令的一生》在德国自传文学中占有重要位置，有数段文字记载歌德斯特拉斯堡时代之生活），瓦格纳（H. L. Wagner，1747—1779，狂飙时代之剧作家，著有《杀婴女》。《诗与真》第十四篇中云："他是斯特拉斯堡时代、随后是法兰克福时代的朋友；不乏精神、才能和教育……他对我很诚实，因为我所计划的一切，对他都不守秘密，所以我就向他述说我关于《浮士德》的意见，特别是葛蕾琴的悲剧。随后他就把这个材料运用在一出悲剧《杀婴女》上边。这是第一次有人剽窃我的预定计划"）。

5月7日，玛丽娅·安托依奈特莅斯特拉斯堡。（1755—1793，奥国女皇玛丽娅·特蕾西亚之女，1770年4月19日与法王路易十六结婚，于法国革命时被害。此次为新婚后路经斯特拉斯堡赴巴黎，《诗与真》第九篇中曾记此盛事。）

6月22日以后数日，游扎贝尔恩及阿尔萨斯省北部，同游者为维兰德及恩格尔巴赫。（扎贝尔恩，自1414—1789年斯特拉斯堡之主教驻此。主教宫乃名胜之地。恩格尔巴赫，法律学生，亦阿尔萨斯人。）

9月10日，第一次法律考试，得免听课。10月初，第一次访塞森海姆村之布里翁牧师（J. J. Brion，1717—1787）及其女弗里德里克·布里翁小姐（Friederike Brion，1752—1813）。《诗与真》第十篇后半及第十一部均述塞森海姆之恋爱故事。歌德与维兰德同访与维兰德有亲戚关系之布里翁牧师，与其第三女弗里德里克一见倾心。弗里德里克"语声清朗，使夜成为白昼。""有些女子，在房里特别使我们中意，有些女子在野外更显出精神：弗里德里克属于后者。她的本质，她的身材，没有比她在一条高高的溪径上飘动时更为动人的了；她举止的娇柔和她面上永不衰谢的活泼好像与开花的大地和蔚蓝的天空媲美。这围绕着她的清爽的空气她也带到家里来……"此段恋爱与阿尔萨斯省之原野不能分离。如在莱比锡时与安乃特之恋爱皆向贝里史告白，此次恋爱则多向萨尔茨曼。但歌德之态度过于诗情，从未念及结婚。歌德在《诗与真》第十二篇中云："葛蕾琴被他人夺去，安乃特遗弃我，这回我是罪过的。我伤了那最美丽的心的最深处，于是一种阴暗的忏悔的时代非常痛苦，甚至难以担当"。后歌德于其著作中屡屡念及弗里德里克，如《葛兹》中之玛丽，《克拉维歌》（Clavigo）中之玛丽，以及《浮士德》中之葛蕾琴，凡此不幸之女子，均不无弗里德里克之成分，同时亦可视为歌德对于弗里德里克之忏悔。歌德直至晚年与爱克曼于1828年3月12日谈话，追念及此，仍不无感伤。

与赫尔德（Johann Gottfried Herder，1744—1803）结

识。赫氏自1771年4月居斯特拉斯堡,介绍歌德读哈曼(Johann Georg Hamann,1730—1788)之作品。赫氏为狂飙时代之理论家,但其意义与影响则超过狂飙时代,实与莱辛同为德国近代文学之奠基人也。其所从事,范围甚广,对于世界各民族之文化,语言,文艺,皆有深切之认识,尤其对于民歌之价值与美有最大之发现。其不朽之著作为《人类历史哲学》,及其搜集之民歌集《民歌中的民族之声》。其早年作品《批评之林》,代表当时新文艺之艺术原理。崇天才,尚感情,使诗歌在文艺中又居于领导地位。《诗与真》第十篇前半篇述歌德与赫氏之交往。赫氏因疗眼疾,居斯特拉斯堡半载有余,歌德与之朝夕过从,渐了解世界文学之意义,并感受德国新兴文学之气氛。盖歌德在莱比锡时代,尚局促于罗可可之作风,后归故乡,文学知识,并未增加,反因研究炼金术走入一神秘之境地。遇赫氏后,耳目为之一新。赫氏善批评,不姑息,每抉剔歌德之缺点,歌德因之获益匪浅。——哈曼被称为"北方的魔僧",反空洞之理智,为启蒙运动之反动者,影响狂飙时代甚巨。《诗与真》第十二篇中有数页论及哈曼之思想。当时歌德所读者为其名著《西北里[①]的杂稿》(*Sibyllinischen Blättern*)。

---

① 即古代女巫通称,古罗马有《西彼拉占语集》。——编者注

1771年（清乾隆三十六年）5月18日至6月，屡次访布里翁于塞森海姆，画有牧师住宅。6月与伦茨（J. M. R. Lenz，1750—1792）结识。〔伦茨为狂飙时代之奇才，才力磅礴，但缺乏节制，自1778年疯狂，有诗歌、戏剧传世。其讽刺作品《日耳曼的半神庙》纪念与歌德之友情。后歌德写塔索（Tasso）之忧郁性格，颇有以伦茨为影本之处。容格-史替令在其自传中云："歌德，伦茨，莱尔泽，史替令，现在（6月末）组成一个团体，在这里边每个能感受美和善的人都感到舒适。"歌德离斯特拉斯堡后，伦茨亦钟情于弗里德里克小姐。〕

8月6日，歌德参加法学（Lizentiat）学位考试，此学位与德国之博士学位相等，故歌德此后在德国即称法学博士，未向大学要求证书，因论文遭人排斥，歌德之考试只限于辩论法律之地位（Positions Juris），反驳人为莱尔泽。（歌德论文所研究者为教会法及行政法之范围，歌德欲泯除政教之冲突，多所建议，但不容于法学院教授。歌德受法学院长埃尔伦之劝，不交论文，只举行辩论，故论文亦未印行。）

8月中至塞森海姆向布里翁小姐告别。（《诗与真》第十一篇："当我从马上又递给她手时，她眼里噙着泪，我心情恶劣极了。我于是骑马走上往德罗森海姆的路，我起了一种最离奇的预感。那不是用我的肉眼，却是用我精神的眼，我看见我自己在这条路上迎面骑马而来，穿着一件从来没有穿过的衣服：鱼灰色，带一些金……奇怪的是，我在八年后，就穿着我梦见的这身衣服，并不是故意选择的，却是偶然穿上的，又在这条路上，又拜访一次弗里德里克……"八年后，系1779年9月25日，歌德于28日致施泰因夫人书忆及八年前之别离云："我在一个时候丢掉她，那时几乎要了她的命。"布里翁小姐，终身未婚，一生以救助穷苦为己任。）

1770—1771年，在斯特拉斯堡之学业：歌德在斯特拉斯堡甚少听法学演讲，考试时，歌德请助考人恩格尔巴哈代为预备。歌德在其《诗与真》初稿中云："这些教授们，特别是法学教授……不肯为这些少数的学生费力。老教授们因袭成文；年青的有些新精神，但也不被人理解……后来我和几个放肆的人谈到我要在斯特拉斯堡考试，他们听了，都取笑我为了这个缘故还在这里研究……这里有助考人，他们有一本抄本问答书，包含一切考试的问题……"后歌德将此段删改。听洛布施泰因（J. F. Lobstein，解剖学及外科教授，为赫尔德疗眼疾），施皮尔曼（J. R. Spielmann，化学、植物教授），埃尔曼（J. F. Ehrmann）及埃尔曼（J. C. Ehrmann）之医学及外科演讲。（斯特拉斯堡大学自成立即以医学名于世。）听奥伯林（H. J. Oberlin，生于1735年，使歌德认识德国中古文学）及科赫（C. W. Koch，生于1737年）之历史讲演。听邵普夫林（J. D. Schopflin）之政治学讲演。（邵氏以七十七岁死于1771年，歌德在《诗与真》第十一篇对其人格深致敬仰。）读莎士比亚，荷马，莪相（Ossian）。（歌德此时之读物，多系赫尔德所介绍。狂飙时代之文艺，提倡打破传统之成文规律。作品须从自己胸中吐出。荷马，莎士比亚，为理想之天才，当时以为莎士比亚及荷马皆无所仿效，一切只从自然与人生中直接学来。莪相为苏格兰克勒特族传说中第三世纪之歌人，其诗歌已淹没，后英人麦克菲森于1760年有莪相诗出版。或谓为麦克菲森之伪作，纵使非麦氏伪作，亦定非莪相时代之作品。但当时对于德国影响甚大，咸视为民族文学之大发现，足与荷马抗衡者也。歌德在《诗与真》第十一部及《维廉·麦斯特》第三篇第十一章，第四篇第三章，第五篇内均述及读莎士比亚之感想。）

著作：赠弗里德里克之诗。（其中最有名者为《五月歌》、《欢迎与别离》。弗里德里克手抄本之《塞森海姆歌集》于1835年始从其妹莎菲·布里翁小姐之收藏中发现，诗凡十首，经考证知其中数首为伦茨之作品。）《葛兹》及《浮士德》之计划时时在念，一计划而未完成之剧本《恺撒》只有数句存世。（《诗与真》第十篇云："那是《葛兹·封·贝利欣根》和《浮士德》。前者的传记感动我的深心。在荒凉紊乱的时代，一个粗率的、好心眼的自助者的典型激起我最深的同情。后者的著名的傀儡剧文在我心内发生许多声音的回响。我是在一切的学问里绕过圈子，很早就理解到这个主人翁的空虚。我在生活中也受过各样的诱惑，并且永久不能满足，受着罪转了回来……我永不放下他们，在寂寞的时刻也以此自娱，可是并没有着笔。")——在闲游时"从老太婆们的口中"（1771年9月致赫尔德信中语）替赫尔德采集阿尔萨斯省民歌，寄给克劳第乌斯（Matthias Claudius，1740—1815），在《万德贝克报》上发表。（克氏为当时平民诗人，诗体简单整洁，自1771—1775年在汉堡附近之万德贝克村中编此杂志，投稿人多一时知名之士，此小村落亦因此而闻名。）

归乡途中，在曼海姆参观古典厅。[其中所陈列者多希腊著名雕刻之复制，《诗与真》第十一部末云："我见到Totonda（圆形）庙柱头像的复制，我不否认，我看着那伟大而柔美的爵状叶形，我对于北欧建筑的信仰起始有些动摇了。"此北欧建筑，当系指斯特拉斯堡之大礼拜堂。]

1771年8月至1772年5月在法兰克福

1771年8月末，自斯特拉斯堡返法兰克福。

8月28日呈法兰克福市议厅，请准业律师，旋被批准。

10月14日，"堂皇庆祝"莎士比亚命名纪念日。（此日为维廉日，莎士比亚亦名维廉，故歌德举行纪念，并在斯特拉斯堡同时举行。）

本年秋，从莪相诗中译《塞尔玛》歌，寄赠弗里德里克，后经修改插入《少年维特之烦恼》中。

12月末，梅尔克（Johann Heinrich Merck，1741—1791），达姆施塔特之军需官，由赫尔德介绍，访歌德于法兰克福。（梅氏为著作家，乃歌德靡非斯托非勒斯式之朋友，晚年因忧郁而自杀。《诗与真》第十二篇云："这个对我一生有极大影响的人生于达姆斯塔特……天赋聪颖，获有很多美的知识，特别是关于新文学的……评判中肯而锐利，是他的天性……在他的性格中有一种奇怪的不调和：本来天生是一个诚实、高贵、可靠的人，但他愤世嫉俗，让这种忧郁的性格支配他，致使他感到一种不能抵抗的趋势，故意充作一玩世不恭的人，甚至是一个无赖。好像一个人如果觉得对一些危险是安全的，反倒欢喜和危险来往一般，我就有一种更大的倾慕，去和他一起生活，享受他的好的特性，因为一种信赖的情感使我预觉，他那坏的方面是不会向我发作的……"歌德于1831年3月27日向爱克曼谈："梅尔克和我的关系永久像是浮士德和靡非斯托非勒斯，他不富于创作，却有一种否定的性情，所以他永久是责备多于赞美。"）

1772年（清乾隆三十七年）1月，马林博恩之亨胡特兄弟会同人访歌德于法兰克福。

3月3日，歌德至达姆施塔特，与梅尔克周围之感伤主义者来往：(《诗与真》第十二篇云："在这团体里人们欢喜听我诵读我已经完成或是已经开始的作品，若是我坦白而详细地述说我的计划，他们就鼓励我，若是我有新的动机而把早日开始的放在后边，他们就责备我"。) 莫泽尔 (Friedrich Carl von Moser, 1723—1798, 启蒙时代之政治家，兼著作家，著有《主与仆》，批评德国当时自私自利之公侯)，弗拉赫斯兰德 (Karoline Flachsland, 1750—1809)，赫尔德之未婚妻，即歌德诗中之 Psyche (心灵)，齐格勒 (Luise von Ziegler, 1750—1814)，歌德诗中之 Lila (女性名，后为同名小歌剧之女主人公)，罗希隆 (Henriette von Roussillon, ?—1773)，歌德诗中之 Urania (美神之别称)。上一人皆黑森达姆施塔特伯爵夫人之女宾。洛伊希森林 (F. M. Leuchsenring, 1746—1827, 达姆施塔特之参议，自1784年为普王腓特烈·维廉第三之教师，俾尔舒乌斯基[1]在其《歌德传》第十二章述此达姆斯塔特之感伤派云："这三个年青的女孩组成团体，围着一个达姆斯塔特的人那位漂亮的洛伊希森林，一个温柔的天性……。一切的伟大，旷野，崇高，只要超过某一种中庸的、温和的均衡，在他看来都是

---

[1] 现通译比学斯基 (Albent Bielschowsky, 1847—1902)，著有两卷本《歌德传》。——编者注

一种暴行……许多温存的女友的信件，他都整理得好好的，装在盒子里带在身边，作出虔敬的表情，用美好的言语拿出来给人看……她们随着他梦想一个童年的、牧童的世界，建筑友情之庐，他是她们的使徒，她们是他的圣者……"赫尔德批评洛伊布森林为"到处能够卖弄心的纤维和友情，但是真的虔诚与忠实早已失掉了。"歌德亦曾在《布雷教父》一剧中讽刺过洛伊希森林。）

4月，歌德与梅尔克往黄堡。——识拉罗契（Sophie von Laroche Guttermann，1731—1807，通俗之女小说家，维兰德早岁之女友，其小说在当时最流行者为《施特恩海姆小姐的历史》，歌德曾在《法兰克福学报》中评论之。）读《圣经》，宾达。（歌德所读《圣经》为马丁·路德译本，参看施密特直译及《圣经》原文。宾达，希腊诗人，生于公元前518—前446。）

著作：诗：《浪游人的暴风雨歌》，《浪游人》。（《诗与真》第十二篇："要安定我的心情，我只有在自由的天空下，山谷中，高山上，田野和树林里得到……我习于在街上生活，有如一个传信人在山与平地间游来游去。我时常单独或和朋友一起穿过我家乡的城，好像它与我无关……我比往日更倾向于广大的世界和自由的自然了。中途我唱着浪游人的暴风雨歌"。）散文：《论德国式的建筑》，《莎士比亚日》。——戏剧：将戈特弗里德·封·贝利欣根（1480—1562，法兰克骑士）的历史编成剧本《葛兹·封·贝利欣根》。(歌德初稿，歌德死后始印行。此为德国第一部历史剧，非以现代之精神，述过去之历史。一切皆保持16世纪中叶之气氛。歌德受莎士比亚影响，故意违反三一律，故赫尔德取笑歌德云："莎士比亚完全把你毁了。")

1772年5月至9月在韦茨拉尔

1772年5月25日，在韦茨拉尔国家高等法院登记。(韦茨拉尔自1693—1806年，设有国家高等法院，审理国内重要案件，故少年法学者多往实习。歌德充实习生，但不甚勤于职务。韦茨拉尔被称为"维特城"，因《少年维特之烦恼》中之山川背景多采自韦茨拉尔。但少年维特之心却与在韦茨拉尔时歌德之心境不尽相同也。《诗与真》第十二篇云："我在韦茨拉尔所遇到的，没有多大意义"。)

6月9日在沃尔培茨豪森跳舞会识夏绿蒂·布夫小姐（Charlotte Buff，1753—1828），稍晚识其未婚夫克斯特内尔，(J. C. Kestner，1741—1800，歌德晤夏绿蒂情形，在《少年维特之烦恼》6月16日信中记载甚详，惟与事实少有出入。克氏在韦茨拉尔充不莱梅公使之书记，后为歌德之好友。克氏记歌德当时之情形云："他的思想是高贵的，毫无成见，想起什么就做什么，不管旁人满意与否，合乎时尚与否，生活的方式允许与否。一切勉强都是他所憎恶的……他很接近卢梭,并不是卢梭盲目的崇拜者……他不到礼堂去,也不参加圣餐,很少做祈祷。他说,因为他还不够做个说谎人")。

8月17日,至格森访法律教授霍普夫奈尔(L. J. F. Hopfner),霍普夫奈尔曾为歌德剪影。(歌德访霍普夫奈尔目的,为请其参加《法兰克福学报》。)

9月11日,离韦茨拉尔。(离韦茨拉尔前夕与夏绿蒂及克斯特内尔谈话情形,《维特》上部最后一信与克氏9月10日之日记所记相同,《诗与真》第十三篇篇末所述者与事实不甚相符。)

韦茨拉尔之朋友:歌特尔(F. W. Gotter,1746—1797),彼介绍歌德与格廷根诗人交往。(格廷根诗派之诗,以简单之语言表现自然之情感,友情、自由、祖国为歌咏之主题。其中最重要者为福斯、博依、霍尔蒂、毕尔格。博依主编之《文艺年鉴》,1773年有歌德稿。)顾维(F. A. v. Goue,1743—1789,亦尝试创作,但无甚成功,只《玛苏伦》一剧,述当时韦茨拉尔之生活及耶路撒冷之命运,因歌德而流传。)耶路撒冷,自杀时维特之影本。(耶氏为一著名神学者之子,性悲观,歌德离维茨拉尔不久,耶氏因爱一友人之妻,借克斯特内尔之手枪自杀,遂促成维特之产生。歌德述维特之自杀,皆根据克斯特内尔关于耶氏自杀之报告写成。)基尔曼泽格(C. A. v. Kielmannsegg,1748—1881),男爵。

著作：诗：《山岩献辞》给 Psyche，《巡礼者的晨歌》给 Lila，《乐园》给 Urania。（歌德对于达姆施塔特二女子每人赠诗一首，纪念彼等人间仙境之生活。但歌德对此不切实际之生活已不能满足，在《乐园》一诗末句问："啊！为什么只是乐园？"）

9月11日及以后数日：漫游拉恩河流域，至埃伦布莱特施泰因访拉罗契夫人及其女玛克西米利奈（1756—1793，后与勃伦塔诺结婚，为浪漫派著名诗人勃伦塔诺兄妹之母。《诗与真》第十三篇云："我被这高贵的家庭盛意接待……我的文学和情感的努力与母亲相连结，一种爽朗的世界观念和父亲相结，我的青春和这家的女儿们相连结"。）与约翰娜·法尔梅尔（Johanna Fahlmer，1744—1822，后为歌德妹丈施罗塞之继室）结识。

1772年9月至1775年5月在法兰克福

1772年9月21日至23日，克斯特内尔来法兰克福。10月底，耶路撒冷自杀。耶氏自杀后一年又三月，《维特》始着笔。（此条系译者增。）

11月6日至11日，与施罗塞重至韦茨拉尔。（与克斯特内尔及夏绿蒂盘桓数日，不辞而去。）

11月中至12月初，在达姆施塔特，攻绘画甚勤。

1773年（清乾隆三十八年）1月，起始热心从事画像。

2月6日，梅尔克至法兰克福。（梅氏助歌德自费印行《葛兹》，旋伴黑森伯爵夫人卡罗琳赴彼得堡。）

2月11日，明希（Susanne Magdalene Muench, 1753—?）在结婚游戏中充歌德之妻，命歌德编《克拉维歌》剧本。（此段应列入1774年，现列入1773年，系编者之误。此种结婚游戏，在当时青年男女中甚为流行。用抽签方法规定夫妻，每次以七日为限，在此七日内，此对"夫妻"在同伴面前，一切行动均须如真正夫妻。歌德与明希小姐接连三次为七日之夫妻。一夕，歌德为其同伴读法国作家博马舍回忆录第四册，记录其妹被克拉维歌遗弃事，听众为之动容。明希小姐云："如果我是你的女主人，不是你的夫人，我就要请你把这段回忆编成一出戏；我觉得这是很适宜的。"歌德随即以八日为期，写成此剧本。事见《诗与真》第十五篇。但歌德在《诗与真》中，未书明此女之姓名，后人推测为苏珊，又有谓系苏珊之妹安娜者。）

4月4日，克斯特内尔与夏绿帝在韦茨拉尔结婚，歌德未参加。（歌德在此时期与克氏夫妇通讯甚勤，保持高洁之友情。）

4月15日，歌德至达姆施塔特。20日，罗希隆（Henriette v. Roussillon）病故。（歌德甚受感动，但未留有纪念罗希隆之文字。）

5月2日，赫尔德在达姆施塔特结婚，歌德参加。（此后歌德与赫尔德有一时期之疏远，或谓系其妻之故。）

10月11日，舍恩博恩、霍普夫奈（Hopfner）来访。〔舍恩博恩（G. F. E. Schoenborn，1737—1817）丹麦外交官，往阿尔及尔，经此，后与歌德家庭时通音问，舍氏此次与歌德晤面，谈及克洛卜施托克对于《葛兹》之善评。〕巴格尔（J. D. Bager）为拉瓦特画歌德像，此时歌德已与拉氏通信。〔拉瓦特（Lavater，1741—1801），狂飙时代神学方面之代表人，精研人相学，谓由面形可观察内心。著有《人相学》断片，歌德曾与以助力，另有基督赞美诗一百首行世。〕

11月14日，歌德之妹与施罗塞结婚。（歌德之妹在歌德家庭中为最能了解歌德者。歌德在韦茨拉尔时，施罗塞与其妹始由友情进而至于爱情。歌德在《诗与真》第十八篇论及其妹之婚姻为一种不幸。但事实上非若歌德观察者之甚也。）

12月20日，梅尔克（自彼得堡归）来法兰克福。

《诗与真》第六篇附录及第十五篇篇末所述之郊游与青年娱乐均1772—1774年内事。读斯宾诺萨，《古兰经》。（歌德在《诗与真》第十四篇末及第十六篇首均论及读斯宾诺萨之感想。第十四篇中谓斯宾诺萨之伦理学影响歌德甚深，每句皆启其深思，平静其当时无羁之热情。尤以"谁若真爱上帝，则不应要求上帝亦爱彼"一句，歌德推及对于爱情友情之态度。）

著作：戏剧：《艺术家的尘世行旅》、《葛兹·封·贝利欣根》（本年6月出版，《诗与真》第十三篇述此剧之初稿与定稿之写成。中文有译本，译名《铁手骑士葛兹》，译者周学普，1935年商务印书馆出版）、《废物村年集》（乔装戏。歌德周围之人皆优孟衣冠出现：其中穿插之以斯帖傀儡戏对于启蒙时代及感伤时代之时尚深加讽刺）、《穆罕默德》（《诗与真》第十四篇末述及此剧之计划。只开始，但未完成。存有《穆罕默德歌》）、《普罗米修士》（只写成二幕，《普罗米修士独白》一章，歌德后收入诗集中）、《萨蒂罗斯》（*Satyros*。以赫尔德做主题，提倡返归自然，官能自由）、《群神、英雄与维兰德》（攻击维兰德而作）、《布雷教父》（讽刺洛伊希森林之轻薄肤浅）、《雅阔比弟兄的不幸》（讽刺雅阔比弟兄，失传）。——《法兰克福学报》，投稿。（该报创始于1736年，由施罗塞及梅尔克编辑凡一周年，赫尔德及歌德亦时有投稿，遂成为代表新思潮之机关报。歌德之投稿皆为评论。）——《某牧师的信》、《两个重要的圣经问题》（以哈曼之作风论情感宗教。）

1774年（清乾隆三十九年）1月，玛克西米利奈·封·拉罗契与勃伦塔诺（Peter Anton Brentano，1735—1794）结婚。婚后即卜居法兰克福，歌德时与往还，但其夫甚为不惬，歌德之拜访遂渐稀。(《少年维特之烦恼》第二部之经验，多自此段生活中得来。)

2月12日，第一次与毕尔格（Gottfried August Burger, 1747—1794）通信。(毕尔格为格廷根派最有名之诗人，撷取民歌体裁，作有叙事诗及抒情诗，以《莱诺勒》一诗最为流行。散文《闵豪生奇游记》，有中文译本，译者魏以新。此信为寄赠《葛兹》而书，毕尔格读后甚感兴奋，在其致布依书中，有极好之批评。)

2月26日，致拉瓦特书。(与拉瓦特通信存至今日者以此为最早，此信中已提及行将脱稿之《维特》。)

5月初，与法尔梅尔（Johanna Fahlmer）女士谈对于维兰德及雅阔比弟兄之讥讽。(谈话系因《群神，英雄与维兰德》及《雅阔比弟兄的不幸》而发。前者乃歌德一时兴会之作，本无意发表，后由伦茨付印。关于后者，歌德谓除二三人读到外，将永不使之问世。)

5月28日，第一信致克洛卜施托克。

5月28日至29日，犹太街起火。(《诗与真》第十六篇述及此事。又6月1日致舍恩博恩信云："我趁着这个机会更进一步认识了这些细民，可是我一再得到确证，他们都是最好的人。")

6月23日，拉瓦特在法兰克福，歌德伴往埃姆斯。(拉瓦特住歌德家中，观画像，讨论宗教问题，读斯宾诺萨。）

6月25日，施莫尔（G. F. Schmoll，死于1785年）画歌德像。

6月29日，在纳骚访施泰因男爵夫人，其子后为普鲁士首相。

6月30日，返法兰克福。

7月15日以后，与拉瓦特及巴泽多（J. B. Basedow，1723—1790）自埃姆斯游兰河及莱茵河。（巴泽多为教育理论家，崇卢梭返归自然之说，巴泽多与拉瓦特在狂飙运动之理论方面，犹克林格尔及伦茨之在文艺也。关于此次旅行，《诗与真》第十四篇及拉瓦特之日记均记载甚详。）

7月18日，口占《古灵致词》。（此诗系眺望拉奈格古宫时作，首句为"高高地在古塔上，立着英雄的古灵。"）

7月2日，在埃尔贝菲尔德晤容格-史替令。（容格在其自传中云：一天早晨，史替令被人请到一个旅馆里去，人们告诉他说，这里有一个外乡的病人……引他到病人的房里。他在这里看见一个人，脖项和头部用手巾蒙盖着，这外乡人从床里伸出手来，用衰弱而沉重的声音说：医生，请你诊一诊我的脉，我病得很衰弱。史替令诊脉，觉得脉搏很平常，很健康……他说：我看不出一点病来，脉搏很正常。他这样说时，歌德就扑在他的身上了。）

7月23日，结识弗里德里希·雅阔比（Friedrich Heinrich

Jacobi，1743—1819，弟）及海因泽（J. J. W. Heinse，1746—1803。雅阔比兄弟，兄为罗可可时代之诗人，弟为狂飙运动之小说家。歌德因兄之诗多柔靡自怜之作，曾在《雅阔比兄弟的不幸》中讽刺之。后经法尔梅尔及弗里德里希妻之说和，乃释前嫌，成为好友。——海因泽，小说家，其小说《阿丁格鲁》为不朽之作。海因泽在本年9月13日致友人书云："歌德曾经在我们这里，一个二十五岁的美少年，从头到踵都是天才，力，强……"）。

7月24日，至杜塞尔多夫，识约翰·雅阔比（Johann Georg Jacobi，1740—1814，兄）。歌德在画馆中赏荷兰画。在本斯贝格谈斯宾诺萨。——至科隆。（《诗与真》前十篇已分成二部出版后，弗里德里希·雅阔比于1812年12月28日致歌德书云："你让我也能够看得到《诗与真》第三部的出版吧！我希望在这时代里你不忘记雅巴哈家的故宅，本斯贝格的官邸和园亭，在那里边……我们谈斯宾诺萨：还有圣灵旅馆的大厅，我们看见月亮从山后升上来，黄昏时你坐在桌上唱着歌……怎样的时刻！怎样的日子！"歌德与雅阔比之友情，因讨论斯宾诺萨而益增，正如与拉瓦特之友情由于人相学研究，与巴泽多之友情由于尊崇卢梭学说而日进也。）

9月末，克洛卜施托克来访。（克氏来法兰克福，甚少与歌德谈文艺问题，只论滑冰跑马之戏。后歌德曾伴彼至达姆斯塔特，归途成《致御者克罗努斯之歌》。谓宁愿青春沦亡，不愿衰老始凋谢，有感而作也。）

10月16、17日布依（H. C. Boie，1744—1806，格廷根派诗人，《艺术年鉴》主编）来访。

秋，容格-史替令来法兰克福，为人施行眼部手术，住歌德家中。

11月14日，在尼达河畔吕德尔海姆滑冰，披母亲之皮衣。（《诗与真》第十二篇论及滑冰之乐，并谓此种游戏有赖克洛卜施托克之提倡。此次滑冰则记载于《诗与真》第十六篇。）

10月20日，第一次试绘油画。

12月11日，克内贝尔来访。[克内贝尔（K. L. v. Knebel，1744—1834）自1774年为魏玛王子康士坦丁之傅，此次伴魏玛二王子卡尔·奥古斯特及康士坦丁赴巴黎，路经法兰克福，遂介绍歌德与二王子相识。是日与王子所谈者为政治改良问题，奥古斯特为之倾心，并约歌德次日同往美因茨。]

12月12日至14日，在美因茨与魏玛王子卡尔·奥古斯特（1757—1828）和康士坦丁（1758—1793）盘桓。（经克氏及二王子之劝告，致函维兰德释旧嫌。时维兰德在魏玛宫中任教师。）

12月13日，克勒滕贝格小姐逝世。此时与克林格尔交往。[克林格尔（Friedrich Maximilian Klinger，1752—1831）出身贫贱，后充俄国军官。富于奔放之热情，为狂飙运动之代表人。所谓狂飙运动,即因其剧本《狂飙》而得名。并著有小说《浮士德的一生、事业与地府之行》。]

著作:诗:《艺术家的晨歌》,《普罗米修士》,《冈尼梅德》,《图垒王》(后插入《浮士德》第一部书内),《御者克罗努斯》,《永不安息的犹太人》(本欲成一长叙事诗,但只写成一部分)。——戏剧:傀儡戏。(歌德于本年在莱比锡维冈德书局出版,新编道德政治傀儡戏,凡三部,第一部为《艺术家的尘世行旅》,第二部为《年集》,第三部为《布雷教父》。)《巴尔特译最新启示录序幕》(攻击启蒙运动者之任意贬斥圣经,本年2月在格森印行),《克拉维歌》(有中文译本,译者汤元吉,1926年商务印书馆出版。此剧写成之动机,已见前),《少年维特之烦恼》(有中文译本,译者郭沫若,1928年上海创造社出版。《诗与真》第十三篇论悲观情绪及自杀心情,甚为深刻,并述《维特》之写成。该书用书简体,系受卢梭及英国小说家里查逊所作小说之影响。在莱比锡之维冈德书局出版。歌德于1787年曾加以增改,尤于文字过分处,修正甚多,盖不欲长久见罪于克斯特内尔夫妇也。现一般流行者,均为改本,只莱比锡岛屿出版社印行者为原本,收入《岛屿丛书》第493号)。

1775年(清乾隆四十年),1月底,弗里德里希·雅阔比来访，住数日。

1月18日至30日，第一信致奥古斯特·封·施托尔贝尔格伯爵小姐（Auguste Stolberg，1753—1835，歌德在信封上称"尊贵的无名女子"，伯爵小姐由其二兄之介绍致书歌德，但未署名。歌德不知寄信者为何人，故如此称呼。第二信仍如此，第三信则称"亲爱之奥古斯特"矣。此时间内歌德许多经历多向彼陈述，最重要者为对于丽丽之爱情。后有歌德致施氏信行世）。

2月，容格-史替令来，住歌德家中，为人医眼疾。此时结识者为：克劳斯（G. M. Kraus，1733—1806，画家，早年游学巴黎，后为魏玛绘画学校校长），凯泽尔（P. C. Kayser，1755—1823，音乐家），米勒（F. Müller，1749—1825，被称为"画家"，曾受歌德帮助，游意大利深造），伊丽莎白·舍纳曼（Elisabeth Schönemann，1755—1817，歌德称为丽丽。其母自其父1763年逝世后，即独立经营银行业，成为法兰克福之富户。丽丽与歌德晤面时年始十六岁。歌德甚爱丽丽，但丽丽家中富丽之环境，社交之生活，与歌德爱好自然之诗人天性又甚不相合，后在奥芬巴赫亲戚之别墅，于简单之自然中，二人之爱情渐增。4月复活节得双方家长同意订婚。但歌德立即有悔意，在《史推拉》借菲尔南多之口云："这种情况窒息我一切的力量，这种情况夺去我灵魂中一切的勇气，它束缚我，我必须到自由的世界去。"

又于5月25日致书赫尔德,谓与其过幸福之家庭生活,宁愿投入自由之海。歌德之瑞士旅行,即对于自己之一种试验,能否无丽丽亦可快乐生活。瑞士归来后,歌德对丽丽之情并未稍减,其反复冲突之情皆向奥古斯特小姐倾泻,故关于歌德此时之心境以歌德自瑞士归来后至10月间致奥古斯特·封·施托尔格小姐之信最为重要。9月20日解除婚约。丽丽后与银行家图尔克海姆结婚。《诗与真》第四部可为纪念丽丽而作。第十六篇记初会,第十七篇记丽丽之环境,第十九篇记歌德之踌躇心情)。丽丽之母姓奥维尔氏,其亲戚J. 安德烈(生于1741年),音乐家及音乐出版者。在奥芬巴赫之牧师埃瓦尔德(J. L. Ewald,1747—1822,著有神学及教育之著作)。

3月末,晤克洛卜施托克。

5月10日,施托尔贝尔格伯爵兄弟(兄名克利斯坦Christian Graf zu Stolberg,1748—1821;弟名弗里德里希Friedrich Leopold Graf zu Stolberg,1750—1819)及豪格魏茨男爵来访。(施氏兄弟属于格廷根诗派,受克洛卜施托克影响甚深。崇自由,反专制。豪格魏茨在拿破仑时代曾任普鲁士首相。)三人与歌德自称"黑蒙四子",称歌德之母为"阿扎夫人"。("黑蒙四子",12世纪法文诗中反抗查理曼大帝的黑蒙伯爵的四个儿子,在德国演变为民间传说。)

5月14日,歌德与三人起程往游瑞士。(5月17日克利斯坦·施托尔贝尔格致其妹卡塔琳娜书云："我们同歌德旅行，给我们无上的欢悦。他是一个豪爽不羁，但是很善良的少年。充满了精神，充满了火焰……一见面我们就成为知心的朋友……在法兰克福我们都做了维特的服装。一件蓝色的上衣，黄色的背心和裤子，我们都戴着灰色的圆帽。"）

著作：诗：《给丽丽的诗》，《丽丽的花园》。——戏剧：《埃德温与埃尔米》（取材于英国小说《威尔斐牧师传》第八章中《埃德温与安吉利卡》一诗。结构无甚可取，惟剧中短歌则意趣风生，安德烈作谱，上演甚成功），《克劳迪奈》（浪漫剧，插有短歌，地点在西班牙，剧中主人为美女克劳迪奈及浪子克罗冈蒂诺。——以上二剧，歌德在1787年在罗马改为诗体，系受意大利歌剧之影响，但原有之风趣已失却，吾人应读其初稿），《史推拉》(Stella，有中文译本，译者汤元吉，1927年商务印书馆出版。歌德题为"写给爱者的戏剧"，述一男子爱二女子。剧中菲尔南多有歌德之成分，史推拉则指丽丽。初稿为一和平结局，现只存抄本，藏慕尼黑图书馆中。1806年改作为悲剧结局，菲尔南多自杀，1816年始出版。改作于1806年1月15日在魏玛上演；施泰因夫人致其子评云："若是让史推拉死去，也许更好些，因为人们对于骗子菲尔南多，纵使自杀，也没有同情。"批评语甚为正确），《丑角的婚宴》（一不甚重要之滑稽戏，《诗与真》第十八篇中曾论及之，歌德死后始发表）。

1775 年 5 月至 7 月瑞士旅行

1775 年 5 月 14 日，至达姆施塔特——曼海姆。17 日至海德堡——卡尔斯鲁厄（巴登国京城），访卡尔·弗里德里希伯爵，与萨克森魏玛之卡尔·奥古斯特公爵及其未婚妻黑森达姆施塔特之路意斯郡主（1757—1830）相遇。

5 月 23 日，至斯特拉斯堡，晤伦茨。

5 月 28 日，至埃门丁根，与伦茨住其妹家。（歌德在此停留数日，目睹其妹婚后生活之不如意，更加强其与丽丽解除婚约之念，其妹亦劝阻其与丽丽之结合。）

6 月 5 日，经弗莱堡——沙夫豪森——康斯坦茨——温特图尔。

6 月 9 日，至苏黎世（与豪格维茨及施氏兄弟在此会合。《诗与真》第十八篇后半及第十九篇前半均记瑞士旅行），住拉瓦特家中。（歌德此次与拉瓦特共同编纂《人相学》断片，歌德对此很感兴趣。）

识波特梅（Johann Jakob Bodmer，1698—1783，瑞士诗人，攻击高特舍德甚力，发现德国中古文学之价值），巴巴拉·舒尔泰斯夫人（Barbara Schulthess，1745—1818，经拉氏介绍，成为歌德多年之好友。《维廉·麦斯特漫游时代》中之"善美女子"即指舒氏。《维廉·麦斯特》初稿抄本，赖彼以传），李普斯（J. H. Lips，1758—1817，瑞士画家，为拉瓦特《人相学》画像，1789—1795年任魏玛绘画学校教授，画有歌德像），帕萨王特（J. L. Passavant，1751—1827，歌德法兰克福之朋友，时充拉瓦特助手）。

6月16日至25日：游苏黎世湖，（在此成《湖上》名诗。）——艾恩西德尔恩（在此与施氏兄弟分离，只与帕萨王特同游）——施维茨——利吉——四洲湖（在此凭吊威廉·退尔遗迹。）——歌舍恩——安德马特——郭塔特山[①]（登高遥望意大利。著名之《迷娘歌》中第三段即就此地之印象写成）。

6月2日，返苏黎世。

7月6日，自苏黎世至巴塞尔。

7月12日，至斯特拉斯堡，晤伦茨。初识齐默曼（J. G. Zimmermann，1728—1795），歌德观施泰因夫人之剪影，并在影下题词。（齐默曼，著名医生兼著作家。未识歌德前，已于本年1月19日就各方友人之叙述，将歌德之为人函告施泰因夫人。又10月22日致施泰因夫人信云："在斯特拉斯堡……我把你的剪影也给歌德看。这是他亲手在这画像下写的：那该是一个美丽的景象，去看宇宙在这灵魂里怎样照映着。她看见宇宙本身，并且是由于爱的媒介……他将要到魏玛来，拜访你。你想一想吧，我在斯特拉斯堡向他所说的

---

① 今译"圣哥达山"（Saint Gotthard）——编者注。

关于你的一切，使他三夜失眠。"）

归途经施佩耶尔，海德堡（7月20日），达姆施塔特，在达姆施塔特与梅尔克及赫尔德相会。

7月22日，抵家。

著作：丽丽诗。——《埃尔温墓旁巡礼》（埃尔温，建筑家，死于1318年，斯特拉斯堡大礼拜堂之一部分为彼所建筑。此篇为歌德最美的散文之一部。）瑞士旅行了，成风景画若干幅。

1775年8月至10月

1775年10月3日，魏玛之卡尔·奥古斯特公爵与黑森达姆施塔特之路意斯郡主结婚，二人经法兰克福赴魏玛，约歌德同往。（歌德与丽丽解除婚约之次日，9月21日，曾与卡尔·奥古斯特相晤，卡尔·奥古斯特随即赴卡尔斯鲁厄结婚。当时德国各公侯较开明者，多竞相延揽平民中知名之士，如施罗塞应巴登伯爵之召，维兰德受魏玛宫中之聘，皆显明之例也。）约定侍从官封·卡尔布往迎，歌德久候不至，遂决定赴意大利旅行。

10月30日，封·卡尔布来迟，踵至海德堡，始晤歌德，二人于11月初首途赴魏玛。（《诗与真》凡二十篇，所记者止于此。）

著作：参与拉瓦特《人相学》断片之工作，（此后数年内，亦未稍懈。）——《盟歌》(为埃瓦尔德结婚作）。

1775年至1776年，比尔城海尔曼书局印行第1版（不合法之)《歌德文集》。——第一次希姆堡之翻印版。（1775年出版两册，1776、1779年又继出两册。事先未得歌德同意，出版后，希姆堡致函歌德，欲以瓷器为酬，歌德未加理睬。事见《诗与真》第十六篇篇首。此翻版本不无错误，歌德却以之为1789年印行之《歌德文集》之底本。）

（歌德在《纪年》中总论1769至1775年之著作云："事变、热情、享受、痛苦。感到一种自由形式的必要，趋向于英国的方面。这样产生《维特》，《葛兹》，《哀格蒙特》，写简单一些的对象又倾向较有限制的方式。如《克拉维歌》，《史推拉》，《埃德温与埃尔米》，《克劳迪奈》……还有给丽丽的诗歌，其中一部分，以及各样的临时即兴，寄赠之作，和其他社交的笑剧都已失却了。这中间也有对于深一步的人生的更大胆的探求，于是对于引入歧途的、迂曲的理论起一种热烈的反感，反抗夸扬虚伪的模范。这一切，以及从中发生的结果，都深切而真实地感到，但是常常偏激而不正确……《浮士德》，傀儡戏，《序幕》，都可以在这意义中批判；人人都能读到。反而《永不安息的犹太人》断稿和《丑角的婚宴》都没有发表……《法兰克福学报》中的评论，关于我们的团体和人格，给一个完整的概念。一种无条件的、冲破一切束缚的努力甚为显然……"按:《哀格蒙特》及《浮士德》,当时已着手,尚未完成,故未列入此时期之谱内。)

1775 年 11 月至 1779 年 9 月

1775 年 11 月 7 日晨五时抵魏玛。初寓陶器场旁财务局局长封·卡尔布宅内。

魏玛宫廷中之人物:卡尔·奥古斯特公爵,路意斯公爵夫人。卡尔·奥古斯特之母安娜·阿玛里亚公爵夫人(1739—1807,布伦瑞克之郡主,弗里德里希第二之甥女。十六岁与魏玛公爵结婚,两年公爵即逝世,听政十七年。1775 年始移交政事与长子奥古斯特。歌德于公爵夫人死后有专文纪念其治理魏玛之政绩),康士坦丁王子。安娜·阿玛里亚公爵夫人之女卿路意斯·封·歌赫浩森(Luise von Goechhausen,1752—1802,《浮士德》初稿及《安乃特》歌集,赖彼以传),内阁大臣弗里奇男爵(J. F. V. Fritsch,1731—1814,严肃而狭隘,佐安娜·阿玛里亚行政十余年,但对于公爵与歌德之交往及歌德参与魏玛政事,深为反对),厮尹施泰因男爵(Josias Friedrich von Stein,1735—1793),其妻夏绿蒂姓封·萨尔特,其子卡尔·恩斯特·弗利茨(Karl Ernst Fritz)。财政局局长封·卡尔布(v. Kalb,

1712—1792），其子封·卡尔布（1747—1814，侍从官），克内贝尔（与歌德友情最为恒久，有通信集传世），艾恩西德尔（H. v. Emsiedel，1750—1828，侍从官，翻译拉丁文法文作品），泽肯多夫男爵（K. S. V. Seckendorff，1744—1785，侍从官，首先将《维特》译成法文者），公爵财产管理官贝尔土赫（F. J. J. Bertuch，1747—1822，后任内阁顾问，实业事务局及地理研究所之创办人，出版家兼翻译家）。

与公爵之退休教师维兰德不久即生亲切之友情。（Christoph Martin Wieland，1733—1813，小说家，与莱辛及克洛卜施托克同为古典文学之先锋。其作品充溢官能之欢悦与尘世之快乐。小说以《阿迦通》一书最有名，用散文译莎士比亚二十二部。自1772年来魏玛，充王子教师，著小说《金镜》，论王子教育。中国有维兰德之介绍，商务印书馆出版。）

11月，12月，施托尔贝尔格兄弟来魏玛。

12月6日，歌德第一次游科赫贝格。（施泰因家之祖产。）

12月23日，歌德与宫中诸少年游图林根林区，住瓦尔德克林场，在此数日内亦初次至耶拿。（诸少年为艾恩西德尔，卡尔布，贝尔土赫等，见致奥古斯特信。）怀念丽丽。

12月末，初至哥达，与哥达宫廷从此保有密切之关系。（哥达王子奥古斯特受法国教育，百科全书派。）

魏玛设立同人剧院。

初识夏绿蒂·封·施泰因夫人。(Charlotte von Stein, 1742—1827, 施泰因夫人对于歌德具有朋友, 姊妹, 爱人之混体。歌德十余年之思想行动无一不向彼申诉。施氏长歌德七岁, 此时在其多病寡欢之岁月中, 已生有七子, 四亡, 三存。11月, 施氏初见歌德, 即自语云: "他对我并不是漠不关情的, 可是我不知道, 是他呢, 还是维特刺伤了我。"第二次在化装跳舞会中晤歌德, 施氏说: "爱对于我是过去了, 他对我也很淡薄。"但彼之所以使歌德如此倾心, 在歌德心目中取得最重要之地位者, 歌德只能以"前世因缘"之说解释之。)

著作: 怀念丽丽之诗: 《金心》, 《猎夫的晚歌》[1]。

1776年(清乾隆四十一年)1月7日, 致施泰因夫人第一信。

1月22日, 致书梅尔克: "纠缠在一切宫廷和政治的事务里, 几乎不能再走开了。"

1月24日, 致书赫尔德: "也许我在这里还住一些时。"

2月初, 与卡尔·奥古斯特至埃尔富特访副主教达尔贝格男爵。(K. T. R. v. Dalberg, 1744—1817, 热心文化事业,

---

[1] 或谓赠施泰因夫人者。

后为美因茨选公,莱茵同盟主席。席勒一生得助于彼者甚多。)后歌德不欲来此。在科赫贝格,歌德乔装农夫,吟诗讽公爵勿忘为主人者之任务。(卡尔·奥古斯特初握政权,放荡不羁,好畋猎,政事荒废,故歌德吟诗以讽之。)

2月12日,成《游人的夜歌》第一首。(于此可知歌德当时倦于人事,祈望和平之心境。)

2月14日,歌德提议召赫尔德赴魏玛(任新教总监督),赫尔德接受。

2月19日,致函法尔梅尔:"现在没有旁的,我待下去。"

3月18日,歌德离卡布尔宅,赁屋于"黄宫"对面。

3月25日至4月4日,至莱比锡。(在莱比锡重温旧游之地,访厄泽尔先生,遇卡特欣已成卡奈博士夫人。与女伶施勒特尔之遇合,予彼无限幸福。)

4月10日,致函法尔梅尔:"关于丽丽,都过去了。"

4月21日,歌德接受公园中之花厅。(此房为卡尔·奥古斯特所赠,歌德稍加修葺后即迁入。)

4月26日,得魏玛公民权。

4月,计划印行汉斯·萨克斯文集。[萨克斯(Hans Sachs,1494—1576),宗教改革时代之诗人,本业鞋匠,著诗歌,寓言,戏剧,不下六千种。其意义经歌德之发现而彰明。]

5月4日，骑马勘察伊尔梅瑙火灾。(伊尔梅瑙在图林根林区，有信致卡尔·奥古斯特报告灾后情形。)

5月21日，克洛卜施托克劝告歌德，歌德复函拒绝。(当时公爵行为多不检之处，远方谣传，谓系歌德所诱致。克氏致函歌德，劝其引导公爵以正路，歌德不接受其劝告，此后二人之关系遂绝。)

6月10日，克林格尔来魏玛，其戏《狂飙》于此年出版。(时歌德之内外生活之脱离狂飙时代之气氛。关于克氏来访，歌德于7月24日致书梅尔克云："克林格尔不能随我前进，他压迫我，我把这事告诉他说，他出乎意外，并且不了解；我既不能也不愿向他解释。"但克氏于此时致友人信云，歌德对彼甚为爱护。)

6月11日，歌德入魏玛政界，任政府顾问。

6月24日，歌德画维兰德像。

6月，7月，与卡尔·奥古斯特及矿学专家特雷布拉（Trebra）男爵，至伊尔梅瑙，复兴停工已久之矿务。此行为歌德地质学及矿物学研究之动机，从此未尝稍懈。

7月8日，闻丽丽订婚消息。(丽丽与商人贝尔南德订婚。歌德于7月9日致书施泰因夫人云："我沉闷地读到——丽丽是一个未婚妻了！我一翻身，又睡下去。"但贝尔南德不久即逝世，后丽丽于1778年与银行家图尔克海姆结婚。)

8月15日，伦茨来魏玛，住至12月1日。(9月16日致拉瓦特书云："伦茨在我们中间像是一个病孩子，克林格尔像一块肉里的骨片。")

8月24日，歌德为卡尔·奥古斯特剪影。

10月2日，赫尔德抵魏玛。

10月16日，歌德第一次至达恩堡（Darnburg，魏玛境内之小城，有宫邸三座。后歌德屡屡来此）。

10月24日，写《兄妹》，29日脱稿。(独幕剧，为施泰因夫人作。中文有译本，译者俞敦培，发表于1926年商务出版之《小说世界》。)

11月16日，女伶施勒特尔来魏玛。

12月2日，经莱比锡赴沃利茨，德骚之宫廷在此。歌德与德骚之弗兰茨公爵交往。(歌德对于魏玛公园之布置，多受沃利茨公园影响。)

在1776年内，歌德在肥皂巷口之旧马厩为施泰因夫人布置一寓所，施泰因夫人住此至死。

著作：诗：《汉斯·萨克斯的诗的贡献》(维兰德于本年2月5日致书拉瓦特云："《汉斯·萨克斯》在3月才能出版，因为歌德还要用汉斯·萨克斯的诗格作一首他的诗")，《给夏绿蒂·封·施泰因》(此诗即解释对于施泰因夫人之爱情为前世因缘)，《无休止的爱》，《航行》，《阴间的王后》[音乐家格卢克（1714—1787）之侄女娜内特死于本年4月

21日，歌德作此以悼之。独白剧。此为歌德第一步转向完美之古典形式。但歌德后将此幕插入《感伤的胜利》第四幕中，其意义反因之失却］。

1777年（清乾隆四十二年）1月9日，《同罪人》上演于魏玛同人剧院。

3月1日，《埃尔温与埃尔米》上演。3月《丽拉》上演。（公爵与公爵夫人性情不甚相投。歌德欲藉此剧之演出改善公爵夫妇关系。但此剧本来面目现已不得复识，因歌德后在罗马曾将全部改作也。）

歌德画施泰因夫人像。

3月19日，约翰·雅阔比来访。

6月8日，歌德之妹逝世。（16日日记云："我妹妹的死讯。阴暗的，破裂的一天。"其妹之丧使歌德深受感动。后其妹丈与约翰娜·法尔梅尔订婚，歌德于11月16日致母函云："一个将我把牢在地上的，坚强的根是随着我妹妹的死亡被砍去了，那些从中吸取养分的枝干也必定要死亡。若是有一个新的跟随着那亲爱的法尔梅尔产生，我就要从我这方面和你们一起感谢群神。"）

6月17日致函奥古斯特·施托尔贝尔格伯爵小姐。（提及其妹之死亡所予彼之启示。）9月，10月，在维滕堡。（马丁·路德译《新约》处。9月28日致克斯特内尔信云："我住在路德住过的地方,我觉得我在这里是像他那样舒适。")梅尔克来。

在维滕堡写生。(9月14日致书施泰因夫人云:"我觉得,绘画之于我好像是一个空奶嘴,放在婴儿的口中,使他安静,并且在想像的营养中休息着。")

12月2日至15日,旅行哈尔茨山。访卜莱兴于韦尔尼格罗德。(歌德旅行哈尔茨山,为参观哈尔茨山区矿务,并访一悲观少年名卜莱兴者,因彼曾致函歌德求精神上之安慰也。)——登哈尔茨山峰布罗肯。(系12月10日,同时卡尔·奥古斯特率猎队赴埃森纳赫。)

著作:诗:《冬日游哈尔茨山》。——戏剧:《丽拉》,《感伤的胜利》(讽刺趣剧,剧中多影射魏玛宫廷中人物及当时文学界情形。以剧观之,无甚价值,以人事观之,则甚饶风趣)。——小说:《维廉·麦斯特的戏剧贡献》开始,继续写至1784年。(《维廉·麦斯特修业时代》[①]之初稿,1910年始由苏黎世一中学教员古斯塔夫·比莱特尔发现巴巴拉·舒尔泰斯夫人之抄本。关于歌德散文文体之研究此书甚有意义,为介乎《维特》与《修业时代》,即狂飙时代与古典时代之产物也。)

[①] 歌德长篇小说修养小说《维廉·麦斯特的学习时代》,冯至最初译为《维廉·麦斯特修业时代》,《维廉·麦斯特的戏剧贡献》现译为《威廉·麦斯特的戏剧使命》。

1778年（清乾隆四十三年）1月10日以后，演员康拉德·埃克霍夫（1720—1778年）在魏玛演出。（埃氏为当时最有名之演员。）

1月30日，演《感伤的胜利》。

3月，歌德在民间选拔新兵，同时着手写《伊菲格尼》。（歌德兼任军事委员会及交通委员会委员。）

4月20日，寄款助毕尔格。

5月10日，与卡尔·奥古斯特赴柏林，经过莱比锡——沃利茨。（当时普奥双方对峙，魏玛应取何态度，公爵认为有亲赴柏林观察之必要。路过沃利茨，与德骚公爵商讨。）

5月15日至波茨坦——柏林。（歌德未能晤及腓特烈第二，因彼未在柏林。）

5月16日，在柏林参观瓷器厂。访安东·格拉夫（1736—1813，当时著名之肖像画家，绘有腓特烈，莱辛，席勒等人像。）与丹尼尔·肖多维奇（1726—1801，画家，铜雕家，描写市民生活，精细入微，莱辛，克洛卜施托克，歌德，席勒诸人之作品多有其插画。）——访剧院。

5月17日，在尼古拉礼拜堂听施帕尔丁（1714—1804）说教。

应亨利王子午宴。游动物园。

5月18日，参观兵器馆。访安娜·路意斯·卡尔施（Anna Luise Karschin，1722—1791，女诗人，被启蒙时代之诗人尊为"德国之莎浮"）。

5月19日，阅兵。访普鲁士大臣封·策德利茨男爵，访莫泽斯·门德尔松（1729—1786，莱辛之友，通俗哲学家）。

5月20日早，晤肖多维奇，离柏林，过特格尔。

5月21日，至波茨坦。22日，至星猎宫。

9月18日，克劳尔第一次为歌德造像（至1779年完成）。11月11日，克拉福特在贫困中，求助于歌德。歌德后在伊尔梅瑙为彼营居，提携扶助，直至其死日（1785）。（歌德有与克氏极热诚之信若干封，读之至为感人。）

著作：诗：《对月词》（初稿），《渔夫》。

1779年（清乾隆四十四年）3月28日，《伊菲格尼》散文初稿脱稿。（后歌德在罗马始改为诗体之定稿。此散文稿如《维廉·麦斯特》初稿为自狂飙时代过渡至古典时代之中间物。）

4月6日《伊菲格尼》第一次上演。（此次甚成功。歌德演奥尔斯特，施勒特尔演伊菲格尼。）

《痴情人的任性》上演。

7月，梅尔克来魏玛。(歌德7月13日日记云："由于过去的回忆，我的行为照在一个奇异的镜子里。梅尔克是惟一的人，认识我做什么，并且怎样做……")

5月，7月，迈（G. O. May，死于1795年）画歌德像。9月，嘲讽腓特烈之感伤小说《沃尔德梅尔最后时刻之秘密消息》。(歌德曾将其末章更改在魏玛宫中诵读取笑。)

9月7日，歌德任枢机顾问。

著作：诗：《人类的界限》。

1779年9月至1780年1月第二次瑞士旅行

1779年9月12日，伴卡尔·奥古斯特，偕林务局长维德（1752—1794）自魏玛起程。9月13日至16日，在卡塞尔晤福斯特尔（J. G. A. Forster，1754—1794，参加英国旅行家库克之世界旅行，在卡塞尔任自然史教授，法国革命同情者）。

9月18日以后，在法兰克福，歌德与公爵住其父母家中。(歌德行前于8月9日致其母信云："我这次来，健康，没有情欲，没有纷乱，没有神智不清的行为，却像是一个被上帝所爱的人。"又8月中旬信云，公爵寝室，一小屋即可，"他睡在一件洁净的草褥上，蒙一张美丽的被罩，被盖轻薄。")

9月23日，至海德堡，绘炸残之望楼。（海德堡于1689年及1693年两度被法军炸毁，宫殿旁炸残之望楼，饶有画意。）

9月25日，至斯特拉斯堡。25，26日，访布里翁家。（与布里翁小姐追寻往迹，盘桓于月明之夜。）26日，访已结婚之丽丽。

9月27日，28日，至埃蒙丁根访施罗塞家。（展其妹之墓，晤施罗塞及其新夫人即歌德之女友约翰娜·法尔梅尔。自25日至28日，歌德有长函致施泰因夫人，述其访旧之心情甚详。）10月8日，至托恩，施陶巴赫。9日至劳特布龙。（歌德在此成《水上精灵歌》。）10月4日，返托恩。16日，至百伦。23日，至洛桑，识布兰科尼夫人。（Marie Antonie von Branconi，1751—1793，不伦瑞克王子旧日之爱人。歌德一见，惊为美人，后于信札中屡屡称道。）

28日，至日内瓦，30日，尤埃尔绘歌德像。

11月4日，至沙蒙尼克斯。（晚间抵此，享受白山之奇景。）13日，至郭塔特山。（歌德著有瑞士通信，记此次旅行，始于10月3日，止于登郭塔特山。）16日，至四洲湖畔之卢塞恩城。

11月20日，至苏黎世。访波德梅。〔23日波氏致友人信，述及歌德及公爵来访，谈荷马，克洛卜施托克。波氏请公爵挽救中古德国诗人费尔德克（Heinrich von Veldeke，生于1140至1150年之间,卒于1210年以前)的叙事诗《埃涅阿斯》之沦亡,该书抄本当时藏于哥达图书馆中。因波氏对于中古文学提倡甚力也。]晤拉瓦特。(此时歌德与拉瓦特意见已渐分歧,但晤面之下,友情有增无减。歌德称为"全旅行之最高点。")李普斯画歌德像。

12月7日,至沙夫豪森。(与拉瓦特同赏莱茵瀑布。)

12月13日,至斯图加特,访卡尔学校,席勒为该校学生。(时符滕堡国卡尔公爵创立之陆军学校开纪念会颁发奖品,席勒年始二十,亦列学生队伍中。但席氏并不知来宾席上坐有歌德也。)

12月20日,至卡尔斯鲁厄。

12月21日,22日,在曼海姆观伊府兰演剧,并与彼会谈。[伊府兰(August Wilhelm Iffland,1759—1814),著名演剧家,通俗剧作家。自1796年任柏林国家剧院经理,随任王家剧院总经理。26日在致其弟信中谓歌德向彼称赞云:"自从埃克霍夫以后,我还不曾看人表演有这么多的真理和情趣呢。请你听从我的劝告,你演戏……总要演那些最极端的、最低级的趣剧和最高级的悲剧。"]

1780年(清乾隆四十五年)1月1日,至达姆施塔特,10月,自法兰克福起程赴魏玛。

著作:《杰丽与贝特莱》。

1780年1月至1786年8月

1780年1月7日，魏玛新建筑之剧院以一化装跳舞会开幕。

4月，歌德与卡尔·奥古斯特赴莱比锡。

5月，克内贝尔离康士坦丁教师职。

6月，歌德口述《群鸟》，歌赫浩森小姐记录。（此剧系由阿里斯多芬《群鸟》改编。歌德比群众为群鸟，投入各个捕鸟人之罗网。）

6月15日，歌德加入阿玛利亚会馆。（自由圬者协会，一秘密结社，本启蒙精神，对于人类一视同仁，泯除国家及种族之界限。各地设有会馆，最初之会馆于1717年成立于伦敦。因其会中所用之标记仪式多取自圬业，故名自由圬者协会。歌德之小说《维廉·麦斯特》及叙事诗《秘密》均受此协会之精神影响。）

沃格特（J. K. W. Voigt，1752—1821，毕业于弗莱勒利之矿业学校。）从事矿物之研究。歌德特与彼讨论矿物问题。

7月19日，歌德为卡尔·奥古斯特及哥达之奥古斯特王子诵读《浮士德》。（《浮士德》初稿写于1773年至1775年，今所传者亦根据歌赫浩森小姐之抄本。）

8月8日至14日，莱泽维茨来访。（J. A. Leisewitz，1752—1806，法官，莱辛之友，著有剧本。）

8月18日,《群鸟》在埃特尔斯堡园中上演。

9月,至勒恩山旅行。克劳埃尔为歌德塑像。

著作:诗:《游人的夜歌》第二首(《一切的顶峰》9月6日,伊梅尔瑙基克汉山上猎憩所题壁),《我的女神》,《小精灵》。《塔索》开始。(3月30日日记:"我有个有所得获的日子。")

1781年(清乾隆四十六年)2月15日,莱辛逝世。[莱辛(Gotthold Ephraim Lessing,1729—1781),戏剧家,文学理论家,思想锐利,文字清澈,廓清18世纪中叶德国文学陈腐之空气。其著作译成中文者有《军人之福》,杨丙辰译,1927年北平朴社版;《寓言》,郑振铎由英文转译,1925年商务版。]——歌德于2月20日得此消息后,即函施泰因夫人云:"……我从先不曾有过一刻钟计划拜访他。可是随着他的死亡,我们损失很多,比我们想象的还多。"

3月7日至15日,歌德与卡尔·奥古斯特至诺伊根海尔林根访封·魏尔特恩伯爵,伯爵夫人路意斯(1752—1811)甚为公爵所敬重。

5月1日以后,瑞士神学者托布勒(G. C. Todler,1757—1812,歌德第二次瑞士旅行时与之结识。)来魏玛,托布勒系著名之断篇《自由之原》作者;因此篇由于与歌德之谈话而产生,故歌德视同己作。

歌德著文《答腓特烈第二之德国文学论》，但歌德之文已失。（腓特烈王之《德国文学论》用法文所著，著者不能理解德国新兴之文学运动，对于《葛兹》持否定之批评。）

7月，安娜·阿玛里亚公爵夫人选梯府（Tiefurt）为避暑之地。

8月15日，《梯府杂志》发行，此杂志每期只手抄十一份赠与同人，继续至1784年夏季。

起始写《埃尔普努尔》。（只写成两幕，取材希腊传说安提奥佩母子之离合，并受中国戏曲《赵氏孤儿》法文译本之影响。歌德标此剧为戏剧，后里默尔错题为悲剧。）

8月23日，对照读莱辛名剧《纳旦》与《塔索》。

8月25日，歌德为路意斯公爵夫人读《塔索》首幕。

9月22日，经莱比锡赴德骚。

10月2日至11日，歌德在哥达，识格里姆（F. M. Grim，1723—1807，法国著作家，祖籍德国，与卢骚，狄德罗为友。为德国写文学通讯，后留哥达宫中）。租妇女广场旁之住宅。在耶拿听罗德尔（J. C. Loder，1753—1832）之解剖学讲演。

12月，为公爵过分浪费而忧虑。

著作：诗：《夜思》,《酒盏》,《给丽达》（均为施泰因夫人作）——《渔娘》,《埃尔普努尔》,《废物村的最新事件》

（本1773年《废物村年集》之作风，嘲讽当时文学界之种种现象）。

1782年（清乾隆四十七年）1月27日，同人剧院之舞台指导米丁逝世。（米丁为魏玛宫廷之木匠，歌德有长诗哀悼。）

2月，《哀格蒙特》写成。（与《葛兹》同为历史剧。最后定稿成于1788年。歌德在未至魏玛以前，在法兰克福已写成数场。后于1778年及1779年，均时有增补。本年2月，大部完成，并剪削其过分之处。此剧脱稿虽晚，但就其内容与形式观之，仍须列入歌德之青年作品中。有中文译本，译者胡仁源，1929年商务版。）

研究魏玛公爵伯恩哈德之历史，欲为作传，随即放弃此工作。（伯恩哈德，1604—1639，三十年战争时代之英主，属于新教，纵横联合，征服多地。）

5月27日，歌德父逝世。

6月4日，歌德被皇帝封为贵族，（歌德对之甚为淡薄）。

6月7日，财务局长封·卡尔布卸任，歌德继任。

7月22日，在梯府公园中演《渔娘》。

与赫尔德疏远。（歌德因赫尔德夫妇对公爵要求过奢，与赫氏屡生误会。）

8月，为耶拿大学接收比特内尔藏书。（Buettner，1716—1801，格廷根哲学教授，后来耶拿，允于死后将其丰富之藏书赠与耶拿图书馆。）

8月9日，致函拉瓦特论圣经及基督教。[信中有句云："你以为福音书是神的真理……我却以为这些（福音书里不近人情的事）是冒渎神和神的启示。你觉得没有比福音书更美的了，我觉得许多得天独厚的人所写的书籍都是同样的美。"]

11月，增改《少年维特之烦恼》。（书中已不无施泰因夫人之成分，如1772年9月12日之维特通信。）

12月，在莱比锡。

著作：诗：《魔王》（最初插入歌剧《渔娘》中。与《渔夫》诗同为歌咏自然界不能抵抗之魔力），《维廉·麦斯特》中之诗，《园中铭语》。

1783年（清乾隆四十八年）2月，墨西拿地震，爱克曼根据歌德当时仆人苏托尔之谈话，记载于歌德对话录中。（见1823年11月13日记录中。歌德于1783年2月之某夜，观天空现象，预测某处必有地震。数星期后，西西里岛上墨西拿城一部分毁于地震之消息果至。）

4月7日，致函拉瓦特，介绍伦格菲尔得夫人（L. J. v. Lengefeld，1743—1832）及其二女卡罗琳娜·封·博伊维茨夫人（Caroline v. Beulwitz，1763—1847，女著作家，后离婚，与封·沃尔措根结婚）与其婿博伊维茨（F. W. L.

v. Beulwitz，1755—1829，魏玛侍从官），并夏绿蒂小姐（1766—1826，后为席勒之妻）。

马蒂逊（F. Matthisson，1761—1831，感伤派诗人，甚见重于席勒。在德骚任教师。）来访，时逢歌德主持寻找复活节蛋之游戏。

格廷根医学教授布鲁门巴赫来访。

5月，施泰因夫人之子弗利茨·封·施泰因（1772—1844）迁入歌德家中，受教于歌德。

8月，歌德促成福格特（1743—1819）入矿务委员会，从此与彼保持事务上与友情上之亲切关系。福格特后任部长，并与歌德同为学术艺术机关检察会之会员。

9月3日，成《伊尔梅瑙》长诗。（为卡尔·奥古斯特生日作，含谏劝之意。）

9月14日，至哈尔伯施塔特访格莱姆（Johann Wilhelm Ludwig Gleim，1719—1803，启蒙时代之诗人）。

9月21日至24日，与特雷布拉男爵游哈尔茨山，登布罗肯山峰。

10月，至卡塞尔，初遇自然学者泽默尔林（S. T. Soemmerring，1755—1830），歌德与彼保持长久学术上之交往。至格廷根。

11月19日，成《神性》名诗。与赫尔德释除误会。

12月，与赫尔德共读赫氏之《历史哲学》。与魏玛医生兼药剂师布赫霍尔茨（W. H. S. Buchholz，1734—1798）做航空术之试验。

著作：《维廉·麦斯特》中之诗。《维廉·麦斯特之戏剧贡献》被友人促成。

1784年（清乾隆四十九年）1月，贝罗莫剧团起始在魏玛演剧，至1790年。

1月18日，著《花岗石》论文。

2月24日，伊尔梅瑙之新矿业开始，歌德致辞。

3月27日，歌德发现颚间骨（Os intermaxillare）。（是日致函赫尔德云："我寻到了——不是金，也不是银，却是一个给我无上快乐的事：人头上的颚间骨！我和罗德尔比较人的头颅与兽的头颅，得到踪迹，看见了它。"又同日函施泰因夫人："我有一个这样的快乐，我一切的内脏都在动。"）

4月，第一信致矿物学者耶拿教授伦茨（L. G. Lenz，1748—1832），从此与之交往，通信甚勤。

5月27日至6月2日，施托尔贝尔格兄弟携夫人来魏玛。

7月至9月，歌德与克劳斯、弗利茨·封·施泰因游哈尔茨山，至不伦瑞克、德骚。

9月，弗里德里希·雅阔比与克劳第乌斯来魏玛。

12月19日，歌德寄论颚间骨之拉丁论文与梅尔克，梅尔克转寄泽默尔林。

12月末，雷克男爵夫人（Elisa von der Recke，1754—1833，女著作家，歌德与彼相识后，晚年时相逢于卡尔浴场）来魏玛。

著作：诗：《维廉·麦斯特》中之诗——《迷娘歌》。——《献词》（诗集总序）。——戏曲：《戏谑狡计与仇恨》。——叙事诗：《秘密》。

1785年（清乾隆五十年）1月2日致书雅阔比论斯宾诺萨。3月10日，梅尔克寄歌德论文与荷兰医学家卡姆佩尔。

6月至8月，歌德在卡尔浴场。（任务繁重，第一次为健康故需要休养。）

过从之友人：赫尔德，施泰因夫人，伯恩斯托尔夫夫人，封·布吕尔伯爵夫妇等。

9月9日，福斯特尔及其夫人来魏玛。

9月11日，歌德收到雅阔比论斯宾诺萨之书。书内引歌德诗《神性》及《普罗米修士》。

9月16日，卡姆佩尔始收到歌德之颚间骨论文。此文有半年不知下落。卡姆佩尔否定之批评。论文留卡姆佩尔处未付印。

9月20日，加利青侯爵夫人（Amalig Gallitzin，1748—1806，明斯特一教会团体之中心人物。）与菲尔斯滕贝利

（F. F. W. V. Fuerstenbery，1729—1810）、荷兰哲学家黑姆斯特尔尼斯（F. Hemsterhnis，1722—1790）来魏玛。

莫扎特在本年谱《紫罗兰》。（歌德诗被莫扎特所谱者只此一首。）

著作：诗：《维廉·麦斯特》中之诗——《第一次的损失》，《永恒》。

1786年（清乾隆五十一年）6月，与贝尔图赫（Friedrich Justin Bertuch）及歌森（Georg Joachim Goeschen，1752—1828，著名出版家）商讨印行歌德文集。

7月，起始与拉瓦特疏远。（歌德与迪特马尔谈及拉瓦特云："他不是我的伟大的朋友。他关于我所想的，很可笑。人们说，他让人在一块铜雕上用我的面貌雕那旷野里基督的试探人。"见迪特马尔之记录。）赫尔德受汉堡之聘。歌德以为："他不能长久在此停留。"（但歌德于赴意大利之前，致赫氏夫妇信，仍劝彼留此。）

7月18日至20日，拉瓦特来魏玛。（歌德21日致施泰因夫人信云："他住在我这里，我们中间没有谈亲切的话，我永久解脱了爱和憎。"）

7月24日，起程赴卡尔浴场。过从之人：卡尔·奥古斯特，施泰因夫人，赫尔德夫妇。

8月中旬，伴施泰因夫人至雪山，并参观彼处矿物。

8月17日,普王腓特烈第二逝世。卡尔·奥古斯特至普鲁士军中服务。

8月28日,浴场旅客为歌德祝寿。

著作:诗:《守卫与死的对话》。

(总观自1775至1786之十年内为歌德自青年进入壮年,自狂飙时代转入古典时代之过渡时期。从政之余,对于自然科学已渐发生兴趣,因宫廷中之聚会,其诗人之创造力牺牲于临时即兴之诙谐短剧者不少。至于其重要之作品如《浮士德》上部,《维廉·麦斯特修业时代》《伊菲格尼》《塔索》等,或中间停顿,或仅成初稿,均于意大利旅行归来后始次第完成。)

1786年9月至1788年意大利旅行

1786年9月3日,自卡尔浴场起程。(政务与爱情,使歌德深感束缚之苦,并无法摆脱,遂乘在卡尔浴场休养,无人能预感之际,轻装化名,潜往意大利。完成此划时代之旅行。后自威尼斯致施泰因夫人函云:"我若是不这样决定,我只有沦亡。")5日至雷根堡,6日至慕尼黑,7日至米滕瓦尔德,8日至布莱内尔(入意大利要道),10日至特利恩特,13日至马尔西齐内,15日至维罗纳(意大利古城,多古代遗迹，歌德自此始入古代之意大利），19日至维新查（在此观赏文艺复兴巨将帕拉蒂奥之建筑），26日至帕多阿（一植物园中之扇形棕证明歌德原始植物之信念，一切植物之形体皆自一原始形体演变而出。此棵棕树现称为"歌德棕树"）。

9月28日至10月14日，在威尼斯。（初次见海，歌德在此色彩煊耀，含有东方情调之水市中，觉其文物之美，"超过一切定义。"）

10月16日，至菲拉拉，18日至波伦亚，23日至翡冷翠，25日至波罗基亚，（歌德过此数城，皆匆匆经过，未作较长之逗留；有时因旅舍简陋，甚至不能记日记。）10月29日，至罗马。（11月4日致母函云："我将要变成一个新人回来，对于我和我的朋友们要为了更大的快乐生活着。"）住龙当尼尼广场旁蒂施拜因寓中。〔歌德初下榻熊旅馆，昔但丁，蒙田曾寓于此。后迁入蒂施拜因寓中。蒂施拜因（Johann Heinrich Wilhelm Tischbein，1751—1829），画家，自1782居罗马。其寓所为德国艺术家聚会之处，有德国学府之称。〕

在罗马过从之友人：（歌德初抵罗马，上午改编《伊菲格尼》，下午由蒂施拜因领导参观名艺术品，除与艺术家结交外，屏除一切无谓之来往，以免消耗时间。）伯里（F. Bury，1763—1836，画家），希尔特（A. L. Hin，1759—

1837，考古学家），考夫曼（Angelika Kauffmann，1741—1807，女画家，画有歌德像），歌德在苏黎世结识之铜雕家李普斯，麦耶尔（J. H. Meyer，1759—1832，艺术史家，温克曼之学生，引歌德理解古代及文艺复兴时代之艺术，1791年赴魏玛，成为歌德挚友），莫利茨（K. P. Moretz，1757—1793，考古学者，美学家，复为柏林之中学教员；著有自传体小说《安东·莱泽》及美学论文，论美应超乎利害，歌德甚器重之，并将其美学论文附录于《意大利游记》中），赖芬施泰因（J. F. Reiffenstein，1719—1793，罗马通），特里佩尔（A. Trippel，1744—1793，雕刻家，制有歌德之大理石像）。

11月27日，莫利茨骑马伤臂，歌德昼夜看护甚勤。12月，蒂施拜因绘罗马废墟中之歌德像。（12月7日梯氏致函拉瓦特云："我开始画他的像，要画得和实身一样大，他坐在废墟中，思考人类事业的命运。"）

1787年（清乾隆五十二年）1月4日，入阿尔卡迪亚会（罗马著名之文化团体，开会时多在野外举行，会员皆称为阿尔卡迪亚之牧童。歌德有文记入阿尔卡迪亚会事，附录于《意大利游记》中）。

1月6日，参加布道讲习会，在此会中有二三十种小民族语言之讲演。

1月13日，歌德寄改编成诗体之《伊菲格尼》手稿与赫尔德。(《意大利游记》1月10日："我简直不敢把《伊菲格尼》变成抑扬体的诗句，若是没有莫利茨的韵律研究像是一个引路星出现。")

歌德在其室中置古典雕刻之复制，特别是"最美丽的朱匹特胸像"与"一伟大的朱诺"。改作《哀格蒙特》。

2月13日至17日，禁食节化装游行会。热心绘画。

2月22日起程往拿坡里。蒂施拜因伴歌德于25日至拿坡里。

2月28日，识画家哈克尔特（P. Hackert，1737—1807，歌德于1811年曾印行其自传），克尼普（H. Kniep，1748—1805）。

3月2日与6日，登维苏威火山。

3月17日，18日，往游庞贝及黑库拉奴。

3月29日，克尼普伴往西西里，为歌德作风景画。《瑙西卡》剧本之计划复活。(本欲为西西里岛上生活之纪念，惜未完成。)

4月2日至17日，在巴勒莫。歌德研究卡格利奥斯特罗即巴尔萨莫之家族。〔巴尔萨莫自称卡格利奥斯特罗伯爵（Alexander Cagliostro，1743—1795），由于诡计，医术及魔术曾在欧洲各国长期欺骗数千人，其中不乏贵族，并能吸引他人，供其驱使。歌德在《意大利游记》中有长文研究其家族出处。〕旅行西西里内地。

4月23日，至纪尔根蒂，28日，至卡尔塔尼泽塔。

5月1日，2日，在卡塔尼亚，7日在塔奥尔米纳，（在此数城，处处得见古希腊遗迹。）10日至13日，在美森纳。5月13日，归航，在海上遇暴风，歌德镇定在搅扰中之同船人。

5月15日，返拿波里。

5月17日，致函赫尔德论植物研究。（"原始植物是宇宙间最奇异的创造物。"）

6月8日，返罗马。考夫曼画歌德像。

8月，9月，特里佩尔雕歌德胸像。

10月，在卡斯台尔·冈多尔夫遇"米兰美女"玛达棱娜·里基（Maddalena Riggi，1765—1825，自1788年为沃尔帕托夫人）。绘画工作在哈克尔特指导下达到最高点。

著作：歌森书局印行《歌德文集》四册。（内有《献词》，《维特》，《葛兹》，《同罪人》，《伊菲格尼》，《克拉维歌》，《兄妹》，《史推拉》，《感伤的胜利》，《群鸟》。）

1788年（清乾隆五十三年）1月25日，致函卡尔·奥古斯特，叙其旅行之总结算。重新规定其对于公爵及魏玛公国之关系。（此长函甚为重要，前半叙其在意大利之生活与感想，其中有句云："我旅行的主要目的是治疗我身体的恶劣情况，在德国时这情况苦恼着我，最后使我毫无用处，此外还有解除我对真艺术的饥渴；前者是相当地，后者是完全达到目的了。"后半与公爵论魏玛公国之状况，并举荐贤能，但歌德云："若是你感到需要我，你一招手，我随时都可以回来。"）

2月，禁食节化装游行会。（歌德有《罗马禁食节记》长文，附录于《意大利游记》。）歌德在蔡斯蒂乌斯之金字塔旁绘其愿望中之将来坟墓。蔡斯蒂乌斯之金字塔旁，有新教徒之墓场，歌德曾愿将来葬身于此。四十二年后歌德之子葬于此地。

2月6日，对于造形艺术断念。（《意大利游记》是日之日记云："对于造形艺术我是太老了。"）

4月25日，经过庞特莫尔别离罗马。（与"米兰美女"话别。离罗马前在月夜中忆及古罗马诗人奥维德之别罗马诗，深有同感。）

5月6日，至翡冷翠。

5月23日，至米兰，（观雷渥那德之《晚餐》。）游考梅尔湖。6月初，在康士坦茨与巴巴拉·舒尔泰斯夫人相遇。放弃取途法兰克福省母之计划。

著作：诗：《科府特歌》二首（其一论愚人之不可改善），《爱神充山水画家》（为"米兰美女"作）。——改编：

《伊菲格尼》,《哀格蒙特》,《埃尔温与埃尔米》,《克劳迪奈》。继续写《塔索》与《浮士德》之一部分,其中最重要者为《巫女之厨》。在意大利绘风景画不下千幅。

1788年6月至1792年7月

1788年6月18日,歌德返魏玛。

施泰因夫人待歌德甚为冷淡。

7月13日,开始与克里斯蒂安娜·乌尔皮乌斯女士(Chrisstiane Vulpius,1764—1816)同居,未举行结婚仪式。(克里斯蒂安娜为一制花女子,时年二十三岁,在魏玛公园中与歌德相遇,呈其兄所著之小说请歌德评阅,不久即来歌德家中,主持歌德家务。)

9月4日,夏绿蒂·封·卡尔布夫人[Charlotte von Kalb,1761—1843,与席勒,荷尔德林为友,让·保尔在其小说中尊之为泰坦尼德(Titanide)]来魏玛。

9月5日,与赫尔德夫人,夏绿蒂·封·伦格菲尔德小姐(后为席勒之妻)等人游科赫贝格,施泰因夫人待彼冷淡,歌德甚为沮丧。

9月6日,在罗多尔施塔特与席勒(1759—1805)初遇。(席勒于1787年7月来魏玛,时伦格菲尔德小姐住家罗多尔施塔特。)

9月7日，至耶拿记克内贝尔。

9月20日，席勒之《评哀格蒙特》发表于《文学报》。（哀格蒙特之时代，席勒研究甚深。席勒对于歌德未将哀格蒙特描写成一爱自由之英雄，表示不满。）

10月2日，约翰内斯·封·米勒（Johannes von Müller，1752—1809，历史家）来访。

12月9日，歌德呈请聘席勒为耶拿大学历史教授。（时席勒之《尼德兰联邦独立史》方出版，适耶拿历史教席乏人，歌德提议请席勒充任。）

莫利茨于12月初来魏玛，住至次年2月1日。

著作：诗：《拜访》（为克里斯蒂安娜作），《晨怨》，《罗马哀歌》开始。——《文集》第五册出版。罗德尔在其解剖手册中发表歌德发现之颚间骨，但歌德之论文于1820年始印行。

1789年（清乾隆五十四年）2月2日，席勒致其友克尔内尔函云："常常在歌德这里，将要使我不幸。"

3月9日，席勒函克尔内尔："这个人，这个歌德，真阻碍了我。"（当时席勒初识歌德，尚感二人性格不同，不拟与之接近。）

3月23日，歌德提议请李普斯来魏玛，李普斯自1789年至1794年在魏玛绘画学校任教。

4月15日，与柏林之印刷家兼出版家翁格尔［J. F. Unger，1753（1755？）—1804］初生关系；翁格尔印行《罗马禁食节记》，附彩色铜版。

4月末，毕格尔来访，歌德招待冷淡。

5月26日，席勒在耶拿大学就职讲演。（讲题为《世界史之意义与目的》。席勒有致克尔内尔信述其被学生欢迎之情形。）

6月8日，致函施泰因夫人，二人关系暂告中断。

与音乐家赖夏尔特（J. F. Reichardt，1752—1814，谱歌德诗甚多）初发生交往。

7月14日，法国革命爆发。（法国革命，德国思想界深受感动，咸信自由之梦，即将实现。但此兴奋空气，歌德不但无所感受，反持反对态度。歌德在政治方面为一实际主义者，对于现状，主张改良，而不愿根本推翻。）

9月17日，弗莱堡矿物学校矿学家维尔纳（A. G. Wemer，1750—1817）来访，维尔纳为极端之岩石水成论者。

10月初，与路意斯公爵夫人赴阿舍尔斯累本访公爵于其服务之营中。随即赴哈尔茨山。

11月初，自妇女广场旁之住宅迁入马利街旁之猎人庐。

12月，经伦格菲尔德家之介绍，识维廉·封·洪堡（Wilhelm von Humboldt，1767—1835，思想家，语言学家，兼政治家，与歌德、席勒为友，新人文主义之领导人）。

12月25日，歌德独子奥古斯特·歌德生，克里斯蒂安娜凡生五子，奥古斯特独存，余皆夭亡。

著作：《罗马哀歌》，《塔索》——《歌德文集》第八册出版。

1790年（清乾隆五十五年）2月8日，萨里斯-泽维斯来访。（G. v. Salis-Seewis，1762—1834，诗人，充法国军官，因法国革命离法国。）

3月，耶拿之学生及军人发生骚动，歌德排解之。

3月13日，离耶拿；15日，至纽伦堡。25日至28日在维罗纳。

3月30日至威尼斯。（阿玛里亚公爵夫人于歌德返魏玛之前，即往游意大利，歌德至威尼斯系迎候公爵夫人。但此次在威尼斯，因天时人事，所得印象，与两年前适相反。旅中时有思家之作。）歌德"对于意大利之偏爱"受致命打击。（见4月3日致卡尔·奥古斯特信。）

4月，《威尼斯铭语》第一次寄与赫尔德。（铭语凡百余首，多讽刺之作。）

发现头颅骨系由脊椎骨演变而成之原理。（歌德在犹太墓场中见一羊头骨，观察所得，知全部头颅皆为脊椎骨之变化，并证明歌德关于生物演进之推测。）

5月22日，自威尼斯起程。28日，至曼托亚。6月9

日，至奥格斯堡。22日，至魏玛。

7月9日，致克内贝尔信云："我的心情促使我比往日更倾向自然科学。"

7月26日，经格拉——瑙森至西利西亚阵营。（奥古斯特公爵自入普鲁士军营服务后，即专心军事。时匈牙利得普王之助欲脱离奥国，会商决定，将由奥古斯特公爵率领，普奥之战，势难避免，普国陈兵西利西亚，奥古斯特充任普军第三骑兵旅旅长。会奥帝约瑟夫第二逝世，其弟利奥波德第二即位，与普言和，战争得免。）

7月28日至30日，在德累斯顿。与克尔内尔（C. G. Körner，1756—1831，席勒挚友，席勒时常住其家中。康德崇拜者），封·拉克尼茨（von Rarcknitz，1744—1818，艺术史家，地质学者），卡萨纳瓦（G. Casanova，1722—1795，画家）交往。

8月，在布雷斯劳，识舒克曼男爵（F. v. Schuckmann，1755—1834，普鲁士政治家）。

8月31日，在兰德胡特。

9月中旬，旅行巨人山脉，至雪顶。

9月，在塔尔奴维茨。（题诗赠矿工协会，谓只有正直与理智能帮助人发现地中宝藏。）

9月16日，复至布雷斯劳。归途经过德累斯顿。

9月28日至29日，在奥依宾小住。

10月3日，返魏玛。

10月31日，与席勒谈康德。(时歌德读康德之《赏鉴力评判》。席勒于谈话之次日致书克尔内尔云："他觉得整个的哲学都是主观的，那么就用不着证明和争辩了。我也不很喜欢他的哲学：他从官感世界取的太多，我却取诸精神。")

席勒致函克尔内尔论歌德与克里斯蒂安娜·乌尔皮乌斯之关系。(亦见10月31日信中。席勒视此种关系为荒唐可笑。)

11月，识卡罗琳娜·封·达赫勒登（Caroline von Dacheroeden，1766—1829，后为维廉·封·洪堡之夫人）。

克劳埃尔再制歌德之头部雕像。

著作：《罗马哀歌》，《威尼斯铭语》——《大科府特》编成歌剧（大科府特为一秘密结社之首领，即骗匪卡格利奥斯特罗。故事系法国1875年哄动一时之项圈事件。以王后之尊，亦因一己之私欲，而牵连在内。歌德视为贵族之堕落，并预示法国革命之必然发生）。——又着手写《维廉·麦斯特》——《试解植物之演变》——《歌德文集》第六册、第七册出版。第六册中有《塔索》，第七册中有《浮士德断片》(《浮士德断片》为《浮士德》上部之二稿)。

1791年（清乾隆五十六年）。贝罗莫剧团去后，魏玛成立宫廷剧院，由歌德管理，法兰茨·基尔姆（Franz Kirms，

1750—1826）从旁相助。

4月，著名演剧家兼剧团经理施罗德尔（F. L. Schroeder, 1744—1816）来访。（关于舞台事宜，贡献歌德意见甚多。）

4月7日，宫廷剧院开幕，演依府兰之《猎夫》及歌德之《序幕》。

4月9日，致函卡尔·奥古斯特："我精心研究了颜色学的全部"。（歌德自意大利旅行以来，对于颜色学即生兴趣，并屡欲反驳牛顿之光学原理。将其研究初期之成绩，集成《光学论文初集》于本年10月出版。）

读迦梨陀娑之戏剧《沙恭达罗》。（迦梨陀娑，印度诗人，生于5世纪。时印度文学初被发现，歌德所读者，为福斯特尔译本，读后深为神往。《浮士德》之舞台序幕即受此剧影响。）

耶拿数学教授沃依哥特（J. H. Voigt, 1751—1823）起始与歌德来往，歌德获益甚多。

9月9日，星期五晚会成立。（又名学者会，由歌德发起组织。每星期五晚聚于歌德家中，个人就其工作，研究，以及赏鉴作一简短之报告。基本会员约十二人，赫尔德，维兰德皆在内；耶拿学者与公爵亦时来参加。于魏玛文化促进匪浅。）

9月24日，施塔克宣布将在耶拿大学于1791年至1792年之冬季学期内作关于歌德植物演化论之公开讲演。

11月，麦耶尔来魏玛，任绘画学校教授。住歌德家中，至1809年结婚后始迁出。

莎士比亚之《约翰王》上演，诺伊曼女士（Christiane Neumann，1778—1797）演阿瑟王子。（诺伊曼为一伶之女，时年始十四岁，歌德期望甚深，后不幸早丧，歌德有长诗《快乐女神》以悼之。）

歌德研究声学（见11月17日致赖因哈特函）。

12月31日，全年末次表演，诺伊曼读歌德所著之闭幕词。李普斯为制铜版，画歌德像。

著作：《沙恭达罗颂》——《大科府特》改编为喜剧——剧院演词——《光学论文初集》。

1792年（清乾隆五十七年）4月，克利斯坦·施托尔贝尔格伯爵来访。

6月17日，卡尔·奥古斯特购妇女广场旁之住宅赠歌德，歌德迁入后，住至死日。

6月末，第一信致格廷根物理教授利希滕贝格（G. C. Lichtenberg，1742—1799，著名之讽刺家，思想锐利，有《随感录》为不朽之作）。

7月，法尔克来访。（J. D. Falk，1768—1826，私人学者，讽刺作家，自1798年住魏玛，于1813年创立不良儿童教育院。）著作：《光学论文二集》——《新集》第一册在柏林之乌格尔书局出版，内有《大科府特》，《卡格利奥斯特罗之家世》，《罗马禁食节记》。

1792年8月至1793年
出征法国与围攻美因茨

1792年8月，歌德起程赴卡尔·奥古斯特公爵阵营。（普奥与法国王朝流亡者联合，对法宣战，欲推翻革命政府，扶助王朝恢复旧日势力，时奥古斯特在不伦瑞克之卡尔·费迪南特公爵统领下进攻巴黎。）

8月9日，自哥达致克里斯蒂安娜第一信。

8月12日，至法兰克福，歌德之母给赠品与克里斯蒂安娜。（歌德不见其母，将近十三年。）

8月21日，至美因茨。《法国出征记》所记自此始。晤福斯特尔。初识胡贝尔［L. F. Huber，1764—1804，著作家，席勒，克尔内尔之友。胡贝尔于27日致书克尔内尔云："从先认识歌德的人，现在都觉得他的面上有一些特别官感的和疲怠的气氛我相信，在他身上已经没有对于一种较高的目的的兴奋，只是对于某些现实事物的研究……他也许是对的，也许不对。"歌德在《纪年》中亦承认："我拜访美因茨，杜塞尔多夫，明斯特时，我能注意到，我的老朋友们简直都不认识我了，关于这情形，在胡贝尔的文集（1806）中给我留下一个真影……"]。

8月25日，至特里尔城。27日，至龙维阵地。

9月2日至10日，在凡尔登阵地。

9月20日，龙维附近炮战。（此次炮战，法国无训练之革命军，受普奥军队之射击，竟屹然不动摇，歌德亲至前线，于枪林弹雨中深感旧时代之专制政体将日见没落；是日晚歌德在一小团体中对人云："从此地此时，展开一个世界史的新时代，你们可以说，你们都参加了。"）

9月27日，在汉斯大本营。

10月10日，在凡尔登。

10月15日，在卢森堡。（普军后退极为狼狈，歌德备尝行役之苦。歌德云："欧罗巴用得着一次三十年战争，为的是看明白，什么在1792年是理性的。"）

10月21日至28日，在特里尔。

11月4日，在科布伦茨。

11月5日，在杜依斯堡晤哲学教授卜莱兴（F. v. L. Plessing，1749—1806，即歌德于1777年冬季在哈尔茨山所访问之人。歌德在《出征法国记》中有长文记其与卜莱兴之晤面，并追忆十五年前在哈尔茨山初识，为《冬日游哈尔茨山》一诗最详细之注解）。

11月6日至12月4日。在杜塞尔多夫附近彭姆佩尔福特的弗里德里希·雅阔比家中。

12月7日至10日，在明斯特，晤加利青公爵夫人，访哈曼墓，随即返魏玛。（加利青夫人为一虔诚之天主教徒，哈曼晚年为其宾客，死后即葬于夫人之园中。《出征法国记》止于此。）

12月24日，函母拒绝接受法兰克福参议之职。从军途中不断研究颜色学。

著作：《梅查普拉措诸子之旅行》。

1793年（清乾隆五十八年）1月21日，路易十六被害。

2月，读柏拉图：《会宴篇》，《斐德罗斯篇》。

4月作《狐赖内克》[①]（Reineke Fuchs，一动物故事，自10世纪，即有拉丁文之记载，后流行于德法荷兰。1498年有北部德意志方言本出版，1752年高特舍德译成德国国语。歌德据此用六脚诗体写成叙事诗。赫尔德戏称为"德国民族的，也就是荷马以来一切民族中第一个伟大的史诗。"中文译本名《狐之神通》，译者伍光建，1926年商务版）。

5月12日，自魏玛起程，赴攻美因茨军次。（法军胜利后渡莱茵河，取美因茨；自4月起，普军又反攻美因茨。）

5月17日至26日，在法兰克福。

[①] 现在通译为《列那狐》。——编者注。

5月28日，在美因茨附近马林博恩营中。(《围攻美因茨记》自此始。)

7月26日，移交美因茨城。

7月27日至8月初、在美因茨。

8月3日，在曼海姆，随往海德堡。与其妹夫施罗塞最后一次会晤。

8月9日至19日，在法兰克福。(歌德最后一次住大鹿沟之住宅，不久其母即将此宅变卖，其父之收藏亦经拍卖而分散。)返魏玛。(《围攻美因茨记》止于此。)

10月，歌德在耶拿。

著作：戏剧：《平民将军》(独幕喜剧，嘲讽法国革命)，《新集》第二册出版，内有《狐赖内克》。

1794年至1800年——
自与席勒订交之始至18世纪终

（歌德自意大利旅行归来后，为一创作枯滞之时代。其精力用于自然科学者多于文艺。威尼斯之旅行及两度从军，途中皆时时以与克里斯蒂安娜所度之家庭生活为念，故前段所引胡贝尔之评语，非无相当理由。直至与席勒订交后，始走入一新境界，歌德在其《纪年》中亦云："那对于我是一个新的春天，一切都欢悦地萌芽，从破开的种子和枝干上发出。")

1794年(清乾隆五十九年)1月,在歌德擘画下,公爵植物园在耶拿成立。巴赤(Batsch,1761—1802)为植物园经理。

2月5日,卡尔·奥古斯特离普鲁士军营。

4月,《维廉·麦斯特》改作开始。

5月,费希特(Johann Gottlieb Fichte,1762—1814)任耶拿大学教授。(时耶拿哲学教授赖因霍尔德改就基尔大学聘,费希特被请来耶拿。费希特在耶拿讲学,甚受一般之攻击,歌德后在《纪年》中亦认聘费希特来耶拿事为一大胆冒昧之举。)

6月,福斯来访。(Johann Heinrich Voss,1751—1826,格廷根诗派诗人,荷马译者,叙事诗《路意斯》最有名。)

歌德发表反对拉瓦特之议论。(见博依蒂格尔之记载:歌德称拉氏为虚伪之乡愿,并与之断绝通讯。在法兰克福曾毁却一切拉瓦特之纪念物。)

6月13日,席勒致函歌德,请其参加《时代杂志》之工作。

6月24日,第一信致席勒,第一信致费希特。(致席勒信,应《时代杂志》之约请;致费希特信,谢其赠送之《知识论》。)赫尔德反对康德。(赫尔德因反对康德哲学,对耶拿大学亦起反感;但歌德因与席勒之关系,与二者反日见接近。)

7月20日至23日，歌德与席勒谈原始植物，因此奠定二人之友情。(初歌德与席勒皆感思想之悬殊，有意互相规避，故相识数载，迄未接近。会耶拿自然科学研究会成立，二氏均为该会会员，会席上相遇，经较长时间之谈话后，彼此误解始渐释除。当时除讨论原始植物外，尚谈及艺术与艺术原理诸问题。席勒于9月1日致函克尔内尔云："在二人的观念中间有一种意想不到的一致，因为这一致是从观点的不同里产生出来的，所以更为有趣。每人能够补充另一个人的缺乏，并能有所接受，……歌德现在感到一种和我联合的需要，他一向独自走着路，没有鼓励，如今他要和我共同前进了"。1829年3月24日，歌德与爱克曼谈话云："我和席勒结交，有些鬼神的驱使，我们本来能够更早一些、或是更晚一些被引在一起，但是我们聚合正巧在这个阶段，我是从意大利旅行回来，他也起始倦于哲学的思考，这是很有意义的，对于两个人都有很大的益处"，歌德另有文记《一七九四年与席勒之初次结交》，附录于《纪年》之后。)

7月，8月，歌德在沃尔利次、德累斯顿。

8月，歌德致函施泰因夫人，在长期疏远后，又恢复友谊关系。

8月23日，席勒致书歌德，在信中论歌德之生活思想；歌德认为席勒所论为其"生存之总评价"。

9月12日，席勒应歌德之邀请来魏玛，住两星期。

12月底，荷尔德林来魏玛访歌德，事先在耶拿席勒处曾与歌德相遇。〔荷尔德林（F. Hölderlin，1770—1843），伟大之抒情诗人；在文学史中之意义，可与席勒齐名。其不朽之著作，除洁美崇高之抒情诗外，有小说《许佩里翁》及戏剧《恩沛多克勒斯之死》。1802年以后疯狂。〕

麦耶尔绘歌德像（水彩画）。

歌德自本年起时赴耶拿，恒居至数月之久。

著作：诗：《诗简》，戏剧：《激昂的群众》（五幕喜剧，第三、第五二幕未完成。亦《革命故事》）。

1795年（清乾隆六十年）1月，在耶拿听罗德尔之韧带学讲演。

《时代杂志》出版，内有歌德之《流亡人漫谈》。（仿薄伽丘《十日谈》体裁之连环小说集，其中故事长短不拘，有创作，有翻译，最有意义者为一《童话》。）

在耶拿识亚历山大·封·洪堡（Alexander von Humboldt，1769—1859，维廉·封·洪堡之弟，二人同为歌德好友。著名之地理学家，曾作世界旅行，著有《宇宙论》）。歌德口述骨学基本概论，耶拿大学医学学生雅阔比之子马克斯（1775—1858）笔记。（歌德受洪堡兄弟之敦促完成其《自骨骼学出发之比较解剖学概论草稿》。）

5月27日、28日，著名之语言学者沃尔夫（F. A. Wolf, 1759—1824）来访，从此与歌德保有深密之关系。（沃尔夫为哈雷大学教授，著有《荷马绪论》，谓荷马非一人之作品）。

维廉·封·洪堡来访。

6月18日，第一信致亚历山大·封·洪堡。

7月2日，自耶拿起程赴卡尔浴场，识弗里德里克·布鲁恩夫人（Friederike Brun，1765—1835，著作家，有日记记载歌德在卡尔浴场之生活与言论甚详），拉赫尔·列温（Rahel Levin，1771—1833，后为瓦恩哈根·恩泽夫人，著作家，在柏林与浪漫派文人交往，成为一文艺社交之中心）。

歌德与其子奥古斯特至伊尔梅瑙。——矿山坑道塌陷。

为准备一部关于意大利之巨著，计划再至意大利旅行，但此计划随即放弃。

10月9日，第一信致沃尔夫。

因政见不同，与赖因哈特疏远。（赖因哈特热心法国革命，歌德反对。《纪年》中云："他在音乐方面是我的朋友，在政治方面是我的敌人。"）

12月，歌德久欲辞去剧院管理之职，未得公爵允许。

12月23日，致函席勒促成《讽刺诗集》，仿马尔蒂亚尔诗体。（Xenien，本作馈赠解，歌德用以名其与席勒合著之讽刺诗集。诗将及千首，多攻击与讽刺当时之文艺与政治。马尔蒂亚尔,罗马诗人。)

著作:诗:《海静》及《顺利的航行》,《维廉·麦斯特》中之诗,讽刺诗开始——《童话》——《新集》第三册及第五册出版,内系《维廉·麦斯特之修业时代》。

1796年(清嘉庆元年)1月,与席勒继续写讽刺诗。起始译切利尼之自传,前数篇在《时代杂志》中发表。[切利尼(Cellini,1500—1571),意大利翡冷翠城之金匠兼雕刻家。其自传为关于后期文艺复兴时代文化与艺术之重要著作。歌德除译其自传外,并著有《切利尼,在其时代及其城市》一文。歌德后写《诗与真》自传,不无切利尼之影响。《切利尼自传》有中文译本,译者孙大雨,尚未出版。]

2月,计划写《意大利游记》。

3月28日至4月25日,伊府兰被请来魏玛表演。拟请伊府兰接受魏玛剧院管理之职,商议未成,

5月,住耶拿,继续写讽刺诗。

维廉·施莱格尔(Wilhelm von Schlegel,1767—1845)卜居耶拿,其弟弗里德里希·施莱格尔(Friedrich von Schlegel,1772—1829)自1797年至1802年住耶拿。(施莱格尔兄弟为前期浪漫派之鼓动人,其杂志《雅典娜神庙》为浪漫主义最重要之杂志。兄为古典语言学者,在耶拿任教授,与席勒友善,曾在《时代杂志》投稿,创作无甚价值,

惟译莎士比亚十七剧本，为一不朽之工作。弟为浪漫主义之理论家，曾作《断片》及小说《路清德》，晚年从事印度语言之研究。）

6月，柏林出版家乌格尔之夫人弗里德里克·海伦·乌格尔寄采尔特之乐谱。〔采尔特（Zelter，1758—1832），柏林音乐家，谱歌德诗歌，后为歌德之好友，有与歌德通信集行世。〕

让·保尔在魏玛屡作较长时间之逗留，未与歌德接近。〔Jean Paul，1763—1825，本名弗里德里希·里席特尔（Friedrich Richter），著名小说家，其意义愈久愈彰。歌德于6月20日致麦耶尔信，谓其未能与其接近，甚为惋惜。〕

8月，歌德观察蝶之生长。

9月11日，歌德起始写《赫尔曼与窦绿苔》。

（《赫尔曼与窦绿苔》，叙事诗，用荷马诗体写18世纪德国之市民生活，充溢人文主义精神，被誉为德国民族之最伟大之叙事诗。中文译本有二：一为周学普译本，商务出版，一为郭沫若译本，发表于1937年《文学》杂志之《诗专号》中。）

9月末，在席勒家中读诗。

10月15日，拉瓦特在耶拿，歌德未加理睬。

10月23日，伊尔梅瑙矿山夜间坑道崩毁，矿业遂停顿。

10月，席勒之《一七九七年艺术年鉴》出版，其中有歌德及席勒之讽刺诗，故亦称"讽刺诗年鉴"。(此年鉴出版后，文艺界大为骚动。)

12月，法尔克（J. D. Falk）卜居魏玛，屡与歌德交往。

12月20日，赴莱比锡，过访法兰茨·莱尔泽（Franz Lerse，1749—1800，歌德在斯特拉斯堡的友人之一）。

著作：诗：《维廉·麦斯特》中之诗，《阿列克西斯与朵拉》，《赫尔曼与窦绿苔》之序诗——《新集》第九册出版，《维廉·麦斯特之修业时代》终了。(有中文译本，译者封至，尚未出版。)

1797年（清嘉庆二年）1月2日，自莱比锡致德骚。6日归（莱比锡）。

1月7日，在莱比锡参观天文台。10日归（魏玛）。

1月，《赫尔曼与窦绿苔》交柏林菲韦格印行，酬金一千塔勒（印成袖珍本）。

2月，雅格尔曼（Caroline Jagemiann，1777—1848），女优兼女歌者，来魏玛剧院。(后为卡尔·奥古斯特之情人，封·海根多夫之夫人，歌德曾因彼之阴谋，辞去剧院管理之职。)研究昆虫演变，做蛹与蛾之实验。

2月21日，与席勒谈颜色学。

3月初，亚历山大·封·洪堡来耶拿。谈流动电气

(Galvanismus，当时科学界最流行之问题）。3月12日与亚历山大·封·洪堡谈费希特之《知识论》。

3月31日在魏玛继续与亚历山大·封·洪堡来往，洪氏于4月9日离魏玛。

计划叙事诗《猎》。(此诗未成，后改为小说，题名《小说》，叙一以音乐力驯服野兽之故事。4月7日，维廉·封·洪堡致其妻函，记歌德之计划甚详。)

5月，计划再赴意大利旅行。(歌德拟再赴意大利旅行，以补上次旅行之缺。旋以战事，稍事迟延；后虽已起程，但精于意大利艺术，足为歌德之向导者麦耶尔自意大利病归，致使歌德之意大利旅行迄未实现，只至瑞士而止。)

5月26日，亚历山大·封·洪堡来访。谈古代之纺织业。

6月23日，世界名著《浮士德》之诞生日，此日歌德写定《浮士德》之通盘计划。(此日为"浮士德之诞辰"，《浮士德》全部之发展及结束在歌德之面前已具有雏形。歌德从新着手于《浮士德》之工作，不能不归功于席勒敦促之勤。当1794年11月29日席勒向歌德请求一读此稿之断片时，歌德于12月2日复书云："关于《浮士德》……我不敢将收纳它的包裹打开。我不能写，除非通盘筹算过，然对于这事我感觉还欠缺勇气。"但1797年6月22日致席勒信云："因为正需要在我现在这不平静的境况中有点事做，我便决心作我的《浮士德》，如不将其完成，至少也将写出一大部分，将已印成的重新解散，将已想好的或发现的新材料大批编进去，于是使这计划——其实只是一种意象——的完成比较迫近。我现在已从事于这意象和它的发表，我也觉得颇有些得心应手。但我现在很愿你费神，将这事在不眠之夜替我通盘想一想……")

7月2日至9日，歌德焚毁所有保留至此时之信件。[《纪年》中云："在我（赴瑞士）起程之先，我焚毁自1772年以来所有给我的信件，由于绝对厌恶公开朋友交往的寂静的过程。"歌德称之为"大火刑"[①]（Autodafé）。]

7月11日至18日，席勒在魏玛住歌德家中。

7月30日，自魏玛起程经富尔达赴法兰克福。

著作：诗：《掘宝者》，《科林特的未婚妻》，《神与舞女》，（以上三首均为叙事诗。）《耶稣故事》，《浮士德之献词》写于"浮士德诞辰"之次日。

8月至11月，第三次瑞士旅行。

8月3日早晨，至法兰克福。晚克里斯蒂安娜及子奥古斯特至，旋于7日返魏玛。遇音乐家费利克斯·门德尔松之父亚伯拉罕·门德尔松。

8月25日，自法兰克福，经达姆施塔特，海德堡。

[①] 中世纪宗教裁判所对异教徒的火刑判决。——编者注

8月30日至9月7日在斯图加特，识雕刻家丹内克尔（J. H. v. Dannecker，1758—1841，丹氏为人，歌德甚为器重。丹氏于10月26日与友人书云："歌德向我说：我在这里过的日子，像在罗马所过的一样"）。

9月7日至16日，在图宾根住阔塔处。（J.F. Cotta，1764—1832，著名出版家，时为《时代杂志》之出版者，后歌德，席勒之文集皆由其出版。）

9月17日，至沙夫豪森，（赏莱茵瀑布，日记中有详细之记载。）19日至苏黎世，晤巴巴拉·舒尔泰斯。拉瓦特规避歌德。

9月21日，至施泰法，晤麦耶尔。（时麦氏自意大利归，在苏黎世湖滨养病。）

9月22日，女优诺伊曼逝世。

9月28日，自施泰法乘舟赴里希特斯维，艾恩西德尔恩。

10月3日，第三次登高特哈尔德山[①]。（时歌德已四十八岁，较诸二十六岁游瑞士时，精神身体已大有悬殊。此次深感旅途之苦，非复往日之兴高采烈矣。）

10月9日，返施泰法。计划《威廉·退尔》叙事诗。（威廉·退尔为瑞士之民族英雄，席勒有戏剧《威廉·退尔》，歌德之计划未实现。）

[①] 即"圣哥达山"（Gotthard）。——编者注

10月21日，自施泰法至赫尔利贝格。22日，至苏黎世。晤巴巴拉·舒尔泰斯及其婿牧师盖斯内尔（G. Gessner, 1765—1843）。

10月26日，离苏黎世。29日至图宾根。

10月，席勒主编之《一七九八年艺术年鉴》出版，其中有歌德之叙事歌。

11月1日，自图宾根赴斯图加特。

11月11日至15日，在纽伦堡（纽伦堡为中古以来之名城，名画家都勒之故乡，歌德在此逗留数日，惜无记述）。

著作：诗：《贵童与磨坊女》，《少年与流溪》，《磨坊女之悔》。（三首皆为民歌式之问答体诗，歌德本欲写成一部小说。）《阿敏塔斯》（诗人之自白。歌德于9月19日在苏黎世云："一个苹果树被薜荔缠绕，给我写这首哀歌的动机"）。起始写《快乐女神》（纪念诺伊曼），《小花名奇美》（歌德读瑞士古史，知有汉斯·封·哈布斯堡于1350年至1352年囚于苏黎世附近古堡中，根据其在幽囚中之吟咏而成此诗）。

〔在此年内歌德草有《自描》（Selbstschilderung）短文，一世纪后始被发现，发表于《歌德年刊》第十六册。在此文内歌德对自己作一简短而扼要之分析与批评，为一欲了解歌德者不可不读之文字。〕

1798年（清嘉庆三年）1月，研究颜色学及其历史。参观一动物展览会。

2月，整顿图书。

3月17日，科策布之戏剧初次上演。〔科策布（August von Kotzebue，1761—1819），生于魏玛，幼时即在歌德之同人舞台上献艺。后因反对歌德离魏玛，在柏林曾阴谋陷害歌德。后在曼海姆被一大学生刺死。其戏剧因浮浅之幽默与伤感一时甚为流行。〕

歌德置奥贝尔罗斯拉田产，后又于1803年卖去。（歌德此时对农业甚感兴趣，曾以极大之精神经营此田产。）

4月从事于《浮士德》工作。

4月24日至5月4日，伊府兰来魏玛客演。（歌德于5月2日致席勒书，对于伊府兰之技艺备极推崇。）

5月2日，歌德花园中有罗马室，第一次在此室中早餐。计划《神殿柱廊》杂志，第一期于此年内出版。（歌德有感于德国艺术之浮浅，拟与麦耶尔合作，藉此杂志研讨纯正之艺术理论。）

拟读《魔笛》第二部（《魔笛》为莫扎特之歌剧）。——写《阿喀琉斯》（叙事诗，只完成第一部）。

谢林来耶拿就教授职。（Friedrich Wilhelm Joseph von Schelling，1775—1854，哲学家，认自然为精神力之表现。与浪漫派文人交往甚密。本年复活节谢林之自然哲学名著《论宇宙魂》出版后，歌德敦促耶拿大学聘彼为教授。歌德对于谢林之为人及其学说均甚钦佩。1800年9月27日致谢林书云："自从我必须脱离自然研究的因袭方法而在学术的精神领域里盘桓,我到处很少寻出一条路;如今读到你的学说,我的路是决定了。"歌德之宇宙观受谢林之影响甚多。直至晚年,歌德对谢林仍自称为"忠实不渝"之友人。)

6月12日至13日,《快乐女神》诗脱稿。

7月5日,第一信致谢林,告其被聘为副教授。

7月末,让·保尔来访。(据让·保尔于9月2日致友人书,歌德此次待彼较初次为优渥,并向彼言《浮士德》将于四个月后完成。)

10月,排演席勒之《华伦斯太》,引起歌德对于舞台更大之兴趣。[《华伦斯太》(Wallenstein),席勒名剧,中文有二译本,一为胡仁源译,译名《瓦轮斯丹》,1932年商务版;一为郭沫若译,译名《华伦斯太》,1936年上海生活书店版。当时演员之一盖纳斯特述歌德排演《华伦斯太的军营》情形云:"歌德排演的努力是永不疲倦的。麦耶尔氏须到处寻求表现三十年战争军营生活的木刻,为的是舞台上好取作模范;甚至耶拿酒馆里一片上边刻有17世纪军营生活的炉铁板都为了这个目的弄来了。歌德指导演员演习,每次都给席勒作详细的报告;直到最后一次演习,席勒还更改好多处。"] 10月12日改筑之剧院以席勒之《序幕》及《华伦斯太的军营》开幕。

席勒敦促歌德续成《浮士德》。

著作：诗：《巴喀斯的预言》，《德国的帕尔那索斯山》，《文艺神的引导者》，《植物的演变》(歌德谓植物为叶之演变，一时甚少同调，欲藉此诗引起友朋对此问题之兴趣)。《浮士德》之《舞台前幕》(受印度戏剧《沙恭达罗》影响)，《天上序幕》(受《约伯记》影响)，《瓦尔普尔基斯之夜》(为讽刺诗之续，席勒本欲发表于《文艺年鉴》，但歌德认为更适宜于《浮士德》)。

《一七九八年一月三十日之化装舞会》。

1799年（清嘉庆四年）1月1日，歌德收到席勒《皮柯洛米尼》之稿本。(《皮柯洛米尼》为《华伦斯太》剧本中之一部分。)

布吕尔伯爵（K. v. Bruehl，1772—1837）在魏玛作较长之停留，参加宫廷中之导演。

1月16日，让·保罗来访。

1月30日，《皮柯洛米尼》第一次上演。

2月10日，维廉·施莱格尔来访。

11月，识自然哲学家斯特芬斯（H. Steffens，1773—1845，生于挪威，后在柏林，哈雷诸大学任教授。与浪漫派之文人交往，有回忆录记载当时之精神生活，甚为生动。于1801年著《地球自然史》呈歌德；在哈雷讲学时，歌德曾前往听讲）。

3月29日，费希特因无神论之争被免职。（无神论之争发生于1798年及1799年。费希特在哲学杂志1798年第一册发表《我们对于一个神的宇宙统治的信仰的原因》一文，被政府检举，认为无神论，著者应受惩罚。费希特于本年初答辩无效，遂去职，歌德于本年8月30日致施罗塞书，对于费希特之去职，表示惋惜，但对于费希特之态度甚不同情。）

4月20日，《华伦斯太之死》初次上演。

5月7日，歌德观察水星穿过太阳。

6月，赫尔德著书批评康德之《纯理性批判》。

魏玛宫廷大兴土木。

6月末至7月3日，普鲁士王腓特烈·维廉第三在魏玛。

7月，索菲·封·拉罗契与其外孙女索菲·勃伦塔诺在魏玛。

蒂克第一次来访歌德。（Ludwig Tieck，1773—1853，浪漫派代表作家，著小说甚多，译有《唐吉诃德》及莎士比亚之剧本一部分。）

弗里德里希·施莱格尔之小说《路清德》出版。（一代表浪漫主义精神之断片小说。）

8月26日，第一信致采尔特。（讨论歌德所作诗之谱成乐谱。）

为席勒介绍一在魏玛之寓所。

8月9日，在园中作月之观察。（歌德在《纪年》中云："8月9日我迁到花园去住，用一个好的望远镜观察全部的月的转变，最后我就同这个长久被我所爱所惊奇的邻居更有深一层的认识。在这一切的工作时，我所计划的一首长的自然诗完全退后了。"）

置磁铁实验器。

第一次艺术展览附有奖金。（歌德提倡以希腊艺术为准衡之艺术，自1799—1805年屡次举行命题悬奖之艺术展览，命题多取自荷马诗，评判则凭歌德之目力。但当时德国艺术界，因浪漫诗人之提倡已发生与古典主义相反之趋向，即舍希腊而宗中古也。歌德对此潮流，甚为嫌憎。）

10月5日，读谢林之《自然哲学系统草案》。

10月20日，歌德妹丈施罗塞逝世。

11月，歌德集其所作诗，寄与乌格尔书局，为其《新集》之第七册。

12月，蒂克在歌德处读其所作《格诺菲瓦》长诗。（蒂克读此诗时，歌德甚为注意，并曾参加意见，蒂克曾就此修正。）

12月3日，歌德在多恩堡。

席勒居魏玛。

著作：《第一个瓦尔普尔基斯之夜》，《巴喀斯的预言》，

《文艺之子》,《阿喀琉斯》。

戏剧:《私生女》(取材于1798年出版施特凡尼·路意斯·德·波镑-孔蒂之回忆录,背景、时代皆在法国革命之前夕,歌德在《纪年》中云:"在计划中……我希望把我这些年来关于法国革命和它的结果所写和所想的一切以适当的严肃都写下来。"此为《伊菲格尼》与《塔索》以后此时代之代表作,书出版后被席勒称赞,被费希特称为歌德之"最高的作品",但在舞台上未生任何效果,亦未能引起一般读者之注意)。译服尔德[①]之《穆罕默德》。

1800年(清嘉庆五年)1月30日,《穆罕默德》上演。

2月,布尔格为歌德塑石膏像。

3月,席勒劝阔塔以优渥之出版税促歌德从速完成《浮士德》。

歌德设置磁石实验。

4月28日,与卡尔·奥古斯特经莱比锡赴德骚。

5月7日至16日,歌德在莱比锡,10日,克里斯蒂安娜携子奥古斯特来。

第一次遇出版家乌格尔及音乐著作家罗希利茨(F. Rochlitz,1769—1842)。

[①] 服尔德,现在通译为伏尔泰。——编者注

施罗德尔来访（著名之舞台经理兼诗人）。

不来梅之尼古劳斯·麦耶尔（Nikolaus Meyer，1775—1855）在耶拿习医，识歌德，此后屡出入歌德家中，属于亲密之友人，离魏玛后与歌德及克里斯蒂安娜继续通信。

6月，译服尔德之《唐克雷德》①。

举行第二次艺术悬奖。（歌德在《纪年》中云："当我们在这年8月预备第二次艺术展览时，我们得到多方面热烈的参加。我们的命题引诱了许多勇敢的艺术家。"）

9月4日，在多恩堡，8日，与卡尔·奥古斯特在罗斯拉。10月1日至3日，与物理学者里特尔结识，谈流动电气。[里特尔（J. W. Ritter，1776—1810），浪漫主义之科学家，有《断片集》传世。]

在此年内歌德旧友弗里德里希·施托尔贝尔格改宗天主教。自1798年由歌德出版之《神殿柱廊》杂志停止出版。（此杂志赞助乏人，只出三期即停版。）

著作：诗：《譬喻》，《十四行诗》（其中《自然与哲学》一首最著名）。

戏剧：《过去与现在》（为公爵夫人安娜·阿玛里亚寿辰作，或称《旧时代与新时代》，作者际此世纪终了之时，述新旧时代之交替。用希腊六脚诗体写成演出时，并戴假面

---

① 《唐克雷德》为五幕诗体悲剧，取材于《愤怒的罗兰》。——编者注

具)。《浮士德》中之《葛蕾琴门前大街》之一部分,《牢狱》(此幕在《浮士德》初稿为散文,且改成诗体),《书斋一》,《新集》第七册出版。

自 19 世纪起至席勒逝世

1801 年(清嘉庆六年)1 月 1 日,歌德患面部丹毒,延及咽喉。(施泰芬斯记 1800 年除夕云:"这夜觉得更为重要了,因为我不久就知道,这晚对歌德有了什么样危急的后果。若是我没有错,他在他的生活里是第一次败倒于一种重大的病症。那后来至少有许多年使他苦恼的,觉得不久就要死去的思想,是这次病的结果。"本年 1 月 12 日施泰因夫人致其子弗利茨信云:"我不知道,我们往日的朋友对我还是这样宝贵,他一场重病这样深切地感动我……我和席勒夫妇几天来已经为他流了许多泪。")

1 月 19 日,起始译迪奥夫拉斯特之《颜色论》。(歌德自谓排解病中寂寞而译此书。)

2 月至 4 月,从事于《浮士德》工作。(3 月 18 日致席勒信云:"我对于《浮士德》的工作,虽然没有纯粹的停止,但有时却只有微弱的进展。因为哲学家们对于我这著作急欲一知究竟,所以我自然要特别出力了。"按:哲学家系指谢林。)

2月22日，谢林来访。23至25日里特尔来访。

与赖因哈德重续友谊之关系。（歌德于2月5日致书赖因哈德，述其病中及病后之心情，甚为深刻。）

3月7日，第一信致里特尔，论及光学。

3月30日，致函伊丽沙白·封·图尔克海姆。（即丽丽·舍内曼。）

3月25日至4月14日，歌德在奥贝尔罗斯拉。享受田园生活。

5月29日，第一信致施泰芬斯。

6月5日，歌德因病后疗养，偕其子奥古斯特赴彼尔门特（彼尔门特为一矿泉疗养地）。

6月6日至12日，在格廷根。彼处与歌德交往之大学教授为：语言学者兼图书馆专家海涅（C. G. Heyne，1729—1812），医学者布鲁门巴赫（J. F. Blumenbach，1752—1840），政治学者平特尔（J. S. Puetter，1725—1807），历史家瓦尔特豪森（G. S. V. Walterhausen，1765—1828），识当时在格廷根求学之阿尼姆（Achim von Arnim，1781—1831，浪漫派诗人，著有小说，戏剧，曾与勃伦塔纳共同出版民歌集《儿童的魔笛》献与歌德）。

6月12日至7月17日，在彼尔门特。（歌德在此地之生活于《纪年》中记载甚详。）

7月18日至8月14日，在格廷根，填补颜色学历史部分之缺漏。

8月14日，归途经过卡塞尔，克里斯蒂安娜及麦耶尔来迎。至埃森纳赫，哥达。(与格里姆男爵，奥古斯特王子相聚。)

8月30日，归魏玛。

9月20日至22日，矿学家魏尔纳来访。(当时著名之岩石水成论者，与歌德意见相同。)

9月21日至10月4日，弗里德里克·乌采尔曼客演。(1760—1815，柏林之著名女优。)

9月24日至10月10日，弗里德里希·蒂克(1776—1851，诗人蒂克之弟)在魏玛，制歌德半身像。

歌德组织"Cour d'amour"(友爱会，又称星期三会，于11月4日第一次举行，一星期后举行成立会。后于次年3月间解散。歌德为此团体写成友宴之诗数首。席勒于本年11月16日，致函克尔内尔云："联合一些和谐的友人组成一个俱乐部，每十四天聚会一次")。

10月20日，迪奥夫拉斯特之《颜色论》译竟。

10月21日，黑格尔(Georg Wilhelm Friedrich Hegel, 1770—1831, 19世纪德国之权威哲学家)就耶拿大学讲师职，来魏玛谒歌德。

11月，继续写《私生女》。

10月18日，政治家根茨(F. v. Gentz, 1764—1832)来访。

著作：诗：《变化中的永续》(受赫拉克里特影响，谓万物无时不在变化)，《早春》，《新年》(为星期三会作)，《浮士德》中之《城门前》，《瓦尔普尔基斯之夜》。

1802年（清嘉庆七年）1月2日，演维廉·施莱格尔之《容恩》。(施莱格尔之剧本上演，反对者甚多，但歌德支持施氏甚力。攻击此次上演之文字，歌德皆予以拒绝。《纪年》中云："那还不是一个原则，在同一国里，在同一城里，允许任何一个分子把旁人刚刚建筑起来的事物给破坏"。)

整顿图书馆（图书馆中大部分书籍之原主人比特内尔于1801年逝世，歌德往耶拿整理）。——计划编集魏玛、耶拿两处图书馆之综合书目。

第三次艺术悬奖征求，从此时起在《普通文报》中辟一栏，由歌德及麦耶尔主持之关于魏玛艺术问题之通讯，简称为"W. K. F."即"魏玛艺术之友"之缩写。

1月16日，歌德翻译之《唐克雷德》第一次上演。

1月28日，富凯来访。(de La Motte Fouque，1777—1843)，浪漫派诗人，童话《涡堤孩》甚为有名，有中文译本，译者徐志摩，1923年商务版。)

2月23日至28日，米尔特在魏玛。(米尔特为建筑师又为音乐家，坚强与柔美化为一体，歌德视为当时难得之人物。)

3月3日，科策布之《德国的小城市民》上演。(科策布在此剧本中攻击施莱格尔兄弟处甚多，皆被歌德删去，科氏大怒。后又将歌德删去处写入另一剧本中。)

4月8日，歌德在奥斯曼施泰特访维兰德。(歌德此时对赫尔德之行为主张，不满之处甚多；但歌德与维兰德虽境界悬殊，但始终保持良好之关系。)赫尔德为歌德之子奥古斯特行坚信礼。(《纪年》中云："赫尔德按照他高贵的方式所主持的我的儿子的坚信礼使我们不无感动，回忆过去的关系，不无对于将来的友情的希望。")

4月29日，席勒迁入由英国人梅利什手中购置的房屋（在现在之席勒街）。

5月，在劳赫施塔特筑一新剧院。

5月15日，歌德之《伊菲格尼》在魏玛上演。

5月22日至27日，歌德在劳赫施泰特——在哈雷访沃尔夫。(歌德与沃尔夫共校歌德所译之迪奥夫拉斯特之《颜色论》，据沃尔夫意见，与其谓此书为迪奥夫拉斯特所著，毋宁谓出自亚里士多德之手。歌德在《纪年》中云："与沃尔夫共度一日，便得一年之教诲"。)

在基比欣施泰因访赖因哈特。

5月29日，弗里德里希·施莱格尔之《阿拉克斯》上演。

6月26日，劳赫斯泰特之新剧院，以歌德之序幕《我们带来什么》开幕。（歌德于7月5日，致函席勒详论新剧院开幕后之上演情形。）

7月9日至20日，又至哈雷及基比欣施泰因，访沃尔夫，赖因哈特，及神学者尼麦耶。

7月25日，自劳赫施泰特返魏玛。

7月26日，访电流研究者基贝尔特，医学者赖尔，植物学者施普棱格尔。

8月23日，施罗德尔死于伊尔梅瑙。

9月19日，维廉·封·洪堡来访。

11月，福斯迁住耶拿。（歌德于本月15日致函沃尔夫云："我们优秀的福斯最近决定了，在耶拿置一所房子，和我们接邻，你大半已经知道了。对于我们的关系是一种无价的得获，据有一个这样有才，这样严肃的人。"按：福斯为荷马译者，沃尔夫为荷马研究者。）

11月29日，卡尔·乌采尔曼（Karl Unzelmann，1786—1843）以童伶上演于魏玛舞台，使歌德起创设戏剧学校之念。

在此时歌德起始与耶拿印刷家兼出版家弗罗曼（K. F. Frommann，1765—1837）之家中来往，弗罗曼之养女米娜·赫慈利普（Minna Heizlieb，1789—1865）亦在其家中。

物理学者泽贝克（T. Seebeck，1770—1831）来耶拿，

因讨论颜色学与歌德生较近之关系。

著作：诗：《自欺》，《宣战》，《总忏悔》(二诗皆为"星期三会"作)，《牧童哀歌》，《幸福的夫妇》，《宇宙魂》(此诗本为"星期三会"作)，《骑士库尔特的娶亲》，《浪游人与佃家女》，《婚歌》，《新保西亚斯》。

戏剧：《我们带来什么》(为劳赫斯泰特新剧院所写之象征寓意剧)。

1803年(清嘉庆八年)1月1日，《过去与现在》上演。

第四次艺术悬奖征求。

歌德周围苦于歌德之生活渐趋孤独，心情转趋恶劣。(克里斯蒂安娜·乌尔皮乌斯致友人信云："为了枢机顾问我很担心，他时常患着忧郁病，我已忍受很多，可是我愿意担当一切……可是你给我写信不要提到这事，因为人们不应该向他说，他是病了；但我相信，他有一天会真病了。"按：克里斯蒂安，一向称歌德为"枢机顾问"，虽举行了婚礼后亦作如此称呼。)

1月24日，第一信致法兰克福银行家维勒默尔(J. J. V. Wellemer, 1760—1838，歌德法兰克福时代之友人，歌德自1814年后，识其夫人马利亚娜，甚为倾慕。维氏代寄歌德一喜剧，名《头骨学者》，系讽刺头骨学者加尔，歌德认为学者辛苦之努力，不能在舞台上任意嘲讽。歌德拒演此剧本，并婉词说明之)。

物理家兼音乐理论家克拉德尼（E. F. Chladni）来访。

结束《切利尼自传》之翻译，并附说明。(歌德译《切利尼自传》后成《切利尼，他的时代与他的家乡》一文，为歌德最美散文之一，后世研究意大利艺术者多奉为圭臬。)

3月19日，席勒之《墨西纳的未婚妻》第一次上演。

读卡尔德隆。(Pedro Calderon de la Barca，1600—1681，西班牙最伟大之剧作家，时施莱格尔之卡尔德隆翻译出版。席勒尝云："歌德和我能够省却多少错误，若是我们早一些认识了卡尔德隆"。)

4月2日，《私生女》第一次上演。(席勒之妻妹卡罗琳娜记载云："歌德的《私生女》上演使一切都为之感动；人们好久不见这个天才写新的剧本了，现在大家都欢迎这出新戏。")

5月3日，歌德赴劳赫施泰特，5日至7日，至哈雷，基比欣施泰因，梅泽堡，瑙姆堡。(沿途作矿学研究。)

6月，采尔特来访。(此次来访，奠定将来友情之基。)

7月，歌德获得教皇货币。(购自在纽伦堡所拍卖之自15世纪至18世纪之古币。币上之刻像不止于教皇，其中不乏主教，牧师，哲学家，学者，艺术家，贵妇之像。歌德购此批货币，本欲一览切利尼之制作，因切氏造币甚精。但此收藏中，并无一枚切氏所制者。)

7月22日，沃尔夫（P. A. Wolff，1784—1828）以童伶来歌德处。

8月1日，公爵家族迁入新建筑之宫邸。

歌德得《普通文报》之出版者拟将编辑部自耶拿迁至哈雷之消息，遂与艾希施塔特（H. K. A. Eichstädt，1772—1848）联合创设《耶拿普通文报》，此报于1804年出版，歌德热心辅助。（《普通文报》为当时学术界最享盛名之杂志，各界专家参加合作者不下百余人；耶拿大学各教授薪俸低廉，因撰稿而得此杂志之资助者不少。此报之出版人许茨拟将此报迁至哈雷出版，普鲁士政府并愿津贴一万塔勒以为迁移扩充之费，对于耶拿实为一大打击。）

医学者胡弗兰德，法学者胡弗兰德，保罗斯，谢林，罗德尔诸教授离耶拿大学教职。（时德国境内之其他大学或新告成立，或从事发展，皆以薪俸较丰，或提高职位以罗致人才。耶拿大学自费希特因无神论之争去职后，使人对于政府措置深感不满，此数教授之先后离职，不无此事之影响。歌德对之，亦甚惋惜。）

9月，里美尔（F. W. Riemer，1774—1845）来魏玛，任歌德子之教师及歌德之秘书。（里美尔初为维廉·封·洪堡家中之教师，以精通古代语言来歌德家中，与歌德来往，直至歌德之死日。著有《歌德回忆录》，为研究歌德之重要文献。并为歌德文集之编纂者。）

10月5日，计划《五十岁的人》(小说，后插入《维廉·麦斯特游学时代》中)。

11月8日，黑格尔来访。10日，伦格来访（P.O.Runge，1777—1810，浪漫派画家之代表者）。

11月24日，歌德赴耶拿，与福斯父子来往。

12月18日，赫尔德逝世。(歌德在《纪年》附录中有一文纪念赫尔德云："在这年来我们遇到一个大的，可惜早已预先看得出的损失：赫尔德在他长期的病后，离开了我们。我已经有三年没看见他，因为他的矛盾精神与病俱增，并且蒙蔽了他那无价的惟一的亲切和蔼……")

12月24日，歌德自耶拿归。

12月27日，歌德第一次访初至魏玛不久之斯塔尔夫人；伴彼来魏玛者为本雅明·康士坦特。[斯塔尔（Anna Germaine von Staeel-Holstein）夫人，女著作家，被拿破仑所放逐，漫游欧洲；著有《德国论》，论德国之思想文艺以及民族气质，其中不无误解，但一时为关于德国之标准著作。康士坦特（B. Constant），法国思想家兼政治家，斯塔尔夫人之友，与斯塔尔夫人同时见逐于拿破仑。]

著作：诗：《十四行诗》，《泪中的安慰》。《切利尼自传》译竟，并附以说明。

1804年（清嘉庆九年）1月，斯塔尔夫人在魏玛停留数月,时与歌德会晤。(歌德在《纪年》后附有一文,记斯塔尔夫人。)

1月4日至6日,沃尔夫来访。

1月24日至2月3日,历史学家约翰内斯·封·米勒来访。

第五次艺术征求悬赏。

2月12日至20日,福斯之子来魏玛住歌德处;后在魏玛中学任教,并为歌德之子讲授,时来歌德家中。(关于歌德、席勒此时之生活言论,福斯之子记载甚详。)

2月12日,康德逝世。

3月17日,《维廉·退尔》第一次上演。(席勒最后完成之剧本,中文有二译本。一为马君武译,1925年中华书局版;一为项子和译,1936年开明书局版。)

6月,席勒在柏林。(时伊府兰任柏林剧院经理,席勒因伊府兰演彼之剧本,亲往参加。)

歌德应波托奇之请,介绍德国学者与俄国之哈尔科夫大学。(哈尔科夫为俄国乌克兰之名城。)

8月3日,世子卡尔·弗里德里希在彼得堡与大公郡主玛丽娅·保罗夫娜结婚。

9月,歌德与克里斯蒂安娜在哈雷。

9月13日,歌德辞却内阁主席之职,任枢机顾问,得尊称为阁下。

9月22日，《葛兹》应舞台之需要改编上演。

11月12日，新婚之世子夫妇归魏玛，举行庆祝，演席勒之《艺术的崇敬》。

著作：诗：《哀的美敦书》（为科策布等攻击歌德而作）——改编《葛兹》。——译狄德罗之戏剧《拉摩之侄》。——散文《温克曼》。（温克曼致其友人贝恩蒂斯之信件于1799年归歌德保管。歌德于1805年出版《温克曼与他的世纪》，内含有温氏书简及歌德与其友人之论文。歌德之长文《温克曼》为歌德最美之散文之一，且为艺术史中不可多得之佳作。）

1805年（清嘉庆十年），本年最初岁月中歌德时时患病，病源为肾脏病。（据福斯之子记载，以2月20日左右病势最剧。）

4月5日至5月2日，歌德之子奥古斯特在法兰克福祖处。

5月9日，席勒逝世。（死于肺病，时年四十五岁。自本年起，歌德与席勒皆因病甚少晤面，二人之书信中，均有盛时不再之感。关于席勒病剧时歌德痛苦之心情，时人如里美尔及福斯之子皆有详细之记载。席勒葬仪，歌德往参加，极力避免表露出因席勒之死而起之内心变化。歌德于6月1日致函采尔特云："自从我没有给你写信的时候起，好的日子太少了。我以为我自己会死去，但是我丢掉了一个朋友，同时也是丢掉了我的生存中的一半。我本来应该开始一个新的生活方式；可是在我的年龄内再也没有道路了。我现在只看着时日从我的面前过去，只做些最切近的事，并不想一个较远的结果。"迨其心境稍为平复后，歌德深觉纪念其亡友之道为续成席勒未完成之剧本《德梅特里乌斯》。歌德在《纪年》中云："从最初的计划起直到最后的时刻，我们都常常通盘斟酌过……这出戏对于我和对于他是一样地生动。现在我焦灼于这个欲望，虽然是死，我们也继续我们的谈话，把他的思想，意见和心意都一一保留起来……他的死亡我觉得是补完了，若是我继续了他的生存。"但此剧本未能如愿完成，歌德亦深感席勒舍彼远去矣。)

5月末，歌德之身体精神略见好转。

5月30日至6月14日，沃尔夫在魏玛。（6月19日致采尔特信云："一个这样非常精明的人在我面前，在每个意义中都使我坚强。"）

6月14日，弗里德里希·雅阔比偕其妹贝蒂来访。（歌德在《纪年》中谓二人一见如故，但彼此思想已不能互相理解。）福斯迁往海德堡。（福斯就海德堡大学教授。福斯之子致友人信云："他的病弱，席勒的死，我父亲的离开耶拿，这一切都沉重地压迫他的心情。"）

7月，歌德在劳赫斯泰特。

歌德在哈雷，听加尔（1758—1822）关于头骨学之讲演。——住沃尔夫家中。（曾在课堂门后听沃尔夫之古典文字学讲演。歌德在其《纪年》中云："在这样的关系和状况里我所得获的，难以一言概括；这两三个月对于我的生活是怎样影响丰富，理解者自然能够有所同感，"）——识哈雷之哲学家施莱尔马赫（Friedrich Schleiermacher，1768—1834，接近浪漫派之思想家，宗教哲学家，时在哈雷任教授，著有《宗教讲演》）。

8月，歌德与其子奥古斯特及沃尔夫赴赫尔姆斯泰特访拜赖斯教授。（拜赖斯为一博学之士，知识之广，收藏之富，甲于当时，歌德叹为奇迹。歌德在彼处之居留，《纪年》中有详细之记载。）至宁堡，访郡长哈根，（哈根亦为一奇人，当时人称为"狂人哈根"。）至哈尔伯施塔特（时一代诗宗，慷慨好义之前代诗人格莱姆已逝世二载，歌德访其故居及"友情之庙"，并凭吊其坟墓）。

8月10日，席勒追悼会：演席勒之《钟歌》，附歌德之尾词。（在劳赫斯泰特举行，将席勒之《钟歌》改成戏剧形式上演，歌德之尾词由女伶阿玛丽·沃尔夫朗诵。）施泰芬斯偕亚当·厄伦施雷格尔至劳赫施泰特来访。[厄伦施雷格尔（A. Oehlenschläger，1779—1850），丹麦诗人，与德国浪漫派文人来往甚密。]

采尔特来访，住至8月13日。（歌德于本月12日致施泰因夫人信云:"采尔特来访我,在这人面前给我很大的快乐。若是我们在许多只像是芦苇在风里吹来吹去的人们中间,看见这样精明而正直的人,我们就又起始相信生活了。")

加尔来魏玛。

10月,献给歌德之《儿童的魔笛》第一册出版,歌德于1806年1月21日及22日在《耶拿普通文报》中曾详评之。

10月,歌德为友朋中之妇女所举行之星期三讲演开始。

12月,阿尔尼姆来访。

著作:《席勒钟歌之尾词》。

(总观自与席勒订交至席勒逝世之十年内,为歌德一生最重要之时代。歌德两部代表著作之前部《维廉·麦斯特之修业时代》及《浮士德》第一部皆在此数年内先后完成,有若对于过去下一总结算。而创造高贵文艺之意识则日益明显,实开晚年孜孜努力之端。惟歌德自1800年以来即多病,创作较稀,而其少数作品,亦不复为大众所理解,因之身体精神,屡陷绝境,直至席勒逝世,为其中年期最苦闷之段落。歌德在此时期内所从事者,除文艺外,则为演剧,提倡艺术及研究自然科学;交往之友人除席勒外,最重要为麦耶尔,里美尔,采尔特及沃尔夫。)

1806 年至 1810 年

1806 年（清嘉庆十一年）1 月，歌德多病。

1 月，第六次即第末次艺术征求悬赏。

1 月 30 日，拉辛之《熙德》上演。（《纪年》中云："高乃依之《熙德》上演。"拉辛，想系编者之误。）

3 月 9 日，第一信致阿尔尼姆。

3 月 21 日，歌德起始与里美尔校阅《浮士德》。

4 月，厄伦施雷格尔在魏玛住至 8 月 4 日，最后在耶拿。（时德国中古最伟大之叙事诗《尼伯龙根歌》已被人称道，歌德曾为厄氏朗诵此诗。）

4 月 13 日，《浮士德》第一部结束。（中文译本有二：郭沫若译，1928 年，创造社版；周学普译，1935 年，商务印书馆版。）

6 月，雅格尔曼（F. Jagermann，1780—1820）画歌德像。为魏玛博物馆购卡尔斯滕斯之画。（A. J. Carstens，1754—1798，德国早期古典主义之代表画家。）

6 月 29 日，偕里美尔自耶拿经埃格尔赴卡尔浴场。

在卡尔浴场交往之友人：罗伊斯公爵亨利十四（1747—1817，奥国将军），阿玛里·封·蕾薇索夫人（Amalie von Levetzow，7 月 28 日致克里斯蒂安娜·乌尔皮乌斯书云："蕾薇索夫人比往日更引人，更可爱了。我曾同她散步一小时，几乎不能离开她……"），弗里德里克·乌采尔曼，佐尔姆斯公爵夫人，矿区顾问魏尔纳，奥古斯特·封·赫尔德尔等。

在卡尔浴场为卡罗琳娜郡主成《旅行，消遣，安慰小册》，附有漫画，次年续成。

8月4日，自卡尔浴场起程，经埃格尔，歌德照例拜访以收藏家闻名之刑吏卡尔·胡斯（1761—？）。

8月6日，德意志民族之神圣罗马帝国亡。时莱茵同盟在拿破仑之指挥下成立，名存实亡之神圣罗马帝国遂解体。《纪年》中云："我们在归途上经过霍夫时在报纸上得到这个消息，德国是解体了。"8月7日日记中云："在车夫座位上仆人与车夫的纷争使我们兴奋甚于罗马帝国的分裂。"

8月10日，第一次遇历史家卢登于耶拿克内贝尔处。[卢登（H. Luden，1780—1847），时任耶拿大学历史教授。]

8月11日至魏玛，15日返耶拿。

8月19日与卢登谈《浮士德》。（歌德对卢登云："你对于《浮士德》的起源是怎样想法呢？若是我懂得你不错，则你一定曾经抱着这意见而且现在也这样想：这诗人开始写这部作品时，未尝知道自己要怎样做，却只是存着侥幸，听其自然地写下去，只用《浮士德》这个名词像一根绳子，贯通这许多散珠，以免其散乱吗？"又云："卡辞，痴情语，诡辩，滑头话，糊涂话，也自有其趣致的。但这都是小块儿的，零碎的趣味。《浮士德》有更加高尚的趣味，有意象，这意象是诗人作这部作品的灵魂，是使这部作品片断方面得以联合为整个事物的主干，是为各部分方面的律则，是为与各部分方面以一贯的意义的。")

9月1日，返魏玛。26日在耶拿。——沃尔夫来访。霍恩洛厄王子驻军耶拿。

10月3日，歌德在霍恩洛厄王子处。(《纪年》云："我与霍恩洛厄王子用膳，又见一些重要的人，结些新的认识：没有人是泰然的，大家都觉得是在无人能够避免的绝望中，这不是由于语言，却是由于举动泄露出来。"——晤普鲁士路易·费迪南德王子。)

10月6日，返魏玛。8日，厄伦施雷格尔又来魏玛，留至11月初。

10月10日，路易·费迪南德王子死于沙尔菲尔德之战。

10月12日，约翰娜·叔本华偕女自但泽[①]来魏玛。(1770—1838，哲学家叔本华之母，著作家。)

10月14日，耶拿之战，法军入魏玛；抢劫。(歌德是日日记中云："早晨耶拿炮战，随即交绥于柯曹奥，普军溃败。晚五时炮弹穿过房顶。五时半先驱部队入魏玛。七时大火，抢劫，恐怖之夜。我的家由于沉着与侥幸得保全。"歌

---

① 但泽，今称波兰格但斯克。——编者注

德友人中多不免抢劫者,次日歌德致麦耶尔简云:"请告诉我,我的可贵的,我能够用什么帮助你。上衣,背心,衬衫……等随即奉上。你也需要一些食品?"歌德目视战败之惨,自此陷入患难中,后福斯于本年12月6日致友人信云:"在这些悲哀的日子歌德是我最深的同情的对象。我看见过他流过泪。他叫道,谁接受我的房屋和院落,使我能够往远方去。")

10月15日,拿破仑来魏玛,晤公爵夫人路易斯。(时魏玛宫廷中人物多逃遁,只公爵夫人留魏玛。伊对于拿破仑勇敢正直之谈话,使拿氏亦为倾倒。)拉内斯将军住歌德家中。歌德由于克里斯蒂安娜之勇敢行为得免于难。(1807年4月26日福斯致阿贝肯书云:"那很感动我,在战后第二天晚上,我们围绕着歌德,他对于乌尔皮乌斯,为了她在这紊乱的几天内所表示的忠诚而感谢,最后说着这样的话:上帝愿意,我们明天中午是夫与妻了。")

10月16日,拉内斯将军去,欧日洛将军来。17日,欧日洛将军去。(此二法国将军对歌德安全备加保护。)

10月19日,歌德与克里斯蒂安娜由宫廷牧师京特举行结婚仪式。(歌德与克里斯蒂安娜同居已十七载,此次患难相共,歌德深受感动,遂与之正式结婚。歌德结婚后,有数函致耶拿友人,报告与乌氏结婚,并对于遭难之友人慰问鼓励,充满深情。)

10月20日，歌德偕妻克里斯蒂安娜访约翰娜·叔本华。歌德从事颜色研究。

11月5日克劳斯逝世，麦耶尔继任绘画学校校长。《纪年》中云："我们绘画学校的校长克劳斯，一个最爽快的人……本应享受高年，但成为法军侵入的一个牺牲。侵入他和平的寓所，被强暴的人们所虐待，在自家内被人当作奴隶侮辱，眼看着自己的和他人的艺术品的沦亡，他内心深被震撼而毁败了……"又云："麦耶尔，我自1786年即与之有友好的关系，我跟他研究了罗马，精确地观察威尼斯，穿过伦巴第一带地方，最后同他一起时时刻刻地促进了艺术与知识，不间断地主办了六次展览会，他继承了克劳斯的职务。"

12月，约翰娜·叔本华之晚会开始，歌德参加甚勤。（约翰娜·叔本华有致其子函，描叙歌德在晚会之情形。）

12月3日，歌德在叔本华处见龙格之剪花。（龙格为浪漫派画家，善于用纸剪花，歌德甚赞赏之。）

12月12日，卡罗琳娜·巴杜亚（1781—1864）起始为歌德画像。

以歌提特（Goethit）一词称一平素亦称为红玉云母之石类初次被伦茨（歌德称伦茨为"一切火成论的高尚的敌人"）所运用。

著作：诗：《动物的变形》，"Vanitas vanitatum vanitas"（"凡事都是虚空"，《传道书》中语）。在阔塔印行之《歌德文集》第一册至第四册出版。

1807年（清嘉庆十二年）1月14日。《颜色学讲述》部分脱稿。（歌德于4月3日致亚历山大·封·洪堡云："讲述的部分是结束了，自然大部分是随笔多于讲述。现在我是在充满荆棘的，论辩的路上。那是不愉快的，也是得不到感谢的事务，一步步，一字字，指出来这世界几百年来是错了。"）

1月29日，卡尔·奥古斯特曾充普鲁士将军参加对法国之战争，返回魏玛。（时魏玛已与法军言和，加入莱茵同盟。）

登采尔（G. E. v. Dentzell, 1755—1824）将军曾为耶拿之大学生，现充法军之司令，在魏玛。

3月，歌德在约翰娜·叔本华处读卡尔德隆的《坚强的王子》。（3月23日，约翰娜·叔本华有致其子书，详述歌德读此剧本时之情形。）

3月6日，歌德收到亚历山大·封·洪堡呈献歌德之《植物地理学概念》。

4月10日，公爵之母安娜·阿玛里亚公爵夫人逝世。歌德作追悼词。

4月23日，贝蒂娜·勃伦塔诺（Bettina Brentano, 1785—1859）初次至魏玛，彼随即在法兰克福起始请歌德之母口述歌德童年时代之轶事，并笔记成书。（贝蒂娜为歌德青年时代女友马克西米利安·勃伦塔特之女，诗人阿尔尼姆之妻，与其兄克莱门斯及其夫均为浪漫派中之翘楚。贝蒂娜才姿并茂，著述丰富，曾将歌德与彼之通讯，略加裁剪，成《歌德与一女童之通信集》。其笔记之歌德少年轶事，后歌德作自传《诗与真》时关于法兰克福之童年时代，记忆已感模糊，仰赖于此笔记不少。) 4月28日，画家菲利普·哈克尔特病故。歌德于6月5日收到哈克尔特之遗稿，后歌德为彼所撰之传记多本于此。

5月16日至24日中间，与卢登谈耶拿战后之情势。(卢登对于耶拿战后所蒙之损失甚为愤慨，歌德却处之泰然，只云："我无所抱怨。")

5月17日，《维廉·麦斯特之漫游时代》第一章完(《漫游时代》为《修业时代》之续)。《新的梅罗西娜》在卡尔浴场续成。

5月23日，歌德访耶拿战场并绘图以记之。

5月25日 自耶拿偕里美尔经施莱茨，霍夫，法兰辰斯巴德，玛利亚库尔姆赴卡尔浴场。

5月28日，至卡尔浴场，努力绘画。

在卡尔浴场之友人：奥古斯特公爵，科堡公爵（v. Koburg，1784—1844），F·封·根茨，里格内公爵（v. Ligne，1735—1814，奥国军官），魏玛诗人许策（Stefan Schuetzo，1771—1841），叔本华家人。在此结识德籍之法国外交官赖因哈德（K. F. v. Reinhard，1761—1837，此后与歌德发生长久之友情关系。赖因哈德之妻有致其母书，述歌德在卡尔浴场之生活甚详。歌德在《纪年》中对于赖氏夫妇为人称道不置），舒伯特（H. v. Schubert，1781—1860，自然研究者）。

7月13日，读克莱斯特之《安菲特律翁》。［克莱斯特（Heinrich von Kleist，1777—1811），德国伟大诗人之一，多著小说戏剧，皆不朽之作，后因生活绝望而自杀。生逢浪漫主义与古典主义交流之际，然其作品中谨严之形式与创造之意志与浪漫派文学既殊，语言之音乐性及戏剧中象征之意义又与古典文学迥异；不得已可称为写实文学之先驱。《安菲特利翁》系本莫里哀之剧本改作。歌德于8月28日致亚当·米勒信云："关于《安菲特利翁》，我同根茨先生谈过很多，但那是十分难的，精确地得到适当的字。"《纪年》中云："克莱斯特的《安菲特利翁》好像是新的天空上的一棵重要的，但是不愉快的陨星"。］

8月23日，奥古斯特·歌德至卡尔浴场。

9月1日，矿区顾问维尔纳至卡尔浴场。

石工米勒搜集卡尔浴场附近所有之岩石种类，歌德曾助彼说明。（7月27日致采尔特函云："我在这里已经有八个星期，在不同的时期内，做了些不同的事：先是写在我脑中已经萦回了许久的小故事和童话，随后我一些时绘画山水；

现在我是把我关于这带地方的地质学的观察积聚在一起,把岩石种类简短地加以注释。")

9月7日,自卡尔浴场起程,经埃格尔。

9月10日,在耶拿,11日,至魏玛。

9月30日,丽丽之子卡尔·封·图尔克海姆来访。

10月,读培根(Bacon von Verulam,1561—1626,英国思想家兼政治家)。

魏贝尔(K. G. Weiber,1780—1815)宫廷雕刻师,制歌德面具,并因之制歌德半身像。

10月20日,与米夫林(F. K. v. Mueffling,1775—1851)谈克莱斯特。(米氏,普鲁士军官,曾因测量工作滞留魏玛,歌德对于克莱斯特抑郁之性质,贬多于褒。)

路易·施波尔(Louis Spohr,1784—1859)及其夫人在宫廷音乐会中演奏。

读康德之《永久和平论》稿。

在此年内歌德设家庭音乐会,于星期日早晨在其寓内举行。主持人为埃贝魏因(Karl Eberwein,1786—1868)。

11月4日至10日,萨维克尼(K. v. Savigny,1779—1861,著名法学家)偕其夫人库尼贡德及其妻妹贝蒂娜·勃伦塔诺来魏玛,克莱门斯·勃伦塔诺及阿尔尼姆继至。

11月11日,至耶拿。(歌德再至耶拿,不胜沧桑之感。致施泰因夫人云:"这里漫长的夜晚几乎是不能克制的,我坐在耶拿的废墟之中。"但与克内贝尔及书贾弗罗曼家人交往，得不少安慰。）——欧肯（L.Oken，1779—1851）来耶拿充医学教授。（欧肯为自然哲学家，就职讲演为《头颅骨之意义》，所得结论与歌德于1791年在威尼斯所发现头颅骨系脊椎骨演变而成之原理不谋而合。）

12月，读格里斯（Johann Diederich Gries，1775—1842）所译之卡尔德隆之《大芝诺比阿》。

扎哈里亚斯·维尔纳来耶拿。（Zacharias Werner，1768—1823，浪漫派诗人，所著剧本一时甚为流行。常在克内贝尔家中诵其所著之十四行诗。歌德在《纪年》中记其耶拿之生活云："那是席勒死后的第一次在耶拿享受平静的社交的快乐。"）

为米娜·赫慈利普写十四行诗。（米娜为弗罗曼之养女，时年十八，歌德甚为爱慕，后经痛苦之克制，始与之分离。十四行诗体，起源于意大利之文艺复兴时代，甚为德国浪漫派诗人所喜用，歌德对之初持冷淡态度，后维尔纳在耶拿时为歌德诵其自作之十四行诗，歌德亦受感动；遂成十四行十七首，多为米娜而作，但其中有数首系受贝蒂娜与歌德通信之影响。）

著作：《十四行诗》，《在远方的影响——纪念公爵夫人安娜·阿玛里亚》。

1808 年
卡尔斯巴德（卡尔浴场），弗兰岑斯巴德

1808 年（清嘉庆十三年）1 月，维尔纳在魏玛。（为演其剧本《王达》。）

1 月 11 日，致致丽丽·封·图科海姆最后一封信。

1 月 15/16 日，携克里斯蒂安娜迁往耶拿参加舞会。

1 月 24 日，克莱斯特"屈内心之膝"将彼所编之《太阳神》杂志第一册及《彭忒西勒亚》断片呈与歌德。（《太阳神》为克莱斯特及亚当·米勒合办之文艺月刊。《彭忒西勒亚》为一剧本，乃作者悲剧战斗之具形。）

2 月 1 日，致函克莱斯特论《彭忒西勒亚》。（歌德在此信中对于此剧表示不满。）

2 月 15 日，读约瑟夫斯之《犹太史》。

3 月，弗里茨·雅阔比寄来斯特克里斯奈的丢勒《马克西米连皇帝的祈祷书》石版画。给歌德留下深刻印象。

3 月 2 日，克莱斯特之《碎罐》上演失败。（《碎罐》为一写实之喜剧，在德国之戏剧中，除莱辛外，未有出其右者。）

自 1782 年即停开之自由圬者协会之阿玛利亚会社受歌德之敦促，重新开幕。

3 月 31 日，弗里德里希·封·米勒与歌德之谈话记录自此日起。（F. v. Mueller, 1779—1849, 本在魏玛充法官，

于1806年与拿破仑和议时有功于公国，1815年为魏玛首相。所著之《歌德谈话记录》为研究歌德之重要文献。）

4月3日，致函采尔特论克莱斯特。

4月4日，奥古斯特·封·歌德赴海德堡大学求学。

4月28日至5月1日，在耶拿。

5月8日，与J. D.法尔克谈拿破仑。（奥古斯特公爵于战败后仍以金钱供给拿破仑死敌布吕歇尔将军，甚为拿破仑所不满，歌德谓拿破仑不应该如此，因自古未闻忠实于患难中之战友为一罪恶者也。人不应向他人要求非人之行为。）

5月12日，自魏玛起程经耶拿，博依斯奈克，14日至法兰茨恩斯布隆。

5月15日，至卡尔浴场。在卡尔浴场交往之友人：齐格萨尔（1746—1813）及其家人，保利妮·戈特尔（Pauline Gotter，1789—1854，诗人戈特尔之女），廓塔公爵，雷克夫人，多罗特娅·库尔兰德公爵夫人（1761—1821）及其女公子，画家卡茨夫人（1776—1810）等。

7月9日至21日，在弗兰岑斯巴德，访卡默尔山。

7月22日至8月30日，在卡尔浴场。

8月30日至9月12日，在弗兰岑斯巴德。

9月13日，歌德母逝世。（歌德之母已十一年未与其子晤面，在其寂寞之晚年仍不失其乐观之天性。临丧时对身后事皆亲自安排，并嘱发丧时所备之糕点中应多加葡萄干，以酬宾客。歌德对其母丧甚为哀悼。)

9月26日，俄皇亚历山大在魏玛。

9月29日，歌德赴埃尔福特，埃尔福特举行拥戴拿破仑之会议。

10月2日，歌德第一次与拿破仑会谈。〔关于歌德谒拿破仑，米勒及法国外相塔赖兰特均有详细之记载。歌德有《一八〇八年与拿破仑谈话记》，拿破仑称歌德："你是一个人（vous etes un homme）"。并与歌德讨论《少年维特之烦恼》。〕

10月6日，拿破仑在魏玛宫廷跳舞会，与歌德、维兰德会谈。

10月10日，歌德又与拿破仑会谈。（拿破仑与亚历山大均赠歌德勋章，歌德对此甚感骄傲，于致其妻及采尔特信中称道不置。）法国演剧家塔尔玛（1761—1826）在魏玛。历史家萨托利乌斯（1765—1828）及其夫人在魏玛。

10月末，施泰芬斯来魏玛。

读阿尔尼姆之《安慰寂寞》。（阿尔尼姆于1808年自4月至8月出版浪漫派半周刊《隐士杂志》，此为该杂志之合订本。歌德于10月30日致函采尔特论浪漫派诗人云："我使半打青年的诗才绝望，他们有非常的天禀，却很难作出能使我欢喜的东西。维尔纳，厄伦施雷格尔，阿尔尼姆，勃伦塔诺诸人不住地工作努力；但是一切都归入散漫无形，性格模糊。"）

11月，在星期三晚会中歌德诵读《尼伯龙根歌》。（此中世纪伟大之叙事诗,被浪漫派诗人所推崇,甚至与荷马同论,1807年由封·得尔·哈格尔出版。)

11月17,18日,维廉·封·洪堡来访。

因与女优雅格尔曼不合,歌德欲卸剧院经理之职,未果,与卡尔·奥古斯特之关系发生一层隔阂。(歌剧歌者莫尔哈德因故获罪于雅格尔曼;雅格尔曼为公爵之情人,公爵遂要求惩罚莫尔哈德;歌德力主不可,并以辞职相持。后此事得和解,但歌德与公爵之间终有一裂痕存在。)弗里德里希(K. D. Friedrich, 1774—1840,浪漫派山水画之大家。)之画来魏玛。屈格尔根(F. G. v. Kügelgen, 1772—1820)在魏玛,画歌德像,并浮雕歌德像。

12月19日,阿尔尼姆来访。

12月31日,扎哈里亚斯·维尔纳因诵读其毫无风趣假虔诚之诗致怒歌德。(施泰芬斯述此幕甚详。维尔纳在一首十四行中将意大利天空中之满月比作圣饼;歌德对此煞风景之宗教性甚为痛恨。)

著作:诗:《金匠》——小说:《巡礼的痴女》(后插入《维廉·麦斯特漫游时代》中)。

《文集》第六、第八(《浮士德》第一部),第九至第十二册。

(以上冯至译注)

1809年（清嘉庆十四年）

在头几个月，歌德学习从培根（Bacon）至笛卡尔的哲学史（笛卡尔，René Descartes，1596—1650，法国哲学家，物理学家，数学家，现代西方哲学奠基人，开拓了欧陆理性主义哲学）、色彩学历史之魔法和玄秘的文献。

1月1日至17日，威廉·封·洪堡来访。

1月13日，约翰娜·塞布斯（Johanna Sebus，1791—1809）在救援行动中溺亡。（1809年下莱茵河决堤，引发洪水，塞布斯为解救民众不幸丧生。）歌德的悼亡诗在五月问世。

1月13—14日，马丁·弗里德里希·阿伦特（Martin Friedrich Arendt，1773—1823，德国植物学家、古代文化研究者）来访，给歌德带来一本完整的《埃达》（Edda）抄本（《埃达》，两本古冰岛的神话传说文学集，分《老埃达》和《新埃达》，现今北欧神话是融合了两部《埃达》的故事集。）；《论鲁内文》（*Runenschrift*，日耳曼族最古老的文字）。

18日，阿伦特做关于北欧文学演讲。

2月8日，阅读：克拉默《丢勒传》（Albrecht Dürer，1471—1528，又译"都勒"）。

2月14日，研究丢勒的手绘稿以及由斯特克里斯奈

（Johann Nepomuk Strixner，1782—1855，素描家，石版画家）的石版画复制品。

研究古德语文学，阅读：《菲耶拉不拉》（*Fierabras*，古法语英雄史诗，来源于12世纪查理曼大帝的传奇故事）、《妥耶旦克》（*Theuerdank*，受神圣罗马帝国皇帝马西米连一世（Kaiser Maximilian I）所托写成，用艺术的表现手法表达马西米连一世的雄心抱负。）《凡斯库耶奇》（*Weißkunig*）、《乌尔菲拉》（*Ulfilas*）、《罗特尔国王》（*König Rother*）、《奥特弗里德》（*Otfried*）。

4月23日，总参谋部的司令官戈蒂耶（Gautier）上校来访，留宿歌德家中。

4月29日，前往耶拿（至6月13日）主持《色彩学》印刷，为长篇小说《亲和力》印制劳作。

5月1日，歌德收到赖夏德（Johann Friedrich Reichardt，1752—1814，德国作曲家、音乐评论家）的《歌德的歌曲、颂歌、叙事谣曲和罗曼采》全集谱曲。

5月22日，《我的颜色研究历史》。

5月23至24日，沃尔夫·鲍迪辛伯爵（Wolf Heinrich Friedrich Karl Graf von Baudissin，1789—1878，外交官，作家，翻译家）和雨果教授（Gustav von Hugo，1764—1844，哥廷根法学家）由哥廷根来耶拿拜访歌德。

6月4日，阅读：《特里斯坦与伊索尔德》。

6月14日，画家卡兹来访（Karl Ludwig Kaaz，1773—1810，画家）。

7月13至15日，莱因哈德伯爵（Graf Reinhard）来访。

7月23至10月7日，再回耶拿。《亲和力》在印刷之中。

8月8日，克莱门斯·布伦塔诺最后一次来访。

8月25/26日，约翰·弗里德里希·斐迪南·德尔布吕克（Johann Friedrich Ferdinand Delbrück，1772—1848，哲学家）来访。

9月26日，奥古斯特·歌德从海德堡回来。十月前往耶拿。

10月9日，歌德致信斯蒂芬斯，论及他与菲利普·奥托·伦格（Philipp Otto Runge，1777—1810，早期浪漫主义画家）关于色彩学的意见一致，当月18日致信后者。

10月11日，开始"自传提纲"——《诗与真》。

11月2至6日，厄伦施雷格尔（Oehlenschläger）在魏玛。

12月，阅读：格里美豪森的《痴儿西木传》。

12月12至25日，威廉·格林首次抵达魏玛，下榻歌德处，探讨古德语文学。在歌德和沃依哥特（J. H. Voigt）的监督下建立"科学与艺术学校"。

1810 年（清嘉庆十五年）
卡尔浴场（卡尔斯巴德）—特普利采、德累斯顿

1月2至6日及同月20日，威廉·洪堡来访。

1月底，创作歌曲《汇报》（"新鲜，葡萄酒应丰富地流淌"）。

2月2日，歌德的狂欢节化妆游行《浪漫之诗》上演。

2月24日，撒迦利亚·维尔纳的戏剧《二月二十四日》上演。

3月10日，诗歌《因此，畅饮》。

3月12日，前往耶拿。

4月14，阅读艾因哈德和图尔平的《查理大帝的一生》。

4月底，诗歌：《日记》。

5月，贝多芬在维也纳为贝蒂娜演唱与演奏了由他刚刚谱曲的歌德诗歌《迷娘曲》和《永恒之爱的泪水别干》，嘱咐贝蒂娜"请您在歌德面前介绍我"。

5月10日/11日，完成《颜色论作者的信条》："我借此获得了一种文化，这在其他任何地方几乎不可能"（《歌德致施泰因夫人的信》）。

5月12日，海德堡书商约翰·格奥尔格·齐默尔（Johann Georg Zimmer，1777—1853）给歌德带来舒皮

兹·波阿色雷（Sulpiz Boisserée，1783—1854，德国艺术收藏家和艺术史学家）的科隆大教堂素描。

5月14日，首次致信舒皮兹·波阿色雷。

5月15日，结识普鲁士王国议员约翰·戈特弗里德·朗格曼（Johann Gottfried Langermann）。

5月16日，与里默尔（Friedrich Wilhelm Riemer，1774—1845，语言学家、作家、魏玛图书管理员，歌德1814年之后的秘书）从耶拿动身途经珀斯内克（Pößneck）、荷夫（Hof）、弗兰岑斯巴德（Franzensbad），19日抵达卡尔浴场，直到到8月4日。

著作：修改《诗与真》和《威廉·麦斯特的漫游时代》，风景素描。

交往：奥地利皇后玛利亚·露多维卡（Maria Ludovica）、库尔兰女公爵玛丽安娜·封·爱本贝格（Marianne von Eybenberg）、荷兰国王路易斯·波拿巴（Louis Bonaparte）、封·克罗利多伯爵（Graf von Colloredo）、亚索姆斯第伯爵（Garf Rasumowski）、列支敦士登侯爵将军、普鲁士王子奥古斯特和海因里希、萨克森的本哈德、利诺夫斯基侯爵、奥哈拉爵士，奥凯利（萨克森女王告解神父）、采尔特（7月15日—20日）、F.A.沃尔夫（1759—1824，德国古典主义者，现代语言学创始人）、克纳尔。

献给奥地利女皇的诗歌。

夏天：创作《五月歌》（小麦与谷物之间）。

8月6日至9月16日，在特普利采。

交往：卡尔·奥古斯特、魏玛王子伯恩哈德（Prinz Bernhard von Weimar）、克拉里侯爵（Clary）、封·马维茨（von Marwitz）、吕勒·封·利林施特恩（Rühle von Lilienstern）、封·普菲尔（von Pfuel）、卡洛利妮·弗雷德里克·封·贝格（Karoline Friederike von Berg，1760—1826）、女侯爵索尔姆斯（Fürstin Solms，1768—1847）、卡洛琳·封·雷薇索夫（Amalie Theodore Caroline von Levetzow，1788—1868）、荷兰国王路易斯·波拿巴（Louis Bonaparte）、梅克伦堡王子弗里德里希·路德维希、弗里德里希·封·根茨（Friedrich von Gentz，1764—1832，外交官）、约翰·戈特利布·费希特（Fichte，1762—1814，哲学家）、弗里德里希·奥古斯特·沃尔夫（F. A. Wolf）。

8月7日至23日，采尔特来访。歌德完成《音乐理论》初稿。

8月9日至12日，贝蒂娜·布伦塔诺和萨维克尼。贝蒂娜谈到贝多芬。

9月8日至12日，歌德去艾森贝格拜访洛布科维兹（Fürsten von Lobkowitz）侯爵。旅途中歌德创作了22幅乡村素描，命名为《速写才能的最后一次尝试》。

9月16日，动身去德累斯顿。

9月18日至21日，在德累斯顿。拜访与会见：

法国外交使节封·伯格宁（von Bourgoing）、克里斯蒂安·G. 克尔纳（Christian G. Körner）、封·吕勒（von Rühle）、封·提尔曼将军（General von Thielmann）、卡斯帕·大卫·弗里德里希（Kaspar David Friedrich）、露易丝·赛德勒（Luise Seidler）、封·拉克尼茨（von Racknitz）、宫廷园艺师赛德尔（Hofgärtner Seidel）——屈格尔根（Kügelgen）取回了歌德肖像。

9月26日，从德累斯顿动身途经弗莱贝格（特莱布拉的矿山），开姆尼茨（参观纺纱厂），阿尔滕堡。

9月29日至30日，在勒比肖（Löbichau）拜访库尔兰公爵夫人，台奥多·克尔纳（Theodor Körner）也在场。

10月1日，途经阿尔滕堡，采哈（Cera），次日抵达耶拿和魏玛。

10月25日，写信给贝蒂娜，询问她歌德母亲的短篇小说。

11月13日，第一次考虑《浮士德》上演。

约翰·沃尔夫冈·德贝莱纳（Johann Wolfgang Döbereiner）获任耶拿大学化学讲师，自此歌德与他频繁往来。

1811年（清嘉庆十六年）
卡尔浴场（卡尔斯巴德）

1月至4月，卡尔·约瑟夫·拉贝（Karl Joseph Raabe，1870—1849，画家）为歌德、克里斯蒂安娜和奥古斯特画像。

1月3日至5日，丹尼尔·恩格尔哈特（Daniel Engelhard，1788—1856，建筑师）从意大利旅行回来拜访歌德。

1月9日至21日，歌德在耶拿。

1月30日，西班牙剧作家卡尔德隆（Calderon）的诗剧《勇敢的王子》上演，该剧由威廉·施莱格尔翻译成德语。

2月9日，阅读：《可怜人海因里希》（*Der arme Heinrich*）。

2月12日，歌德给露易丝女公爵（Herzogin Luise）阅读他的自传开头。

4月12日，贝多芬来信，带《艾格蒙特序曲》广告。

4月17日，史蒂芬斯（H. Steffens）来访。

5月2日至12日，舒皮兹·波阿色雷首次造访，向歌德展示了中世纪艺术的素描，包括彼得·柯尼列斯（Peter Cornelius）的浮士德，科隆大教堂和斯特拉斯堡大教堂的平面图。歌德谈及贝多芬时说："在风口浪尖上的，必然得消亡或疯狂，得不到宽恕。"

5月12日，歌德与里默尔出游，途经耶拿、施莱茨

（Schleiz）、弗兰岑斯巴德（Franzensbad）。

5月17日，抵达卡尔浴场。

与蒂德格（Tiedge）、奥·海拉（O Hara）、奥·凯丽（O Kelly）、海因里希·迈耶（Heinrich Meyer）交往。

这一时期歌德阅读了普鲁塔克的《道德论集》（*Pultarch*，约公元46—120年。罗马帝国时代的希腊作家，哲学家，历史学家；他的作品在文艺复兴时期备受推崇，蒙田、莎士比亚作品的诸多灵感来源于他）；创作《诗与真》，第五卷完稿。

5月29日，克里斯蒂安娜和女伴卡洛琳·乌里希（Karoline Ulrich，后来成为里默尔的妻子）在卡尔浴场见面。

6月25日，写信给贝多芬。阅读《摩西》（Mose）第一卷。

6月28日，从卡尔浴场启程。

7月1日至27日，歌德在耶拿。

7月10日，大卫·弗里德里希（Kaspar David Friedrich）拜访歌德。

7月15日，阅读：克尔纳的《席勒生平》。

8月15日，歌德在埃尔福特（Erfurt）。

8月18日，致信沃尔特曼（Woltmann）："我的色彩理论是献给未来的"。

8月25日，俄皇亚历山大大帝在魏玛。

8月25日至9月21日，贝蒂娜和她丈夫阿希姆·封·阿尔尼姆（Achim von Arnim）在魏玛。她给歌德捎来他母亲的短篇小说。

9月13日，贝蒂娜和克里斯蒂安娜之间发生争吵，歌德一家与贝蒂娜断交。

9月28日，歌德唯一的侄女玛利亚·安娜·路易丝（Maria Anna Luise，又名露露），尼库洛斯（Nicolovius）出生，施罗塞（Schlosser）去世。

10月30日至11月7日，歌德在耶拿。

11月6日及以后，露易丝·赛德勒（Luise Seidler）给歌德画像。

11月12日，歌德收到弗里德里希·海因里希·雅阔比的文章《论神的事物和它们的自白》，这篇文章激励歌德创作了诗歌《伟大，以非所书的戴安娜》（1812年8月23日形成）。

11月23日至30日，歌德在耶拿。

12月4日，欣赏卡大卫·弗里德里希的风景画。

12月17日，致信格奥尔格·尼布尔（Georg Niebuhr），感谢他的《罗马的故事》。

12月20日，印刷手稿目录，含"请求满意的文章"，他加入所有书信。

12月22日，首次提及奥蒂莉·封·颇格威施（Ottilie

von Pogwisch，1796—1872），这是他儿子的第二任妻子，后来成为歌德的座上宾。

1812年（清嘉庆十七年）
卡尔浴场-特普利采

1812年1月13日至21日，歌德在耶拿。

1月18日至20日，阅读焦耳达诺·布鲁诺（Giordano Bruno，1548—1600，意大利思想家，哲学家）作者。

1月23日，演奏贝多芬音乐《艾格蒙特》，2月20日演奏了同样的内容。

1月29日至2月2日，卡尔·玛利亚·封·韦伯游魏玛。

2月1日，获悉希腊埃伊娜岛上的考古新发现。上演歌德任性改编的《罗密欧与朱丽叶》。

3月16日至19日，塞巴斯蒂安尼将军（General Sebastiani）来访。

3月24日，里默尔辞去歌德秘书的职位（3月7日起担任文理中学教授）。

4月8日，致信克内贝尔，谈论雅各布和谢林。

4月20日至30日，在耶拿，与德贝赖纳（Johann Wolfgang Döbereiner）讨论植物化学。

4月21日，委托歌德与福格特监管天文台建造。

4月23日，卡斯帕·大卫·弗里德里希的素描寄到歌德处。

4月30日，启程迁往卡尔浴场，待到7月13日，之后到特普利采至8月12日；再次回到卡尔浴场至12月底。

交往：哥达王子弗里德里希、齐西伯爵（Graf Zichy）、哥斯拉伯爵（Graf Geßler）、哈拉伯爵（Graf Harrach）、施托尔贝格的弗里德里希伯爵（Graf Fiedrich zu Stolberg）、蒂德格（Tiedge）、库尔兰女公爵、弗朗茨·布伦塔诺（Franz Brentano）及其妻、威廉·洪堡、列支敦士登侯爵、枢机顾问郎格曼（Langermann）。

5月10日，致信弗里德里希·海因里希·雅阔比（F. H. Jacobi，1743—1819，哲学家），讨论上封信中的《论神的事物》。

6月19日，克里斯蒂安娜抵达（至8月15日）。

交往：玛利亚·路德维卡皇后、卡尔·奥古斯特、尼古拉斯基侯爵（Fürst Lichnowski）、克拉里侯爵（Clary）、奥·多奈尔女伯爵（Gräfin O'Donell）、施托尔贝格伯爵（Graf Stolberg）、枢机顾问郎格曼。

7月20日，与贝多芬去比林（Bilin）。歌德给皇后再次朗读他的作品。

7月21日至23日，贝多芬为歌德演奏。

7月24日，阿尔尼姆一家与萨维尼克来访。但是歌德没有理睬。创作讽刺诗《缠人的家伙们》。

7月29日至30日，因皇后之故创作一部喜剧《打赌》。

8月15日，阅读焦耳达诺·布鲁诺。

9月8日，贝多芬来到卡尔浴场。

9月12日，离开卡尔浴场，15日抵达耶拿，16日到魏玛。

9月15日至20日，莫斯科火灾，给歌德留下了深刻的印象。

10月30日，歌德在贝尔卡（Berka）找硫磺矿泉。

与皮乌斯·亚历山大·沃尔夫（Pius Alexander Wolff）考虑上演《浮士德》。

11月7日，参与诺特海姆的澡堂的设计。

11月12日，致信出版商阔达（Cotta），附歌德作品集的新版样式，此套文集在1815年到1819年之间分二十卷出版。

11月14日至17日，采尔特写信告诉歌德，他继子自杀，歌德在（12月3日）回信中首次用"你"称呼采尔特。

12月8日，诗歌：《现在》(所有一切告诉你)。

12月15日，拿破仑从俄国回巴黎，夜经魏玛，询问歌德近况。

12月20日至30日，观看伊府兰（Iffland）的巡回演出。

12月23日，哥达大公（Herzog von Gotha），哈克将军和瓦根海姆将军来访。

1812/13年冬季："一直体弱，受挫。"

当年可能创作了诗歌：

"一位只往外撞击的神是什么。"

"内心也是一个宇宙。"

"神，气质和世界。"

1813年（清嘉庆十八年）
瑙姆堡，莱比锡，德累斯顿和特普利采

1月6日，致信雅阔比讨论宗教哲学的研究。

1月20日，维兰德去世。25日，葬礼在奥斯曼斯特（Oßmannstedt）举行。与法尔克（Falk）对话，怀念维兰德和他不朽的精神。

阅读沙夫兹博里（The Earl of Shaftesbury，1671—1713，英国美学家）。

2月18日，歌德沙龙演讲悼念维兰德。

3月：口述前两章《莎士比亚与没有尽头》（*Shakespeare und kein Ende*）。

4月2日，阿道夫·穆勒纳（Adolf Müllner）的《罪责》

上演。

4月4日，传记体：歌德产生了"魔鬼的"和"艾格蒙特"的想法。

歌德把1807年自己签名的"新旧世界顶峰"的卡片印在杂志《地理历书》(*Geographische Ephemeriden*)上。

4月12日，在哥达（Gotha）到处遇到法国外交使节。封·布吕歇尔少校（Major von Blücher，普鲁士王国布吕歇尔元帅的儿子）带领轻骑兵和自由猎人抵魏玛。

4月17日，因为战争带来的不平静提前去温泉度假，从魏玛出发抵瑙姆堡（Naumburg）。

创作诗歌《一位忠实的助人为乐者》。

4月18日，歌德在莱比锡，创作叙事谣曲《死者之舞》(*Totentanz*)。

4月19日，在奥沙茨—迈森（Oschatz-Meißen），与自由猎人弗里德里希·福斯特（Friedrich Förster）相遇（赐福武器）。创作诗歌《习惯成自然》。

4月20日，在德累斯顿。

4月21日，拜访克里斯蒂安·G.克尔纳（Cristian G. Körner），遇见恩斯特·莫里茨·阿恩特。

4月23日，在台朗德（Tharandt）海因里希·科达（Heinrich Cotta）家。

4月24日，俄普法吕岑会战，俄皇和普鲁士国王入境，俄军和普军遍布整个普鲁士及萨克森。古斯塔夫·封·居格尔根，格罗特胡斯妻子。

4月25日，从德累斯顿启程途经皮尔纳（Pirna）。

4月26日，在特普利采，直至8月10日。

交往：克尔纳一家、卡尔·奥古斯特、玛利亚·保罗娜（Maria Paulowna）、布纳伯爵（Graf Bubna）、布里尔伯爵（Graf Brühl）、封·克莱斯特上校、豪普特曼·封·赫斯（Hauptmann von Heß）、吕勒·封·利列施泰因（Rühle von Lilienstern）、封·提尔曼将军（General von Thielmann）、洪堡王子弗里德里希和一些奥地利、普鲁士及俄国的军官。造访辛瓦尔德和阿尔腾堡。

4月29日，在格劳本（Graupen）考察里贾纳矿井。

5月22日至24日，创作诗歌《回荡的钟》。

8月10日，从特普利采返回德累斯顿，居住至17日。与封·赫斯参观艺术收藏展，封·拉克尼兹男爵和封·屈根。

8月13日，谒见拿破仑。

8月19日，在耶拿和魏玛。

8月26日，骑马回伊尔梅瑙。欣赏沿途美景，灵感而发，创作诗歌诗《寻获》给妻子克里斯蒂安娜，当天是两人相识25周年纪念日。

9月/10月，在魏玛进行军事活动。十月，歌德整理行装准备逃亡。

10月4日，宿营：法国将军查彪斯（Travers）。

10月12日，诗歌《公告栏》。

10月17日，在莱比锡战役尾声期间歌德为J. G. Dyk的《埃塞克斯》后记写诗。

研习中国文化，阅读：马可·波罗。

10月19日，莱比锡战役胜利的消息传到魏玛。

10月20日，法军进入魏玛。

10月21日，哥萨克骑兵解放老百姓；保护歌德，宿营。

10月23日至26日，奥地利官员豪普特曼·封·赫斯（Hauptmann von Heß）拜访歌德；克罗利多伯爵将军（General Graf Colloredo）为歌德安排住宿，歌德送他法国荣誉军团勋章，以示欢迎。

10月26日，梅特涅伯爵（Graf Metternich）和威廉·洪堡来访。

10月29日，歌德在哈登贝格处。

10月30日，符腾堡王子保罗（Prinz Paul von Württemberg）来访。

10月31日，普鲁士王国议员阿拜第（Alperti）和封·希佩尔（von Hippel）来访；结识克莱斯特·封·诺伦多夫将军和封·格洛尔曼。

十月底，创作《叙事谣曲》。

11月，阅读J. H. 克拉普罗特（Klaproth）的《高加索之旅》(*Reise in den Kaukasus*)。

11月1日、8日、4日，普鲁士奥古斯特王子（Prinz August von Preußen）来访。

11月7日，叔本华从母亲家搬出后，歌德与其交往渐密。

11月至12月，大量青年军官来访，还有布吕尔伯爵（Graf Brühl）、哈齐伐侯爵（Fürst Radziwill，歌德《浮士德》作曲家）、亨克（F. Heinke）、封·克莱斯特少校。

11月24日，卡尔·奥古斯特组建一支自愿军团。

应父亲要求，奥古斯特·封·歌德没有参加志愿军团的活动。

12月3日，穆特·福开（Friedrich de la Motte-Fouqué，1777—1843，德国作家，以浪漫主义风格著称。他最著名的是《涡堤孩》）拜访约翰娜·叔本华，歌德也在场，穆特·福开朗读他的诗作。

12月6日至21日，弗里德里希·罗赫利兹（Friedrich Rochlitz，1769—1842，剧作家，音乐学家）在魏玛。

12月12日，歌德与医生格奥尔格·齐泽（Georg Kieser）交谈，陷入反常的狂躁。

12月13日，同卢登（Luden）商谈创办杂志《涅墨西斯》(*Nemesis*)事宜。该本杂志表现了歌德的爱国情怀。

12月25日，穆特·福开来访。

1814年（清嘉庆十九年）
贝尔卡

新年伊始，歌德参加一场为巴什基尔士兵举办的穆斯林礼拜仪式，仪式在一所新教文理中学的报告厅举行。

1月15日，致塞贝克（Thomas Johann Seebeck，1770—1831，物理学家）信称：假如成功地"把磁性与电化学的和色彩的作用联系，那么全部自然科学研究将得到永久保障。"

1月18日，歌德帮助恩斯特·封·席勒（Ernst von Schiller，1796—1841，席勒之子）进行学徒培训。

1月28日至30日，俄国女皇在魏玛。

1月29日，约翰·戈特利布·费希特去世。

2月，致信葛宁："我将铜版画搬入学校"，拜托他照顾布莱特·马特格纳斯（Blätter Mantegnas）和硕恩高尔（Schongauer）一家。

阅读：德·斯塔尔（Madame de Staël）夫人的《德国》。

2月25日，坐雪橇前往伊尔姆河畔的贝尔卡（图林根州巴特—贝尔卡）。

3月22日，一位巴什基尔人来访。歌德获赠弓箭。

4月1日，拉齐维尔侯爵（Fürst Radziwill）来访。

4月2日，弗里德里希·克罗伊特（Friedrich Kräuter，1790—1856，图书馆员）担任歌德秘书，直到歌德去世。

4月9日，反法同盟联军（俄国、英国、奥地利、普鲁士等国）占领巴黎消息传来，全天响起胜利的枪鸣。

4月14日至5月2日，6月29日至7月15日，萨托里乌斯（Georg Friedrich Sartorius，1765—1828，哥廷根大学教授，德国历史学家，歌德系他二子Wolfgang Sartorius von Waltershausen的教父）在魏玛。

5月13日至6月25日，歌德前往贝尔卡疗养。

5月17日，为庆祝柏林回归，国王举行和平节日汇演，伊府兰建议歌德创作节日戏剧《埃庇米尼得斯苏醒》(*Des Epimenides Erwachen*)，在贝尔卡上演。本哈德·安森·韦伯（Bernhard Anselm Weber，1764—1821，作曲家）为其配乐。

6月7日，阅读由哈默尔（Jos. v. Hammer）翻译的哈菲斯（Hafis，1315—1390，波斯抒情诗人）的《抒情诗集》，开始《西东合集》的创作。

6月8日至16日，弗里德里希·奥古斯特·沃尔夫（F. A. Wolf）来贝尔卡拜访。

6月10日以后，歌德与约翰·亨利希·弗里德里希·许茨（Johann Heinrich Friedrich Schütz）几乎每天都谈论钢琴演奏（主要是巴赫和莫扎特）。

6月18日至20日，歌德在魏玛。

6月21日，完成《西东合集》第一首诗：《创造与赋予生气》(Erschaffen und Beleben)。

6月23日至7月7日，采尔特来访。

7月15日，俄国皇帝亚历山大在魏玛。

1814年（清嘉庆十九年）
在莱茵、美茵地区旅行

7月25日，途经爱森纳赫（Eisenach）、富尔达（Fulda）。

7月27日，经过格尔恩豪森（Gelnhausen），参观了巴巴罗萨城堡（Barbarossaburg）。后经过哈瑙（Hanau），拜访矿物学家卡尔·凯撒·封·莱昂哈德（Karl Caesar von Leonhard）。

7月26日，创作《西东合集》诗歌：《抚今追昔》（"蔷薇与百合含着朝露，在我附近的花园绽放……"）。

7月28日，抵法兰克福。歌德途经落入他人之手的大鹿沟街老宅，听到熟悉的座钟鸣响。

歌德的两外甥：克里斯蒂安·海因里希·施罗塞和弗里德里希·约翰·海因里希·施罗塞拜访歌德。

7月29日，抵威斯巴登。歌德与采尔特、路德维希·威廉·克拉默（Ludwig Wilhelm Cramer）过从甚密。

其他友人：拿骚大公弗里德里希·奥古斯特（Herzog

Friedrich August von Nassau）、少将亨克尔·封·唐那斯马克（Generalmajor Graf Henckel von Donnersmarck）、封·罗本塔将军（General von Lobenthal）、洪德斯哈根（Hundeshagen）图书馆管理员豪普特曼·弗里德里希·封·卢克（Hauptmann Friedrich von Luck）。

7月31日，创作《西东合集》的诗歌：《幸福的渴望》。

8月3日，普鲁士国王在美因茨地区指挥官，威廉·封·克劳森埃克（Wilhelm von Krauseneck，后来的总参谋总长）家举办生日会，歌德与采尔特参加。

8月4日，约翰·雅各布·封·维勒默（Jakob von Willemer，1760—1838，法兰克福银行家）和玛丽安娜·荣格（Marianne Jung，1784—1860，奥地利女演员和舞蹈家，后成为封·维勒默的妻子）来访。

8月6日，封·莱昂哈德来访。

8月10日/11日，歌德抵达法兰克福后，当地各行各业的人士纷纷前来拜访歌德。歌德青年时期的玩伴约翰·雅各布·齐泽（Jakob Riese）来访。

8月12日，约翰·艾萨克·封·葛宁来访。

8月15日，歌德在吕德斯海姆（Rüdesheim）。

8月23日，卡尔·奥古斯特从荷兰远征返回，抵威斯巴登。

8月30日，第一次致信普鲁士王国枢密院顾问克里斯托夫·弗里德里希·路德维希·舒尔茨（Friedrich Ludwig Schultz，1781—1834，史学家），此信拉近了两者的距离。

9月1日至8日，歌德抵达温克（Winkel），住弗朗茨·布伦塔诺和妻子安东尼家中。第二日，前往弗拉茨王宫（Schloß Vollrads）和约翰尼斯山（Johannisberg）。第三日，前往盖森海姆（Geisenheim）、下瓦尔德（Niederwald）。第四天，到弗莱韦恩海姆（Freiweinheim）和下英格海姆（Niederingelheim）。第五日，经过吕德斯海姆（Rüdesheim）、乘船驶向宾根（Bingen）、经过圣·罗克斯小教堂（St. Rochus-Kapelle）和上英格海姆（Oberingelheim）。

9月6日，获悉卡洛琳·封·君特罗德（Karoline von Günderode，1780—1806，德国浪漫派女诗人）在当地自杀（在温克附近的莱茵河岸边）。

9月12日，由威斯巴登出发去法兰克福参加秋季博览会（Herbstmesse）。

交往：施罗塞一家（Schlossers）、弗朗茨·布伦塔诺和格奥尔格·布伦塔诺、威廉·格林和路德维希·格林、古埃塔（Guaita）、梅尔贝（Melber）、约翰·雅各布·齐泽（Jakob Riese）、施托克（Stock）、莫里茨·封·贝特曼（Moritz von Bethmann，1811—1877，银行家）、施泰德（Städel）、舒皮兹·波阿色雷（Sulpiz Boisserée）、约翰·雅各布·封·维勒默、约翰·艾萨克·封·葛宁、封·罗伊斯侯爵、封·拿骚女侯爵、封·许格尔男爵（Baron von Hügel）。

参观约翰·格奥尔格·格兰普斯（Johann Georg Grambs）与克里斯蒂安·格奥尔格·舒茨（Christian Georg Schütz，1718—1791，艺术家）画展。

9月22日，伊府兰去世。卡尔·封·布吕尔公爵（Karl von Brühl）接替他担任柏林剧院院长。

9月24日至10月8日，在海德堡参观波阿色雷的中世纪低地德语艺术收藏品，"歌德十分激动，惊讶至极。"

交往：约翰·海因里希·沃斯（Johann Heinrich Voß，1751—1826，古典主义诗人，其主要贡献为将荷马的《奥德赛》和《伊利亚特》译成德语）、法学家安东·弗里德尼希·尤斯图斯·蒂博（Anton Friedrich Justus Thibaut，1772—1840）、威廉·格林和路德维希·格林、卡洛琳·封·洪堡。

9月27日，雅各布·封·维勒默（Jakob von Willemer）和玛丽安娜·荣格（Marianne Jung）结婚。

10月2日，游览曼海姆。

10月9日/10日，抵达达姆施塔特（Darmstadt）。

10月11日，法兰克福，住在施罗塞家，维勒默和妻子格贝尔米勒。

10月18日，登临米尔山上的维勒默的葡萄酒庄园：莱比锡战役胜利周年欢庆焰火。

10月20日，从法兰克福出发到哈瑙。拜访封·阿尔比尼（von Albini）部长，参观1813年10月30/31日战场。

10月24日，从哈瑙出发，26日到爱森纳赫，27日到魏玛。

11月9日，致信克内贝尔（Knebel），"我吃荷马的（福斯的）和尼伯龙根的（波阿色雷）宴席同样津津有味，但对我个人来说，最有魅力的莫过于希腊的诗人与画家的作品，它们就像宽广和深远的大自然，永远生机勃勃。"

11月21日至12月3日，画家卡尔·约瑟夫·拉贝（Karl Joseph Raabe）为歌德画像。歌德在三王来朝节那天将此画送给舒皮兹·波阿色雷（Sulpiz Boisserée）。

12月4日至21日，歌德在耶拿。住在神学家弗里德里希·奥古斯特·科德（Friedrich August Koethe）家中。20日在东方学专家威廉·罗斯巴赫教授家（Professor Georg Wilhelm Lorsbach，1752—1816）过圣诞节。21日去天文台观察太阳黑子。

12月24日，创作：《西东合集》诗歌第一首：《希吉勒》（"北方、西方和南方分裂，王座破碎，帝国颤动。"）

1815年（清嘉庆二十年）

1月1日至24日，画家拉贝（Karl Joseph Raabe）来访，再次为歌德画像。

1月30日，卡尔德隆（Calderon）的《大芝诺比阿》（*Großer Zenobia*）上演，由格里斯（Gries）翻译。

2月4日，克里斯蒂安娜患病。

2月4—6日，《普罗塞耳皮娜》上演，埃伯魏因谱曲。

2月11日，萨克森-魏玛成为大公国。

研究声学。致信施罗塞（C. H. Schlosser）讨论大调和小调。

继续创作《西东合集》。

阅读：菲尔多西（Firdusi，935—1020，波斯诗人）和《古兰经》；

迪茨（Diez）的《卡布斯之书和值得记忆》；

夏尔丹（Chardin）的《波斯旅行》；

厄斯内（Oelsner）的《穆罕默德的一生》。

3月1日至13日，克里斯蒂安娜生病，在耶拿接受治疗。

3月14日，获悉拿破仑逃亡的消息。

3月30日，拖延至今的《埃庇米尼得斯苏醒》在柏林首演。

4月18日，封·米勒首相（Kanzler von Müller）给歌德观看了朱丽叶·封·艾格洛夫施泰因伯爵夫人（Gräfin Julie von Eglofstein）的绘画，此后朱丽叶与其妹卡洛琳与歌德常有来往。

4月22日，弗里德里希·封·马蒂森（Friedrich von

Matthisson，1761—1831，德国抒情诗人，小说家）来访。

5月10日，为席勒和伊府兰举办的周年祭在魏玛剧院举行。

5月24日，离开魏玛到爱森纳赫。25日抵达富尔达。26日抵达法兰克福。

途中创作：《西东合集》第一首苏莱卡之诗。

27日到威斯巴登。那里由于军事行动不安宁。

交往：克拉姆上校（Oberbergrat Cramer）、封·卢克少校（Major von Luck）、维尔纳·封·哈克斯豪森少校（Major Werner von Haxthausen，1780—1842）、布伦塔诺一家、弗里茨·施罗塞（Fritz Schlosser，1780—1851，法学家）。

6月1日，以后经常造访当地图书馆。

阅读叔本华论文手稿《视觉和色彩》。J-B.塔维涅（Jean-Baptiste Tavernier）：六次旅行……在土耳其，波斯和印度，编辑《意大利游记》，创作《西东合集》。

6月11日，歌德在比布里希（Biebrich）宫廷宴席上与卡尔大公（Erzherzog Karl）相遇，歌德之后阅读了他的《战略原则》。

6月15日，与出版商阔达（Cotta）就新全集达成协议，在1815—1819年间出版，约定支付60000塔勒稿酬。

6月21日"滑铁卢战役（在18日），在威斯巴登引起巨大恐慌，传言失败，然后预示比获胜更出乎意料的，更陶醉的喜悦"。

6月30日，纳茨默上校（Oberst von Natzmer）与哈克斯豪森少校带来新版希腊民歌集，此书给歌德留下深刻印象，研究该书至7月7日。

7月9日，在比布里希和施泰因男爵（Freiherr vom Stein，1757—1831，普鲁士王国民族主义和民主主义政治家、改革家）会面，应邀请前往拿骚（Nassau）。

7月16日，再次到比布里希，18日在美因茨和卡尔大公及全参谋部人员见面。

7月19日，出席约翰尼斯山上的城堡给奥地利皇室的移交仪式。

7月21日，与矿山总督克拉姆（Bergrat Cramer）出游，途经伊茨泰因（Idstein）、高低矿地（Ober- und Niederselters）前往布莱森巴赫（Blessenbach）。22日抵达朗海克（Langhecke）和林堡（Limburg）。

7月23日，抵达拿骚的霍尔察佩尔（Holzappel）、阿尔施泰因修道院（Abtei Arnstein）。24日与施泰因男爵会面，一起出游。

7月25日，前往科隆。拜访瓦尔拉夫（Wallraf）和画家马克思·海因里希·福克斯（Max Heinrich Fuchs）。然后，歌德与恩斯特·莫里兹·阿恩特、施泰因一起参观科隆大教堂。

7月27日，波恩。恩德将军（General von Ende）和劳赫将军（von Rauch）来访。

7月28日，在科布伦茨（Koblenz），拜访格雷斯（Görres）。

7月29日，在拿骚。与玛利亚·封·克劳塞维茨（Maria von Clausewitz，原姓布吕尔 Brühl）、格雷斯、枢密院成员约翰·奥古斯特·萨克（Staatsrat Johann August Sack，后莱茵省省长）见面。

7月31日，从拿骚经施瓦尔巴赫（Schwalbach）和施莱恩巴德（Schlangenbad）返回威斯巴登。

8月1日，午饭后在威斯巴登疗养院大厅，由雨果男爵授予歌德奥地利圣·利奥波德勋章。

8月2日，舒皮兹·波阿色雷抵达威斯巴登，歌德为他朗诵《西东合集》中的诗歌，共同计划编辑一本《德意志艺术和古代的社会》。为歌德逗留至10月9日。

8月5日，做客女大公卡塔琳娜处。

8月6日，在比布里希，与卡尔大公告别。

8月9日和18日，普拉特猎人宫殿（Jagdschloss Platte）。

8月11日，与舒皮兹·波阿色雷前往美因茨。

8月12日，抵达法兰克福，前往格贝姆勒的维勒默处。

8月16日，拜访坎伯兰（Herzog und Herzogin von Cumberland）大公及女大公（之前为梅克伦堡-施特里茨公主，索姆斯侯爵夫人，后成为汉诺威王后）。

8月17日，在梅克伦堡卡尔大公处。

8月28日，再回格贝姆勒（Gerbermühle）庆祝生日。

8月31日，奥古斯特·科斯特内（August Kestner），洛腾之子来访。

9月5日，在法兰克福。画家路德维希·艾米尔·格林来访。

9月8日，歌德搬进维勒默的市政厅。

交往：如1814年，玛丽·达古尔伯爵夫人（Marie d'Agoult，柯西玛·瓦格纳之母）。

9月12日，完成诗歌《银杏》第一节。

9月15日至18日，与波阿色雷回到格贝姆勒。

创作：诗歌《陶醉在你的爱情中》(Hochbeglückt in deiner Liebe)。玛丽安娜后改写此诗。

9月18日，离开他不再能谋面的法兰克福，前往达姆施塔特，20日抵达海德堡。

23日至26日，维勒默一家赶到海德堡。歌德最后见到了玛丽安娜。

交往：教授保罗斯、格鲁兹（Greuzer）、道伯（Daub）。

9月28日，卡尔·奥古斯特来访，30日两人前往曼海姆。海根多夫夫人（Frau von Heygendorf）来访。

10月1日，回到海德堡。

10月3日，和舒皮茨·波阿色雷前往卡尔斯鲁厄，会见约翰·彼得·黑贝尔。最后与荣·史替令（Jung Stilling）、自然科学家卡尔·克里斯蒂安·格梅林（Karl Christian Gmelin）会面；

10月5日，回到海德堡。7日，和舒皮茨·波阿色雷从海德堡出发，途经埃尔茨（Neckar Elz，内卡河的右支流），9日告别波阿色雷。10日抵哥达，11日回到魏玛。

整合由歌德和福格特负责各种机构在"科学和艺术学校监管之下"。

11月11日至13日，俄国女皇玛利亚·菲尔多芙娜（玛利亚·保罗芙娜之母）在魏玛。

12月7日至14日，歌德在耶拿。

12月12日，歌德国务部长。

歌德通过巴德检察官让许茨（Schütz）多次演奏巴赫和亨德尔（Georg Friedrich Händel）的曲目（他从布莱特科普夫和海特尔处得到这台不错的键盘乐器）。

创作：《西东合集》，《温柔的克赛尼恩一》。

1816年（清嘉庆二十一年）
巴特泰施台德（Bad Tennstädt）

1月，克莱门斯·文策斯劳斯·库德雷（Clemens

Wenzeslaus Coudray，1775—1845，德国新古典主义建筑师；从1816年起担任萨克森—魏玛—艾森纳赫大公国的首席董事）在魏玛就任高级建筑总监，后来与歌德关系日渐密切。

1月15日，致信约翰·奥古斯特·萨克，讨论莱茵兰的艺术维护。

1月23日，梅克伦堡女王储卡洛琳（Erbprinzessin Karoline von Mecklenburg）去世。

1月24日至2月11日，约翰·戈特弗里德·沙多来魏玛，制作了一尊歌德蜡像，与歌德讨论罗斯托克（Rostock）的布吕歇尔（Blücher）纪念碑。

1月27日，歌德拒绝了耶拿大学聘任谢林，因其秘密天主教（Kryptokatholizismus）思想。

1月30日，歌德获得大公房屋管理大十字勋章。发表演讲。

2月7日，《埃庇米尼得斯苏醒》在魏玛首演。

3月，诗歌《前言》。

3月15日，撰写《眼内形成的颜色》。

3月18日，开始编辑早期完成的《论形态学》论文。

4月27日，去贝尔卡视察疗养别墅火灾现场（4月26日）。

5月11日至29日，歌德在耶拿。

阅读拜伦爵士的诗歌。

5月25日，歌德请求德贝赖讷·卢克·霍华兹（Döbereiner Lucke Howards）完成《自然史试验与云的物理》，自此抱着浓厚的兴趣研究云的奥秘。

6月4日至5日，歌德突发高烧。

6月6日，"我妻子濒临死亡。她秉性最后可怕的战斗。她在中午离世。我内心和身外感到虚空与死寂。"

6月8日，早晨四点葬礼。

6月12日，威廉·格林来访。

6月18日，第一次致信植物学家克里斯蒂安·戈特弗里德·内斯·封·艾森贝克（Christian Gottfried Daniel Nees von Esenbeck，1776—1858，植物学家和自然哲学家）。歌德和他保持了科学交流。

6月27日至7月3日，与海因里希·迈耶在耶拿。

7月5日至8日，采尔特来访。

7月11日，弗里德里希·申克尔（Friedrich Schinkel，1781—1841，普鲁士建筑师，都市规划师与画家，被誉为普鲁士古典主义者）来访。

7月20日，去巴登巴登疗养。离开魏玛不远，马车侧翻，迈耶受伤。只能返回魏玛。

恩斯特·克拉德尼（Chladni，1756—1827，物理学家）来访，交流陨石和音响的振动图形。

7月23日，花瓣的化学处理。

7月24日,歌德与迈耶一起前往巴特泰施台德。

8月18日至19日,与卢登讨论《浮士德》。

8月26日至28日,沃尔夫来巴特泰施台德。

9月10日,歌德返回魏玛。

9月22日,夏洛特·凯斯特内（Charlotte Kestner）在魏玛生布夫（Buff）。25日首次又见歌德。

9月28日至10月2日,采尔特在魏玛。歌德告诉他小女儿死讯。

十月：洛伦茨·奥肯宣布新闻自由后,在他的魏玛政府的杂志《Isis》上刊出不受欢迎的文章。歌德劝阻,因此对他采取强力干预措施,然而满怀"恐惧与遗憾"预见了新闻滥用的后果。

10月7日,奥·多奈尔伯爵夫妇（Gräfin und Graf O'Donell）在魏玛。

10月19日,《埃庇米尼得斯苏醒》在魏玛上演。夏洛特·凯斯特内（Charlotte Kestner）在剧院包厢内观看。

10月28日,歌德收到莫里茨（Moritz Retzsch,1779—1857,画家、绘图员和蚀刻师）《浮士德》的总体结构。

阅读格林的《德国传奇》和《老埃达之歌》。

11月3日,罗伊斯侯爵（Fürst Reuß）来访。

11月7日,致信采尔特,谈及卡尔·林奈（Carl von Linne,1707—1778,瑞典植物学家、动物学家和医生）、莎士比亚和斯宾诺莎对歌德教育产生的巨大影响。

12月5日，致信德贝赖讷。鼓励他用煤炭生产煤气的实验。

12月16日，为《诗与真》口述《浮士德》第二部提纲，第18卷。

12月31日，奥古斯特·歌德和奥蒂莉·封·颇格威施订婚。

创作诗歌《西东合集》。

1817年（清嘉庆二十二年）

1月2日，致信玛丽亚·帕夫洛夫娜（Maria Paulowna），信中说道"想象力是除感知力、理解力和理性之外，精神层面的第四种基本能力"。

2月16日—18日，威廉·洪堡来访。歌德购置了一批陶器收藏品。

2月，歌德为舞台演出改编科策布（Kotzebue）的《保护神》(Schutzgeist)，3月8日上演。

3月5日，作诗《三月》(März)(一片雪花落下)。

3月11日—15日，歌德拟定导演和剧场人员规章。

3月21日，前往耶拿。几次耽搁，在那儿逗留至8月7日。

4月1日,阅读康德的《判断力批判》。

4月3日,创作《我的植物学研究历史》。

4月10日,耶拿图书馆完工。

4月12日,在魏玛上演《奥布里的狗》(Der Hund des Aubry),海根多夫夫人违背歌德的意愿上演。13日歌德被剧院经理解雇。

5月14日,歌德日记中写道"康德对我的思维方法及研究产生了影响"。

5月17日,作诗《眼里形成的色彩》。

5月18日,歌德收到雅典卫城雕塑的素描画。

5月25日/26日,作诗《广阔的世界和宽广的生活》。

5月27日,歌德寄波阿色雷第二期《艺术与古代》(*Über Kunst und Altertum*)。在里面歌德极度反对拿撒勒人的"现代德国宗教爱国艺术"。

6月13日,阿道夫·穆勒纳(Adolf Müllner)来访。

6月17日,奥古斯特·封·歌德的婚礼。

7月27日,希腊大学生帕帕佐普洛斯(Papadopoulos)带来他翻译的《伊菲格尼》。

8月2日—18日,枢密院成员舒尔茨来访。与卢登(Luden)共同进行历史与政治对话。歌德向他展示了《色彩原理试验》。7日,与舒尔茨一同前往魏玛,10日在贝尔卡。歌德拒绝了舒尔茨前往柏林的邀请。

8月22日，亚格曼（Jagemann）给歌德画肖像。

8月28日，同奥古斯特和卡尔·威廉·封·弗里奇（Karl Wilhelm von Fritsch）在鲍林泽拉（Paulinzella）。

9月2日，路德维希·蒂克来访。

9月12日，前往多恩堡游玩。

9月13日和10月5日—9日，萨托里乌斯（Sartorius）偕同夫人来访。

9月12日/14日，克洛伊泽（Creuzer）寄给歌德论文《关于荷马与赫西俄德》，其中包括他与戈特弗里德·赫曼就此问题的往来信件。歌德拒绝这种神话历史式的研究方法，但是激发了歌德阅读相关文学的兴趣。

10月7日，卡尔·奥古斯特委托歌德和沃伊哥特（Voigt）合并耶拿图书馆。因此耶拿后来接待了大量的来访。

10月7日/8日，受克洛伊泽的激励，创作《原词，奥尔弗斯》(*Urworte. Orphisch*)。

10月10日/11日，在贝尔卡和鲁多尔施塔特（Rudolstadt）。参观古希腊罗马人物头像。

10月15日，枢密院顾问朗格曼（Langermann）来访。

10月18日，法国哲学家维克托·考辛（Victor Cousin）来访。

10月18日，瓦尔特堡节（Wartburgfest）。对歌德而言，是一个不愉快争论的源头。

10月31日，宗教改革300周年纪念日，歌德在给克耐贝尔（Knebel）的信中写道"就我们而言，这整件事都不比路德的个性有意思"。

11月2日，翻译拜伦的《曼弗雷德》(*Manfred*)，10月12日他从一位年轻的美国人获得此书。

11月6日—15日和21日—12月底，在耶拿。

11月14日，卡尔·路德维希·桑德（Karl Ludwig Sand）来访，此人在1819年杀害了奥古斯特·封·科策布（Kotzebue）。19日，卡尔·奥古斯特，瓦恩哈根·封·恩泽（Varnhagen von Ense）来访。

12月9日，歌德申请离开法兰克福市民联合会。

研究印度文学、云的形成、列奥纳多·达·芬奇的《最后的晚餐》和莫尔亨（Raffaello Sanzio Morghen）的版画。歌德推动耶拿植物博物馆的建立和兽医院的建立。

12月20日，在多恩堡。

12月22日，阅读《马太福音》。

1818年（清嘉庆二十三年）
卡尔浴场

歌德继续停留在耶拿，直到2月21日。

1月15日及之后，耶拿的"卢登对抗科策布"的传单。

洛伦兹·奥肯（Lorenz Oken，1779—1851，博物学家）的《Isis》杂志被禁。

1月18日—19日，读司汤达的《罗马、那不勒斯与佛罗伦萨》。

1月29日，歌德观看脚踏车上的大学生

2月13日，创作诗歌《我在午夜离去，不喜欢刚才》。

2月17日，读卡鲁斯（Carus）的《比较解剖学》(*Vergleichende Anatomie*)。

3月14日，返回耶拿。

3月23日，第一次致信卡尔·古斯塔夫·卡鲁斯（Karl Gustav Carus，1789—1869，德国自然哲学家、画家、医生）。

3月24日，阅读卡鲁斯《动物解剖学》。

3月至7月，撰写文章《斐洛史特拉的画》。

4月9日，瓦尔特·沃尔夫冈·封·歌德（Walther Wolfgang Freiherr von Goethe，1818—1885，德国宫廷总管和作曲家，歌德之孙）出生。

4月21日，歌德为孙子创作《摇篮曲》。

4月26日，歌德的外甥孙弗朗茨·尼古拉斯（Franz Nicolovius，1797—1877）来耶拿上大学，主修法学。常去歌德家。

4月27日，歌德回到耶拿。

4月29日，前往多恩堡（Dornburg）郊游，米勒首相、男爵夫人卡洛琳及伯爵夫人朱莉·封·埃格洛夫斯坦（Julie von Egloffstein，1792—1869，宫廷贵妇，画家）亦抵达此地。一场重要的谈话，米勒首相大为赞赏。

5月19日，歌德在多恩堡。

5月26日，卡尔·亚历山大王子出生（后来的大公）。

6月10日，阅读舒巴特（Schubarth）的《歌德书评》，十分友好地采纳。阅读马洛（Marlowe）的《浮士德》以及关于美国的文献。

7月：拆毁耶拿的勒布德门，为了图书馆赢得空间。亚格曼（Jagemann，1780—1820，画家）替歌德画像。

7月2日，回到魏玛。

7月13日，米兰银行家海因里希·米利乌斯（Heinrich Mylius，1769—1854）来访。

7月16日和19日，在耶拿。

7月23日，离开耶拿经过珀斯内克（Pößneck），宫廷。

7月25日，在弗朗岑斯巴德，伯爵夫人奥·多奈尔（Gräfin O'Donell）来访。

7月26日，在卡尔浴场，一直待到9月13日。

交往：卡尔浴场的高级政治圈：

克莱门斯·梅特涅（Fürsten Metternich，1773—1859，德国外交家，政治家）；布吕歇尔（Blücher）；罗伊斯-洛宾斯坦（Reuß-Lobenstein）；约瑟夫·施瓦岑贝格和卡尔·施瓦岑贝格（Joseph und Karl Schwarzenberg）；格贝伯爵（Graf Buquoy，1781—1851，波希米亚贵族，数学家和发明家）；帕尔伯爵（Graf Paar，1837—1919）；弗里德里希·封·根茨（Friedrich von Gentz，1764—1832，外交官和作家）；亚当·米勒（Adam Müller，1779—1829，德国文学评论家，政治经济学家，理论家，也是经济浪漫主义的先驱。他是古斯塔夫·雨果的学生）；雷伯恩（Rehbein）；舒克曼男爵（Freiherr von Schuckmann，1755—1834）；齐奇伯爵（Graf Zichy）；爱奥尼斯·卡波季斯第亚斯伯爵（Garf Capodistrias，1776—1831，俄罗斯帝国的希腊籍外交家，之后领导希腊独立战争、并成为希腊第一共和国第一位总统，直到1831年被刺杀身亡）；萨米尔·魏斯教授（Professor Christian Samuel Weiß，1780—1856）。

8月26日，歌德采用别名阿里奥（Arion）成为利奥波德—卡罗琳德意志皇家自然科学家学院成员。

阅读波斯诗集。

9月17日，返回魏玛。

9月22日，俄罗斯皇帝亚历山大在魏玛。

9月23日，黑格尔，俄罗斯元帅米哈伊尔·博格达诺维奇·巴克莱·德托利来访。

10月5日，坎伯兰大公夫妇来访。

10月25日至11月7日，采尔特来访。歌德请他用G

大调和 A 小调演奏《一座坚固的城堡》。听完采尔特表演后，歌德感叹道："完全原创的表演，最卓越的音乐家"。

11月8日至12日，歌德在耶拿。

11月14日，罗伊斯侯爵来访。

11月17日至12月6日，音乐之夜。

阅读：哈曼。

11月23日至12月21日，玛丽亚·费奥多罗芙娜皇后（Kaiserin Maria Feodorowna，1759—1828，俄罗斯帝国保罗一世沙皇的妻子）在魏玛。

12月8日，"化妆游行"，至高无上的丧偶女皇陛下莅临。由歌德作诗，直到逐个背熟。

12月30日，阅读《古兰经》。

1819年（清嘉庆二十四年）
卡尔浴场

1月18日，阿黛尔·叔本华（Adele Schopenhauer，1797—1849，作家，哲学家叔本华之妹）拜访歌德，为他带去了她哥哥叔本华的书《意志和表象的世界》。

写完《西东合集》注释和论文。

2月3日，为庆祝玛丽（Prinzessin Marie）公主生日在歌德家演出戏剧《*Paläophron und Neoterpe*》。

作曲家和音乐家约翰·内珀姆克·胡默尔（Johann Nepomuk Hummel，1778—1837，奥地利作曲家，钢琴家）到魏玛，他影响了歌德的音乐爱好。

3月18/19日，克里斯蒂安·戈特弗里德·丹尼尔·内斯·封·艾森贝克（Christian Gottfried Daniel Nees von Esenbeck）来访。

3月22日，克里斯蒂安·格特利布·封·沃伊哥特去世。

3月23日，大学生卡尔·路德维希·桑德在曼海姆遭奥古斯特·封·科策布刺杀。

3月25日，约翰·雅各布·维勒莫（前往柏林，在那里请求宽宥这位在决斗中刺杀他儿子的官员）。

3月26日，致信玛丽安娜·维勒莫。对她的缺席表示失望。

4月24/25日，弗里德里希·蒂克从意大利回柏林，顺路拜访歌德。

5月4日，英国画家乔治·戴维（George Dawe）为歌德画肖像。

5月8日，本特海姆侯爵将军（General Bentheim）来访。

奥古斯特和奥蒂莉观看《浮士德》在柏林首演，拉齐维尔侯爵（Radziwill）作曲。歌德头像"地灵"出现。

5月10日，美国自然科学家J. G. 科哥斯维尔（J. G. Cogswell）来访。

阅读沃登（Warden）的《美国》。

5月14日至16日，21日至23日，6月22日至27日，采尔特来访。

5月28日，阅读《腓特烈大帝给他的将军们授课》。

5月31日，内斯·封·艾森贝克来访。

6月26日至7月24日，歌德在耶拿。

7月4日，观察彗星。

7月11日，为格奈泽瑙（Gneisenau）写诗（《向陌生人问候》）。

7月26日，致信玛丽安娜·维勒莫，歌德在信中唯一一次用"你"相称。

威廉·封·洪堡来访。

8月11日，歌德通过J. G. 科哥斯维尔向哈佛大学赠送他的作品。

8月12日至25日，在耶拿。

8月19日/20日，阿图尔·叔本华来访，期间住魏玛。

8月26日，离开耶拿出游。

8月26日，布吕歇尔纪念碑在罗斯托克揭幕，歌德刻铭文："在期待与战斗中"（In Harren und Krieg）。

歌德在亚什（Asch）与卡尔浴场之间路上度过70岁生

日，收到来自法兰克福崇拜者的金质月桂花环。第一次在法兰克福，从那时起，在其他地方，比如魏玛、耶拿、柏林定期庆祝生日。在法兰克福计划建造一座歌德纪念碑，该工程1844年完工。

在卡尔浴场最后日子参加外交大会（卡尔斯巴德决议）。

交往：克莱门斯·梅特涅；考尼兹侯爵（Fürst Kaunitz）；哈拉伯爵（Graf Harrach）；奥古斯特·封·赫尔德（August von Herder，1810—1853，地质学家）。

9月4日，格奥尔格·凯斯特内（Georg Kestner）来访。

9月26日，从卡尔浴场启程。歌德负责魏玛石版画学院的监管。

9月28日至10月24日，歌德在耶拿。

歌德购得马丁·硕恩高尔（Stichen Martin Schongauer）一副珍贵藏品。

10月12日，美国历史学家乔治·班克罗夫特（Georg Bancroft）来访。

10月13日，歌德拒绝了德意志邦联的卡尔斯巴德会议资助的耶拿大学学监职位。

10月28日，歌德的《艾格蒙特》在柏林被禁演。

11月3日，格里尔帕策（Grillparzer）的《女先知》(*Ahnfrau*)在魏玛上演。

12月2日，卢克少校来访。

12月10日，阅读拜伦勋爵的《唐璜》。歌德发表耶拿图书馆管理报告。

开始《法国大革命》(Campagne in Frankreich)和《年岁日记》(Tag- und Jahresheften)写作。

诗歌：《Epirrhema》("一定在自然观察之中")和《Antepirrhema》("这样用谦逊的目光凝视")，《西东合集》。

1820年（清嘉庆二十五年）
卡尔浴场

1月，与库德雷（Coudray）讨论剧院建筑的方案，4日审查申克尔（Schinkel）柏林剧院的建筑设计草案。

1月/2月，撰写1792年和1793年战役的回忆。

4月5日，歌德在贝尔卡（Berka），6日前往耶拿（Jena）。

4月9日，符腾堡国王来访。翻译《来吧，造物圣灵》(Veni, creator spiritus)。

4月19—23日，歌德在耶拿。

4月23日，从耶拿出发，26日到达埃格尔（Eger），与警务顾问，矿物学家约瑟夫·塞巴斯蒂安·格吕纳（Joseph Sebastian Grüner）相识，格鲁纳期间频繁来埃格尔拜访歌德。

4月27日，抵达马林巴德（Marienbad），29日在卡尔浴场（Karlsbad）。

交往：艾丽莎·封·雷克（Elisa von der Recke），大公夫人库尔兰（Herzogin von Kurland），法学家安赛姆·费尔巴哈（Anselm Feuerbach），戈特弗里德·赫曼（Gottfried Hermann）。

5月13日，阅读并翻译了意大利作家亚历山达罗·曼佐尼（Alessandro Manzoni）的悲剧《卡玛尼奥拉爵士》（*Graf von Carmagnola*）。

5月15日，作诗《圣内波穆克节前夕》（*St Nepomuks Vorabend*）又称《光辉舞于洪流》（*Lichtlein schwimmen auf dem Strome*）。

5月19日，将军瓮鲁（Unruh）来访。

5月28日，从卡尔浴场出发前往埃格尔（Eger）和格吕纳一同前往卡默贝格（Kammerberg）。

5月31日，前往耶拿（直到10月14日）。

6月25—27日，穆弗林（Müffling）将军来访。

7月23日，在多恩堡观看印度杂耍艺人的表演。

8月9日，阅读安格卢斯·西莱纽斯（Angelus Silesius，德意志抒情诗人，理论家，他类似神秘主义的箴言诗被认为是巴洛克文学最重要的抒情诗作品）。

8月16日—8月22日，舒尔茨（Schultz），弗里德里希·蒂克（Friedrich Tieck），克里斯蒂安·丹尼尔·劳赫

（Christian Daniel Rauch），卡尔·弗里德里希·申克尔（Karl Friedrich Schinkel）携带柏林剧院的建造方案来访，蒂克和劳赫为歌德塑半身像。

8月22日、23日，歌德在魏玛。

8月25日，来自施瓦岑贝格（Schwarzenberg）的元帅副官夫妇拜访歌德。

8月28日，耶拿大学的好友为其举办生日宴。

9月8日和18日，威廉·费伦伯格（Wilhelm Fellenberg），瑞士伯尔尼霍夫维尔（Hofwyl）感化院院长之子来访。费伦伯格的作用刺激了歌德在《漫游时代》中加入"教育省"（Pädagogische Provinz）的想法。

9月16日，叙事谣曲作曲家卡尔·勒夫（Karl Löwe）拜访歌德。

9月18日，歌德的二孙沃尔夫冈·马克西米利安·封·歌德（Wolfgang Maximilian von Goethe）出生，教区牧师约翰·弗里德里希·勒尔（Johann Friedrich Röhr）为其受洗，勒尔是理性主义的理论家，他在1832年歌德去世后为其作悼词。

9月24日到28日，语言学家卡尔·恩斯特·舒巴特（Karl Ernst Schubarth）拜访，26日、27日弗里德里希·福斯特（Friedrich Förster）拜访。

10月14日，前往魏玛。

10月16日至21日，弗里茨·施罗塞（Fritz Schlosser）拜访。

10月19日至11月4日，在耶拿。

10月22日至26日，弗里德里希·奥古斯特·沃尔夫（F. A. wolf）拜访。

创作《威廉·麦斯特的漫游年代》。

12月4日，阿希姆·封·阿尔尼姆（Achim von Arnim）造访歌德。

创作《当然》之（"进入自然内部"），《西东诗集》之《温柔的克赛尼恩》(*Zahme Xenien*) 再度名声大噪。

1821年（清道光元年）
马林巴德

1月，创作《威廉·麦斯特的漫游年代》，同年出版第一部。

1月16日及以后，阅读拜伦著作《英格兰诗人和苏格兰评论家》(拜伦的讽刺长诗，回答了消极浪漫主义者操纵的刊物《爱丁堡评论》对拜伦诗作的攻击，严厉谴责了湖畔派诗人的消极倾向)。

创作《漫游者之歌》("从群山到山丘")。

3月25日，创作《霍华德充满敬意的回忆》。

4月8日，首次致信皮尔森（Pilsen）的教师约瑟夫·斯坦尼斯劳斯·曹佩尔（Joseph Stanislaus Zauper），感谢他寄来的《诗学》。

4月11日，歌德设计了他自然科学发展过程的模式。

4月22日，致信约翰·海因里希·威廉·蒂施拜因（Johann Heinrich Wilhelm Tischbein），歌德在六月为蒂施拜因的素描写诗。

5月5日，拿破仑去世，歌德在11月25日才获悉此事。

5月21日，尼斯·封·埃森贝克（Nees von Esennbeck）和菲利普·封·马修斯（Philipp von Martius）1817年给诺伊维德（Neuwied）王子在巴西原始森林发现的植物命名为"Goethea"（歌德木）。

试验植物的颜色。

5月23日，在申克尔指导新建柏林剧院揭幕式上致开场白。

7月1日至8日，枢密院成员舒尔茨（Schultz）偕女儿拜访歌德。

7月18日及以后，阅读拜伦的《马里诺·法列罗》（*Marino Falieri*）。

7月21日，医生、自然哲学家、画家卡尔·古斯塔夫·卡鲁斯（Karl Gustav Carus）唯一一次来访。

7月26日，从魏玛出发，经珀斯内克-埃格尔（格吕纳）。

7月29日，在马林巴德，住布吕斯克（Brösigke）家，系乌尔里克·封·雷薇索夫（Rilke von Levetzows）的祖父。

交往：与卡罗琳娜·封·海根多夫（Karoline von Heygendorf）、图恩和塔克西斯侯爵（Fürst von Thurn und Taxis）、俄罗斯米夏埃尔大侯爵（Großfürst Michael von Rußland）、阿玛丽·封雷薇索夫女士（Frau Amalie von Levetzow）娘家姓封·布吕斯克及其女儿们：乌尔里克（Ulrike）、阿玛丽亚（Amalia，后来的劳赫夫人）、贝尔塔（后来的姆拉多塔夫人）、约瑟夫·施坦尼斯劳斯·曹佩尔（Joseph Stanislaus Zauper）。

8月25日，从马林巴德出发去往埃格尔，歌德从埃格尔经常前往弗朗茨布鲁恩（Franzbrunn），系弗里茨·封·施泰因（Fritz von Stein），西里西亚自然总督逗留之处，期间两人往来频繁。

8月26日，圣文森特节（St. Vinzenz Fest）。

8月27/28日，前往哈特贝格城堡（Schloß Hartenberg）拜访奥尔斯佩尔格伯爵（Auersperg）。举办生日宴会。

8月29日，返回埃格尔，研究波希米亚历史与语言。

9月5日，歌德在文理中学授奖。

9月13日，离开埃格尔，15日到达耶拿，直到11月4日才离开。

9月23/25日，创作诗歌："我的手绘画"。

10月2日，第一次致信约翰·彼得·爱克曼（Johann Peter Eckermann）。

10月6日，创作《一人与万象》。

10月17日，奥古斯特·封·普拉滕（August Graf von Platen）来访。

10月26日，歌德口授《诗与真》，对丽丽（Lili）生日的叙述。

11月4日，前往魏玛。

海因里希·尼科洛维斯（Heinrich Nicolovius），采尔特和他女儿多丽丝·采尔特以及他那年仅十二岁备受歌德喜爱的学生费利克斯·门德尔松·巴托尔迪（Felix Mendelssohn-Bartholdy）拜访。对此歌德表达了巨大的好感。反复演奏巴赫、莫扎特和贝多芬，直到11月20日才离开。

11月8日下午，贝蒂娜（Bettina von Arnim）与柏林人及萨维尼格（Savigny）的夫人再次拜见歌德。

11月10日，采尔特朗读他的生活史。

11月24日，采尔特出发。

阅读：瓦尔特·斯科特《肯尼沃斯》。

12月，创作《在法国的运动》(*Campagne in Frankreich*)。

画家弗里德里希·普雷勒（Friedrich Preller）进入歌德的视野，歌德十分支持他。

创作诗歌《温柔的克赛尼恩三》(*Zahme Xenien III*),年末开始组诗《贱民》(*Paria*)的创作。

1822 年(清道光二年)
马林巴德-埃格尔

1月14日,翻译曼佐尼(Manzonis)的《拿破仑之死的颂歌》(*Ode auf den Tod Napoleons*)。

歌德给卡尔·奥古斯特购买钻石,在接下来的几周整理宝石收藏。

2月11,22日,卡鲁斯(Carl Gustav Carus)寄画和亲笔草稿《论山水画》(*Über Landschaftsmalerei*)给歌德。

2月26日,画家海因里希·克里斯托夫·科尔贝(Heinrich Christoph Kolbe)来访,给歌德和卡尔·奥古斯特画肖像,至6月离开。

4月3日,出版人弗里德里希·尤斯廷·贝尔图赫(Friedrich Justin Bertuch)去世。

4月11日,阅读:恩斯特·泰奥多尔·阿玛多伊斯·霍夫曼的《跳蚤大师》。

列奥波德·多罗托伊斯·封·亨宁在柏林大学开设歌德《颜色论》课程,之后每年夏天都开设,延续至1835年。柏林科学院为此配备了一个房间。

4月23日到5月28日，气象日记。

5月/6月，歌德外侄孙费迪南·尼科洛维斯（Ferdinand Nicolovius）来访。

5月26日到6月7日，在耶拿。

6月16日，启程途经珀斯内克（Pößneck）前往埃格尔，宫廷。18日，在艾尔格（格吕纳）处。写诗给贝尔格拉特·伦茨（"所有喷发岩的庄严的对手"）。

6月19日，马林巴德。1821这年同样的房间。

交往：耶玛洛夫伯爵（Graf Yermaloff）；瓦尔腾堡少校（Major von Wartenberg）；凯文叙勒侯爵（Fürst Khevenhüller）；封·布吕斯科（von Brösigke）；曹佩尔（Zauper）；罗巴诺夫侯爵（Fürst Lobanoff）；鲁克斯堡伯爵（Graf Luxburg）；巴克莱·德·托利（Barclay de Tolly），施特恩贝格伯爵（Graf Sternberg）；约翰·雅各布·弗莱海尔·封·贝尔塞柳斯（Johann Jakob Freiherr von Berzelius）；瑞典的化学家，雷薇索夫家庭（Familien von Levetzow）与1821年相同，格吕纳（Grüner）。

7月24日，离开马林巴德前往埃格尔。

7月30日，卡斯帕·封·斯特恩贝格伯爵（Kasper von Sternberg），贝尔塞柳斯（von Berzelius）以及波尔（von Pohl）到达，与歌德共同访问卡默贝格（Kammerberg），此后与斯特恩贝格建立深厚友谊。

8月3日，前往法尔肯瑙（Falkenau），4日，哈特贝格（Hartenberg），5日弗兰岑布鲁恩-埃格尔（Franzensbrunn-Eger）。

8月6日，音乐家瓦茨拉夫·托马谢克（Wenzel Johann Tomaschek）来访，多首歌德歌曲。

8月13—18日，参观制造商菲肯切尔（Wolfgang Caspar Fikentscher）在雷德维茨（Redwitz）的玻璃工厂。

8月24日，以腓特烈大帝（Friedrich der Große）一篇手稿作诗，布吕斯科先生委托歌德修补这篇手稿（纸张，他的手安静之地）。

8月27日，从埃格尔出发，29日抵魏玛。

秋季：科尔贝开始为歌德画第二幅肖像。

9月2日，约翰·安东·卡波季斯第亚斯（Graf Johann Anton Kapodistrias）伯爵来访。歌德的《新希腊-伊庇鲁斯日耳曼英雄诗歌》问世。

9月3日，多丽丝·采尔特（Doris Zelter）来访。

9月6日，贝乌斯特伯爵（Graf von Beust）来访。6日之后，费迪南·尼科洛维斯经常来访。

9月17日—10月8日，列奥波德·封·亨宁（L·D von Henning）来访，向歌德展示自己颜色理论课程。

9月21日，日内瓦自然科学家索雷（Frédéric Jean Soret），卡尔·亚历山大王子（Karl Alexander）的教师首次拜访歌德，不久成为歌德的常客。

10月7/8日，费利克斯·门德尔松·巴托尔迪（Felix Mendelssohn Bartholdy）来访。

11月7日，歌德收到拜伦的亲笔献词《沙尔丹那帕勒》（Sardanapal）。

12月11日，布拉格的自然科学家浦肯野（Jan Evangelista Purkinje）来访，他支持歌德的颜色理论。1823年他在歌德和亚历山大·洪堡的推荐下前往布雷斯劳（Breslau，今波兰弗罗茨瓦夫）任职。

12月，阅读莎士比亚的国王戏剧（Königsdramen），接着看完了几乎所有的莎士比亚戏剧。

当年出版了普思特库亨（Pustkuchen）《错误的漫游年代》，歌德的诗歌印在上面。自十月开始周二在他家里举办欢乐的晚会。

1823年（清道光三年）
马林巴德-卡尔斯巴德（卡尔浴场）

1月3日，歌德致信贝尔塞柳斯，9日，致信乌尔丽克·封·雷薇索夫（Ulrike von Levetzow）。

1月12日—3月初，歌德因心包炎病重，生病期间，15

日，贝多芬因为《庄严弥撒》(*Missa solemnis*)来信，歌德没有回复。

3月22日，为了庆祝歌德的康复，上演戏剧《塔索》(*Tasso*)，在卡罗琳·封·哈根多夫处，歌德胸像用月桂树花环装饰；演出结束之后她穿着女公主戏服向他递交胸像。

4月13日，弗莱海尔·封·施泰因（Freiherr von Stein）来访。

4月17日，最后致信"在心里认识，用眼睛从未看到的"女友奥古斯特·封·贝恩施托夫（Auguste von Bernstorff）女伯爵，娘家：施托尔贝格女伯爵。"在我们父亲的帝国有许多行省。"

5月15日，阔塔（Johann Friedrich Cotta）来访，16日，巴伐利亚国王马克西米利安一世（König Maximilian von Bayern）同卡尔·奥古斯特（Carl August）来访，18日，巴伐利亚王后来访。

5月22日，海因里希·封·哈根（Friedrich Heinrich von der Hagen）带来他的《英雄之书》(*Heldenbuch*)，这次来访歌德没有感受到从前一直以来的那种亲近感。

5月27日，查尔斯·詹姆斯·斯特林（Charles James Sterling）来访，他属于与歌德有往来，并且备受奥蒂莉厄照顾的英国人。

5月25日，考虑将来的出版，歌德整理了采尔特和席勒的来信。

6月10日，约翰·彼得·爱克曼首次拜访歌德，按歌德愿望留在魏玛。第一篇歌德谈话录当日产生。

6月22日，多丽丝·采尔特来访。

6月26日，像平常那样离开魏玛。

6月30日，在埃格尔。

7月2日，在马林巴德（最后一次疗养），居住地与前面相同。

交往：卡尔·奥古斯特大公（Großherzog Carl August），洛伊希腾贝格大公欧根·博哈纳斯（Herzog von Leuchtenberg, Eugen Beauharnais），钢琴家玛丽亚·屈玛诺夫斯卡（Maria Szymanowska，波兰女钢琴家，1789—1831），雷贝格（Rehberg），荷兰国王圣·罗伊伯爵（Graf von St. Leu），卡罗琳·封·洪堡（Karoline von Humboldt），还有雷薇索夫（乌尔里克）一家。

7月13日和30/31日，画家奥列斯特·阿达莫维奇·吉普林斯基（Orest Adamovich Kiprensky）和威廉·汉塞尔（Wilhelm Hensel）为歌德画肖像。

7月24日，拜伦爵士致信歌德。

8月18日，歌德创作诗歌：《和解》。

8月20日，前往埃格尔，25日在卡尔浴场（歌德最后一次在这儿停留）。

交往：莱维佐夫一家、爱丽莎·封·雷克（Elisa von der Recke）、蒂德格（Tiedge）、玛利亚·屈玛诺夫斯卡（Maria Szymanowska）。

8月28日，在埃尔伯根（Elbogen）歌德和莱维佐夫的恋情成为公开秘密。

9月5日，从卡尔浴场出发，5日—7日在哈滕贝格（Hartenberg）奥尔斯佩尔格伯爵家。

9月7日，前往埃格尔。

离开卡尔浴场后，歌德即刻着手创作《马林巴德哀歌》，19日完成了誊清稿。

9月11日，从埃格尔出发13日在耶拿，17日在魏玛。

9月28日—10月9日，枢密院成员舒尔茨（Schultz）拜访。

10月1—8日，莱因哈德伯爵来访（Graf Reinhard）。

10月7日，枢密院成员舒尔茨为歌德从罗马带来了朱诺·卢多维西（Juno Ludovisi）的半身像。

10月12日，法兰克福的画家萨缪尔·罗塞尔（Johann Gottlob Samuel Rösel）来访。

10月24日—11月5日，玛利亚·希曼诺夫斯卡来访，经常为歌德演奏钢琴。歌德为两人的离别感到不舍。

11月6日及之后，歌德患严重的痉挛性咳嗽。整整十四个日夜在沙发上度过。

11月12—23日，威廉·封·洪堡来访。

11月24日—12月13日，采尔特来访，歌德一遍遍朗诵《马林巴德哀歌》。

瓦恩哈根（Varnhagen）的传记《同代人见证下的歌德》（*Goethe in den Zeugnissen der Mitlebenden*）出版，这是第一部同代人评价歌德的文集。

专注于自然科学论文《形态学书册》（*morphologischen Hefte*）。

创作诗歌《温柔的克赛尼恩》四至六（直到1827年）。

1824年—1832年

期间与歌德来往且记录下来的朋友：爱克曼（J. P. Eckermann），里默尔（F. W. Riemer），索雷（F. J. Soret），首相穆勒（Kanzler von Müller）。其他有日常交往的朋友有：海因里希·迈尔（Heinrich Meyer）和库德雷（Coudray）。

1824年（清道光四年）

1月16日，米歇尔·贝尔（Michael Beer）来访，他的诗集《丧家犬》（*Paria*）得到歌德喜爱。

2月5日，阅读卡尔·弗里德里希·葛舍尔（Karl

Friedrich Göschel）的《论歌德的浮士德》。

2月15日，武克·斯蒂凡诺维奇（Wuk Stephanowitsch）带来了他的两卷本塞尔维亚歌曲。

2月15日，歌德阅读了一段由爱克曼记录的谈话。

2月26日，约翰·约瑟夫·施梅勒（Johann Joseph Schmeller）收到了第一份歌德肖像收藏的合同，此后给许多访客绘制肖像。

3月3/5日，为了1825年出版的《少年维特的烦恼》五十周年纪念版，歌德写下《致维特》（"你敢再一次，痛哭的阴影"）。

3月15日，阅读瑞典作家泰格奈尔（Tegner）的作品《福瑞特约夫传说》(*Frithjof-Saga*)。

3月19日，普拉滕（Platen）将他的作品《玻璃拖鞋》(*Gläsernen Pantoffel*)寄给歌德。

4月3日，弗里德里希·马克西米利安·克林格尔（Friedrich Maximilian Klinger）反对格罗夫·柯西（Glover Köchy），在《柏林晚报》刊登《作为人和作家的歌德》的讽刺文章替歌德辩护。

4月10日，夏洛特·席勒（席勒夫人）把歌德致席勒的书信寄到魏玛，供修订之用。

4月18—24日，弗里德里希·奥古斯特·沃尔夫来访。

4月19日，拜伦去世。

4月23日，致信特雷莎·封·雅克布（Therese von Jakob），后来的罗宾逊夫人（Therese Albertine Luise Robinson）（她以笔名"Talvj"被大家所熟知），歌德对南部斯拉夫民族的诗歌感兴趣。

5月24/25日，卡尔·克里斯蒂安·福格尔（Karl Christian Vogel von Vogelstein）为歌德画像。

6月18—27日，劳赫（Christian Daniel Rauch）带来法兰克福歌德纪念碑设计的第二稿，开始设计第三稿。

6月24日，托马斯·卡莱尔（Thomas Carlyle）首次致信歌德并附上了《威廉·麦斯特的学习时代》的翻译稿。

7月4—10日，施特恩贝格伯爵来访。

7月8日，弗里德里希·奥古斯特·沃尔夫去世。

7月26日，贝蒂娜·封·阿尔尼姆来访，向歌德展示了她设计的歌德纪念碑的图纸。

8月24日 语言学者弗朗兹·鲍普（Franz Bopp）寄给歌德译自梵文图书。

8月28日，歌德75岁生日，诗人威廉·穆勒（Wilhelm Müller）来访，舒伯特曾为他的《穆勒曲》(*Müllerlieder*)、《希腊曲》(*Griechenlieder*) 等谱曲。

9月6日及之后，歌德阅读劳默尔（Friedrich Ludwig Georg von Raumer）的《霍亨斯陶芬王朝史》(*Geschichte der Hohenstaufen*)。

9月13日，植物学家卡尔·弗里德里希·菲利普·封·马齐乌斯（Karl Friedrich Philipp von Martius）来访，做了关于巴西的报告。

9月19日，波士顿作家威廉·艾默生（William Emerson）来访。

9月29日，贝蒂娜设计的歌德纪念碑模型送至歌德处。

10月2日，海因里希·海涅（Heinrich Heine）来访。

10月9日，特雷莎·封·雅克布来访，19日，贝蒂娜·封·阿尔尼姆来访。

10月30日，歌德首次致信托马斯·卡莱尔。

11月25日，威廉·格林（Wilhelm Grimm）寄给歌德《法罗群岛之歌》(*Färöer Lieder*)。

12月1日，卡尔·弗里德里希·申克尔来访。

阅读：莎士比亚国王戏剧，卡尔德隆、洛佩·德·维加（Lope de Vega）的作品以及塞尔维亚诗和《一千零一夜》。

最终相信山体形成通过"巨大的无机物质构造"和"整体与局部的山体构造"。

1825年（清道光五年）

1月8日，阅读：戈特弗里德·封·斯特拉斯堡（Gottfried von Straßburg）的《特里斯坦和伊索尔德》(*Tristan und Isolde*）。

2月6日，约翰·克里斯蒂安·舒哈特（Johann Christian Schuchardt）成为除克罗伊特（Kräuter）和约翰（Johann）外歌德最后一位秘书。

2月24日，歌德收到来自赫尔曼·弗里德里希·威廉·因里西斯（Hermann Friedrich Wilhelm Hinrichs）有关《浮士德的评论》。

歌德重新开始创作《浮士德》。

春季：修订《天气学试论》。

3月7日，歌德对巴拿马运河计划产生兴趣。

3月13日，菲利克斯·门德尔松（Felix Mendelssohn）来访。5月30日，再访。演奏献给诗人的B小调钢琴四重奏。"对《浮士德》进一步修改"。

3月21/22日，魏玛剧院发生火灾，歌德说："我近三十年为之努力的舞台化为灰烬。"

4月8日，莱因哈德伯爵来访，11日爱德华·约瑟夫·达尔顿（Eduard Joseph d'Alton）来访（5月11日再访），28日，维克托·考辛（Victor Cousin）和康格雷夫将军（General Congreve）来访。

5月1日，与爱克曼讨论射箭。

5月11日，弗兰西斯·李维森·高尔（Francis Leveson Gower）将他的《浮士德》英译本寄给歌德。

5月24日，爱克曼的谈话通读和检查。

6月16日，弗朗茨·舒伯特寄赠歌德为他歌词的谱曲。

7月4日，作曲家加斯帕罗·斯蓬蒂尼（Gaspare Spontini）来访，6日卡尔·马利亚·封·韦伯（Karl Maria von Weber）来访，8日，卡尔·奥古斯特·瓦恩哈根·封·恩泽（Karl August Varnhagen von Ense）和夫人拉埃尔·瓦恩哈根（Rahel Varnhagen）拜访歌德。

继续创作《威廉·麦斯特的漫游时代》。

8月28日，艾尔弗雷德·尼科洛维斯（Alfred Nicolovius）来访，萨缪尔·罗塞尔送一幅画，含家中庭院和水井的版画给歌德庆生。

9月1日—11日，约瑟夫·塞巴斯蒂安·格吕纳（Joseph Sebastian Grüner）来访。

9月3日，卡尔·奥古斯特执政周年庆典。

10月3日，大公夫妇的金婚，歌德送上一枚纪念币。

11月7日，歌德50周年从政生涯纪念日。

12月21日，歌德获得了巴伐利亚国王路德维希一世送予的美杜莎（Medusa Rondanini）铸件。

1826年（清道光六年）

1月1日，法学家和哲学家爱德华·甘斯（Eduard Gans）

来访。

1月18日，28日和2月8日，即兴诗人奥斯卡·路德维希·伯恩哈德·伍尔夫（Oskar Ludwig Bernhard Wolff）来访，成为魏玛高中的教师。

1月30日，歌德送给他青年时期的好友弗里德里希·马克西米利安·克林格尔一幅罗塞尔的画作《父亲家的房屋》印刷本，配诗"你也在水井旁玩耍"。

歌德开始阅读杂志《全球》（Le Globe），跟踪参与这些法国青年作家的思想成果。产生了"世界文学"（Weltliteratur）的构想。

歌德与出版商阔塔就作者最后审定版本的《歌德文集》达成协议，稿酬为60000塔勒。

2月11日，歌德在日记中首先使用"首要任务"（Hauptgeschäft）的表达用于他的《浮士德》创作，但是这时他中断了创作，直到1831年才得以继续。

2月14日，约翰·丹尼尔·福克（Johannes Daniel Falk）去世。

3月16日，枢密院顾问亚历山大·屠格涅夫（Alexander Turgenjew）来访。

3月26日，弗里德里希·封·马迪森（Friedrich von Matthisson）来访，歌德为其朗诵《浮士德》的段落。

3月30日，胡梅尔（Hummel）的学生，音乐家费迪南·希勒（Ferdinand Hiller）来访。

阅读：原版《麦克白》和《冬天的童话》。

5月17日—6月2日，波阿色雷来访。

6月4日，弗里德里希·普雷勒（Friedrich Preller）告别，前往意大利旅行。

6月20日，卡尔·福格尔（Karl Vogel）在雷拜恩（Rehbein）去逝后受歌德雇用为家庭医生。致信采尔特论诗歌《世界的灵魂》(Weltseele)。

6月24日，《浮士德》中"海伦剧"(Helena)全部写完。

7月7日—19日，采尔特和女儿多丽丝拜访歌德。

7月9日，夏洛特·封·席勒去世，达尔顿拜访。

7月21日，《浮士德》英译者高尔勋爵来访。

7月/8月，路德维希·泽贝尔斯（Ludwig Sebbers）将歌德画像画在瓷杯上。

阅读：弗里德里克·阿尔伯特·亚历山大·施塔普费尔（Frédéric Albert Alexandre Stapfer）法译的歌德作品。

8月24日，诗人威廉·穆勒来访。

8月27日—9月11日，贝蒂娜·封·阿尔尼姆来访。

8月28日，歌德把大量的生日祝贺信保存在卷帙中。其中还包括尼斯·封·埃森贝克（Nees von Esenbeck）有关生日宴会的报道。

致信法国知名自然研究者居维叶（George Baron von

Cuvier)的女儿克莱门汀·居维叶(Clementine Cuvier)。

9月,阅读:阿道夫·施特雷克富斯(Adolf Streckfuß)翻译的但丁的作品。

9月2日—9日,路德维希·泽贝尔斯用粉笔画歌德的轮廓图。

9月4日,欣蕾特·松塔格(Henriette Sontag)来访,9月5日为歌德献唱。

9月14日,科尔贝的歌德等身画像送至歌德宅邸。

9月15日—19日,贵族赫尔曼·路德维希·海因里希(Hermann Ludwig Heinrich von Pueckler-Muskau)来访。

9月17日,由丹内克尔(Dannecker)的席勒半身像在图书馆落成,半身像基座安葬席勒头骨。

9月18日,歌德瞻仰席勒头骨,24日带回家中。25日/26日夜,创作三行诗《席勒的遗骨》。

9月29日—10月3日,弗朗茨·格里帕策(Franz Grillparzer)来访。

10月,根据在席勒时代搁置下来的"狩猎"叙事素材,歌德创作中篇小说。修改《漫游年代》。

10月24日,朱莉·封·埃格洛夫斯坦因(Julie von Egloffstein)伯爵夫人为歌德画像。

10月28日,歌德收到阿尔弗雷德·尼科洛维斯著的《关于歌德,文学与艺术笔记》手稿,1827年出版。

11月/12月，歌德完成《五十岁的男人》。

11月7日—12日，伯爵布吕尔（Brühl）来访，12日，普鲁士威廉王子和卡尔王子及穆弗林将军来访。

12月2日，施梅勒开始创作歌德肖像。

12月6日/7日，歌德与库德雷（Clemens Wenzeslaus Coudray）商讨他与席勒的遗骨共葬在魏玛墓地的计划。

12月11日—13日，亚历山大·封·洪堡来访。

12月23日—1月1日，威廉·封·洪堡来访。

1827年（清道光七年）

1月3日，阅读：维克多·雨果的颂歌和叙事谣曲。

1月6日，夏洛特·封·施泰因去世。

1月12日，致信沃尔特·司各特（Walter Scott）。

1月15日，口述法国文学和世界文学。

决定完成《古典的瓦尔普吉斯之夜》。

2月1日，卡尔·奥古斯特以及王储弗里德里希·威廉（Friedrich Wilhelm），普鲁士威廉王子和卡尔王子来访。

2月21日，歌德预见了苏伊士运河的建造。

2月25日，雕刻家莱昂哈德·波施（Leonhard Posch）制作歌德头部浮雕的模型。

3月3日，歌德收到查尔斯·德·沃克斯（Charles des

Voeux）英译本《塔索》，该手稿本为歌德专门印制。

3月19日，施梅勒再次开始创作歌德肖像。致信采尔特讨论"个体生命圆满"（entelechische Monade）问题。

3月26日，贝多芬去世。

3月31日，为演员克鲁格（Krüger）作诗《伊菲格尼》（诗人对于这卷意味着什么）。

第一批十卷本《歌德全集》（作者最后审定本）在春季交易会上面世。

4月1日，波利欧（Beaulieu）将军来访。

4月3日，歌德收到施塔普费尔（Stapfer）翻译的《浮士德》法译本。

4月22日—5月16日，《全球》杂志的编辑和让-雅克·安培（Jean-Jacques Ampère）来访，讨论法国诗人和歌德作品。

4月24日，奥古斯特·威廉·封·施莱格尔（August Wilhelm Schlegel）来访，与歌德讨论印度文学。弗兰茨·库格勒（Franz Kugler）来访。

5月3日，致信比特尔（Christian Dietrich von Büttel）："人们正凭着犹如触角那样的观察、知晓、预感和相信，向着万象世界探索着。"

5月—6月，创作组诗《中德四季晨昏杂咏》。

5月5日，从巴黎远道而来卡尔·封·霍尔泰（Karl

von Holtei）来访。

5月7日，弗莱海尔·封·施泰因（Freiherr vom Stein）、希腊向导卡波季斯第亚斯（Kapodistrias）和一位俄国人（象形文字的最新注解者）来访。

5月12日—6月8日，歌德住花园之屋（Gartenhaus）。

5月16日—19日，阅读卡莱尔（Carlyle）的《席勒的一生》。

5月18日，"重操首要事务（《浮士德》），最合适的时机。"

5月24日，《漫游时代》第二部分完成。

6月11日—19日，斯特恩贝格伯爵来访，15日，马迪森来访。

7月，阅读曼佐尼的《订婚者》（*Die Verlobten*）。

8月9日，歌德收到来自索尔恩霍芬（Solnhofen）的始祖鸟标本，歌德惊叹其修长的爪子。

8月17日，卡尔·约瑟夫·西姆罗克（Karl Joseph Simrock）寄来他翻译的《尼伯龙根之歌》，激动地朗诵，写下评论草稿。

8月25日—30日，古斯塔夫·帕泰（Gustav Parthey）来访，报道了他的东方之旅。

8月28日/29日，巴伐利亚国王路德维希一世来访。

9月3日，贝乌斯特伯爵，巴达维亚（Batavia，荷兰东印度殖民地，今印尼首都雅加达）前总督，卡佩伦领主

（Herr von der Capellen）来访。

9月17日—15日，建筑师和画家威廉·查恩（Wilhelm Zahn）来访，介绍了庞贝城，展示了他对当地壁画的描摹；歌德亦期望启动一项30多年愚蠢退化的德国艺术的改革。

9月19日，瓦恩哈根·封·恩泽（Varnhagen von Ense）来访。

10月1日，卢博米斯基（Lubomirski）侯爵来访。

10月7日/8日，歌德与爱克曼在耶拿视察。

10月12日—18日，采尔特来访。16日—18日，黑格尔来访。21日，莱因哈德伯爵来访。31日，阿尔弗雷德·尼科洛维斯来访。

10月29日，歌德孙女阿尔玛·封·歌德（Alma von Goethe）出生。

11月9日，与爱克曼谈论沃尔特·司各特的《拿破仑》。

12月，海因里希·尼科洛维斯来访。创作诗歌《美国》（"美利坚，你会更好"）。

12月16日，从卡森格维尔伯（Kassengewölbe，钱箱拱顶）取出席勒遗骨连同他的头骨一起葬在诸侯墓地，棺材的钥匙由歌德保管。

众多英国人来访。

完成组诗《温柔的克赛尼恩》的七到九首（直到1832年）。

1828年（清道光八年）
多恩堡（Dornburg）

1月—3月，卡尔·封·霍尔泰（Karl von Holtei）在魏玛逗留，并举办诗人朗读会（包括《浮士德》片段），奥古斯特·封·歌德与霍尔泰是旧相识，奥古斯特将他引荐给父亲。

2月23日，费迪南·尼科洛维斯来访，26日，画家泽贝尔斯来访。

3月2日，寄出《伊菲格尼》的意大利语译本。

3月22日，歌德收到施塔普费尔的法译《浮士德》，其中配有欧仁·德拉克洛瓦创作的石印画。歌德之后在《论艺术与古代文化》中有所论述。

3月26日，萨托里乌斯教授来访。

4月，恩斯特·里切尔（Ernst Rietschel）来访，系后来魏玛歌德-席勒纪念碑的创作者。参加完纽伦堡丢勒纪念碑（Dürer-Denkmal）的奠基仪式后前来。

4月15日—5月2日，阿尔弗雷德·尼科洛维斯来访。

5月5日，阅读：雨果的《克伦威尔》。

5月9日，普鲁士威廉王子和公主来访。

5月25日，约翰·卡尔·施蒂勒（Johann Karl Stieler）受巴伐利亚国王路德维希一世之托来魏玛，为歌德画像。

5月26日—28日，卡尔·奥古斯特最后一次做客歌德处，之后启程前往柏林。

6月8日/9日，路德维希·蒂克（Ludwig Tiek）来访。

6月13日，歌德向施蒂勒和考德雷（Coudray）展示菲利普·奥托·伦格（Philipp Otto Runge）的画作《白昼》。

6月14日，卡尔·奥古斯特从柏林返回的途中去世。

6月28日，霍尔泰把《浮士德》搬上舞台的想法遭歌德拒绝。

7月3日，最后一次为施蒂勒做画像模特。

7月7日—11月11日，歌德在多恩堡。"虽然我内心悲痛（因为卡尔·奥古斯特的死），但我起码也要照顾好自己"。

为索雷购得的德法对照本，歌德修订《植物变形记》。修订《漫游年代》。

阅读：德·堪多（de Candolle）的书籍，关于植物组织学的书籍以及容吉乌斯（Jungius）的文章。

7月18日，歌德致信弗里德里希·奥古斯特·封·博伊维茨（Friedrich August von Beulwitz），人们称之为《多恩堡信札》。

7月20日，歌德在耶拿与席勒的女儿艾米丽（Emilie）和她未婚夫阿达伯特·封·格莱辛-鲁斯乌尔姆（Adalbert von Gleichen-Rußwurm）会面。7月21日，两人到多恩堡拜访歌德。

8月，作诗《新郎》(*Der Bräutigam*)："子夜，我入睡了"。

8月18日，歌德在日记中写道："日出前起床。我感受到如诗人表达的'神圣的清晨'"。随后阅读沃尔特·司各特的《情人节》。

8月20日，约恩斯·雅各布·封·贝尔塞柳斯和化学家艾尔哈特·米切利希（Eilhard Mitscherlich）来访。

阅读：约翰·米歇尔·海因里希·多林（Heinrich Döring）的《歌德的生活》。

8月25日，作诗《给升起的满月》："你马上要离开我吗？"

8月28日，梅克伦堡-施特雷利茨大公格奥尔格·弗里德里希（Georg Friedrich）赠歌德老家陈旧的落地座钟。

9月，作诗《多恩堡》。

9月16日，阅读沃尔特·司各特的《威弗莱》(*Waverley*)。

9月23日—25日，克里斯蒂安·丹尼尔·劳赫来访；想制作歌德小雕像。27日，哥达来访。30日，画家弗里德里希·亚历山大·马科（Friedrich Alexander Macco）和萨缪尔·罗塞尔来访。

10月4日，参加了柏林自然研究者大会归来的卡尔·封·马齐乌斯（Karl Friedrich Philipp von Martius）来访。

10月8日，路德维希·蒂克来访。

了解罗伯特·彭斯（Robert Burns）的生平和苏格兰叙事诗，25日阅读莱茵霍尔德的《哲学史》。

11月8日，《浮士德》在巴黎圣马丁剧院上演。

11月9日，普鲁士威廉和卡尔王子来访。威廉王子和魏玛的奥古斯塔公主订婚。

12月11日，采尔特七十岁生日，歌德作诗《桌子之歌》。

阅读：弗朗西斯·培根的作品。

12月22日，歌德收到首次印刷的《歌德席勒书信集》样书。

1829年（清道光九年）

1月，歌德收到第一册由诺伊鲁伊特（Neureuther）《歌德诗集》旁注，受到歌德高度赞赏。

1月19日，《浮士德》首次在布伦瑞克（Braunschweig）上演，恩斯特·奥古斯特·弗里德里希·克林格曼（Ernst August Friedrich Klingemann）导演。

奥古斯特·封·歌德与奥蒂莉厄·封·歌德反目。

撰写《意大利游记，第二次在罗马停留》。

2月，创作诗歌《遗嘱》："没有物质可以蜕变为虚无。"

2月16日，普鲁士威廉王子来访。27日，穆弗林将军来访。

3月11日，普鲁士威廉王子，奥古斯塔公主夫妇来访。

4月13日，国务大臣加格恩（Hans Christoph Ernst Freiherr von Gagern）来访。

4月23日，歌德收到大公礼物：他父母的素瓷浮雕。

5月，埃克托·柏辽兹（Hector Berlioz）寄给歌德《浮士德八场景》的总谱，交采尔特鉴定，采尔特拒绝，歌德没有回复柏辽兹。

5月4日，从英格兰和苏格兰返回的枢密院成员亚历山大·屠格涅夫来访。

6月5日，公主奥古斯塔辞别歌德。

6月11日，歌德收到普拉滕的《浪漫的俄狄浦斯》。

6月23—28日，约翰·弗里德里希·罗奇利茨（Friedrich Rochlitz）来访。

6月30日，劳赫和里切尔来访，修缮歌德小雕像。

7月2日，不莱梅市长库伦坎普（Kulenkamp）来访；谈及港口，前往巴西的航运和贸易。

7月11日，莱因哈德伯爵来访。

7月13日—8月25日，歌德最后一次住在花园之屋。

7月22日/23日，瓦恩哈根·封·恩泽携夫人拉埃尔拜访歌德。

8月，阅读拜伦勋爵的作品以及《圣西门回忆录》。

8月2日—18日，亨利·克拉布·鲁滨逊（Henry

Crabb Robinson）来访。

8月9日—12日，施塔克尔贝格（Stackelberg）男爵来访。12日威利巴尔德·亚历克西斯（Willibald Alexis）来访。

8月19日—31日，波兰诗人亚当·密茨凯维奇（Adam Mickiewicz）来访。

8月23日—9月9日，大卫·昂热斯（Pierre-Jean David d'Angers），天文学家朗伯·阿道夫·雅克·凯特勒（Lambert Adolphe Jacques Quetelet）来访。大卫制作了一尊超过真实尺寸的歌德头部浮雕。霍尔泰（Karl von Holtei），法学家爱德华·封·西蒙（Eduard von Simson）在魏玛逗留。

8月28日，参加歌德八十大寿的宴会。

巴伐利亚国王路德维希赠予歌德：《诺伊伯之子》的铸件。奥蒂莉厄（Ottilien）计划筹办一份名为《混沌》(*Das Chaos*)的私人诗学杂志。歌德给她供稿多篇，9月13日为第一期。

8月29日，魏玛剧院迎来《浮士德》首演。在法兰克福节日汇演采用了《浮士德》五个场景。

9月10日，在耶拿。

9月11日，黑格尔来访。14日—21日采尔特来访（16日与歌德在多恩堡）。19日，瓦恩哈根（Varnhagen）偕夫人来访。

9月26日，歌德受托监督新成立的平版印刷学院。

9月29日，小提琴大师尼可罗·帕格尼尼（Niccolò Paganini）来访。10月30日举办音乐会。

10月1日—5日，莱因哈德伯爵来访。

10月7日，将歌德作品《塔索》翻译成英语的查尔斯·德·沃克斯（Charles des Voeux）来访。

10月31日，巴克莱·德·托利（Barclay de Tolly）将军来访。

11月9日—20日，施梅勒为歌德画像。

12月6日，歌德为爱克曼朗诵《浮士德》第二部第一场第二幕。

12月28日，画家科尔贝来访。

歌德研究由卡尔·封·马齐乌斯发现的螺旋形植被。

阅读：《爱丁堡评论》(Edinburgh Review)，《法国评论》(La Revue française)，《瑞士时报》(Le Temps) 以及焦尔达诺·布鲁诺（Giordano Bruno）的论著。

1830年（清道光十年）

1月，歌德收到由热拉尔·德·奈瓦尔（Gérard de Nerval）翻译的《浮士德》法译本。

1月10日，歌德为爱克曼朗诵《浮士德》第二部中"众母场景"（Mütter-Szene），接着投入"古典的瓦尔普吉斯之夜"的创作中。

1月29日，致信采尔特，讨论康德与艺术。

2月，阅读哈德逊·洛韦（Hudson Lowe）的《纪念圣赫勒拿岛上的拿破仑》。

2月14日，公爵夫人露易丝去世。

2月22日，阅读谢林的《萨摩特拉克的诸神》（Die Gottheiten von Samothrake），对"古典的瓦尔普吉斯之夜"的创作意义非凡。

3月3日，作诗《寓言》。

3月7日，大卫·昂热斯寄来七十五幅年轻法国作家的浮雕画像以及圣·伯夫、巴兰切（Pierre-Simon Ballanche）、维克多·雨果、巴尔扎克以及德·维尼的作品。

3月10日，与爱克曼谈论德国统一。

4月—7月，观察植物螺旋现象。

4月10日—24日，威廉明妮·施罗德-德弗里恩特（Wilhelmine Schröder-Devrient）来访，她为歌德献唱舒伯特作曲的《魔王》。

4月22日，奥古斯特·封·歌德与爱克曼一起前往意大利旅行。

4月29日，在给采尔特的信中歌德写道："快速的、严格的决议之后所有的报纸阅读废除。"

5月2日，一名阿尔萨斯人向歌德展示蒸汽机模型。

5月8日，波兰作家安德利亚斯·爱德华·科齐曼（Andeneas Eduard Kozmian）来访。

5月17日，阅读雨果的浪漫主义戏剧《欧那尼》。

5月21日—6月3日，菲利克斯·门德尔松-巴尔托蒂（Felix Mendelssohn-Bartholdy）最后一次来访，他在歌德面前演奏大师的作品以及贝多芬第五交响曲中的第一乐章（"这是非常伟大的，非常棒"）。

5月30日，柏林技术课程的创办者，克里斯蒂安·彼得·威廉·弗里德里希·博伊特（Christian Peter Wilhelm Friedrich Beuth）来访。

6月16日，加斯帕罗·斯蓬蒂尼（Gasparo Spontini）来访，带来了他谱曲的《迷娘曲》："你认识这个国度？"

6月19日—20日，在耶拿视察教育机构。

6月24日，霍尔泰来访。

7月14日—19日，施特恩贝格伯爵来访。

在巴黎研究院的会议上爆发了乔治·居维叶与圣·伊莱尔（Étienne Geoffroy Saint-Hilaire）关于物种诞生的争论。歌德对此充满热情并撰写论文《动物哲学原理》。

7月25日，爱克曼在热那亚收到了《古典的瓦尔普吉斯之夜》完成的消息。他与奥古斯特·封·歌德告别。

7月26日，达尔顿教授来访。

8月3日，听到在巴黎发生的灾难——"七月革命"。

8月7日，歌德拒绝回复贝蒂娜·封·阿尔尼姆缠人的来信。

8月22日，阅读赫尔曼·封·皮克勒-穆斯考（Hermann von Pückler-Muskau）的《死者的信》。30日，阅读卡尔·古斯塔夫·卡鲁斯的《组织学》。

9月22日和25日，法国公使布耶（Bouillé）伯爵来访。

10月1日，阅读劳伦斯·斯特恩（Sterne）的《项狄传》。

10月5日，歌德在多恩堡。

10月7日，俄国将军盖斯马（von Geismar）来访。

10月13日，歌德收到爱克曼赠送的由乳白色玻璃制成的拿破仑半身像。

10月20日，英国诗人威廉·梅克比斯·萨克雷（William Makepeace Thackeray）来访，一幅具有代表性的老歌德画像也出自他手。

10月27日，奥古斯特·封·歌德在罗马去世，去世时画家普雷勒在场。墓地位于塞斯提伍斯金字塔（Pyramide de Cestius）边。

11月9日，时隔五年歌德再次投入《诗与真》的创作。

致信采尔特，谈及基督以及席勒的基督化趋势。

11月10日，晚上歌德得知儿子去世的消息，并用拉丁语写下"我并没有意识到我生了一个凡人"。

11月23日，爱克曼结束旅行，返回。

12月25日和26日，歌德大咯血。

12月2日，重拾《浮士德》的创作，接着结束《诗与真》第四部写作。

12月4日，歌德收到欣蕾特·封·比利（Heinriette von Beaulieu）夫人的来信，信中写道她与丽丽·封·图科海姆（Lili von Turckheim）偶遇，表达了她之前与歌德的关系。

阅读：沃尔佐根夫人（Frau von Wolzogen）的《席勒的一生》。

12月11日—13日，莱因哈德伯爵来访。

阅读司汤达的《红与黑》。

12月23日，演员路德维希·德弗里恩特（Ludwig Devrient）给歌德表演莎士比亚戏剧中的一段，在魏玛客串演出。

12月28日，歌德与采尔特签订合同出版歌德书信集。

阅读：沃尔特·司各特的《关于恶魔学和巫术的书信》。

1831年（清道光十一年）
伊尔梅瑙

1月2日，阅读尼布尔的《罗马史》第二部分。

1月6日，歌德写下遗嘱，1月22日和5月15日有增改。

1月7日，观察北极光。

1月8日，将文章《动物哲学原理》寄给里默尔，"我希望能借此结束我植物学研究生涯"。1832年3月，最后一次补充。

1月9日，歌德考虑将他的收藏卖给魏玛公国。

1月14日，写关于植物螺旋生长的文章。

1月20日，法国在彼得堡的大使摩蒂马（Mortimart）大公来访。

26日/27日，亚历山大·封·洪堡来访。

2月22日，开始创作《浮士德》第二部第四幕。

2月25日，弗里德里希·马克西米利安·克林格尔在塔尔图（Dorpat）去世，歌德3月25日获悉噩耗。

2月/3月，创作诗歌《新生的爱欲》。

3月，阅读沃尔特·司各特的《艾凡赫》（*Ivanhoe*）和《红酋罗伯》（*Rob Roy*）。

3月3日，献诗玛丽安娜·封·维勒莫（Marianne von Willemer）"在我爱人眼前"，1832年2月23日，歌德将这首诗连同她的信件一同寄回。

3月17日，歌德收到最后两卷《歌德全集》（作者审定稿）。

3月22日，致波阿色雷的"英雄崇拜书信"。

3月31日，斯蓬蒂尼从巴黎来看望歌德。

4月30日，少将封·吕措（von Lützow）来访。5月7日—9日，莱因哈德伯爵来访。8日，慕尼黑建筑师莱奥·封·克伦策（Leo von Klenze）来访。10日，霍尔泰来访。

5月17日，弗里德里希·普雷勒来访。27日，罗奇利茨来访。

6月14日，阅读维克多·雨果的《巴黎圣母院》。

6月23日，维也纳魔术师路德维希·德布勒（Ludwig Döbler）来访，歌德在日记中写道"教了瓦尔特（歌德孙子）一些戏法"。

7月14日，符腾堡国王威廉一世来访。

7月21日，沃德勒伊伯爵来访（Graf von Vaudreuil）。自7月20日起，法国使节在魏玛，经常偕同他美丽的妻子拜访歌德。

7月22日，"《浮士德》最后的世界，所有纯粹写好的已经装订。"

7月22日—26日，采尔特和舒尔茨最后一次拜访歌德。歌德交给采尔特《古典的瓦尔普吉斯之夜》阅读。

8月中旬，《浮士德》第二部的书稿被密封装订。

8月18日，包括斯科特、卡莱尔的十九位英国朋友送给歌德一枚图章作为礼物；歌德用一首诗回赠。

8月20日，感谢大卫·昂热斯赠送的歌德半身像。歌德称之为"严格的民族界线的瓦解证明"。

8月26日，歌德与两孙儿前往伊尔梅瑙，在那儿静静地度过了生日。

8月27日，与约翰·克里斯蒂安·马尔（Johann Christian Mahr）一起登上图林根山林中科科哈恩山顶，在那儿发现了铭文"一切的峰顶"。

8月28日，在清晨受到了伊尔梅瑙市民们的欢迎。致信雷薇佐夫夫人。

大卫·昂热斯创作的歌德半身像揭幕仪式在大公图书馆隆重举行。

8月31日，返回魏玛。

9月4日，昆达·封·萨维尼格（Kunda von Savigny）（娘家姓 Brentano）来访。

9月，菲利克斯·门德尔松-巴尔托蒂（Felix Mendelssohn-Bartholdy）致歌德信中写到他谱曲的《第一个瓦尔普吉斯之夜》。9月9日，歌德回信中称他为"我亲爱的儿子"。

阅读：普鲁塔克的传记。

10月，《诗与真》第四卷完成。

10月1日和9日，12岁的克拉拉·威克（Klara Wieck），后称克拉拉·舒曼（Klara Schumann），在歌德面前演奏，歌德夸她是"一名非常机灵的女孩"。——"开始烧毁往来信件"。

10月10日，与家人远行。

11月，阅读欧里庇得斯（Euripides）的作品以及卡尔·古斯塔夫·卡鲁斯的心理学

11月6日，歌德的孙子和他们的玩伴在埃伯万恩（Eberwein）的指导下在家中上演歌剧《渔家女》。

12月，读劳默尔的信，阅读大仲马的《安东尼》，修订《颜色学》的历史部分。

12月23日，卡尔·奥古斯特·施维特格布特（Carl August Schwerdgeburth）开始画歌德的画像。

索雷翻译的《植物形变论》出版，以全新的补充和更多的独创性与德文原版形成对比。

1832年（清道光十二年）

1月8日，密封的《浮士德》第二卷手稿重新打开。

1月10日—2月18日，多丽丝·采尔特来访。

1月19日，歌德收到杂志《两个世界评论》创刊的启事。

创作诗歌"少年，及时地记住"。

1月21日，致信瓦肯罗德（Heinrich Wilhelm Ferdinand Wackenroder），论及植物化学以及植物形变。

2月4日，费迪南·尼科洛维斯来访。完成文章《塑形解剖学》。

2月12日，萨维尼格来访。

2月20日，最后一次到花园房屋。

阅读理查德·伯吉斯的《罗马的地形和古迹》（The Topography And Antiquities Of Rome）

2月25日，致信波阿色雷详细解释彩虹。

2月27日，英国朋友送给歌德"利物浦-曼彻斯特铁路"建设小册子，并附有一个小模型。

3月，与爱克曼谈论诗人与政治之间的关系以及信仰特殊和基本形态。

3月6日，威廉·查恩寄来歌德之家（Casa di Goethe）的描图，此馆位于庞贝城。

3月10日—15日，贝蒂娜的儿子，西格蒙德·封·阿尔尼姆（Sigmund von Arnim）来访，每天与歌德共进午餐，歌德将他写入宾客留念册。

3月11日，与爱克曼讨论圣经和太阳的神性。

3月14日，最后一次驱车游玩。阅读普鲁塔克的作品。

3月15日，大公夫人玛丽亚·帕夫洛夫娜（Maria Paulowna）最后一次来访，多年来她每周四都来拜访歌德。

3月16日，歌德开始疾病缠身。歌德从1775年6月15日开始断断续续写日记，而从1807年开始定期写日记，这是他最后一次给日记列草稿："整天我都因为身体不适在床上度过"。

3月17日，歌德最后一封信寄给威廉·封·洪堡，谈及《浮士德》。"造成混乱行为的纷乱学说支配着整个世界"。

3月22日，中午11时30分，歌德去世。

3月26日，灵柩安放在家中。下午5时安葬于诸侯墓地。

（吉志亮　熊漪慧 译，陈巍 译校）

歌　德

冯至　讲

陈大春　笔记

《益世报》文学周刊 1947 年 7 月 26 日（第 50 期）

歌　德

歌德（Johann Wolfgang von Goethe，1749—1832）是欧洲莎士比亚（William Shakespear）后最伟大的诗人。在文学方面，无论是散文、小说、诗、戏剧及批评各部门，都有他极高的地位。同时他在自然科学、艺术和政治方面，也都有表现。他那种多方面而且卓越的成就，在处于分工极精细的现代社会的我们几乎是不可想象的，觉得是不可能达到的。但是，却在歌德一身表现出来了。

在未说到歌德本身以前，我们先来看看欧洲当时的知识阶级的情形如何？那时候正当十八世纪的后期与十九世纪的初期（注一）。欧洲的文化从十八世纪到二十世纪初期都可说是中产阶级的文化，一切政治或教育的工作多半是由中产阶级的知识分子出来担任的。这时期的教育理想的根据就是——人本主义（或人文主义 Humanism）。所谓人本主义，就是以人为根本的一种主张，这种主张施行在实际教育上，其教育底理想就在于造成一个完整的人。他应有充分的知识，丰富的情感和健全的理智，各部分都须充分地发展，而这种教育理想的最高典型，是由歌德身上得到最完美的表现。

歌德在文学上达到了一个极高的境界。在这方面的贡献，可以说是莎士比亚以后的第一人，这点留待我们稍后再谈。现在先来看看他对文学以外的自然科学和政治的贡献：自然科学方面，歌德即使在中年成名后，仍常到大学里去听讲关于这方面的功课，他非但只是接受和研究这些知识，并且还能有所创造，有所建树。譬如，在解剖学方面，他曾经发现人的两颚之间有一块小骨，这种发现现在还是极有价值的。因此，解剖学上，至今仍称那块小骨为"歌德骨"。再如，在动物学方面，他曾因发现羊的头盖骨的纹路与其脊椎骨上很相近，而推论到高等动物的头骨可能是由脊椎骨发展而成的。在植物学方面，由于看到花瓣的脉络与叶子的纹路相近而认为花是由叶演变而成的。当时还曾有一个小故事，说有一天大雷雨时，他觉得准有什么地方发生了地震，过不久，果然有人传说西西里岛上地震了。而日期恰好就是那有暴风雨的一天。此外，他又曾学化学的实验，并且对于地质学和矿物学发生过很大的兴趣。总之，他有一种遇事不肯随便放过的精神，必穷其根底而得一结论。虽则这些结论中可能有错的，但我们却不能因此而否认其在当时的价值。至于他的政治才干，可从他二十五岁到魏玛为萨克森小邦的公爵参与国事中看出来。他有条不紊地处理着那小邦的政务。但我们今日所着重的，并非他对自然科学和政治的贡献，而是他这种精神，他的这种抓住一件事而不放松的精神才能使他有所成就，而我们，我们平常因为忽略或者懒惰，不知随多少有趣或有价值的事物从我们身旁悄悄溜过？

现在我们来谈谈歌德给我们的可贵的影响与教训：

歌德在年青的时候，可以说是一种追求自由的诗人。人在年青时，总免不了不满现实或觉得很多礼法及社会现象不合适，他为了追求自由和理想，表现在生活上的，也是自由和浪漫。把这种态度表现在他的作品中，最明显的就是那本《少年维特之烦恼》（注二）。这是一本很有名的书信体小说，叙一个年青的人为恋爱而自杀，表现出一个年青人对于宇宙和人生的看法，自然界是那么可爱而偏偏人生却受种种限制。所以这是一本代表人追求自由的很热情的小说。歌德由于这本书的问世，不但成了德国的，也成了欧洲文坛上的闻人。当时的欧洲，像流行性感冒似地流行着"维特热"，它被译成了英法各国的文字，人人都爱读它。为了同情书中的主人公，许多青年都仿着维特的服装和穿着，也有的人在读完后去自杀。即使是那日理万机的拿破仑，也曾把《少年维特之烦恼》读过七遍之多。因此，歌德就一跃而为全欧所瞩目的闻人。

在魏玛公爵的邀请去为伴以前，以他的那种年青，歌德是极不受社会习俗所羁绊的。他底理想是追求自由。然而，逐渐在现实中体验到所谓"绝对自由"的不可能。因此，在到魏玛后不久，就改变了他做人的态度。他学会了对自己的"克制"，就是说，当人不能达到他所追求的东西时，必须要克制自己，同时，他又认为一鼓作气地写作品是可以的，然而远大的工作计划确非一鼓作气可立就。而须经过长时间的思考和锻炼才成。所以，一鼓作气而成的作品纵能感人亦非极深。但如果须经过一番思考和锻炼才能有伟大的作品，那么势必自己就没有绝对自由，而须克制。

他开始渐渐从事于他最伟大的著作，一部是戏剧，即《浮士德》(Faust)，一部是小说《维廉》(Wilhelm Meister)（注三）。这两部书是他毕生巨制，从二十二岁写起，到八十岁才完成。《浮士德》有两卷，其中第一卷我国有郭沫若的译本，《维廉》则尚无中译本，是写一人的生活，他怎样追求理想为人类服务。这书站在教育立场上颇有价值，但我们今天从略了。现在来把歌德最伟大的代表作品《浮士德》的内容大略作一介绍：

《浮士德》是一部悲剧，戏中主人公即浮士德。

浮士德（注四），是个有无穷知识欲和生活欲的人，他博览群书，追求知识，欲由此对宇宙和人生有所了解，但竟毫无结果。而对于知识发生一种反感而想去享受自然和阅历人生。第一幕是叙魔鬼靡非斯特（歌德从圣经的《约伯记》中采用的。注五）和上帝打赌，去诱惑浮士德入迷途。

这时，浮士德正因为苦闷而要喝毒酒自杀，忽又听到外面清朗欢愉的庆祝复活节的歌声，和天使的圣歌悠扬而来，这给他以安慰，重新把他生活的兴趣鼓励起来，使他放下毒杯。第二天复活节早晨,他和他的一个学生出去散步,遇着一条黑狗(魔鬼的化身),他把黑狗带回书斋后。魔鬼现了原形。他们后来订了条约,就是魔鬼带领浮士德去享受各种快乐,如果浮士德在任何一瞬间感到满足,就算是堕落,于是他们一起出发。

首先浮士德饮了女巫的药酒而变得年青,遇到一个朴实的女子,由于魔鬼的暗助,他们恋爱了,而且做下种种罪恶。浮士德因为投身于现实生活而要恋爱,但在恋爱上竟造成了罪过和痛苦。这就是《浮士德》的第一部。

在第二部中,魔鬼又让浮士德遍尝政治的味道。后来为了娱乐皇帝而把古希腊最美的女子海伦的灵魂召现。浮士德与海伦由相遇而结婚(注六),并且有了孩子。最后,他们的小孩子死去了,海伦也幻化了。

最后是叙述浮士德在事业上获得满足,他努力于把海水变成陆地,使人民得以安居耕种。他满足了,同时也死了。

综观全剧内容,就是写一个人不断追求及猛进的精神。魔鬼并没有征服浮士德。浮士德最后的满足,是由于他自己事业上的努力,并不是由于魔鬼所引诱的享乐。他仍然围着一个困苦的无止境的生活而坚持他热忱与理想,故他终得解救。(注七)

我们从歌德这部不朽的作品中可以发现两种精神的对立,即肯定的精神与否定的精神。所谓肯定的精神,就是我们无论什么事业，以至于写一篇文章或读一本书，都给他一个意义。就是说，做过的并没有白做。另一面所谓否定的精神就是认为无论做什么事，都和不做差不多，并没有什么意义，这在中国、印度和西洋是思想的两大潮流。譬如说我们中国儒家思想中有肯定的精神，而道家与佛家则其思想中有否定的精神。肯定的精神是积极的，引人向上的。否定的精神是消极的，使人静止的，它会使人觉得一切都是空，何必辛苦工作？到底为谁来？像《红楼梦》中的那首"妻也空，子也空，黄泉路上都相逢。"的《好了歌》就是这种精神的代表作品。照这种说法，我们根本也不必活了，活着干什么呢？肯定的精神与否定的精神虽都有其价值，但对做人而言，后者实相当危险而使人萎靡不振。歌德即以浮士德代表肯定的精神，以魔鬼代表否定的精神，浮士德的战胜魔鬼，亦即肯定的精神战胜了否定的精神，这是我们讲歌德的最要紧的一点。

其次，我们来分析歌德的精神，可得下列四点：

（一）永久的克制：歌德要想做的事太多，人间很多事他都接触过，因此这种涣散是不得不用克制自己来校正的。这种情形，在我们日常生活中也常遇到，例如，我们同样喜欢音乐和运动，但我们必得在抉择中才能衡量自己。人的兴趣往往是极广泛而多方面的，舍弃任何一种都不是没有痛苦的，这就需要克制的力量。

（二）非常承认现实在我们的观念中，总以为诗人大多在幻想中讨生活，殊不知歌德却是位非常现实的人。他相信一件事物除非他亲眼所见，不论读书也好，做人也好，歌德是推崇手工艺的那种实事求是的精神。例如木匠做一只桌子，如四只脚没有做得相称，必定站不稳，桌子如不抛光，一定觉得粗糙。再如裁缝制衣，如尺寸不对，穿起来也不一定合身。所以歌德希望知识阶级能像手工艺者那种精神就好了。因为他们至少是忠实于自己的工作的。记得曾有一个因为他们至少是忠实于自己的工作的。记得曾有一个年青人向他说要学哲学，歌德说："你自己的书桌都这么乱，还学什么哲学？"他把现实看得清楚，同时亦指出了别在不可捉摸的幻想的空中楼阁里讨生活。

（三）生平不说空话：歌德一生的著作非常丰富，他的德文版全集达一百五十厚本。这数量在我们是难以想象的。使我们觉得即使穷毕生之力昼以继夜地写，也未必能写那么多。然而，最使人叹服的是那里没有"空话"。所谓"空话"，就是没有内容的话，也就是"人云亦云"的话，也就是我们自己并没有感觉到，而人家这样说，我也这样说。报纸上的空话是很多的。有时，读一个人的文章，哪几句话是作者真正体会到？或哪几句话是空话，都可以看出来的。例如，同样一句话："你应爱你邻居。"有人说之是出于真心，有人则随便说说，这都不难听出来的。所以，作品中最要不得的就是说空话，空话亦是谗话。说的人或自觉聪明，听的人一听就明白。人最易借此作祟，但这也是最易被人发现。仔细一嚼即知。歌德自己也曾说过："空话这东西，在我自己是不可能的，在别人我是不能忍耐的。"可见空话之使人浑身不舒服。例如开一个什么典礼或纪念的会中，总有好些人也说，这里就有好多人是在说空话。

（四）超越过时代，看到将来社会的发展，伟大的人，其思想往往超越过他自己所属的时代。歌德处在十八、十九世纪时个人主义极盛的时代——所谓个人主义者，并非自私，而是，人有他的个人目标与理想人格，而完成自己。——可是当时的歌德已经看出来个人主义终必将趋没落。在《威廉·迈斯特漫游时代》（Wilhelm Meister's Wanderjahre）中曾提到人在实行新的教育方式，大家过一种新的，平等的知识生活。小孩初生后不放在家中，因为家庭中的传统与习惯使小孩长大后有妨于社会。故小孩都要"儿童公育"。长大后在根据个别的兴趣而训练手艺，然后才是学问。歌德认为有手艺而无学问也无妨。至于职业，则无上下之别，而只有好坏之别，不论是教书，写账，挑水，只要教书教得对，写账写得清楚，挑水挑得好，就都算是最好的职业，否则都是不好的。人教育成为社会的一分子，所以须尽了他对社会的义务才能去做自己的工作。可见得歌德在当时个人主义思想最发达的时代已感到社会主义的思想，可见得他的看法是超越时代,有先见之明的。

所以,综合言之,歌德一生是灿烂的,著作等身,也是光辉永照的。在其一百五十本厚的著作中,如果以一棵树来作譬喻,那么,《浮士德》与《威廉》这两部书就是那树的主杆,它们代表了歌德做人的那种积极处世的态度。他的追求与克制,认清了现实,不说空话及其高瞻远瞩的眼光,都是我们想认识歌德所应该特别顾及的地方。

这是冯至先生于六月十五日在北平青年会作五十五分钟公开演讲的笔录。也可说是关于歌德最短的一个演讲,承冯先生过目修正并允予发表。至所附注释,是笔者参照郭译《浮士德》及张月超《歌德评传》所加,有不妥处,尚祈读者指正。

——大春附识于北大

附注

(注一)

在十八世纪后期,德国发生了一种异常猛烈的知识运动,即文学史上所谓的"狂飙运动"(Sturm und Drang),是对于生活及文学上一切底习惯,传统思想与制度作一极热烈之反抗,要求自然、自由、天才、而赞美情绪与本能。故他们以为礼教与制度都是束缚个性自由发展的,因之想打破一切，尊重独创的精神。与卢梭《返于自然》(Retour' a la nautre) 的呼声同一意味。这种思潮，遂产生了德国的浪漫主义新运动。歌德与席勒（Schiller）同产生于这个时代。

（注二）

《少年维特之烦恼》，即 Die Leiden des Jungen Werthers，吾国有郭沫若氏译本，这书中充分地表现了歌德在年青时深受卢梭的影响。

（注三）

《威廉》此书有两部，前部为《威廉修学记》(《威廉·麦斯特的学习时代》)，后部为《威廉旅行记》(《威廉·麦斯特的漫游时代》，先生此处所指当为第二部。这两部书，实际的，所有相同者，只是书中的人物的名字而已。他在旅行记中描画出一个理想的新社会，并且指出："一个人，必定要做一个自我主义者，然后才能不变成一个自我主义者。"

（注四）

浮士德在根底上，是个在矛盾痛苦里的人，他心中有两个灵魂在冲突，以致他成了人类在矛盾与错误之间奋斗。以前进不渝的努力而得解救的一个典型。浮士德的生活态度是生活价值的肯定，亦正是歌德自己的态度，这态度给苦闷的近代人以无穷的兴奋，鼓励和安慰。在这一点上，《浮士德》就表现了它的特殊意义。浮士德底生活的欲望的执着，生活价值的肯定与其能力的发展，亦正是文艺复兴与解放以后的近代人的精神，近代文化也就是这种精神的产儿。

（注五）

魔鬼靡菲斯特是否定精神的代表，他否定爱，否定一切生活的价值，尤其人类创造的努力，他基于他的趋于破坏的悲观理智去怀疑和讥笑一切；他没有热情与信仰。上帝所以听他想诱惑浮士德，把浮士德高贵的灵魂引入堕落之途而毁之，但结果却反而助成浮士德实现其生活的意义，使浮士德迷惑中渐进于光明。

（注六）

浮士德这时对海伦的渴求，是对于生活中的理想美的追求的象征，海伦所代表的不是女性的美而是一切美的最高形式，他对于这追求和他以前对于格莱德馨（Gretchen，葛蕾琴，郭沫若译为"甘泪卿"）的恋情完全是两回事。他不再是他的情欲与感官的奴隶了。海伦是几千年前古希腊人所梦想的生活上与艺术上完整之美。浮士德和海伦相爱，其意义是在象征十九世纪早期中思想上两种不同的主潮的，浪漫主义和古典主义的结合，在这种结合之下的产儿，即哀弗利昂（Euphorion，郭沫若译为"欧福良"），歌德以至代表拜伦，他以为拜伦是近代诗的灵魂，拜伦把那在十八世纪的传统观念底下的希腊主义注入了热情和生命，熔古典的和浪漫的二者于一炉，而产生出一种新的元素来，但欧福良因为不耐世界的羁绊，终竟逝去。

（注七）

这收尾，很多人以为有类于但丁的《神曲》的收尾，颇合有基督的意味，其实解救浮士德的仍旧可说是浮士德自己，那些引导浮士德的天使说："唯有不断努力者，我们可以解脱之。"歌德自己也曾说："这句话是解释浮士德何以得救的钥匙。"这是《浮士德》所别于《神曲》的地方，它不仅代表了近代人的特色，而且给近代人指出了一条努力的途径。

歌　德

《中国大百科全书》外国文学卷　词条

歌德（Johann Wolfgang von Goethe，1749—1832）德国诗人。1749年8月28日生于美因河畔的法兰克福，1832年3月22日在魏玛逝世。歌德一生从事文学创作，研究自然科学，并参与政治活动。他的文学作品不仅在德语文学，而且在世界文学中也占有重要地位。

生平 歌德生活在欧洲政治、经济、文化不断发生变化的时代。歌德的思想和创作也随着他个人生活和时代的变化而转变，他的一生可分为下列几个时期：

一 童年和莱比锡求学时期（1749～1769）

歌德的出生地法兰克福是当时名存实亡的德意志民族神圣罗马帝国的直辖市，不隶属于任何封建小邦，商业发达，居民中市民阶级意识较强。歌德的父亲约翰·卡斯帕尔·歌德，生活严肃，知识丰富，爱好艺术，曾漫游意大利，任皇家参议。母亲卡塔莉娜·伊丽莎白·歌德，精明活泼，富于幻想，善讲故事。歌德很早就学习英语、法语以及希腊、拉丁等古代语言。

1756年，爆发普奥七年战争。1759年初至1763年2月，法国军队占领法兰克福，歌德常观看法国戏剧演出，接触到法国文化。

歌德于1765年10月至莱比锡大学学法律，但他更多的兴趣在于文学与绘画。当时文艺界肤浅轻佻的罗珂珂风盛行，歌德在这种风气的影响下创作了他早期的抒情诗和戏剧。

1768年8月，歌德因病回法兰克福。他在养病期间钻研炼金术和神秘主义哲学，这段"学习"后来在《浮士德》第一部浮士德的独白中有所反映。

二　在斯特拉斯堡学习和狂飙突进时期（1770～1775）

1770年4月，歌德在斯特拉斯堡大学继续学法律，次年8月获法学博士学位，并结识赫尔德。赫尔德被称为狂飙突进运动纲领的制订者，他介绍歌德读荷马的史诗、品达罗斯的颂歌、莎士比亚的戏剧和"莪相"的诗，促使歌德注意民歌。此后，歌德开始在民间采集民歌。由于与一个牧师的女儿弗里德里克·布里翁的爱情，歌德写出他最早闻名的抒情诗。

1771年8月至1772年4月，他在法兰克福任律师，开始为《法兰克福学者通报》撰稿。

1772年5月至9月，在韦茨拉尔帝国高等法院实习，在一次舞会上与友人克斯特纳的未婚妻夏洛蒂·布甫相遇，对她产生无望的爱情。这种关系为《少年维特之烦恼》提供了主要素材。

1772年9月至1775年11月，歌德在法兰克福，写出大量代表狂飙突进运动的作品：剧本《铁手骑士葛兹·封·贝利欣根》(1773)，小说《少年维特之烦恼》(1774)、自由体诗歌、《浮士德》初稿等。其中《少年维特之烦恼》出版后使歌德名声大噪，在国内外引起强烈的反响。

1775年，卡尔·奥古斯特继承魏玛公国公爵职位，歌德应公爵的邀请，11月到了魏玛。

三 魏玛最初的十年（1775～1786）

魏玛公国是当时德国许多封建小邦中的一个，人口不过十万，魏玛城居民仅六千人，但它也具有一套应有的行政机构和宫廷的排场。狂飙突进运动中神采焕发、倜傥不羁的歌德走进这个环境，要想待下去并有所作为，生活和思想都需要有一个转变。他到魏玛不久，便写信给朋友说："裹入所有的宫廷和政治的活动中，几乎不能脱身了。"1776年4月歌德取得魏玛的公民权后，被聘为国务参议，整顿矿山，管理交通、参加军事委员会，掌握财政。他还要陪伴年轻的公爵打猎、游泳、滑冰，到瑞士、哈尔茨山区等地旅行；宫廷内每逢节日庆祝，歌德都要写出一些东西上演。他积极为魏玛公国服务，于1782年被提升为贵族。

由于实际工作，对自然科学发生兴趣。歌德视察矿山，进而研究地质学和矿物学；他解剖人体，发现过去不被人注意的颚间骨；他用显微镜观察植物种子潜在的萌芽。他从狂飙突进时期的歌颂自然转为研究自然。

歌德的才能向着多方面发展，但是文艺创作却受到阻碍，甚至陷入危机。在这十年内，除一些诗歌和为宫廷庆祝活动写的无关重要的剧本外，在狂飙突进时期写的《浮士德》初稿和未完成的《埃格蒙特》都没有继续写下去；他开始写剧本《伊菲格尼在陶里斯》、《托夸多·塔索》和小说《维廉·麦斯特的戏剧使命》，有的完成初稿，有的只是片断。

歌德为了适应魏玛公国的生活，不断克制思想感情，内心充满矛盾。繁忙的政治工作，浮嚣的宫廷生活，使歌德感到苦闷。为了摆脱这种境地，他在1786年9月3日改换姓名，从疗养区卡尔浴场出发，往意大利旅行。

四 从意大利旅行至与席勒的合作时期（1786～1805）

歌德在意大利旅行，从1786年9月初至1788年5月底，延续了一年零九个月。他游遍威尼斯、佛罗伦萨、罗马、那不勒斯，直到意大利南端的西西里岛。歌德在罗马居住的时间最长，结识了一些在那里侨居的德国艺术家、考古学者和作家。歌德研究希腊罗马的古典艺术，欣赏意大利人民快乐爽朗的生活和地中海明媚的风光，他在西西里岛巴勒莫的植物园中观察植物，形成"原始植物"的概念，认为各种植物都是从"原型"演化蜕变出来的。

歌德在意大利把《伊菲格尼在陶里斯》的散文原稿改写为诗剧，完成《埃格蒙特》，《浮士德》和《托夸多·塔索》都有所进展。歌德以高度的热情作画，描绘意大利的风物，不下一千多幅。歌德在意大利得到了新生。

1788年6月18日，歌德回到魏玛。公爵允许他辞去一切职务，只担任剧院监督，并兼管矿业。同年7月，与二十三岁的制花女子克里斯蒂安娜·武尔皮乌斯同居，直至1806年才正式结婚。

1789年法国爆发资产阶级革命，震动全欧，歌德对这次革命的积极意义缺乏理解，否定革命的暴力手段。他在90年代初期写的《威尼斯铭语》中的一部分和一些戏剧，都是蔑视群众、嘲讽革命的。

1792年，奥地利、普鲁士与法国王朝流亡者联合，进攻法国，企图推翻法国革命政权，遭到失败。1793年，美因茨城响应法国革命，成立德国有史以来的第一个共和国，联军围攻美因茨，取得胜利。歌德陪伴卡尔·奥古斯特公爵参加了这两次战役。

这时期歌德对自然科学发生更大的兴趣，范围更为广泛，他研究植物学、昆虫学、解剖学、光学和颜色学。文艺创作方面完成了诗剧《托夸多·塔索》、《浮士德》的第二稿《浮士德，一个片断》、《罗马哀歌》，动物诗《列那狐》等。

从1794年起，歌德与席勒交往，密切合作。歌德和席勒的思想观点本来是有分歧的：歌德研究自然科学，着重经验，强调客观实际；席勒完成早期反封建、反暴虐者的戏剧之后，便研究历史和哲学，对待事物往往从思考中形成的概念出发。但是两人都同样经历过狂飙突进运动，如今同样走向另一个目标：用完美的形式、纯洁的语言，表达人道主义的思想内容，以希腊的古典艺术作为榜样。在共同目标的引导下，两人观点虽然不同，却起着相反相成的作用。他们合写的锋利的《赠辞》，对社会上的市侩习气和文艺界鄙陋庸俗的现象进行批评。这些《赠辞》收在席勒编的1797年的《文艺年鉴》里，这部年鉴被称为"赠辞年鉴"。随后两人竞赛似地创作叙事谣曲，这些谣曲都收入1798年的《文艺年鉴》。他们一方面对社会进行批评，一方面互相勉励创作。歌德写信给席勒说："在《赠辞》无所顾忌的冒险之后，我们必须致力于伟大的、有价值的创作，把我们千变万化的现实转化为高尚的、善良的形象，使所有的敌人感到羞愧。"席勒后期的戏剧名著都是在这时期产生的。歌德把《维廉·麦斯特的戏剧使命》加以发展和提高，完成《维廉·麦斯特的学习时代》；在《浮士德》初稿和《浮士德，一个片断》的基础上写完《浮士德》第一部；长篇叙事诗《赫尔曼与窦绿苔》也在这时产生。席勒对于这些作品，有的给以积极的建议，有的给以热情的评论。他们还促进各种文化活动：导演戏剧，组织艺术展览和学术报告；1795至1797年席勒编辑《季节女神》文艺杂志，1798至1800年歌德主持《普罗庇累恩》杂志，进行古典文学艺术教育。歌德晚年编纂的《席勒与歌德通信集》，是关于这个时期德国文学情况和两个诗人文艺思想的重要文献。

狂飙突进运动时期是歌德创作最旺盛、成果最显著的第一个时期，与席勒合作的十年是第二个丰收的时期。这两个时期的作品无论内容或形式都有很大的不同。

五　从席勒逝世至1814年

这十年，由于拿破仑战争，德国发生巨大的变化。拿破仑在1805年和1806年先后战胜奥地利和普鲁士，在德国组织受拿破仑保护的莱茵联盟，消灭了许多封建小邦，所谓德意志民族神圣罗马帝国最后宣告消亡。拿破仑给德国带来一些法国革命后开明的思想和制度，对落后的德国起一定的促进作用。德国一部分政治家、思想家、诗人等从爱国主义或民族主义立场出发，反抗拿破仑，进行斗争，最后于1813

年10月继俄国的胜利之后在莱比锡击溃法军。歌德对于当时的反拿破仑战争不但没有支持，反而在1808年10月一再被拿破仑接见，引起一些爱国人士的不满。

席勒于1805年逝世，歌德失掉一个朋友，他说，他失掉了自己的"生命的一半"。此后的十年内，《浮士德》第二部、计划中的《维廉·麦斯特的漫游时代》，都没有能够继续下去。歌德的主要著作又陷于停顿。

这时，歌德阅读了德国中世纪的史诗，欣赏中世纪的绘画，甚至后来对阿拉伯、波斯的诗歌发生兴趣。歌德在这时写十四行诗，创作长篇小说《亲和力》，这也与浪漫主义的影响有关。此外，歌德完成了研究许多年的《颜色学》。他还把自己当作历史人物来看，开始搜集资料写自传。从1811至1814年写出《诗与真》的前三卷，既有文学价值，也有历史价值。

六　晚年时期（1814～1832）

拿破仑失败后，欧洲各国君主在维也纳举行会议，组成俄国、奥地利、普鲁士三国的神圣同盟，镇压进步思想和行动，封建势力在全欧复辟。德国爱国人士在反拿破仑战争时所向往的统一和自由都成为泡影，直到歌德逝世，德国都处在一种窒息的、反动的气氛里。歌德从1813年起研究阿拉伯、波斯的诗歌，以及中国、印度的文学和哲学。他读波斯诗人哈菲兹、菲尔多西的著作，钻研波斯的诗艺，发现欧洲传统以外的诗的国土。他在1814年和1815年夏秋最好的季节，两次到莱茵区和美因区旅行。他神游于东方的世界，目睹青年时经历过的山河城市，好像恢复了青春。他诗情洋溢，常常在旅途中一天写出几首，创作这样旺盛是多年来不曾有过的。这些诗共二百四十多首，歌德把它们分为十二卷，编成一部诗集，命名为《西东合集》，于1819年出版，这是歌德晚年诗歌中最丰富的收获。同时，他也继续写自传体的著作，如《意大利游记》、《出征法国记》等，并整理又称为"纪年"的《年日记要》，起于1749年，止于1822年，作为自传的补充。《诗与真》最后一卷第四卷则在1831年4月才完成。

1816年，歌德的夫人逝世。1817年，他解除剧院的职务。1824年以后则住在魏玛，很少外出。从1824年至1832年3月22日他停止呼吸，八年内他以惊人的毅力和坚韧的勤奋完成了他从青年时期已开始的两部巨著：从1825年2月起，他写《浮士德》第二部，把这工作称为"首要事务"，1831年7月脱稿。《维廉·麦斯特的漫游时代》时断时续，最后于1828年完成。歌德在写作的同时，阅读大量古代的和当代的名著。他读莎士比亚、马洛、卡尔德隆、德·维加、拜伦、司各特、巴尔扎克、斯丹达尔、雨果、维尼、圣伯夫、贝朗瑞、圣西门的回忆录，塞尔维亚诗歌，以及中国小说。

国内外有不少科学家访问歌德，跟他讨论自然科学。也有画家、雕刻家来给歌德画像、塑像。在作家中除德国境内的以外，拜伦和卡莱尔都与歌德通信，英国的萨克雷、波兰的密茨凯维奇、美国的爱默生、法国《环球》杂志的编者，都来与歌德会晤。歌德也细心阅读《环球》、《法兰西评论》、《时代》、《爱丁堡评论》等杂志，在他逝世前两个月得到法国《两个世界的评论》即将出版的通知。歌德由于广泛地与外国文学接触，并且看到一些新型的杂志，他深信一种世界文学将要形成。他说，这些杂志的读者逐渐扩大，它们将最有效地"促成一种我们所希望的普遍的世界文学"。

歌德的晚年，尤其是1824年以后的八年，是与狂飙突进时期和与席勒合作时期相辉映的一个时期。这三个时期，歌德产生和完成了他最重要的著作，可以说是他一生中的三个顶点。

创作 歌德从儿童时期直到逝世的前夕，没有停止过写作，他运用各种不同的文学体裁，写出大量的文学著作。但是在他创作不朽的名著的同时，也写了些临时即兴的、应景的、供宫廷取乐的作品。

一　诗歌

歌德说，他的作品是"一部巨大的自白的许多片断"，歌德的抒情诗更是这样。他的诗歌的发展跟他个人生活与思想的转变是密切相连的。

歌德在莱比锡写的罗珂珂风格的诗歌还不能显示出个人的特点，但是到了斯特拉斯堡以后，诗才迸发，他在青春的爱情中写出《欢迎与离别》，面对灿烂的春光唱出响亮的《五月歌》，他改造民歌，使《野地小玫瑰》更为妩媚。紧接着歌德以充沛的热情用自由诗体歌颂大自然中的暴风雨、神话与历史中的英雄人物，他投身自然，好像与神灵交往，与宇宙合一，无论在形象上、语言节奏上都是德国诗歌里前所未有的。其中《漫游者的暴风雨之歌》、《普罗米修斯》、《戛尼梅特》、《给驭者克罗诺斯》、《穆罕默德之歌》等都是这类诗中的代表作，是狂飙突进运动的最强音。

歌德到了魏玛以后，随着生活与思想的变化，诗歌也趋于平静，对自然与人生的深入的观察代替了热情的歌颂。有些无题的短诗概括生活的智慧，两首著名的《漫游者的夜歌》表达疲于奔忙、渴望安憩的心情。这时期仍然有一部分自由体的无韵诗，如《冬日游哈尔茨山》、《人类的界限》、《神性》等，有的是探索生活的意义，有的是歌咏人与神、人与自然的关系。同时，也在民歌的基础上写出《魔王》、《渔夫》等诗，显示自然界不可抗拒的魔力与魅力。一部分后来收入《维廉·麦斯特的学习时代》，这时已见于《维廉·麦斯特的戏剧使命》里的诗，从一对被不幸的命运所拨弄的父女（竖琴老人和迷娘）的口中唱出，哀婉动人，堪称绝唱。

歌德从意大利回到魏玛后，完成《罗马哀歌》组诗二十首，回顾在罗马度过的幸福生活，间接反映着歌德与克里斯蒂安娜的爱情关系。歌德在1790年又一度因公务去威尼斯，他写《威尼斯铭语》组诗一百零三首，表达他对于时事、对于世界、对于威尼斯生活的观察与意见，以及对于克里斯蒂安娜的怀念。歌德与席勒手相鼓励，写出不少叙事谣曲，如《掘宝者》、《魔术学徒》、《科林特的未婚妻》、《神与妓女》等，都是普遍传诵的名篇。另外也有少数哲理诗，如《变换中的持恒》，用生动的形象阐述在瞬息万变的万物中只有艺术能保持恒久；《植物的蜕变》说明所有植物都从"原型"演化的概念。1800年，歌德开始写十四行诗，有一首题名《自然与艺术》，诗的最后两行是："在限制中才显出名手，只有法则能给我们自由。"这概括了歌德这时期创作的体会。

歌德在六十五岁以后几年内写的收在《西东合集》里的抒情诗和哲理诗，是晚年在诗歌领域内丰硕的收获。诗里出现了不少波斯的、阿拉伯的人名和地名，而表达的是诗人对于时代、历史的观察，对于爱情的体验，对于生命演化的探索。一切都在变化，在消逝，在新生。这部诗集里许多诗都蕴藏着深刻的智慧，例如《幸福的渴望》、《重逢》以及一些无题的短诗经常被后人引用。此外，歌德还写了大量的格言诗，被称为"温和的赠辞"。

1823年，歌德以激动的心情写成《爱欲三部曲》：第一首是《给维特》，第二首是《玛丽亚温泉哀歌》，第三首是《调和》，表达作为一个老年的诗人对于爱情和情欲的割舍和断念。歌德还由于阅读中国小说，体验中国人的生活和情感，于1827年写组诗《中德四季晨昏杂咏》十四首，其中第八首《暮色徐徐下沉》是最著名的晚景诗之一。歌德晚年的诗作正如夕照清明，一方面是纯净的抒情，一方面是明澈的智慧。

歌德还写过长篇叙事诗，其中最重要的两篇，一是1794年根据中世纪传说写的反封建的动物史诗《列那狐》，一是1797年写的《赫尔曼与窦绿苔》。前者通过各种拟人的动物对于封建社会中官僚、骑士、僧侣进行了讽刺和揭露，对于受压迫的农民、手工业者、小市民等寄予同情。后者叙述法国革命的军队占领德国莱茵河以西地区后，德国人大批向莱茵河东岸逃亡，在半天内发生的一段爱情故事。歌德在这里歌颂了德国小市民安分守己的保守思想，但也反映了莱茵河西岸在法国革命影响下发生的变化。这两部长篇叙事诗都是用古希腊六音步诗体写成。歌德一生从未停止诗歌创作。他的诗歌中有一部分是应景的篇章、临时的戏作，以及并不给人以真挚之感的爱情诗，而且思想有一定的保守性和妥协性。但是有更多的名篇，从青年时期热情的迸发到晚年对于事物深刻的观察与体验，在深度和广度上都大大超过了他同时代的诗人。此外，他的诗歌的形式是多种多样的，根据内容的不同，他运用和发展了从古希腊以来的各种诗体，发挥了德语的最大功能。

二　戏剧

歌德一生写的各种剧本完成的与未完成的约有七十多部，其中有《浮士德》那样的世界名著，也有供宫廷取乐的化装游行剧一类的戏作。

歌德的戏剧是以写罗珂珂风格的牧童剧开端的。跟他的诗歌一样，他很快就改变了这种风格，在莎士比亚的影响下于1773年发表《铁手骑士葛兹·封·贝利欣根》。历史上的葛兹是德国16世纪一个没落的骑士，他一度参加农民起义，但最后背叛了农民。歌德把他写成一个争自由的革命英雄。这是一部用民族题材、体现狂飙突进精神的戏剧。它语言生动，形象鲜明，但作者不注意舞台技巧，场面变化达五十多次，地点变动有二十处。它出版后，青年们热烈欢迎，莱辛却给以批评。继《铁手骑士葛兹·封·贝利欣根》之后，歌德在两三年内写的剧本中以悲剧《克拉维果》及《施泰拉》

较为重要，它们都间接地反映了作者爱情生活中的纠纷和痛苦，同时也注意到戏剧的结构。1775年开始，直到在意大利才完成的《埃格蒙特》，写尼德兰反西班牙统治的解放斗争中一度被人民爱戴的埃格蒙特，由于对敌人态度游移，不够坚强，最后遭到杀戮，死前在梦中预见尼德兰的自由将会到来。这部剧完成的时间虽晚，实际上它仍应该属于狂飙突进文学的范畴。

与上述的剧作完全不同的，是与《埃格蒙特》几乎同时脱稿的《伊菲格尼在陶里斯》。剧中的主人公是古希腊传说中的伊菲格尼，她以人道主义的思想、言论和行为克服了人间的错误和罪恶，达到自我与世界、个人与规律的统一。全剧形式完整，语言净洁，体现了作者的人道主义理想。

《托夸多·塔索》写文艺复兴时期意大利诗人塔索虽被费拉拉公爵赏识，而在现实的宫廷生活中却感到非常苦闷，实际是反映歌德在魏玛宫廷中所感到的矛盾。歌德在魏玛的政府工作，需要冷静的理智，而他诗人的素质又蕴蓄着充沛的感情，这两者在歌德内心里经常发生冲突，最后是克制感情，向现实妥协。歌德在剧中却把他个人矛盾的两方面用两个人物代表，一个是精明强干的大臣安东尼奥，一个是多情善感的诗人塔索。所以歌德说："这剧本是我骨中的骨，我肉中的肉。"又说，塔索是"提高了的维特"。这部剧本和《伊菲格尼在陶里斯》都是用五音步抑扬格的无韵诗体写成。

关于法国资产阶级革命，歌德写过几部剧本，这些剧本大多产生在18世纪的90年代和19世纪初期。有的直接针对革命，有的间接涉及，有的完成，有的未完成，大多是反对革命暴力，嘲笑群众，主张改良主义，认为当权者的腐化堕落是革命爆发的原因。这些剧本是喜剧《大科夫塔》和《市民将军》、政治剧《激动的人们》、悲剧《私生女》等，它们在歌德的剧作中不占重要地位。

《浮士德》悲剧是歌德最主要的代表作。歌德写作《浮士德》，从狂飙突进时期起到他逝世前一年完成，延续了将近六十年，但从《浮士德》第一部在1806年脱稿到晚年集中力量写第二部，中间停顿了二十年。《浮士德》取材于德国16世纪关于浮士德博士的传说。传说中的浮士德与魔鬼结盟，演出许多罪恶的奇迹，死后灵魂被魔鬼攫去。歌德把这粗糙的民间传说加工改造，把浮士德提高为一个在人间不断追求最丰富的知识、最美好的事物、最崇高的理想的人物。浮士德经过书斋、爱情、宫廷、美的梦幻等阶段的历程，每阶段都以悲剧结束，最后在改造自然的事业中得到智慧的结论，但他却在这瞬间死去。作者对与浮士德结盟的魔鬼也赋予深刻的意义，魔鬼代表虚无主义，自以为看破世情，处处帮助浮士德加深罪恶，阻碍浮士德向上，但是以失败告终。因为无论是帮助作恶，或是阻碍向上，都刺激着浮士德不断努力的追求。浮士德与魔鬼这两个截然不同而又结成伙伴的形象体现出美与恶、积极与消极的辩证关系。此外，剧中现实的瓦格纳、格蕾欣[①]等都是与浮士德相对称的典型人物，幻想的荷蒙库卢斯、海伦娜、奥伊佛里昂[②]等都具有深刻的象征意义。

《浮士德》既是歌德"巨大的自白"里最重要的一章，也是欧洲资产阶级上升时期从文艺复兴到19世纪初期三百年文化发展的生动的缩影，也可以说是一部有首有尾的"诗集"。跟他的抒情诗一样，歌德在这部悲剧里运用了欧洲所有的诗体，表达他错综复杂的思想感情。它与荷马的史诗、但丁的《神曲》、莎士比亚的《哈姆雷特》并列为欧洲文学的四大名著。

三 小说

歌德是德国最著名的诗人，他的主要的著作是《浮士德》悲剧，但是最早而且长期使歌德享有国际声誉的却是一部不满一百五十页的书信体小说《少年维特之烦恼》。少年维特颂扬自然，爱纯朴的农民与儿童，反对封建习俗，憎恶官僚贵族。他对于人世的热情希望与鄙陋的社会现实格格不

[①] Gretchen，《浮士德》第一部女主人公，在各种版本的《浮士德》译本中译名数十种。冯至在民国时代译为"葛蕾琴"，郭沫若译的"甘泪卿"最传神。——编者注。

[②] 海伦娜（Helenna），即海伦，"奥伊佛里昂"（Euphorion）冯至在民国时代译为"哀弗利昂"，参见冯至《〈浮士德〉里的魔》一文。——编者注。

入，中间存在着不可逾越的鸿沟。他处处遭受打击和失败。在这样的处境中又遇到不幸的爱情，最后自杀。这部小说主要是描写作者个人的感受，实际上是迸发出一代青年反封建的心声，所以它在1774年出版后，立即在青年中引起共鸣。他们读这些信，觉得像是写给他们自己的一般。但同时也招致了卫道者们的谴责。它不仅风行一时，而且被译成欧洲许多国家的文字。歌德在1786年曾修改过这部小说，使本来就富有诗意、可是比较粗糙的文句更为净洁，人物描绘也略为平和，并有所补充，现在一般读到的是这个修改本。以一个化学名词命名的长篇小说《亲和力》于1809年出版，它"象征地描述社会关系与社会关系中的矛盾"。小说里虽然说"婚姻是一切文化的开端和顶点"，但是当一家夫妇邀请一个男人和一个女子到他们家里作客后，这个家庭渐渐起了分化，男主人和女客人、女主人和男客人发生了爱情，他们痛苦地陷入道德与情感的冲突中。最后前者的一对由于难以控制感情，都憔悴而死；后者的一对比较理智，克制自己，也只是不幸地生活下去。这部小说反映了资产阶级婚姻的危机，也意味着作者当时受到浪漫主义思潮的一些影响。

长篇小说《维廉·麦斯特》是与《浮士德》相提并论的一部散文巨著，它和《浮士德》有许多共同点：歌德写《浮士德》用了六十年，写《维廉·麦斯特》用了五十年，二者在写作中都经过一段较长时间的停顿；《浮士德》分为两部，

《维廉·麦斯特》也分为《学习时代》与《漫游时代》两部分；歌德把他一生的经验、认识和理想都倾注在这两部巨著里；小说和悲剧的主人公同样是要摆脱狭隘的环境、向往广阔天地和更高理想的追求者，在追求的过程中都经历过错误，陷入迷途，最后达到理想的境界；《浮士德》第一部和《学习时代》都在一定程度上反映了现实，《浮士德》第二部和《漫游时代》则更多地运用象征和寓意来表达作者的理想，结构也比较松散。但是《维廉·麦斯特》在思想上和艺术上比《浮士德》都为逊色。

《维廉·麦斯特的学习时代》扩充并提高《维廉·麦斯特的戏剧使命》的内容和思想，把一部主要描述戏剧生活的小说发展成"教育小说"，作者在其中树立了人生理想，不断地克制自己，培养自己的个性，成为一个所谓完整的人投入现实生活。《维廉·麦斯特的漫游时代》的完成，距离《维廉·麦斯特的学习时代》有三十年之久。在这三十年内，欧洲先进国家如英国、法国的社会起着急剧的变化，在资本主义迅速发展的情况下贫富悬殊更为加剧，一些好心肠的空想社会主义者各自设计改革社会的方案。歌德在晚年也注意到这些空想社会主义学说，考虑新时代提出的新问题。歌德在《漫游时代》里探索的问题是如何教育青年，未来的社会应该是什么样子。从书名上看，《漫游时代》是《学习时代》的继续，但是在结构形式和思想内容上它是一部与《学习时代》连续性不大的、具有一定独立性的作品。《漫游时代》里包含着一些与全书内容有联系或者联系不大的短篇小说、格言语录,还穿插了日记、信札和诗歌,这是浪漫主义小说家惯用的形式。小说仍然是一部"教育小说",作者在小说中叙述了一个乌托邦式的"教育区",教育的目标是如何培养未来社会和国家的有用的成员。

歌德还写过一些短篇小说。他于1795年在席勒编辑的《季节女神》杂志上发表短篇小说,总称《德国流亡者的闲谈》,这是按照薄伽丘《十日谈》的方式写的一部"框形小说"。歌德还有时在长篇小说里插进短篇小说,如《亲和力》里的《奇异的邻童们》,《维廉·麦斯特的漫游时代》里的《褐色女孩》、《五十岁的男人》等。《维廉·麦斯特的学习时代》里竖琴老人和迷娘的故事,如果从全书里摘选出来,也可以独立成为一部中篇小说。

四 自传及其他

歌德的自传著作很丰富,以《诗与真》最为著名,它叙述歌德从童年到应邀至魏玛公国为止的这段时期。但是自传并不局限于他个人的生活,歌德在《诗与真》的《序言》里说:"一般政治事件中非常的动向对于我和对于同时代的广大群众都发生巨大影响,必须特别注意。因为这好像是传记的首要任务,在时代关系中描述这个人,并且指出整个社会对他有多少地方是抵触的,有多少地方是有帮助的,他怎样从中形成了一种世界观和人生观,如果他是艺术家、诗人、作家,他又怎样把它反映出来。"这是歌德写自传的主旨。书中的第七篇全面而深入地论述了德国18世纪中叶的文学,一般认为是德国文学史著作中最早的一部。被看成自传第二部的《意大利游记》,记载了歌德在意大利旅行、尤其在罗马居住时的感受,可以从中了解诗人转变的过程。

此后歌德写的《出征法国记》(附《围攻美因茨》)、《1797年赴瑞士旅行》、《1814年与1815年在莱茵河、美因河、内卡河畔》,都是自传作品,其中有的是由日记组成,有的记载旅行途中看到的个别事物,但是都没有《诗与真》和《意大利游记》那样重要。

歌德中年以后写了大量简短的语录。这些语录有一部分收在长篇小说《亲和力》和《维廉·麦斯特的漫游时代》里,很大一部分发表在歌德编的《形态学》、《艺术与希腊罗马古代》等不定期刊物里,有一部分没有发表过。歌德死后,他的著作的编辑者把已收入两部长篇小说以外的语录搜辑成书,题名《散文语录》,又名《格言与感想》,共约一千多条,分为三大类:关于伦理的、艺术的和自然的。这些语录是歌德思想与智慧的结晶,它们具体而微地反映歌德中年后对于自然、人生、文学、艺术的见解和看法,其中许多条有助于读者对歌德著作的理解。

五 在歌德大部分的文艺创作中都贯穿着一种有扩张、有收缩、有突破、有限制、不断变化、永不停滞的辩证思想

这种思想是从歌德的个人经历与自然科学研究中形成的。从个人的生活来看，歌德在狂飙突进时期要求个性解放，蔑视现实的庸俗社会，在有限中寻求无限。但到了魏玛以后，从事实际工作，无时不感到约束奔放的感情、限制远大理想的必要，所以断念、限制、放弃、割舍等等字样经常在他的作品和书信中出现。可是他诗人的素质有时又感到断念和放弃的痛苦，要冲破限制。他到意大利旅行，神游波斯、阿拉伯的世界而产生《西东合集》。晚年称赞拜伦，预言世界文学将要到来，都是企图摆脱魏玛狭窄环境的表现。扩张而又收缩，限制而又冲破，歌德的一生就是这样交替地发展着。在自然科学研究中，他看到生物的呼吸机能有呼出有吸入，心肌有舒张有收缩，各种植物动物都是从"原型"演化蜕变而来——这是宇宙万物的规律。歌德的许多作品体现了这个辩证的规律。他的诗歌往往从个人的感受引伸到广大的宇宙，有时又从外界的自然回到自己的内心。歌德自己也认为《少年维特之烦恼》、《铁手骑士葛兹·封·贝利欣根》、《埃格蒙特》是扩张性的著作，而《克拉维果》、《施泰

拉》则是收缩。最显著的是歌德的两部巨著:《浮士德》的主人公的无限的追求是扩张,《维廉·麦斯特》则强调收缩,《漫游时代》的副标题则是《断念者》。

歌德一再表示,他著书立说,都是从客观实际出发,在特殊中反映一般,因而人们说歌德是现实主义者。从主要方面看,这种说法是对的。但也不能忽视,歌德作品中也有从概念出发的,也有浪漫主义的。《浮士德》第二部就可以说是一部浪漫主义的杰作。

六 关于歌德作品的评价与影响

歌德很早就享有盛名,但是他生前的荣誉主要建立在《少年维特之烦恼》与《浮士德》第一部上,他后期的作品却往往不被当时的人们所接受。他的抒情诗集《西东合集》在他逝世后几十年内第1版还没有售完。《浮士德》第二部脱稿后,歌德把它封存,认为不会得到人们的理解,不肯付印。歌德逝世,海涅说是标志着"艺术时代的结束"。19世纪30、40年代,"青年德意志派"的诗人们批评歌德保守倾向的政治态度,甚至说他是"公侯的奴仆";教会和民族主义者攻击歌德离经叛道的异教思想和世界主义。恩格斯在批判格律恩的文章中对歌德给以公平的评价。1860年丹采尔的歌德研究和1874至1875年海尔曼·格林论歌德的讲演,建立了研究歌德的基础。1885年歌德的遗稿全部公开，提供大量资料，有助于对于歌德的全面研究。此后歌德晚年著作中深刻的思想与智慧逐渐被人们所认识。在20世纪，随着时代的变化，对歌德也有种种不同的看法。

歌德的诗歌影响了整个19世纪和20世纪初期的德语诗歌。德国的长篇小说很大部分是描述个人成长和发展的教育小说，《维廉·麦斯特》成为这类小说的榜样。至于《浮士德》在德国和世界所产生的巨大影响，是举世公认的。在20世纪20年代初期，歌德的《少年维特之烦恼》由郭沫若译成中文，在中国青年中也引起强烈的反应。此后郭沫若继续把《浮士德》、《赫尔曼与窦绿苔》译成中文。

七　歌德著作的版本众多，以下是歌德最后编定的、最全的和便于使用的几种

（1）歌德最后编定的《歌德全集最后手定本》四十册（1828～1830）。歌德逝世后又出版补充本《歌德遗著》二十册（1832～1842，斯图加特）。

（2）最全的魏玛版《歌德全集》一百四十三册（1887～1919），分文学著作、自然科学著作、日记、书信四部分，有校勘，没有注释，各部分附有索引。

（3）科塔出版社纪念版《歌德全集》四十册，附索引一

册,封·德尔·赫伦主编(1902～1912,斯图加特)。每册前有引言,后有注释,便于使用,但较旧。

(4)汉堡版《歌德文集》十四册,特伦茨主编,1976年第5版(慕尼黑)。另有《歌德书信》四册,《给歌德的信》二册,曼德尔克编。集中有详实的注释,丰富的资料,并附有索引,最便于使用。

(5)纪念版《歌德全集》,袖珍本四十五册,拜特勒编(1961～1967,慕尼黑)。包括著作、书信、谈话。

参考书目

G. Brandes, Goethe, Berlin, 1930.

G. Lukács, Goethe und seine Zeit, Berlin, 1950.

E. Staiger, Goethe, Zürich, 1952～1959.

Herman Grimm, Das Leben Goethes, Stuttgart, 1959.

H. A. Korff, Geist der Goethe-Zeit, Leipzig, 1966.

G. Friedenthal, Goethe, sein Leben und seine Zeit, München, 1974.

Hans Mayer, Goethe, Frankfurt, 1977.

以上是冯至为《中国大百科全书》撰写的条目,载《中国大百科全书·外国文学》,第1卷,北京:中国大百科全书出版社,1982.348—354.